JAGD UNTER PALMEN

Thilo Scheurer, Jahrgang 1964, lebt und schreibt in einer Kleinstadt am Rande des Schwarzwalds. Er ist Mitinhaber eines kleinen Softwareunternehmens. Aus seiner Feder stammen mehrere Abenteuer- und Kriminalromane. Der Autor ist verheiratet und hat zwei Kinder.

THILO SCHEURER

JAGD
UNTER PALMEN

Gran Canaria Krimi

emons:

Bibliografische Information der Deutschen Nationalbibliothek
Die Deutsche Nationalbibliothek verzeichnet diese Publikation
in der Deutschen Nationalbibliografie; detaillierte bibliografische
Daten sind im Internet über http://dnb.d-nb.de abrufbar.

© Emons Verlag GmbH
Cäcilienstraße 48, 50667 Köln
info@emons-verlag.de
Alle Rechte vorbehalten
Umschlaggestaltung: Nina Schäfer, unter Verwendung
eines Motivs von Shutterstock/tb-photography
Gestaltung Innenteil: DÜDE Satz und Grafik, Odenthal
Lektorat: Lothar Strüh
Druck und Bindung: GGP Media GmbH, Pößneck
Printed in Germany 2025
ISBN 978-3-7408-2039-8
Gran Canaria Krimi
Originalausgabe

Unser Newsletter informiert Sie
regelmäßig über Neues von emons:
Kostenlos bestellen unter
www.emons-verlag.de

Manche Leute glauben,
Durchhalten macht uns stark.
Doch manchmal stärkt uns
gerade das Loslassen.

Hermann Hesse

Prolog

Zweifellos ist die Erfahrung, von einem Projektil getroffen zu werden, äußerst intensiv. Zwar handelt es sich lediglich um einen eher kleinen, acht Gramm leichten Metallklumpen. Doch dieser Metallklumpen verlässt mit vierhundertfünfzig Metern pro Sekunde die Mündung einer Pistole. Das ist schneller als der Schall. Noch bevor du den Knall hörst, dringt das Geschoss in deinen weichen, wehrlosen Körper und verrichtet sein zerstörerisches Werk. Schusswunden bluten nicht. Zuerst jedenfalls. Solange kein großes Blutgefäß oder Organ getroffen wird, gibt es nur ein Loch, aus dem irgendwann Blut sickert. Verhängnisvoller sind vielmehr zerfetztes Gewebe, zersplitterte Knochen oder durchtrennte Nervenstränge und Sehnen entlang des Schusskanals. Die hohe Geschwindigkeit des Projektils hinterlässt im Körper eine Verwüstung, die so absolut ist, als hätte jemand eine Stahlstange hindurchgerammt. Es gibt kein Entkommen. Außer – du drückst zuerst ab.

Ich hatte in jener Nacht nie eine Chance gehabt, zuerst abzudrücken. Ich war einem Verdächtigen auf die Spur gekommen und verfolgte ihn. Doch der Mann, zu dem es weder einen Namen noch ein Gesicht gab, hatte mich längst bemerkt. Sein Arm schwang herum, Mündungsfeuer blitzte auf. Als erster Ermittler überhaupt konnte ich in diesem winzigen Moment einen Blick auf das Gesicht unter der Kapuze erhaschen. Für mich war es da bereits zu spät. Erstarrt zu völliger Bewegungsunfähigkeit, glaubte ich, im Zentrum einer Explosion zu stehen, als das Geschoss in meiner Schulter einschlug. Ich hätte nicht sagen können, was mich mehr überraschte, die ausbleibenden Schmerzen oder diese unglaubliche Wucht, die mich jäh von den Füßen riss.

Da lag ich nun auf der Straße mit dem Gefühl der völligen Schwäche. Ich spürte, dass sich jemand näherte und mich begaffte wie einen zertretenen Käfer. Mit dem nächsten Atemzug verließ die Zeit ihren linearen Pfad. Sie schien stillzustehen, sogar rückwärtszulaufen. Dann ein schockierend lauter Knall, der sich in mein Gehirn bohrte, und ich meinte, abermals die unglaubliche Wucht des Einschlags zu spüren.

Der Schmerz kündigte sich mit kribbelnder Hitze an. Es folgte ein Brennen wie von heißem Wasser, das sich schnell ins Unerträgliche steigerte. Und dieses Unerträgliche breitete sich von der rechten Schulter den Arm hinunter und auf der anderen Seite bis zur Brust aus. Zum Glück hatte die menschliche Natur eine phänomenale Lösung dafür parat: Ohnmacht. Eine Ohnmacht, die auch meine Erinnerung an das Gesicht unter der Kapuze verblassen ließ.

Schon oft habe ich mich gefragt, an welcher Stelle ich anders entscheiden würde, wenn ich die Zeit zurückdrehen könnte. Denn ich glaube, dass all unsere Entscheidungen, ob richtig oder falsch, uns nicht nur weiter in die Zukunft bringen. Die falschen können zudem Lawinen auslösen, die den Abhang hinunterstürzen, immer mächtiger werden und uns zu zermalmen drohen. Und ich hatte in jener Nacht eine gewaltige Lawine losgetreten.

1

Die mondlose Nacht würde ihr Vorhaben begünstigen. Ein ebenso kühnes wie dreistes Vorhaben, wie es die Welt bisher nur ein Mal gesehen hatte. Und bei diesem einen Mal, Ende der siebziger Jahre des vorherigen Jahrhunderts, war freilich alles viel einfacher gewesen: kaum Zugangskontrollen, keine Kameras und nur ein Wachmann. Dennoch währte die Freude über den Erfolg damals nur kurz. Die meisten Beteiligten starben eines gewaltsamen Todes, der Rest landete im Gefängnis. Dass es diesmal nicht so endete, dafür war Sito, der Mann im Hintergrund, zuständig.

Noch dreihundert Meter bis zur Ausfahrt. Der weiße Peugeot-Transporter mit den bunten Iberia-Logos verlangsamte die Geschwindigkeit, der rechte Blinker flammte auf. Das zuckende gelbe Licht spiegelte sich auf dem pechschwarzen Asphalt der GC-1, der Autopista del Sur, Gran Canarias Hauptverkehrsader. Der Transporter bog auf die Zufahrtsstraße zum Flughafen Las Palmas, passierte Parkhaus und Terminal. Exakt um fünf Minuten vor drei kam er vor dem geschlossenen Gittertor des Vorfeldes zum Stehen.

Zu dieser frühen Stunde gab es nur selten Anlieferungen für die Luftfracht. Aber manchmal eben doch. Und so interessierte sich der Sicherheitsmann, der diese Zufahrt auf einem seiner Monitore im nahen Flughafengebäude überwachte, nicht weiter für den Transporter. Zumal gleich darauf das massive Gittertor wie von Geisterhand zur Seite glitt und die Einfahrt freigab. Dafür sorgte der Transponder an der Frontscheibe, der ähnlich wie bei elektronischen Mautsystemen ein Signal zum Öffnen sendete. Alle Fahrzeuge der Iberia waren mit solchen Transpondern ausgestattet.

Selbst wenn der Sicherheitsmann den Transporter genauer betrachtet hätte, wäre ihm nichts aufgefallen. Er konnte nicht ahnen, dass in dem stickig-schwülen Laderaum keine Luftfracht transportiert wurde. Sondern drei schwarz gekleidete Männer mit bis zur Stirn aufgerollten Sturmhauben. Und so wandte er sich wieder seinem Tablet zu. Dort lief die Netflix-Serie »Las Chicas del Cable«. Vielleicht schaffte er noch eine weitere Folge. Zeit dafür hatte er genug. Der Wochenplan für diese Nacht sah die nächste Kontrolle erst wieder gegen vier Uhr vor.

Die drei Männer auf der Ladefläche des Transporters und der Fahrer kannten sich erst seit ein paar Wochen, ihre richtigen Namen überhaupt nicht. Und damit das so blieb, sprachen sie sich untereinander nur mit dem Monatsnamen ihres Geburtstages an.

Januar, ein bärtiger Galicier aus Betanzos, hatte auf den Verzicht der Realnamen und aller privaten Fragen bestanden. Er saß mit dem Rücken zur Fahrerkabine und schwitzte unaufhörlich. Mit seiner ständigen Geheimnistuerei ging er den drei anderen des Quartetts auf die Nerven. Dafür besaß Januar reichlich Erfahrung bei der Planung von Überfällen. Und, was noch viel wichtiger war, wie man sich dabei nicht erwischen ließ. Für die spanische Polizei stellte er trotz seiner fast fünfzig Lebensjahre ein unbeschriebenes Blatt dar – keine Verurteilung, keine Verhaftung, eine vollkommen weiße Weste. Sein Know-how war für Sito, den Auftraggeber, unverzichtbar.

Neben ihm kauerte November, der Mann fürs Grobe. Der drahtige Glatzkopf, Anfang dreißig, stammte aus Espelette, einem kleinen Dorf im französischen Teil des Baskenlandes. Vielleicht aber auch aus Spanien. Je nachdem, wie man seine Zeit im Großgefängnis Madrid V in Soto del Real gewichtete. Dort, nördlich der spanischen Hauptstadt, zwischen saftigen Weiden, wo die iberischen Kampfstiere gezüchtet wurden, landeten alle ausländischen Straftäter. Und November gleich dreimal. Bisher hatte er es noch nie geschafft, das Ende seiner Bewährungszeit abzuwarten, bevor er wieder straffällig wurde.

Juni, der Dritte auf der Ladefläche, war ein Madrilene mit der Figur eines Kunstturners und einem Strafregister von der Länge einer Tapetenrolle. Wahrscheinlich wusste nicht einmal er selbst, wie oft er in seinen jungen Jahren bereits von der Polizei verhört worden war. Seine erste Verurteilung wegen Einbruchdiebstahls hatte er mit vierzehn Jahren kassiert, nur wenige Monate nach Erreichen der Strafmündigkeit. Ins Quartett brachten ihn seine akrobatischen Fähigkeiten. Es gab kaum etwas, das er nicht erklimmen konnte – und kaum etwas, das er nicht stehlen konnte.

April, der junge Fahrer und einzige Canario im Quartett, betrieb auf der Insel seit Jahren eine Art Transportgeschäft für spezielle Kunden. Wer etwas sicher und vor allem diskret transportieren lassen wollte, beauftragte ihn. Sein Geschäft brachte es mit sich, dass er Fahrzeuge stehlen und für immer verschwinden lassen konnte. Er kannte jede noch so kleine Straße auf der Insel, jeden Unterschlupf und wusste um alle von der Polizei genutzten Kontrollstellen. In Verbindung mit den teils halsbrecherischen Fahrkünsten verfügte er über die besten Voraussetzungen als Fluchtwagenfahrer.

Auch den Lageplan des Flughafens hätte er problemlos aus dem Kopf zeichnen können. April kannte alle Rollwege auf dem Vorfeld, die Positionen der Gates und Ausgänge des Terminals sowie die Lage der Frachthallen. Und natürlich den Weg zur Halle mit der Nummer drei. Achthundert Meter geradeaus, dort scharf links abbiegen, weitere zweihundert Meter, dann rechts über einen Vorplatz zum Tor. Dabei musste er genau darauf achten, dass er innerhalb der eingezeichneten Fahrspuren blieb und die vorgeschriebene Geschwindigkeit von zwanzig Stundenkilometern einhielt. Schließlich sollte der weiße Iberia-Transporter auf den nachts kaum genutzten Rollwegen nicht sofort auffallen.

Drei Minuten und zwölf Sekunden später und somit einige Sekunden früher als geplant erreichten sie die Frachthalle drei. April stieß den Transporter rückwärts an die hinterste Rampe, schaltete den Motor und die Scheinwerfer aus.

***

Januar starrte auf seine Armbanduhr, sah dem Sekundenzeiger zu, wie er vorankroch. Eine Minute noch würden sie im Laderaum ausharren, um zu beobachten, ob sie Aufsehen erregt hatten. Seine Erfahrung sagte, dass neben schlechter Planung meist Ungeduld an fehlgeschlagenen Überfällen schuld war.

Wohl schon zum dritten Mal in dieser Nacht tastete er in seiner Hosentasche nach der Zugangskarte. Obwohl Januar die dazugehörige PIN längst auswendig kannte, murmelte er sie erneut vor sich hin: siebzehn-zweiunddreißig-zwölf-null-eins. Acht Ziffern, die morgen um diese Zeit bereits wertlos sein würden. Und die darüber entschieden, ob er sich nach über zwanzig Jahren und Dutzenden von Überfällen mit genug Geld für ein sorgenfreies Leben zur Ruhe setzen konnte.

Neben ihm lud November seine Walther PP mit Perlmuttgriff durch. Eine Sonderanfertigung, die er vor einigen Monaten im französischen Biarritz in Auftrag gegeben hatte. Auch Juni überprüfte seine weniger auffällige Luger und steckte sie wieder zurück in den Hosenbund. Januar hingegen blieb einfach sitzen. Jede weitere Bewegung auf der stickigen, heißen Ladefläche würde ihm noch mehr Schweiß aus allen Poren treiben. Bereits jetzt klebte sein Unterhemd wie eine zweite Haut am Körper.

Nach einem weiteren Blick auf seine Armbanduhr klopfte Januar an die Trennwand hinter sich. Er hörte, wie sich die Fahrertür öffnete und April aus dem Transporter stieg. Juni, der ganz hinten saß, kam von der Ladefläche hoch und griff nach seinem Rucksack. Er setzte ihn auf und öffnete eine der Hecktüren. Die vibrierende Wärme der kanarischen Nacht strömte herein und verdrängte die stickig-schwüle Hitze aus dem Laderaum.

Lautlos und behände wie eine Katze sprang Juni auf den Asphalt. Januar und November folgten.

Das Geräusch der Tür, als November sie hinter sich zuschlug, hallte laut wie ein Donnerschlag durch die nachfolgende Stille.

»¡Mierda!«, raunte April. »Geht das auch leiser, oder willst du den Wachleuten gleich noch zurufen, dass wir da sind?«

November rümpfte die Nase. »Halt deine Fresse und kümmere dich ums Fahren.« Weiß wie Milch schimmerte der Perlmuttgriff seiner Pistole im Halbdunkel.

»Ruhe!«, rief Januar mit gedämpfter Stimme und zog sich die

Sturmhaube über das schweißnasse Gesicht. »Runter mit den verdammten Masken!«

»Ihr könnt mich beide mal«, sagte November immer noch in streitsüchtigem Tonfall. Dennoch zog auch er jetzt seine Sturmhaube bis zum Kinn herunter.

April, inzwischen ebenfalls mit aufgesetzter Sturmhaube und Waffe in der Hand, zeigte ihm den ausgestreckten Mittelfinger. Januar wandte sich dem Nebeneingang zu und hielt die Zugangskarte vor das Lesegerät. Es klackte, der magnetische Öffner gab die Tür frei, und er trat hindurch.

Den Beginn des Überfalls hatte er nicht ohne Grund für drei Uhr geplant. Zu diesem Zeitpunkt begann für die fünf Iberia-Mitarbeiter der Nachtschicht und den Sicherheitsmann eine dreißigminütige Arbeitspause, die sie in der Regel oben im Aufenthaltsraum verbrachten. Und erst eine weitere halbe Stunde nach Pausenende, gegen vier Uhr, würde dieser Sicherheitsmann sich routinemäßig bei seinen Kollegen im Flughafengebäude melden.

Mit einiger Genugtuung stellte Januar fest, dass sein Plan offenbar aufging. In der Halle herrschte Totenstille, niemand war zu sehen. Die Gabelstapler und Hubwagen standen verlassen auf ihren Stellplätzen. Auch der Sicherheitsmann neben dem Haupttor war nicht an seinem Platz.

Er ging voraus. So wie April die Strecke über das Vorfeld zur Frachthalle drei auswendig kannte, wusste Januar um die Positionen der Überwachungskameras und wie sie unbemerkt daran vorbeikamen. Vorerst gab es nur eine kritische Stelle. Die lag direkt vor der Stahltreppe, die seitlich an der Wand entlang nach oben zu den Büros und dem Aufenthaltsraum führte. Erst später mussten sie an einer anderen Stelle ein weiteres Mal aufpassen. Aber dafür war Juni mit seinen akrobatischen Fähigkeiten zuständig.

Januar führte die Männer durch die Frachthalle bis etwa fünf Meter vor den Treppenaufgang. Dort pressten sie sich mit dem Rücken an die Wand und schoben sich seitwärts der Treppe entgegen. Nach den ersten beiden Stufen hatten sie das Sichtfeld der

Kamera bereits wieder verlassen und schlichen hintereinander die Metallstufen hinauf.

Oben breitete sich ein Flur aus, von dem eine Handvoll Türen abging. Noch bevor sie an dessen Ende den Aufenthaltsraum erreichten, entdeckten sie in einem Büro den ersten Iberia-Mitarbeiter. Der Mann lag mit dem Kopf auf seinem Schreibtisch, hatte die Arme von sich gestreckt und war augenscheinlich eingeschlafen.

November trat hinter ihn und drückte ihm den Lauf seiner Walther an den Kopf. »Aufstehen!«

Der Mann fuhr hoch und schaute verwirrt um sich. Es dauerte einen Moment, bis er realisierte, dass ihn vier maskierte und schwarz gekleidete Männer mit Schusswaffen bedrohten. Schlagartig ließ das Entsetzen darüber seine Gesichtszüge erstarren.

»Aufstehen!«, wiederholte November.

Der Mann, ein jüngerer mit beginnender Halbglatze und pickligem Gesicht, erhob sich langsam.

November fuchtelte mit seiner Waffe vor dem Gesicht des Mannes herum.

»Ich verstehe nicht«, gab Pickelgesicht mit flatternder Stimme zurück.

»Los, vorwärts.« November rammte ihm den Lauf seiner Waffe in den Rücken. Er bugsierte ihn zur Tür hinaus und weiter den Gang entlang bis zum Ende. Dort stieß April die nur angelehnte Tür zum Aufenthaltsraum auf.

An einem der vier Tische saßen drei Iberia-Mitarbeiter sowie, mit dem Rücken zur Tür, der Sicherheitsmann. Und damit fehlte eine Person.

Die Männer unterhielten sich lautstark und bemerkten nicht, dass vier Maskierte mit einer Geisel den Raum betreten hatten.

November fackelte nicht lange und rief: »Alle mal herhören!«

Reihum weiteten sich drei Augenpaare. Einem der Iberia-Mitarbeiter fiel das Käsesandwich aus der Hand, eine Tomate rollte über die Tischplatte. Den beiden anderen blieb beim Kauen der Mund offen stehen.

Im nächsten Moment riss der Sicherheitsmann seinen Kopf herum. Es dauerte nur den Bruchteil einer Sekunde, bis er die Gefahr erkannte. Er tastete nach seinem Holster, wollte die Waffe ziehen. November kam ihm zuvor, zeigte mit der Pistole auf seinen Kopf. »Lass stecken, oder du bist tot.« Wie nach einem Stromschlag zog der Sicherheitsmann seine Hand wieder zurück.

»Wo ist euer Kollege?«, fragte Januar.

Niemand antwortete.

»Hört ihr schlecht?« November schwenkte seine Walther durch den Raum. »Wo ist euer Kollege?«

»Unten in der Halle«, stammelte Käsesandwich.

»Warum?«

»Er sucht drei Kisten aus Guadalajara.«

Januar sah auf seine Armbanduhr. Noch etwas mehr als fünfzig Minuten. »Wie lange dauert das?«

Käsesandwich zuckte mit den Schultern. »Keine Ahnung.«

Januar wechselte einen raschen Blick mit November. Wenn sie nicht alle Mitarbeiter unter Kontrolle hatten, war ihr Plan zum Scheitern verurteilt. »Ihr legt jetzt alle eure Telefone und die Funkgeräte auf den Tisch. Und zwar flott, wir haben nicht die ganze Nacht Zeit.«

Die drei Iberia-Mitarbeiter kramten in ihren Taschen. Nur Sekunden später lagen drei Mobiltelefone und drei Funkgeräte auf dem Tisch. Januar schnappte sich eines der Funkgeräte. April sammelte den Rest ein und reichte alles an Juni weiter, der die Geräte in seinem Rucksack verstaute.

Januar trat vor Pickelgesicht. »Ich geb dir jetzt das Funkgerät. Du rufst deinen Kollegen unten in der Halle und sagst ihm, er soll Pause machen.«

Pickelgesicht runzelte die Stirn. »Das wird er nicht tun. Die Kisten müssen noch vor sechs Uhr verladen sein.«

»Dann lass dir was einfallen.« Er drückte ihm das Funkgerät in die Hand.

Pickelgesicht traten die ersten Schweißtropfen auf die Stirn.

Sein Blick wanderte zur Decke, zu Januar, zum Funkgerät. Schließich betätigte er die Senden-Taste.»Miguel, hörst du mich?« Er ließ die Taste wieder los.

Es rauschte, dann krächzte eine helle Stimme aus dem Lautsprecher:»Was gibt's, Jefe?«

Pickelgesicht drückte erneut die Senden-Taste und begann mit seiner Lügengeschichte.»Du kannst Pause machen. Die drei Kisten aus Guadalajara stehen nicht auf den Papieren für IB-127. Das muss ich vorhin falsch gelesen haben, tut mir leid.«

Nach einem kurzen Rauschen drang erneut Miguels Stimme aus dem Gerät.»Darauf hättest du auch früher kommen können. ¡Mierda! Die Viertelstunde hänge ich an meine Pause dran.«

»Kein Problem«, erwiderte Pickelgesicht und reichte das Funkgerät zurück.

»Damit wäre das auch geklärt«, sagte Januar und wandte sich wieder an die anderen.»Und ihr stellt euch jetzt alle hier neben euren Kollegen.«

Um der Forderung Nachdruck zu verleihen, schwenkte November seine Walther zwischen den Iberia-Mitarbeitern hin und her. Die Drohung verfehlte ihre Wirkung nicht. Einer nach dem anderen stellte sich neben Pickelgesicht.

»Umdrehen. Hände auf den Rücken«, befahl November.

Die vier drehten sich um, und Juni zurrte jedem von ihnen einen Kabelbinder um die Handgelenke.

»Ich hab dich nicht vergessen«, wandte November sich an den Sicherheitsmann.»Funkgerät, Telefon und Waffe.«

Demonstrativ verschränkte der die Arme vor der Brust.

November machte einen Schritt auf ihn zu und richtete seine Walther auf ihn.»Bist du taub?«

Der Sicherheitsmann presste die Lippen zu einem schmalen Strich zusammen, legte dann wortlos ein Funkgerät und eine Pistole auf die Tischplatte.

November deutete kurz mit dem Lauf seiner Waffe auf den Tisch.»Ich sehe da kein Telefon.«

»Hab keins.«

»Das glaub ich dir nicht. Leg dein Telefon hier auf den Tisch.«

November spannte den Hahn der Walther. »Und ich sag's nicht noch mal.«

Der Sicherheitsmann kramte in seiner rechten Beintasche, förderte ein Mobiltelefon zutage und legte es auf den Tisch. »Damit kommt ihr nicht durch.«

»Fresse halten! Aufstehen!«

Nur widerwillig kam der Sicherheitsmann der Aufforderung nach, ließ sich dann aber widerstandslos die Handgelenke mit einem Kabelbinder auf dem Rücken fesseln. Juni packte Telefon, Funkgerät und Waffe vom Tisch in seinen Rucksack.

Draußen auf dem Flur ertönten Schritte. Miguel, der letzte der fünf Iberia-Mitarbeiter, näherte sich dem Aufenthaltsraum. Auf ein Zeichen von Januar positionierte April sich neben der Tür. Sekunden später ging sie auf, und ein jüngerer Mann mit rotem Lockenkopf trat ein.

»Was zum Teufel ...?« Der Rest des Satzes blieb ihm im Hals stecken. Sein Blick pendelte zwischen dem Sicherheitsmann, seinen gefesselten Arbeitskollegen und den schwarz gekleideten Männern. Schock und Ungläubigkeit mischten sich in seinem Gesichtsausdruck. Einen Atemzug später wirbelte er herum, um zu flüchten. Doch er hatte nicht mit April gerechnet, der nun direkt vor ihm stand und mit einer Pistole auf seine Brust zeigte.

»Das vergiss mal gleich wieder«, sagte der. »Stell dich neben die anderen.«

Nach kurzem Zögern drehte Miguel sich wieder um, erstarrte dann aber zur Salzsäule. Erst als April ihm den Lauf seiner Pistole in den Rücken drückte, machte er drei, vier bange Schritte und blieb neben Pickelgesicht stehen.

Auch ihn fesselte Juni mit Kabelbinder.

Mit einer gewissen Genugtuung betrachtete Januar die gefesselten Männer vor sich und sah dann auf seine Armbanduhr. Ihnen blieben noch knapp vierzig Minuten. Etwas weniger als geplant, aber immer noch ausreichend.

»Können wir jetzt endlich?«, vernahm er neben sich die ungeduldige Stimme von April.

»Eine Kleinigkeit noch.« Januar hielt seinen Mund ganz nah an das Ohr des Sicherheitsmannes. »Ich weiß nicht, was Maria davon halten würde, wenn du heute Nacht den Helden spielst. Wann wolltet ihr noch mal heiraten?«

Der Sicherheitsmann zuckte zusammen wie unter einem Peitschenhieb.

Januar musterte ihn. Aller Mut, Trotz und Widerwille waren aus seinem Gesicht gewichen. »Wo sind die Schlüssel für den Aufenthaltsraum?«

»Hier am Bund …«, seine Stimme versagte, er räusperte sich, dann noch einmal, »der Bund am Gürtel, der mit dem blauen Ring, ist ein Universalschlüssel für alle Türen hier oben auf dem Flur.«

November zog den Schlüsselbund ab und reichte ihn an Januar weiter. »Ihr bleibt alle hier. Ich will eine Stunde lang nichts von euch hören und nichts von euch sehen. Dann passiert niemandem was. Ansonsten …« Er sprach nicht weiter, machte stattdessen eine Kopf-ab-Geste.

Die fünf Iberia-Mitarbeiter und der Sicherheitsmann nickten fast zeitgleich. Januar war sich sicher, dass sie alle gehorchen würden. Er trat an die Wand und riss das Kabel des Festnetztelefons heraus. Nachdem die anderen drei des Quartetts den Aufenthaltsraum verlassen hatten, schloss er die Tür hinter sich ab und ging voran, die Treppe hinunter in die Frachthalle. Dort vermieden sie es ein weiteres Mal, ins Blickfeld der Kamera zu geraten. Und damit blieb nur noch eine letzte Herausforderung.

Jeden der sechs parallelen Hauptwege an den Lagerplätzen entlang überwachte eine Kamera, die in fünf Metern Höhe an den Betonpfeilern hing. Im Gegensatz zum Treppenaufgang gab es hier keine Möglichkeit, sich dem Sichtfeld der Kameras zu entziehen. Es blieben zwei andere Optionen: die Kamera unschädlich zu machen oder ihren Blickwinkel zu ändern.

Januar wusste, dass die Aufnahmen aller sechs Kameras im Split-Screen-Verfahren auf einem Monitor im Büro der Flughafensicherheit landeten. Damit verringerte sich die Wahrscheinlichkeit erheblich, dass die geänderte Perspektive jemandem auffiel. Zumal er den schlecht ausgeleuchteten linken Gang auswählen würde. Ein Risiko, das er als gering einschätzte.

Auf dem Weg dorthin schnappte April sich den nächstbesten Hubwagen und zog ihn hinter sich her, quer durch die Halle bis zum Gang an der linken Außenwand. Vor dem zweiten Betonpfeiler blieb er neben den drei anderen stehen und blickte hoch zur Kamera über ihm.

Ohne ein Wort zu sagen, nahm Juni seinen Rucksack ab und förderte ein rotes Nylonseil zutage, wie es Bergsteiger benutzten. Statt eines Karabiners befand sich an einem Ende ein Wurfanker. Er stellte sich breitbeinig hin, schwang das Seil und schleuderte es aus der Hand in Richtung der Stahlkonstruktion. Der Wurfanker prallte von einer Metallstrebe ab und landete auf dem Boden. Beim zweiten Versuch das Gleiche, erst beim dritten Mal hatte sich der Anker endlich in der Stahlkonstruktion verhakt.

Juni sprang am Seil hoch, hielt sich mit beiden Händen daran fest. Er zog die Knie an, wickelte das Seil mit dem linken Fuß unter dem rechten hindurch und richtete sich auf. Mühelos schob er sich so die restlichen drei Meter bis zur Kamera hinauf. Mit einer Hand drückte er das Objektiv ein paar Zentimeter nach oben. Damit lag ein Bereich von rund zwei Metern im Gang neben dem Betonpfeiler außerhalb des Sichtbereichs. Er lockerte den rechten Fuß etwas und glitt am Seil zu Boden, als befände er sich in einem Paternoster. Kein Ächzen, kein Keuchen, die akrobatische Einlage hatte ihn nicht im Geringsten angestrengt.

Januar rollte seine Sturmhaube hoch, nickte Juni zu und ging voran. Das letzte Hindernis war beseitigt. Ihr Ziel lag jetzt zum Greifen nah.

2

Einige Tage zuvor

Die Stimme drang aus der Dunkelheit. Zuerst ein fernes Flüstern, das beständig anschwoll. Sie verstand kein Wort, wusste aber, dass die Stimme sie warnen wollte. Warnen vor dem Mann mit der Kapuze und einem Gesicht, das nur als schwarzer Fleck durch ihr Gedächtnis geisterte. Und sie wusste auch, dass ihr nur noch wenige Augenblicke blieben, um sich in Sicherheit zu bringen. Sonst würde diese gewaltige Wucht sie abermals von den Füßen reißen. Aber ihre Beine, nein ihr ganzer Körper gehorchte nicht. Es war wie immer. Sie hatte keine Chance. Sie hatte noch nie eine Chance gehabt.

Wie eine Spinne kroch die Stimme weiter auf sie zu und setzte sich in ihrem Kopf fest. Ihr Unterbewusstsein stürzte sich darauf, zerrte sie aus dem Schlaf.

Sofia Bitter riss die Augen auf. Ihr Blick fiel auf eine nicht mehr ganz so junge Stewardess mit blonder Betonfrisur und makellosem Lidstrich. »Bitte?«, brachte sie hervor. Es war mehr ein Krächzen.

»Sie müssen sich anschnallen.« Der ernste Tonfall und die Stirnfalten erinnerten sie an eine ehemalige Lehrerin.

Mit einem Blick zur Kabinendecke überzeugte Sofia sich, dass die Anschnallzeichen tatsächlich leuchteten. Sie hatte weder einen Warnton noch die Aufforderung aus den Lautsprechern mitbekommen. Verdammter Alptraum.

»Ja, natürlich.« Sofia setzte ein unschuldiges Lächeln auf und tastete nach der Gurtschnalle. Sie wollte danach greifen, realisierte aber erst jetzt, dass ihre Kraft nicht ausreichte, um die Metallschnalle überhaupt festhalten zu können. Ihr rechter Arm wollte nicht so wie sie. Und wie zur Bestätigung begann ihre Hand im nächsten Moment, unkontrolliert zu zittern.

»Soll ich Ihnen helfen?«, fragte die Stewardess und betonte

mit ihren rot geschminkten Lippen jeden Buchstaben, als ob sie zu einer Schwerhörigen sprach.

»Nein!«, rief Sofia schärfer als beabsichtigt.

Ihr Gegenüber hob beschwichtigend die Hände.

»Tut mir leid, ich hab's nicht so gemeint«, sagte Sofia schnell und versuchte, ihren Ärger hinunterzuschlucken.

Die Stewardess schien etwas erwidern zu wollen, überlegte es sich dann aber anders. Stattdessen blickte sie etwas verlegen an sich herunter und kratzte mit den Fingernägeln an einem imaginären Fleck auf ihrem perfekt sauberen Uniformrock.

»Ich krieg das selbst hin.« Mit der linken Hand packte Sofia den Gurt und versuchte, ihn im Schloss einrasten zu lassen. Ein schwieriges Unterfangen für einen Rechtshänder. Doch sie schaffte es. Endlich erklang das erlösende Klicken, der Gurt vor ihrem Bauch war geschlossen.

Die Stewardess nickte ihr wortlos zu und setzte ihren Kontrollgang fort.

Sofia spähte zu ihrem Sitznachbarn, einem älteren Mann mit weißem Haarkranz und ebenso weißem Vollbart. Er schien vertieft in seine Stuttgarter Zeitung.

Sie tastete nach der Narbe an ihrer rechten Schulter, rieb über den fingerlangen, knorpeligen Wulst. Drei Monate war es jetzt her, dass das Projektil ihr Schultergelenk und die Achselarterie durchschlagen hatte. An jenem Abend hatte sie viel Blut verloren. Glücklicherweise jedoch wenig genug, um die nächsten zwei Stunden zu überleben, bis sie gefunden worden war. Sofia nahm all ihre Kraft zusammen und versuchte ein weiteres Mal, eine Faust zu ballen. Es gelang ihr nicht. Natürlich nicht. Denn als weit schlimmer als die Narbe erwiesen sich die Verletzungen im Muskelgewebe. Die Kugel hatte eine axonale Nervenschädigung im Schultergelenk verursacht. Und wie lange sie ihren rechten Arm nur mit Einschränkung benutzen konnte, wusste niemand. Sie müsse der Verletzung einfach Zeit zur Heilung geben. So der einhellige, aber zutiefst frustrierende Ratschlag der Ärzte in der Stuttgarter Rehaklinik.

Sanft neigte sich die Boeing 737 nach rechts, und wie von

selbst wanderte Sofias Blick hinaus in die Tiefe. Im endlosen dunklen Meer, umgeben von einem schmalen, bräunlichen Sockel, tauchte der Pico del Teide auf. Wie eine weiße Kapuze ragte der schneebedeckte Gipfel in den Himmel.

Träge richtete sich das Flugzeug wieder auf, und Sofia konnte direkt unter sich die andere Insel sehen.

»Fühlen Sie sich nicht gut?« Die Stimme ihres Sitznachbarn klang besorgt.

Sofia wandte ihm den Kopf zu. Der Mann hatte die Zeitung zusammengefaltet und auf seinen Schoß gelegt. »Wie kommen Sie darauf?«, fragte sie, obwohl ihm kaum entgangen sein konnte, dass sie Schwierigkeiten hatte, ihren rechten Arm zu benutzen.

Der zuckte mit den Schultern. »Nun ja, Sie haben fast den ganzen Flug verschlafen. Wenn Sie nicht ab und zu im Schlaf gesprochen hätten, hätte ich Ihren Puls gefühlt, um nachzusehen, ob Sie noch leben. Und – Sie zittern.«

Unwillkürlich schielte Sofia auf ihren Arm. Das Zittern ließ allmählich nach. Aber was zum Teufel hatte sie da wieder im Schlaf vor sich hin gestammelt?

»Entschuldigung, ich quatsche Sie voll und hab mich noch gar nicht vorgestellt.« Er klang verlegen. »Seifert, Heribert Seifert mein Name. Ich komme aus Schorndorf.«

Sollte sie sich auch vorstellen? Erst jetzt fiel ihr auf, dass dieser Seifert nach wie vor den beigefarbenen Trenchcoat trug, mit dem er vor über vier Stunden ins Flugzeug gestiegen war.

»Alles in Ordnung?«, fragte er, und zwei tiefe Falten standen senkrecht zwischen seinen weißen Augenbrauen.

»Natürlich«, antwortete Sofia schnell.

Seifert musterte sie weiter, als prüfe er ihre Antwort auf Glaubwürdigkeit. »Zum ersten Mal auf Gran Canaria?«

»Das erste Mal seit fast vierzig Jahren.« Sofia spürte einen Anflug von Melancholie in ihrem Herzen, als sie an die vielen Ferienwochen in ihrer Kindheit dachte. Früher, als sie mit ihren spanischen Großeltern wohl ein gutes Dutzend Mal Urlaub auf der Insel gemacht hatte.

»Vierzig Jahre?«, erwiderte Seifert, und ihr entging nicht

die gespielte Skepsis in seiner Frage. Erst recht nicht, als er ein spitzbübisches Lächeln folgen ließ. »Sind Sie überhaupt schon so alt?«

Auch Sofia kam nicht umhin, jetzt ebenfalls zu lächeln, und spielte mit. »Knapp darüber.«

»Dann geht's Ihnen wie mir«, sagte er, und Sofia schloss nicht aus, dass er trotz seines Alters mit ihr flirten wollte. »Aber Spaß beiseite, machen Sie Urlaub?«

Seine Frage war nicht ganz einfach zu beantworten. »So was Ähnliches.«

»So was Ähnliches?«

Sofia suchte nach einer unverfänglichen Antwort, die nicht abweisend klang. »Ich ziehe für eine Weile in das Ferienhaus meiner Großeltern.«

Vermutlich war die Bezeichnung »Ferienhaus« zu hoch gegriffen für das kleine Häuschen südwestlich von Las Palmas und abseits der Touristenzentren. Auch wenn es einige Jahre nach dem Tod ihrer Großeltern tatsächlich an Feriengäste vermietet worden war. Doch seit die Renovierungskosten die Mieteinnahmen überstiegen, stand es leer.

»Wie reizvoll. Ein eigenes Häuschen auf der Insel.« Er nickte anerkennend. »Das hätte ich auch gern.«

Wie reizvoll es werden würde, mussten freilich die nächsten Wochen zeigen. Immerhin war ein befreundetes Ehepaar über die Jahre bereit gewesen, ab und zu nach dem Rechten zu sehen. Als Sofia vor einigen Wochen zum ersten Mal mit dem Gedanken gespielt hatte, das Ferienhaus zu beziehen, hatte sie die beiden kontaktiert. Seither wusste sie zweierlei: Sowohl der Zustand des Hauses als auch ihre Spanischkenntnisse schienen in einem weit weniger schlimmen Zustand zu sein, als sie angenommen hatte.

»Ich jedenfalls mache drei Wochen All-inclusive in Maspalomas.« Er hielt einen Moment inne. »Das erste Mal ohne meine Frau.«

»Oh.« Sie musterte ihn kurz. Lag da ein trauriger Zug um seinen Mund? »Das tut mir leid.«

»Warum?«, sagte er schnell. »Mir nicht.«

Sofia spürte, wie sie errötete.

»Wir haben uns letztes Jahr getrennt.«

»Ah«, gab sie knapp zurück und hoffte, dass sie sich aufgrund der Kürze ihrer Antwort keine Einzelheiten über eine gescheiterte Ehe anhören musste.

Sofia wandte sich wieder dem Fenster zu. Am Boden konnte sie inzwischen erste Details ausmachen. Rechtwinklige Areale und Ansiedlungen kamen in Sicht, noch zu klein, als dass sie sich genauer bestimmen ließen. Ansonsten präsentierte sich die Landschaft in allen denkbaren Nuancen einer einzigen Farbe: Braun. Aus dem allgegenwärtigen Braun schälten sich die geometrischen Foliendächer von Plantagen, dann Felder und später Straßen sowie weitere Gebäude heraus. Dazwischen, meist auf Anhöhen, drehten sich immer wieder in Reih und Glied aufgestellte weiße Windräder.

Sie hatte ihre Erwartungen weit heruntergeschraubt. Nicht nur an den Zustand des Ferienhauses, sondern auch an das Leben auf der Insel. Trotz aller Schwierigkeiten, mit denen sie rechnete, war ihr Entschluss unumkehrbar, zumindest eine Zeit lang nach Gran Canaria umzusiedeln. Seit sie sich nach der Schussverletzung bis zur Pension in acht Jahren hatte beurlauben lassen, gehörte ihre Dienstzeit beim LKA Stuttgart der Vergangenheit an. Und bisher bereute sie ihren Entschluss nicht.

Oft war sie von den Vorgesetzten und Kollegen gefragt worden, warum sie einen derart endgültigen Schritt machen wolle. Stets war ihre Antwort gewesen, dass mit fünfzig die beste Zeit des Lebens wohl hinter ihr liege und sie die restlichen Jahre einfach nur leben wolle. In Anbetracht des Umstandes, dass sie in jener verhängnisvollen Nacht dem Tod gerade noch von der Schippe gesprungen war, stellte keiner ihre Entscheidung in Frage.

Niemand auf ihrer Dienststelle ahnte, dass ein anderer Grund eine weitaus größere Rolle gespielt hatte. In dieser Nacht zwischen Leben und Tod war ihr das erste Mal die Kontrolle über ihr Leben entglitten. Und viel zu lange hatte sie sich anschließend eingeredet, dass sie nur etwas Abstand brauchte, um sich wieder in den Griff zu bekommen. Nur langsam war ihr bewusst geworden, dass sie sich in Wirklichkeit auf der Flucht befand. Einer Flucht vor der nächsten Kugel, die mit dieser unbeschreiblichen Wucht in ihren Körper eindrang und sie von den Füßen riss. Und einer Flucht vor dem Gefühl der Schwäche, diesem elenden Gefühl, am Boden zu liegen, zertreten wie ein unnützer Käfer.

Wie durch eine dicke Schicht Watte vernahm Sofia das leise Surren der Elektromotoren, die die Landeklappen in Position brachten.

Ihre medizinische Diagnose ließ sich auf zwei folgenschwere Wörter reduzieren: posttraumatische Belastungsstörung. So stand es in ihrer Personalakte. Unvereinbar mit dem Außendienst beim LKA. Und für einen Job am Schreibtisch war sie nun mal die falsche Frau. Doch das war immer noch nicht alles. Falls sie irgendwann ihre psychischen Probleme in den Griff bekam, blieb die körperliche Beeinträchtigung.

Das mechanische Geräusch des ausfahrenden Fahrwerks holte Sofia endgültig in die Gegenwart zurück. Gleich würde Condor-Flug DE 1481 auf dem Aeropuerto de Gran Canaria aufsetzen.

Vor ihrem Fenster tauchten die Flughafengebäude auf. Ein leichter Ruck, dann das Rumpeln der Räder auf dem Asphalt der Landebahn. Unüberhörbar heulten die Triebwerke für den Rückschub auf. Die Boeing 737 verzögerte stark, und kaum hatte sie Rollgeschwindigkeit erreicht, applaudierten einige der Passagiere.

»Dämliche Touris«, hörte sie Seifert neben sich sagen.

Sofia wandte ihm den Kopf zu, verkniff sich aber die Bemerkung, dass auch er als Tourist galt.

Wie zur Entschuldigung zuckte Seifert mit den Schultern. »Ich hab auch nie Applaus bekommen, wenn ich meinen Job gemacht habe.«

Damit hatte er natürlich recht. Wer außer Künstlern erhielt schon Applaus für seine berufliche Tätigkeit? Sie lächelte. »Das Privileg der Piloten von Ferienfliegern.«

Sofia hätte nicht sagen können, wann ihr der dunkelhäutige Mann am Gepäckband zum ersten Mal aufgefallen war. Was sie allerdings mit Sicherheit sagen konnte, war, dass er nicht zu den Passagieren des Condor-Flugs DE 1481 von Stuttgart nach Gran Canaria gehörte. Auch dass der Mann das Gepäckband verwechselt hatte, schloss sie aus. Der einzige andere Flug, dessen Passagiere derzeit auf ihr Gepäck warteten, war Finnair AY 1721 aus Helsinki. Und nur mit Sandalen, olivgrünen Bermudas und einem ehemals weißen Fußballtrikot mit Fly-Emirates-Aufdruck bekleidet, war er sicher nicht im Winter in Finnland abgeflogen.

Dann war da noch dieser Blick, mit dem sich der Mann ständig umschaute. Er wirkte so fehl am Platz wie ein Pinguin in der Wüste. Jedenfalls auf Sofia. Alle anderen Passagiere hingegen achteten nur auf das Gepäckband, das seit ein paar Minuten einen Koffer nach dem anderen ausspuckte. War es womöglich nur ein Bauchgefühl, das sie nach dreißig Jahren Dienstzeit nicht einfach ablegen konnte? Sofia zwang sich, den Blick abzuwenden und nach ihren zwei grellgrünen Koffern Ausschau zu halten. Mit der ungewöhnlichen Farbe sollten sie auch in der Masse schnell auffallen.

Und da kamen sie auch schon, nebeneinander wie eineiige Zwillinge. Sie packte den ersten Koffer, und gerade als sie den zweiten Koffer einfangen wollte, gellte ein Schrei durch die Halle.

»Halt, das ist meiner!«, rief jemand. Die Stimme kam ihr bekannt vor.

Sofia ließ den ersten Koffer wieder los. Der rutschte über den anderen und fiel zu Boden. Sie sah auf und versuchte, die Stimme zu lokalisieren. Seifert, ihr Sitznachbar von 14 B. Er fuchtelte wie wild und setzte dem Dunkelhäutigen im Fußballtrikot nach, der mit einem braunen Koffer viel zu schnell Richtung Ausgang strebte. Die vierzig bis fünfzig Jahre Altersunterschied ließen ihm keine Chance. Mit jedem Schritt verlor er fast einen Meter auf den Mann, der sprintete wie Usain Bolt beim Hundertmeterlauf. Und niemand würde ihn aufhalten. Der Schalter am

Ausgang war unbesetzt. Spanien, Deutschland und Finnland gehörten zum Schengenraum.

Schlimmer noch als Seiferts fehlende Geschwindigkeit war, dass er seinen Gepäckwagen stehen gelassen hatte. Schon schnappte sich eine jüngere, weiße Frau mit armlangen Rastalocken den Rucksack, der unbeaufsichtigt auf dem Gepäckwagen lag. Auch sie machte sich jetzt auf den Weg. Freilich in aller Ruhe und in Richtung des anderen Ausgangs. Ihr Pech. Um diesen Ausgang zu erreichen, musste sie an Sofia vorbei.

Mit einer schnellen Körperbewegung stellte sie sich Rastalocke in den Weg. Die versuchte auszuweichen, doch Sofia machte einen weiteren Ausfallschritt und versperrte ihr erneut den Weg.

»Eh, was soll das?« Rastalocke musterte sie, als wolle sie ihr Gewicht abschätzen.

»Das weißt du ganz genau.«

»Du verpisst dich jetzt besser, *puta*«, zischte Rastalocke. Das Schimpfwort konnte mit »Nutte« oder in der etwas milderen Form auch mit »Schlampe« übersetzt werden.

Sofia gab sich unbeeindruckt. »Vergiss es.«

Rastalocke schwang den Rucksack über ihre Schulter, senkte den Kopf und blickte sie kampfeslustig an.

Aus den Augenwinkeln sah Sofia, wie drei uniformierte Beamte den Dunkelhäutigen zu Fall brachten. Im Grunde war der Trick der beiden nicht schwer zu durchschauen. Während er mit dem Kofferdiebstahl die Aufmerksamkeit auf sich zog, schnappte Rastalocke sich unbeaufsichtigtes Handgepäck und machte sich damit aus dem Staub.

Die hielt inzwischen ihre Fäuste vor sich hin.

Sofia konnte sich ein Grinsen nicht verkneifen. Schon an der Art, wie Rastalocke ihre Fäuste ballte, erkannte sie, dass kein Profi vor ihr stand, sondern eher eine Gelegenheitsdiebin mit großer Klappe.

»Was willst du?« Rastalocke ließ das gleiche Schimpfwort folgen wie zuvor.

»Dass du den Rucksack wieder zurücklegst.«

»Das ist meiner.«

Sofia schüttelte den Kopf. »Ich weiß, dass er nicht dir gehört. Und du weißt das auch. Also nochmals: Leg ihn zurück.«

»Nee. Aber du kannst ja versuchen, ihn dir zu holen.« Ob die Reaktion von Rastalocke genauso ausgefallen wäre, hätte sie gewusst, wer da vor ihr stand?

Sofia wollte die rechte Hand zur Faust ballen, spürte aber sofort, dass ihr die Kraft dazu fehlte. Egal, für Rastalocke würde auch die linke Hand reichen. »Du bist wohl eine von den ganz harten Mädels.«

»Bin ich. Und du?«

»Härter.« Sofia ließ ihr keine Zeit, etwas darauf zu erwidern. Der leichte Schlag mit der Handkante traf Rastalocke am Kehlkopf. Die fasste sich kurz an den Hals und sackte dann gurgelnd in sich zusammen, wie eine Marionette, der jemand die Fäden durchgeschnitten hatte. Mit einem dumpfen Klatschen landete sie auf dem Boden.

Sofia nahm den Rucksack an sich, hängte ihn um und blickte wieder auf. Wie eine Mauer standen die drei uniformierten Beamten vor ihr. Zwei hielten den Dunkelhäutigen fest, dessen Hände mit Kabelbindern vor dem Bauch gefesselt waren. Mehr noch als die rasche Festnahme irritierte sie der dritte, dickliche Beamte. Er presste die Lippen fest aufeinander, sodass sein Mund beinahe unter dem bürstenartigen Schnauzbart verschwand. Die Augen zu schmalen Schlitzen verengt, zielte er mit einem Elektroschocker auf sie.

»Was soll das?«, rief Sofia aus.

»Bleiben Sie genau dort stehen«, sagte Schnauzbart, obwohl sie keine Anstalten machte, sich zu bewegen.

»Hier?« Sie deutete auf den Boden vor ihr.

Schnauzbart nickte.

»Aber ich wollte überhaupt nicht weglaufen.« Sofia wählte ihre Worte mit Bedacht, sprach ruhig und freundlich. Schließlich hatte sie kein Interesse daran, wegen eines falsch verstandenen Wortes getasert zu werden. Und allzu sicher fühlte sie sich im Spanischen noch nicht.

»Danke!«, hörte sie Seifert sagen. Im nächsten Moment

tauchte er neben ihr auf und schnaufte wie ein Blasebalg.»Danke, dass Sie die Frau aufgehalten haben. Ohne den Rucksack wäre mein Urlaub jetzt wohl schon zu Ende.«

Schnauzbart blickte einigermaßen ratlos zu seinen Kollegen, als brauchte er deren Zustimmung für sein weiteres Vorgehen. Doch die schwiegen, und so wandte er sich zuerst an Seifert:»Gehen Sie beiseite.« Dann an Sofia:»Und Sie legen den Rucksack ab. Aber ganz langsam.« Es klang, als vermute er darin eine Bombe.

Sofia hob beschwichtigend die Hände.»Ganz ruhig, ich gehöre zu den Guten. Die kleine Diebin hier«, sie deutete auf Rastalocke, die sich inzwischen aufgesetzt hatte und stöhnend ihren Hals massierte,»hat ihm die Tasche gestohlen. Ich hab sie nur an der Flucht gehindert.«

Seifert runzelte die Stirn, offenbar verstand er kein Spanisch. Schnauzbart gab sich unbeeindruckt.»Das sagen sie alle. Wir gehen jetzt in mein Büro und warten auf die Beamten vom Comisaría Las Palmas.«

Sofia seufzte, als ihr in den Sinn kam, was sie heute noch alles vorhatte.»Und wie lange wird das dauern? Ich hab eigentlich keine Zeit.«

»Fünf bis zehn Minuten«, gab er zurück und nahm den Elektroschocker herunter.»Die können Sie sicherlich in Ihrer kostbaren Zeit noch unterbringen.«

Von *Gehen* konnte bei Schnauzbart allerdings nicht die Rede sein. Erst jetzt entdeckte Sofia einen Segway, auf den er sich sogleich schwang und losfuhr, während seine Kollegen und sie ihm folgten wie die Küken ihrer Mutter.

Die besagten fünf bis zehn Minuten dehnten sich bereits auf eine gute Viertelstunde aus, in der sie sich in einem viel zu kleinen Büro der Flughafenpolizei drängten. Schon auf dem Weg dorthin hatte Rastalocke Sofia mit allen erdenklichen und erfundenen Schimpfwörtern bedacht.

Sie saß jetzt auf einem Stuhl neben ihrem Komplizen und tuschelte mit ihm. Auch dem ignorantesten Polizisten musste inzwischen klar sein, dass die beiden unter einer Decke steckten.

Schnauzbarts Kollegen hatten das Büro verlassen, ohne Seifert und ihr Kabelbinder anzulegen. Vermutlich, weil sie sich im Gegensatz zu den beiden anderen ausweisen konnten. Auch ihr restliches Gepäck hatten sie zu sich nehmen dürfen. Bis auf das Corpus Delicti. Darin kramte Schnauzbart nun schon eine ganze Weile und förderte dabei zwar allerlei, aber harmlose Gegenstände zutage. Den Inhalt von Seiferts Rucksack deponierte er neben seinem Elektroschocker auf dem Schreibtisch. Dort lagen inzwischen dessen Brieftasche mit einem dicken Bündel Geldscheinen, ein Mobiltelefon, ein Heftchen mit Flugtickets und anderen Vouchern, eine weiße Feinripp-Unterhose samt zugehörigem Unterhemd, ein Waschbeutel sowie eine kleine Flasche Wasser.

Schließlich kippte Schnauzbart den Rucksack und schüttelte ihn, wohl um zu überprüfen, ob sich noch etwas darin befand. Ein Pack Papiertaschentücher purzelte über den Schreibtisch. Sichtlich enttäuscht ließ er sich auf seinen Bürostuhl sinken, griff nach der Brieftasche und blätterte durch die Geldscheine. Es mussten weit über tausend Euro sein. Für Rastalocke und ihren Komplizen hätte es ein wahrer Glückstag werden können.

Sofia setzte ein weiteres Mal an, um Schnauzbart zu erklären, was vorgefallen war. Zumal er mit den Flugtickets und Seiferts Ausweis schnell den Wahrheitsgehalt ihrer Aussage hätte klären können.

Statt jedoch darauf einzugehen, legte er nur die Brieftasche auf den Schreibtisch zurück und schwieg. Er schien weiterhin resistent gegen jeden Einwand oder Erklärungsversuch. Und so blieb ihr nichts anderes übrig, als in dem stickigen kleinen Raum auf das Eintreffen der Polizei aus Las Palmas zu warten.

Schnauzbart hingegen schien die Zeit bis dahin so angenehm wie möglich hinter sich bringen zu wollen. Aus einer Schublade förderte er eine Papiertüte zutage und hielt gleich darauf ein Sandwich in der Hand. Er lehnte sich in seinem Bürostuhl zurück, nahm einen ersten Riesenbissen, und wie in einem Rechen verfingen sich in seinen Barthaaren die Krümel. Bei jeder Kaubewegung landeten einige auf seinem dunklen Uniformhemd, das bald aussah, als wäre es weiß gesprenkelt.

Während Seifert auf dem letzten der drei Besucherstühle Platz nahm, lehnte Sofia sich mangels einer weiteren Sitzgelegenheit an die rückwärtige Wand. Immerhin hatte sie so einen guten Blick durch die einseitig verspiegelten Fenster auf das Treiben draußen in der Halle. Inzwischen kreisten die Koffer anderer Flüge auf den Bändern. Dutzende Menschen drängten sich mit ihren Gepäckwagen davor. Einige Glückliche, die ihre Koffer gefunden und aufgeladen hatten, versuchten, sich so schnell wie möglich aus dem Gedränge zu kämpfen. Wieder andere telefonierten oder riefen ihre ungeduldig umhertobenden Kinder zur Ruhe.

Da lösten sich zwei Männer aus dem Durcheinander und steuerten auf das Büro der Flughafenpolizei zu. Trotz ihrer Zivilkleidung waren sie unschwer als Kriminalbeamte zu erkennen. Und das lag in erster Linie am jüngeren der beiden. Seine Haare waren fraglos blondiert, und aus welchem Grund er im Halbdunkel des Gebäudes eine gelb verspiegelte Sonnenbrille trug, erschloss sich Sofia nicht. Belustigend hingegen fand sie seinen breitbeinigen Gang, als wäre er nicht mit dem Dienstwagen, sondern auf einem Pferd zum Flughafen gekommen. Unter seiner braunen Lederjacke, etwa in Höhe der Achselhöhlen, zeichnete sich eine verräterische Beule ab, die nur von einer Waffe, vermutlich seiner Dienstpistole, stammen konnte.

Einen Schritt hinter ihm und in Sofias Augen kaum weniger auffällig folgte ein Mann mit kantigen Gesichtszügen und grau meliertem Haar. Er mochte Anfang bis Mitte fünfzig sein und trug zu schwarzen Jeans ein blau kariertes Sakko, das dringend gebügelt werden sollte. Genau wie das weiße Hemd darunter, das eine Handbreit offen stand. Seinen Beruf verriet er durch jenen wachen und zuweilen rastlosen Blick, den manche auch als Polizistenblick bezeichneten. Entweder hatte das Comisaría Las Palmas die auffälligsten Ermittler geschickt, oder es gab keine anderen.

Die Tür schwang auf. Der jüngere, blondierte Beamte trat

beiseite, ließ seinem älteren Kollegen den Vortritt und schloss die Tür wieder.

Endlich kam Bewegung in die Sache und in Schnauzbart, der das halb aufgegessene Sandwich beiseitelegte und sich unerwartet schnell aus seinem Stuhl erhob. Schließlich versuchte er, eine stramme Körperhaltung einzunehmen, was nicht nur durch das unter seinem Bauch heraushängende Unterhemd eher amüsant als respektvoll wirkte. »*Buenos días*, Inspector Jefe García.«

Noch ehe der etwas erwidern konnte, sprang Rastalocke von ihrem Stuhl auf und stieß ihren Zeigefinger in Richtung Sofia. »Die da hat mich zu Boden geschlagen. Ich will diese *puta* anzeigen, Körperverletzung und so.«

3

García hasste Touristen. Natürlich nicht alle und auch nicht nur
Touristen. Sondern alle, die seine Geduld bereits vor dem Frühstück auf die Probe stellten. Und dazu gehörten seit heute Morgen auch Flughafenpolizisten wie der dicke Vargas. Im Grunde
war Gepäckdiebstahl nur ein einfaches Vergehen und fiel schon
deshalb nicht in den Zuständigkeitsbereich eines Inspector Jefe
vom Comisaría Las Palmas Norte. Zumal jeden Monat Hunderte
von Touristen nach Gran Canaria kamen und sich ihr Gepäck
stehlen ließen, noch bevor sie überhaupt einen Fuß auf die Insel
gesetzt hatten. Allein mit den vielen Formularen für die Dieb-
stahlsanzeigen könnte die Flughafenpolizei Monat für Monat ihr
Büro neu tapezieren. Er würde nie verstehen, warum Touristen
nicht imstande waren, die letzte halbe Stunde, bevor sie im Hotel
eincheckten, auf ihr Zeug aufzupassen.

Was jedoch in den Zuständigkeitsbereich eines Inspector Jefe
fiel, war Diebstahl in Verbindung mit Körperverletzung. In diesem Fall galt Diebstahl als Raub. Eigentlich. Denn dieser Tathergang klang ungewöhnlich. Die Körperverletzung soll nicht vom
Dieb begangen worden sein. Auch nicht vom Opfer, sondern
von einer dritten Person.

Gleichwohl wäre das allein noch kein Grund für García gewesen, sein Büro vor dem Frühstück zu verlassen. Es gab noch eine
zweite eigenartige Meldung an diesem Morgen, die ebenfalls den
Flughafen betraf. Genauer gesagt, die kanarische Niederlassung
der Iberia, der größten spanischen Fluglinie. Die hatte gemeldet, dass einem ihrer Mitarbeiter vor der eigenen Haustür ein
Transporter gestohlen worden war. Und genau das kam García
eigenartig vor. Wer zum Teufel war so blöd, einen Transporter zu
stehlen, der mit diesen riesigen Iberia-Logos auf der Karosserie
auffiel wie der sprichwörtliche bunte Hund? Aber vielleicht war
der Fahrer schlicht betrunken gewesen und wusste nur nicht
mehr, wo er den Wagen am Abend zuvor abgestellt hatte.

Da Vargas die Beteiligten weiterhin festhalten wollte, blieb García kaum eine Wahl. Zuerst musste er sich um den angeblichen Raub kümmern. Als er nach der halbstündigen Anfahrt endlich das Büro der Flughafenpolizei betrat, schienen sich all seine Befürchtungen zu bestätigen. Es würde nicht nur kompliziert werden, sondern vermutlich auch viel Zeit in Anspruch nehmen.

Inmitten einer Handvoll Personen gestikulierte eine junge Frau mit armlangen, verfilzten Haarsträhnen und plärrte lauthals auf ihn ein. Er verstand lediglich zwei Wörter: Körperverletzung und *puta*. Und damit wusste García, dass er jäh im Mittelpunkt eines handfesten Streites stand, der ihm viel Geduld abverlangen würde. Womöglich zu viel vor dem Frühstück.

»Sie setzen sich hin und halten den Mund«, rief García in Richtung der Frau. Er bemühte sich um einen entschlossenen Tonfall, um keinerlei Zweifel an seiner Autorität aufkommen zu lassen.

Wider Erwarten ließ die Frau sich wieder auf ihren Stuhl fallen und rutschte ganz nach vorne. Leise schimpfend fuchtelte sie weiter und gewährte ihm so einen Blick auf ihre Unterarme. Auf beiden Seiten prangte ein halbes Dutzend Tattoos mit chinesischen Schriftzeichen.

Ob sich Chinesen auch spanische Lebensweisheiten tätowieren ließen? García schüttelte den Gedanken ab und wandte sich an den Mann, der ihm die Suppe eingebrockt hatte. »*Buenos días*, Señor Vargas.«

Der nickte stumm und nestelte an seinem Uniformhemd herum, das aus der Hose ragte. Seit García ihn vor ein paar Wochen das letzte Mal gesehen hatte, wog Vargas gefühlte zehn Kilo mehr. Das lag entweder an den vielen Sandwiches, von denen schon wieder eines angebissen vor ihm lag, oder an dem Segway, mit dem er sich seit einiger Zeit im Flughafengebäude fortbewegte.

»Dann lassen Sie mal hören«, sagte García, während Vargas sich weiter mit seinem Hemd abmühte. »Und wenn möglich, in kurzen Sätzen.« Er sah auf seine Armbanduhr. Noch hatte er die Hoffnung nicht aufgegeben, dem stickigen Büro mit den viel zu vielen Leuten schnell wieder zu entfliehen.

Vargas schaffte es tatsächlich, das Uniformhemd in die Hose zu stopfen, schnaufte dann aber, als hätte er soeben einen unmenschlichen Kraftakt hinter sich gebracht. Ein paar hektische Atemzüge später räusperte er sich, schien noch nicht zu wissen, wie er anfangen sollte. »Da gibt es zwei Versionen«, begann er vage und sah mit seinem knallroten Kopf in die Runde.

»Zwei Versionen, soso.« Auch García ließ nun seinen Blick über die anderen Personen im Raum schweifen. »Dann fangen Sie am besten gleich mit der ersten an. Ich hab noch etwas anderes zu erledigen.«

Außer seinem Assistenten, Subinspector Francisco Sánchez, der – aus welchem Grund auch immer – noch seine Sonnenbrille trug, zählte er neben Vargas noch vier weitere Personen. Auf dem hintersten der drei Stühle lümmelte ein dunkelhäutiger, muskulöser Hüne, die Hände mit Kabelbindern gefesselt im Schoß. Über seinem massigen Oberkörper spannte sich ein bereits ergrautes Trikot von Real Madrid. Bisher hatte er nicht aufgeschaut, sondern starrte nur auf das Stück Fußboden zwischen seinen Füßen. In der Regel ein untrügliches Zeichen, dass er bei etwas Verbotenem ertappt worden war.

Die junge Frau mit dem vorlauten Mundwerk und den verfilzten Haaren lag inzwischen mehr auf ihrem Stuhl, als dass sie saß. Sie verzog das Gesicht, als würde sie gezwungen, ein Glas Essig zu trinken. In größtmöglichem Abstand, den der kleine Raum zuließ, stand ein weiterer Stuhl, darauf ein älterer Mann mit weißem Vollbart und ebenso weißen Stoppeln um seine Glatze. Er saß vollkommen aufrecht und trug trotz der bestimmt vierzig Grad in Vargas' Büro einen beigefarbenen Trenchcoat, als erwarte er einen Kälteeinbruch. Auch das kam García verdächtig vor. Aber darum würde er sich später kümmern.

»Señora«, fuhr Vargas endlich fort, und seine Augen irrten über Papierstapel, das halb aufgegessene Sandwich und einige Habseligkeiten, die zweifellos aus dem schwarzen Rucksack auf seinem Schreibtisch stammten. Schließlich blieb sein Blick an zwei deutschen Ausweisen hängen, die neben einem Heftchen für Flugtickets lagen. Er griff danach und kniff die Augen zusammen. »Bitter«, er deutete auf die dunkelhaarige Frau, die an der Wand lehnte, »behauptet, dass die beiden hier«, sein Zeigefinger pendelte zwischen dem dunkelhäutigen Hünen und der jungen Frau mit den verfilzten Haaren hin und her, »dem Señor«, erneut kniff er die Augen zusammen und las vom zweiten Ausweis ab: »Sifer … Sifert.«

Der ältere Mann mit dem weißen Haarkranz räusperte sich. »Seifert«, sagte er leise, als wolle er nicht, dass jemand seinen Namen in Erinnerung behielt.

»Seifert, genau.« Vargas nickte schnell. »Jedenfalls soll ihm diese Tasche hier gestohlen worden sein.« Sein Zeigefinger deutete nun auf den schwarzen Rucksack. »Señora Bitter behauptet ferner, dass sie das gesehen und den Diebstahl verhindert hat.«

»Verhindert – ¡mierda!«, schrie die mit den verfilzten Haaren und sprang auf.

»Hinsetzen.« García versuchte es diesmal mit einem sachlichen Tonfall. Ein Fehler. Seine Aufforderung schien nicht bei ihr anzukommen.

Statt sich zu setzen, schwoll ihre Stimme weiter an. »Ich hab die Tasche nur gefunden und wollte sie bei der Flughafenpolizei abgeben. Da hat mich diese puta gleich angegriffen und halb totgeschlagen. Hier mit der Handkante auf die Kehle.« Sie deutete den Schlag an. »Ich wäre dabei fast draufgegangen.«

»Hinsetzen!« Auch García hatte jetzt die Stimme angehoben. Vielleicht wäre es doch besser gewesen, zuerst die Iberia-Niederlassung aufzusuchen. Dann hätten die Gemüter in Vargas' Büro Zeit gehabt, sich zu beruhigen.

Endlich ließ sie sich wieder auf den Stuhl fallen und suchte den Blick ihres Sitznachbarn. Als der nicht reagierte, warf sie mit einer ausladenden Handbewegung ihre verfilzten Strähnen auf den Rücken. Staub und anderes Zeug, von dem er gar nicht wissen wollte, was es gewesen sein könnte, wirbelten durch die Luft.

García fragte sich, ob Haare schimmeln konnten. In dem Fall hätte sie allein mit dieser einen Handbewegung ganze Horden von Schimmelsporen in dem kleinen Raum verteilt. Ein Grund mehr, lieber früher als später der Anzeige der Iberia nachzugehen.

»Das war im Grunde schon die zweite Version.« Vargas tupfte sich mit einem Taschentuch den Schweiß erst von der Stirn, dann aus dem Nacken und ließ sich in seinen Bürostuhl fallen, dem fauchend die Luft entwich. Sein heraushängendes Uniformhemd und die Schilderung des Tathergangs hatten ihn sichtlich angestrengt.

»Hab ich mir bereits gedacht«, sagte García und spähte zu der dunkelhaarigen Frau, die an der Wand lehnte. Sie wirkte weder nervös noch verdächtig. »Kann ich die Ausweise mal sehen?«

Vargas beugte sich mit einem weiteren Ächzen vor und streckte sie ihm entgegen.

»Und wer sind die anderen beiden?«

»Das konnte ich bisher noch nicht in Erfahrung bringen.« Vargas lehnte sich wieder zurück. »Die zwei wollen sich nicht ausweisen. Da hab ich mir gedacht, dass es eine gute Idee wäre, sofort das Comisaría zu informieren. Vielleicht ist der Schwarze ja ein Illegaler.«

»Haben Sie sich gedacht, soso«, wiederholte García, obwohl er ihm am liebsten an den Kopf geworfen hätte, dass er seinen Anruf vor dem Frühstück kaum als gute Idee bezeichnen konnte. »Sind die beiden schon durchsucht worden?«

Vargas presste die Lippen zu einem schmalen Strich und schüttelte den Kopf.

»Das kann ich übernehmen«, rief da Sánchez. Er klang wie ein Schüler, der im Gegensatz zu seinem Nebensitzer die Hausaufgaben gemacht hatte.

García warf ihm einen strengen Blick zu, nickte dann aber. Hoffentlich reichte seine Miene als Warnung, nicht erneut über das Ziel hinauszuschießen. Nicht so wie neulich am Paseo de las Canteras. Seit der Überprüfung der Personalien eines Straßenhändlers lag gegen Sánchez eine Anzeige wegen Beleidigung und

Nötigung vor. Und García wusste, dass dessen Testosteronspiegel an manchen Tagen entschieden zu hoch lag.

Sánchez antwortete ebenfalls mit einem Nicken und trat breitbeinig vor die junge Frau mit den verfilzten Haaren. Er reckte das Kinn und winkte mit zwei Fingern, um sie zum Aufstehen aufzufordern. Obwohl Sánchez kein Wort sagte, befürchtete García bereits jetzt, dass er seinen mahnenden Blick nicht verstanden hatte.

Die junge Frau verschränkte demonstrativ die Arme vor der Brust und grinste ihn von unten herauf an, als würde sie ihn nicht ernst nehmen. Sánchez zog hörbar die Luft ein und wollte nach ihrem Oberarm greifen.

Mit einer schnellen Körperbewegung wich sie aus. »Fass mich bloß nicht an, *cabrón*.«

Sánchez stemmte die Fäuste in die Hüften. Das Hemd unter der offenen Lederjacke spannte sich um seine Brust, und die Pistole im Holster darunter blitzte hervor. »Ich kann noch ganz anders, *chica*.«

Auch wenn García Sánchez' cowboyhaften Auftritt unangemessen fand, schien er bei der jungen Frau durchaus Eindruck zu machen. Ohne ein weiteres Wort kramte die nacheinander in sämtlichen Taschen ihrer Jeans. Nach einer gefühlten Ewigkeit förderte sie tatsächlich ein ziemlich ramponiertes Etwas zutage, das entfernt an einen DNI, den spanischen Identitätsausweis, erinnerte. Ohne aufzuschauen, streckte sie ihn Sánchez hin.

Mit einem triumphierenden Lächeln nahm der den Ausweis entgegen. »Warum nicht gleich so?«

Während Sánchez versuchte, die Angaben auf dem Ausweis zu entziffern, fiel García Vargas' Sandwich ins Auge. Sein Magen quittierte den Anblick mit einem Knurren, und er dachte an die beiden *churros*, die in einer Papiertüte in seinem Büro auf ihn warteten. Und an den Cortado, in den er sie tunken wollte. Ein weiteres Mal sah er auf seine Armbanduhr. Mit der Anfahrt zum Flughafen war inzwischen bald eine Stunde vergangen. Und der Besuch bei der Iberia lag noch vor ihm.

»Marta Navarro«, las Sánchez schließlich vor. »Geboren am

12. Dezember 1999 in Toledo.« Er musterte sie unverhohlen. So unverhohlen, dass García den Ärger schon förmlich spürte, den er damit heraufbeschwor. Hoffentlich konnte er sich beherrschen und ließ den Macho noch eine Weile stecken. Wenigstens so lange, bis sie die Sache hier geklärt hatten.

»Gefällt dir, was du siehst?« Navarro drückte den Rücken durch und hob ihre Brüste mit den Händen an. »Oder hast du was an den Augen?«

»Wie kommst du darauf?«

Navarro deutete auf ihre Augen. »Die dämliche Sonnenbrille. Sieht irgendwie aus wie in den Siebzigern. Fehlt nur noch der Pornobalken unter der Nase.«

Sánchez' Lippen wurden schmal, seine Zähne mahlten. Einen Moment lang sah es so aus, als wolle er sie am Hals packen und schütteln. Doch er hielt sich zurück. Noch. »Wo wohnst du hier auf Gran Canaria?«

»Geht dich nichts an«, antwortete Navarro spitz.

»Geht uns nichts an, schade.« Er warf García einen gespielt enttäuschten Blick zu. »Haben Sie gehört, Jefe? Sie sagt, es geht uns nichts an.«

»Ich hab's gehört, Sánchez.« García seufzte. »Ich hab's gehört.« Die beiden steuerten unabwendbar auf eine handfeste Konfrontation zu. Eine weitere Eskalation musste er unbedingt verhindern.

»Was machst du hier?«, wandte Sánchez sich wieder an Navarro. Seine Stimme klang jetzt streng und eiskalt. Er hatte in den Verhörmodus geschaltet.

»Wo hier? Am Flughafen?«, lautete ihre selten dämliche Rückfrage.

Sánchez' Kiefermuskeln pochten unter dem grimmigen Mahlen seiner Zähne. »Nein, hier auf Gran Canaria natürlich. In deinem DNI steht Toledo als Wohnort.«

»Urlaub«, entgegnete Navarro in einem Tonfall, dass jeder im Raum die Lüge heraushören konnte.

»Urlaub? Dass ich nicht lache«, sprach Sánchez das Offensichtliche aus. »Ich sag dir jetzt mal, was ich glaube, *chica*.« Er beugte sich zu ihr hinunter.

»Ich denke, das reicht jetzt.« García verspürte nicht die geringste Lust, an diesem Morgen die nächste Anzeige wegen Beleidigung und Nötigung zu verantworten.

Ein weiterer Blick von Sánchez traf ihn. Offenbar glaubte der, sich verhört zu haben. Als Sánchez realisierte, dass dem nicht so war, reichte er ihm den ramponierten DNI weiter und trat vor den dunkelhäutigen Hünen im Real-Madrid-Trikot. »Sprichst du Spanisch?«

»Ihr Scheißrassisten«, rief Navarro aus, anstatt die Antwort des Hünen abzuwarten. »Erst soll er ein Illegaler sein und nun kein Spanisch sprechen. Alles nur, weil er schwarz ist?«

Sánchez' bitterböser Seitenblick traf sie. »Du hältst jetzt besser deine große Klappe. Haben wir uns verstanden?« Er wandte den Kopf wieder dem Hünen zu und forderte mit der gleichen Handbewegung wie zuvor bei Navarro: »Papiere!«

»Kann nicht«, entgegnete der in gebrochenem Spanisch und hob die gefesselten Hände an, als wären sie bisher auf seinem Schoß nicht zu sehen gewesen.

»Los, aufstehen!« Erneut winkte Sánchez mit zwei Fingern, um seiner Aufforderung Nachdruck zu verleihen.

Mit einem Stöhnen, als müsse er einen zentnerschweren Stein anheben, kam der Hüne hoch und überragte Sánchez um fast einen Kopf. Er verzog das Gesicht zu einer Grimasse. Eine Reihe schneeweißer Zähne kam zum Vorschein. García rechnete bereits damit, dass Sánchez sich nach der Auseinandersetzung mit Navarro nicht mehr länger beherrschen konnte. Doch der behielt erneut seine Nerven und tastete erst die Schultern, dann den Oberkörper und schließlich die Beine ab.

»Keine Papiere, nichts.« Er schüttelte den Kopf.

Der Hüne ließ sich wieder auf den Stuhl fallen. Das Holz ächzte unter seinem Gewicht. Grinsend sah er auf, als hätte er Sánchez in einem Wettkampf besiegt.

»Mitnehmen«, sagte García und hoffte, dass Sánchez trotz seiner Sonnenbrille bei der Durchsuchung nichts übersehen hatte. »Beide.«

»Was?«, rief da Navarro. Sie schnellte vor und wäre dabei

fast vom Stuhl gefallen. »Das ist doch nur verdammte Bullenschikane.«

»Feststellung der Personalien und des Wohnorts, das ganze Programm.« Auch García gingen die beiden allmählich auf die Nerven. Vor allem, nachdem sie ihn als Bullen und Rassisten beschimpft hatte. Sollen sie doch die nächsten Stunden auf dem Comisaría verbringen. Seiner Erfahrung nach wurden die meisten dort schnell kooperativ.

»¡Mierda!« Navarro rutschte wieder nach vorne und zog ein Gesicht wie ein schmollendes Kind.

García wandte sich ab und musterte den Ausweis der deutschen Frau. Dass sie bereits fünfzig Jahre alt war, sah man ihr nicht an. Sie wirkte jünger, was vor allem an ihrer sportlichen Figur und dem natürlichen, leicht gebräunten Teint lag.

Er trat auf sie zu. »Und haben Sie?«

»Was habe ich?«, fragte sie mit einem lustigen deutschen Akzent und löste sich von der Wand. Sie war echt groß, überragte ihn um einige Zentimeter.

»Den Diebstahl verhindert.«

»Natürlich.« Es war nur ein Wort, aber das sagte sie mit einer Selbstverständlichkeit, dass García gewillt war, ihr zu glauben. Zugleich flackerte etwas in ihren Augen auf, das er nicht sofort einordnen konnte. Gereiztheit vielleicht oder gar Unverständnis?

»Haben Sie die Frau geschlagen?«

»Wie hätte ich sie sonst aufhalten sollen?«, entgegnete sie wie aus der Pistole geschossen. »Vielleicht durch gutes Zureden?«

García kratzte sich an den Bartstoppeln. Auf den Mund gefallen war die Deutsche schon mal nicht.

»Die beiden arbeiten zusammen. Der Schwarze nimmt einen beliebigen Koffer vom Band, um die Aufmerksamkeit auf sich zu ziehen. Seine Partnerin muss nur noch warten, bis ihm der Besitzer dieses Koffers nacheilt, und schnappt sich dann eine Tasche von dem dann unbewachten Gepäckwagen. Sobald das geschehen ist, lässt ihr Komplize den Koffer einfach irgendwo stehen und macht sich aus dem Staub. Das hat diesmal allerdings nicht geklappt, weil die Kollegen von Señor Vargas aufgepasst haben.«

»Und das haben Sie alles genau so beobachtet?« Noch nie war García eine so aufmerksame Touristin untergekommen. Aber war sie überhaupt hier, um Urlaub zu machen, oder besuchte sie die Insel aus anderen Gründen?

»Natürlich«, lautete erneut ihre Antwort. Unüberhörbar schwang diesmal Ungeduld in ihrer Stimme mit. »Sonst wäre die Kleine mit dem Rucksack schon längst über alle Berge.«

»Sie sagt, sie hat die Tasche gefunden.« García musterte die junge Frau mit den verfilzten Haaren. Ihre Geschichte von der gefundenen Tasche klang mehr nach einer schlechten Ausrede. »Ich hab verstanden, was sie gesagt hat. Sie lügt.«

»Ist das so?«

»Sie könnten Señor Seifert fragen. Das ist seine Tasche. Dann sind wir hier gleich fertig und können nach Hause gehen.«

»Lassen Sie das mal meine Sorge sein«, knurrte García. Natürlich würde er Seifert fragen. Aber erst, wenn er es für richtig hielt. So sympathisch er die Deutsche bisher fand, aber diese vorlaute Art störte ihn. Und vor allem brauchte sie ihm nicht zu erklären, wie er seine Arbeit zu machen hatte.

García wollte Seifert noch etwas zappeln lassen. Nicht nur sein Trenchcoat erschien ihm suspekt. Auch verhielt er sich viel zu still, um das bloße Opfer eines Raubüberfalls zu sein. Und das schon über eine halbe Stunde, wie ein erneuter Blick auf seine Armbanduhr zeigte.

»Sie hätten etwas essen sollen«, sagte da die Deutsche. »Dann wäre Ihre Laune auch besser.«

García glaubte, sich verhört zu haben. »Was?«

»Sie hätten was essen sollen, am besten gleich, als Sie ins Büro kamen.«

»Ich fürchte, ich verstehe nicht.« García konnte sich noch immer keinen Reim auf ihre Bemerkung machen.

»Sie haben jetzt schon dreimal auf Ihre Armbanduhr geschaut.«

»Es geht Sie zwar nichts an, Señora Bitter. Aber ich hab gleich noch einen anderen Termin.«

»Mit dem Sandwich da?«

Unwillkürlich wanderte Garcías Blick zu der Papiertüte auf Vargas' Schreibtisch. Das angebissene Sandwich ragte zur Hälfte heraus.

»Das starren Sie inzwischen auch zum dritten Mal an.«

»Wie kommen Sie darauf, dass ich nicht bereits zu Hause gefrühstückt habe?«

»Sie wohnen allein und sind wahrscheinlich jeden Tag schon vor acht auf Ihrer Dienststelle.«

García ließ geräuschvoll Luft entweichen. Die Deutsche war nicht nur vorlaut, sie brachte ihn auch völlig aus der Fassung.

»Und woher wollen Sie wissen, dass ich allein wohne?«

»Sie tragen keinen Ehering. In Ihrem Alter wohnt man ohne Ehering allein. Und Ihr Sakko ...«

Der Rest des Satzes ging in Sánchez' Geschrei unter. Stühle polterten, jemand kreischte, und Vargas fluchte lauthals los.

Verdammt, Sánchez! García atmete tief durch. Eigentlich wollte er gar nicht wissen, was sich hinter seinem Rücken abspielte. Dennoch wandte er sich um und sah einigermaßen perplex auf das Bild, das sich ihm bot.

Sánchez krümmte sich auf dem Boden, presste eine Hand auf seinen Brustkorb. Direkt vor ihm lag das Gestell seiner Sonnenbrille, etwas weiter entfernt das zerbrochene Glas. Der Stuhl, auf dem der Weißhaarige noch vor wenigen Sekunden gesessen hatte, war umgekippt. Auch er lag davor, fast in derselben Position, als säße er noch, und stöhnte. Vargas hantierte an einem Funkgerät herum. Permanentes Knacksen drang aus dem Lautsprecher. Er schüttelte es ein paarmal, fummelte wieder an den Knöpfen herum. Doch er erreichte nur, dass ein lautes Rauschen das Knacksen ablöste.

Navarro lümmelte weiterhin auf ihrem Stuhl und lächelte vor sich hin. Sie schien ihre Genugtuung zu genießen.

Die Bürotür stand sperrangelweit offen. García erhaschte noch einen kurzen Blick auf das weiße Real-Madrid-Trikot mit der Sieben, Cristiano Ronaldos ehemaliger Rückennummer, bevor der Hüne in der Halle verschwand. Offenbar hatte er Sánchez zu Boden gerammt und war in Sekundenschnelle aus dem Büro gestürmt. Trotz der Kabelbinder musste er es irgendwie geschafft haben, die Tür zu öffnen.

Fluchend rappelte Sánchez sich auf. »Den schnappe ich mir, Jefe«, rief er keuchend und stürmte ebenfalls aus der Tür, ohne sich um seine zerbrochene Sonnenbrille auf dem Boden zu kümmern. Immerhin, da war García sich sicher, würde er den Hünen so im Halbdunkel des Flughafengebäudes schneller entdecken.

»Ich denke«, nahm er als Nächstes die Stimme der Deutschen hinter sich wahr, »spätestens jetzt sollten Sie meiner Version Glauben schenken, Señor García.«

4

Als Sánchez einige Minuten später keuchend und schwitzend wieder in Vargas' Büro auftauchte, konnte Sofia ihr Lachen gerade noch als Hustenanfall tarnen. Er musste nichts sagen, sein Gesichtsausdruck sprach Bände. Zweifelsohne war ihm der Dunkelhäutige entkommen.

Auch García sagte nichts, schüttelte nur stumm den Kopf und wandte sich dann an Seifert. Der saß inzwischen wieder auf seinem Stuhl und sah aus wie ein Häufchen Elend. *»Are you on holiday?«*, fragte er in holprigem Englisch mit hartem spanischen Akzent.

Seifert versuchte sich in Spanisch. *»Sí*, Maspalomas.«

»Maspalomas, *vale*. Hotel?«

Seifert kramte in seinem Trenchcoat und hielt dann einen zerknitterten Zettel in der Hand. »Hotel Caserio, Avenida de Italia.«

García beäugte ihn, als würde ihn die Antwort nicht zufriedenstellen. Schließlich fragte er in noch schlechterem Englisch: *»Are you cold?«*

»Cold?«

»Your coat.« Er deutete auf Seiferts beigefarbenen Trenchcoat, um seine Frage zu verdeutlichen.

Sofia interessierte sich nicht für Seiferts Trenchcoat, sondern beobachtete eher amüsiert, wie Sánchez auf dem Fußboden kniete und die Reste seiner zerbrochenen Sonnenbrille aufsammelte.

Die Diskussion über den Trenchcoat dauerte weiter an. Aus den Augenwinkeln sah sie, wie Seifert ihn auszog und an García weiterreichte. Der tastete den Mantel ab und gab ihn wieder zurück. Hatte García tatsächlich vermutet, dass Seifert darin etwas Illegales versteckte?

Sofia ging das alles nichts an. Seifert nicht, García nicht und alle anderen in diesem viel zu kleinen Büro der Flughafenpolizei auch nicht. Eigentlich wollte sie das Ferienhaus ihrer Großeltern beziehen.

Sánchez kam endlich vom Fußboden hoch. Er betrachtete die Überreste seiner Sonnenbrille in der Hand und jammerte vor sich hin, als hätte ihn ein schwerer Schicksalsschlag getroffen.

Nicht mehr lange würde Sofia es mit einer dämlichen Diebin, einem übergewichtigen Flughafenpolizisten und einem ignoranten Kriminalbeamten samt Macho-Assistenten aushalten. Nicht in diesem stickigen Büro. Nicht bei dieser Hitze. Und nicht wegen dieser Lappalie. »Kann ich jetzt gehen?«, wandte sie sich an García und hoffte, dass mit der Flucht des Dunkelhäutigen nun genügend Verdachtsmomente vorlagen, um ihre Version des Tathergangs zu bestätigen.

Kam es Sofia nur so vor, oder musterte García sie länger als notwendig? Insgeheim rechnete sie bereits damit, dass es nichts werden würde mit seiner Einwilligung, zu gehen. Doch schließlich ließ er ein erlösendes Nicken folgen.

Sie schwang ihren Rucksack über die Schulter, packte die Griffe der beiden Rollkoffer und schickte sich an, das Büro zu verlassen.

»Bevor Sie gehen …«, sagte da García.

Sofia hielt mitten in der Bewegung inne und drehte sich wieder um. »Was?«

»Ich muss Sie um Ihre Adresse auf Gran Canaria und Ihre Telefonnummer bitten.«

»Aus welchem Grund?«

García blieb trotz Sofias schroffem Tonfall freundlich. »Möglicherweise müssen wir Ihre Aussage später schriftlich aufnehmen. Sie verstehen?«

Natürlich verstand Sofia. Ihre Kollegen in Deutschland wären genauso vorgegangen. Jeder Zeuge musste identifiziert werden. Sie stellte die Koffer ab, zog ihr Mobiltelefon hervor und las die Rufnummer vor.

»Nicht so schnell.« García förderte aus einer Seitentasche ein kleines Büchlein mit rotem Umschlag zutage und klopfte dann die anderen Taschen seines Sakkos ab. »Sánchez!«

»Jefe?«

»Stift.« García streckte ihm die Hand entgegen.

Sánchez kramte in seiner Lederjacke, fand einen Bleistift und reichte ihn an García weiter.

»Bitte«, forderte der Sofia auf. »Und gleich noch Ihre Adresse.«

Sofia nannte ihm ein weiteres Mal ihre Telefonnummer sowie die Adresse des Ferienhauses in Los Giles, einem Dorf oberhalb von Las Palmas.

García notierte sich Straße und Ort mit dem winzigen Bleistift. Er wirkte dabei in etwa so modern wie Inspektor Columbo bei seinen Ermittlungen.

»Sie können jetzt gehen«, sagte er und steckte das rote Büchlein wieder zurück, das mit seinem alphabetischen Register eher an ein Adressbuch erinnerte.

Das ließ Sofia sich nicht ein weiteres Mal sagen. Sie packte erneut ihre Koffer und schob sie an Sánchez vorbei, der immer noch seine kaputte Sonnenbrille beklagte. »¡Adiós, caballeros! Und Ihnen einen schönen Urlaub, Herr Seifert«, sagte sie, ohne sich noch mal umzuschauen, und trat durch Vargas' Bürotür.

Hektik und Lärm empfingen sie in der Gepäckhalle. Sofia hielt kurz inne und atmete tief durch. Obwohl auch hier die Luft eher abgestanden roch, kam es ihr vor, als würde sie die Morgenluft auf ihrer Joggingstrecke im Stuttgarter Kräherwald einatmen.

Nach einer weiteren Viertelstunde am Schalter der Autovermietung nahm Sofia ihren Wagen in Empfang, einen weißen Dacia Sandero mit Minimalausstattung. Immerhin besaß der Wagen ein Automatikgetriebe, was ihr das Fahren mit dem lädierten rechten Arm erleichterte. Allerdings hätte sie besser ein paar Euro mehr für ein Navigationssystem investieren sollen. Jetzt war es dafür zu spät. Für die nächsten Wochen musste sie mit dem Dacia klarkommen. Und falls sie länger blieb, würde sie sich ohnehin einen eigenen Wagen kaufen.

Als Sofia die Adresse des Ferienhauses ihrer Großeltern in ihr Mobiltelefon eingeben wollte, kannte Google Maps zwar den

Ort, weigerte sich aber beharrlich, die dazugehörige Straße zu akzeptieren. Sie ignorierte ihre Bedenken, dass die Straße nach vierzig Jahren womöglich nicht leicht zu finden sein würde, und startete die Navigation. Google Maps berechnete eine Fahrtzeit von sechsundzwanzig Minuten. Weniger als erwartet. Sofia ließ den Motor an, zirkelte den Wagen nach ein paar überflüssigen Runden aus dem Parkhaus und fädelte sich in die dreispurig ausgebaute GC-1 ein. Auf der rechten Spur ließ sie sich vom dichten Verkehr Richtung Norden treiben, vorbei an riesigen Einkaufsmeilen und Hotelkomplexen, die ihr allesamt fremd waren. Ganz im Gegensatz zu den viel kleineren, schmucken Ansiedlungen, die sich wie bunte Bauklötze in die olivgrüne Hügellandschaft schmiegten.

Eine gute halbe Stunde und ein Dutzend Serpentinen später erreichte Sofia endlich Los Giles in den Hügeln westlich von Las Palmas. Einst ein kleines Dorf, schien es inzwischen zu einer Kleinstadt angewachsen zu sein. Auf den ersten Blick erkannte sie nichts wieder. Alles wirkte neu, und so lenkte sie den Dacia ziellos durch die Straßen. Entgegen der Annahme, ihr Orientierungssinn würde sie zum Ferienhaus führen, musste Sofia sich nach einer Weile eingestehen, dass ihr wenig bis überhaupt nichts in dem Ort bekannt vorkam. Möglicherweise der Spar-Laden, sofern der früher unter dem Namen »Vivo« firmiert hatte. Oder der Marktplatz, den sie allerdings viel größer in Erinnerung hatte. Wider Erwarten war ihr Los Giles nach vierzig Jahren Abwesenheit vollkommen fremd geworden.

Um sich zu orientieren, steuerte Sofia den oberen Ortseingang im Norden der Stadt an. Dort befand sich ein riesiger Wasserspeicher, der Los Giles mit Trinkwasser versorgte. Und von diesem Wasserspeicher aus, so erinnerte sie sich, konnte man nicht nur die Aussicht bis hinunter nach Las Palmas genießen, sondern auch das mittlerweile zur Stadt angewachsene Dorf überblicken.

Schon von Weitem sah sie, dass die letzten vierzig Jahre auch am Wasserspeicher nicht spurlos vorübergegangen waren. Er war nicht nur ersetzt worden durch einen riesigen beigefarbenen Stahltank in rund hundert Metern Entfernung. Auch das Areal von der Größe eines Handballfeldes wirkte vollkommen verfallen. Im Grunde bestand der Speicher nur noch aus einer kniehohen Mauer, auf der ein löchriger Maschendrahtzaun mehr schlecht als recht errichtet worden war. Ein rechteckiger Betonpfeiler davor verkündete in gelber Sprühfarbe die ewige Liebe von Cristina und Rafael.

Der ehemalige Wasserspeicher glich einem vor langer Zeit abgelassenen Schwimmbecken, das die Dorfjugend seither als ihren bevorzugten Platz für Partys und als Treffpunkt aller Art nutzte. Bierdosen, Zigarettenschachteln, Zeitungen, Glasscherben, Matratzen, Kleidungsstücke und anderer Müll, den sie eher im Abfalleimer eines Badezimmers vermutet hätte, säumten den aufgeplatzten Zementboden. Sofia traute sich kaum, die mit Graffiti übersäte Mauer oder den rostigen Zaun anzufassen. Zu groß war die Befürchtung, dass alles wie ein Kartenhaus in sich zusammenfallen könnte.

Dabei war der Ausblick hier am Lomo de la Furnia immer noch phänomenal. Unter ihr, vielleicht ein, zwei Kilometer entfernt, erstreckte sich die Bucht von Las Palmas mit dem berühmten Strand Las Canteras. Dahinter glitzerte der unendliche Ozean, mehr silbern denn blau, als schwimme ein Teppich aus Brillanten auf der Oberfläche. Dutzende von Schiffen und Ölplattformen lagen vor den Hafenmauern auf Reede, um irgendwann in den Docks von Las Palmas gewartet zu werden.

Im Moment jedoch hatte Sofia kaum Augen für das Panorama. Sie wandte sich um, ließ den Blick über Los Giles schweifen und erkannte schnell ihren Irrtum mit dem viel zu kleinen Marktplatz. Östlich davon war ein ganz neuer Straßenzug entstanden. Zahlreiche Gebäude und eine Straße, die zum Mirador de Los Giles, dem unteren Aussichtspunkt, führte, versperrten den Blick. Und mit dieser Erkenntnis wusste sie endlich, wie sie zum Ferienhaus ihrer Großeltern kam.

Sofias Weg zurück zum Wagen führte vorbei am Mirador de Los Giles, der damals wie heute als wilde Müllkippe diente. Und wie früher schon endete dort die geteerte Straße. Ein sandiger Feldweg mit Schlaglöchern und Steinen, die seit Ewigkeiten von den umliegenden Felsen abbröckelten, führte immer weiter bergab.

Und mit einem Mal wusste Sofia, dass sie gleich am Ende ihrer Reise angekommen sein würde. Hinter einem Hügel kam er in Sicht: ihr Drachenbaum. Mächtiger, als sie ihn in Erinnerung hatte, und noch mächtiger, als sie ihn sich manchmal in ihren Träumen vorstellte. Einmal hatte sie den Baum sogar in seiner seltenen Blüte bewundern können. Ihre Großmutter sagte damals: Wenn der Baum das nächste Mal blüht, bist du bestimmt verheiratet. Und das übernächste Mal hast du bereits Kinder, die älter sind als du jetzt. Opa und ich sind dann nicht mehr da.

Ihre Großmutter lag mit fast allem daneben. Obwohl Sofia seither nie mehr die grünlich weißen Blüten gesehen hatte, musste ihr Drachenbaum inzwischen bereits dreimal verblüht sein. Aber sie war weder verheiratet, noch hatte sie Kinder. Nur die Großeltern waren tatsächlich nicht mehr da.

In diesem Augenblick wechselte abrupt ihre Perspektive. Sofia sah sich als Mädchen, zwölf oder dreizehn Jahre alt. Sie hockte neben Pedro, einem gleichaltrigen Jungen aus Los Giles. Ihr Pferdeschwanz schaukelte hin und her, während sie gemeinsam versuchten, mit den bloßen Händen eine Blechdose am Fuß des Drachenbaums zu vergraben. Es war eine bunte Keksdose mit einer Abbildung der Heiligen Drei Könige und der Aufschrift »Feliz Navidad«. Sofia überlegte, was sie damals hineingelegt hatten. Ein vollgekritzeltes Stück Papier, einen Ring, eine Kette? Sie konnte sich nicht mehr daran erinnern und nahm sich vor, irgendwann danach zu graben. Auch wenn die Blechdose wahrscheinlich längst nicht mehr existierte.

Genauso wie sie sich vornahm, nach Pedro zu suchen. Wie würde er nach vierzig Jahren wohl aussehen? Lebte er überhaupt noch in Los Giles, war er verheiratet, hatte er Kinder? Womöglich war er bereits wieder geschieden. Noch immer hatte sie sein tief gebräuntes Gesicht unter dem pechschwarzen Lockenschopf vor Augen. Und natürlich die strahlend weißen Zähne mit der scheunentorgroßen Lücke in der Mitte, die er beim Lachen entblößte. Und Pedro hatte viel gelacht. Gemeinsam hatten sie viel gelacht. Wären sie damals ein paar Jahre älter gewesen, wer weiß? Vielleicht hätten sie sich geküsst. Doch irgendwann war sie nicht mehr mit ihren Großeltern nach Gran Canaria gekommen. Es musste das Jahr danach gewesen sein. Das Jahr, nachdem sie die bunte Blechdose dort unter ihrem Drachenbaum vergraben hatten.

Ein Schlagloch, nein eher eine Grube holte sie in die Gegenwart zurück. Der Dacia knarrte und schaukelte wie eine überladene Wippe auf dem Spielplatz. Sie trat auf die Bremse, doch der Wagen schien nicht reagieren zu wollen und rutschte einfach weiter. Feiner, staubiger Sand wirbelte auf, zog über die Frontscheibe und nahm ihr die Sicht. Dann, einige Meter weiter, kam sie endlich zum Stehen. Der Motor ihres Wagens stotterte und erstarb.

Befand sie sich immer noch auf dem Feldweg oder bereits daneben? Sofia sah durch das Seitenfenster. Zwar konnte sie den ausgetrockneten Wassergraben am Wegrand nicht mehr sehen, aber der Wagen stand relativ waagerecht. Sie spähte durch die Frontscheibe. Höchstens einen Steinwurf entfernt ragte eine weiße Mauer aus der Staubwolke, an die sich im rechten Winkel eine zweite, nicht ganz so weiße Mauer anschloss. Dann entdeckte sie die grüne Eingangstür aus Holz und zwei ebenfalls grüne Fensterläden in der zweiten Mauer. Sie war endlich an ihrem Ziel angelangt, stand vor dem Ferienhaus ihrer Großeltern.

Sofia ließ die Fußbremse los, der Dacia rollte weiter bergab und kam einige Meter vor der Eingangstür zum Stehen. Sie zog die Handbremse an, wartete, bis der Wind die Staubwolke auseinandergetrieben hatte, und stieg aus.

Mit jeder Sekunde, die sie das zweistöckige Gebäude mit dem flachen Dach betrachtete, wuchs ihre Enttäuschung. Die beiden Betonstufen vor der Eingangstür waren aufgeplatzt und wiesen Löcher auf, in denen man Golfbälle verstecken könnte. Die Außenmauer benötigte nicht nur einen neuen Anstrich, wie sie gehofft hatte, sondern an einigen Stellen blätterte der Putz ab. Mit simplen Malerarbeiten war es wohl nicht getan, sondern sie würde auch das Verputzen von Mauern lernen müssen. Sie hätte besser vor ihrer Anreise einen Handwerker-Crashkurs belegt. Ganz offensichtlich gab es beträchtliche Unterschiede zwischen der spanischen und der deutschen Einschätzung einer Bausubstanz. Hoffentlich sah es im Innern besser aus. Mit einem unguten Gefühl umrundete sie das Gebäude. Auch auf der Ostseite bröckelte der Putz. Hinzu kam, dass beide Fensterläden schief in den Angeln hingen. Auf der Rückseite mit der Terrasse und dem Weg zum Garten waren die Steinplatten bis auf wenige Stellen zerbrochen. Zwischen den Ritzen wucherte Unkraut. Im Garten selbst blühte nichts mehr. Keine leuchtend roten, violetten und orangefarbenen Blüten der Bougainvillea, auch keine gezackten gelben Blätter der Aloe. Mit den übrig gebliebenen Kakteen glich der Garten eher einer vertrockneten Wildnis.

Sie erreichte wieder die Eingangstür auf der Vorderseite und steckte den Schlüssel ins Schloss. Der ließ sich leicht drehen, und wie von selbst sprang die Tür einen Spalt auf. Sofia drückte sie mit der Fußspitze ganz auf. Langsam und knarrend schwang die Tür nach innen. Kühle Luft schlug ihr entgegen.

Da, ein Rascheln. Ganz deutlich. Zu laut für ein unbewohntes Haus. Sofia zuckte zusammen. Dann ein Scharren oder Kratzen. Der Ursprung lag fraglos irgendwo im Halbdunkel, das sich vor ihr ausbreitete. Mechanisch wollte sie nach dem Holster an ihrer Hüfte greifen. Doch schon das Zittern ihrer Hand erinnerte Sofia daran, dass sie dort seit Monaten keine Waffe mehr trug.

Sie redete sich ein, dass die Geräusche nur in ihrer Einbildung existierten. Gleichwohl machte sie den ersten Schritt ins Innere vorsichtiger, als es für eingebildete Geräusche notwendig gewesen wäre. Mit klopfendem Herzen wartete sie ein paar Sekunden, damit sich ihre Augen an das wenige Licht gewöhnen konnten.

Abermals raschelte etwas, diesmal lauter. Im nächsten Moment registrierte Sofia eine Bewegung in den Augenwinkeln. Noch bevor sie reagieren konnte, sprang etwas Dunkles von der Seite auf sie zu. Sie spürte eine unglaubliche Wucht, die sie zu

Boden reißen drohte. Gleich würde sich ein schockierend lauter Knall in ihr Gehirn bohren. Doch da war kein Knall. Nichts riss sie von den Beinen.

»Miau!« Eine schwarze Katze streifte ihre Beine und verschwand durch die Eingangstür ins Freie.

Ihre Hand zitterte wie im Krampf. Stoßweise stieß sie Luft aus, zog sie tiefer wieder ein und wartete auf den Schmerz. Statt des Schmerzes spürte sie Schwindel aufkommen. Wenn sie ihre Atmung nicht unter Kontrolle brachte, würde sie hyperventilieren und ohnmächtig werden.

Sofia war vor einem derartigen Ereignis gewarnt worden. Flashback hatten sie es in der Reha genannt, ausgelöst durch einen Sinnesreiz, der sie an Aspekte ihres Traumas erinnerte. Dann würde sie Teile des Geschehenen wieder erleben und dabei die Erinnerung nicht immer als Erinnerung, sondern bisweilen auch als Realität wahrnehmen.

Für genau diesen Fall hatte ein Psychologe sie eine Ablenkungsstrategie trainieren lassen. Sofia tastete nach dem Gummiband an ihrem zitternden Handgelenk. Es war nicht da. Verdammt, wo hatte sie es hingesteckt? Sie kramte in den hinteren Hosentaschen. Nichts. Dann in der linken Tasche. Dort fand sie das beigefarbene Gummiband, stülpte es über und zupfte daran. Dreimal, viermal, immer stärker zog sie daran und ließ es auf die Haut schnappen. Ihre Aufmerksamkeit richtete sich auf den anschwellenden Schmerz am Unterarm. Es half. Ihre Atmung verlangsamte sich, und der Überschuss an Sauerstoff schwand. Das schwindelige Gefühl flaute ab, und allmählich beruhigte sich auch ihr Herzschlag.

Sofias Augen hatten sich inzwischen gänzlich an das Halbdunkel angepasst. Sie sah sich im Erdgeschoss um, das im Wesentlichen nur aus einem großen Wohn- und Essbereich mit Küchenzeile und einer Toilette bestand. Staubpartikel tanzten in den Sonnenstrahlen, die durch die Schlitze der Fensterläden fielen. Nach den Eindrücken von draußen hatte sie ihre Erwartungen an das Innere noch weiter heruntergeschraubt. Doch auf den ersten Blick erschien ihr die Einrichtung in einem nicht allzu schlechten Zustand. Natürlich lag eine Staubschicht auf den Möbeln, und weiße Tücher bedeckten das Sofa sowie die beiden Sessel. Aber ansonsten sah alles aus wie früher. Sogar dieselben Bilder hingen noch an der Wand.

Sie trat an die Treppe und betrachtete die Bilderrahmen, die an der Wand hoch bis fast in den ersten Stock reichten. Die meist schwarz-weißen Fotos zeigten ihre Großmutter im Garten, beim Kuchenbacken oder Kochen. Sie musste damals ungefähr so alt gewesen sein wie Sofia heute, und die Ähnlichkeit war kaum zu übersehen. Die gleichen hohen Wangenknochen, die gleichen dunklen Augen, die so kritisch dreinschauen konnten. Und dann entdeckte sie sich natürlich immer wieder als kleines Mädchen: im Badeanzug, in Schlaghosen und engem T-Shirt, mal mit Pferdeschwanz, mal mit offenen Haaren. Unwillkürlich musste Sofia lächeln, als sie ein verblichenes Foto erblickte, auf dem sie als drei- oder vierjähriges Mädchen in einem mit Wasser gefüllten Blechzuber saß und mit Muscheln spielte. Das war jetzt bald fünfzig Jahre her.

Nur wenige Fotos zeigten den Großvater, der seine geliebte Kamera selten aus der Hand gab. Sie erinnerte sich noch gut an die schwarze Yashica, die Jahr für Jahr ramponierter aussah, bis er sie irgendwann nur noch mit Klebeband zusammenhalten konnte.

Sofia nahm die Treppe hinauf in den ersten Stock, wo sich zwei Schlafzimmer und ein großes Badezimmer mit Wanne befanden. Sie öffnete die Tür zu ihrem alten Zimmer und zog den Vorhang vor dem Fenster beiseite. Gleißendes Sonnenlicht durchflutete den Raum, und sie kniff die Augen zusammen, bis sie wieder sehen konnte. Auch hier musste Sofia feststellen, dass sich nicht allzu viel verändert hatte. Die Tapete mit Blumenmuster, der grobe Holzfußboden, das Bett und der Schrank schienen noch dieselben zu sein wie früher. Lediglich eine Art Schreibtisch an der Wand gegenüber war hinzugekommen. Sie setzte sich aufs Bett und wippte, um die Federung der Matratze zu testen. Es quietschte. Trotzdem würde sie die ersten Nächte in ihrem alten Zimmer schlafen. Schließlich hatte sie aus diesem Grund einen Schlafsack mitgebracht.

Ein weiteres Mal sah sie vor ihrem geistigen Auge das Mädchen mit dem schaukelnden Pferdeschwanz. Die kleine Sofia saß vor dem Kleiderschrank auf dem Holzfußboden und hatte ihre Kuscheltiere im Kreis um sich versammelt. Sie sprach mit ihnen, während sie Kakao und Kuchen mit imaginären Tassen und Tellern servierte. Sofia musste schmunzeln. Sie trat vor den Schrank und öffnete die Tür. Die betagten Scharniere protestierten kreischend gegen jeden Zentimeter. Gähnende Leere und der muffige Geruch von altem Holz empfingen sie. Sie ließ sich auf die Knie fallen, zog die unterste Schublade auf. Was hatte sie erwartet? Natürlich war sie leer. Auch ihre Kuscheltiere von damals waren längst ausgezogen.

Gerade als sie die Schublade wieder zugeschoben hatte, hörte sie erneut ein Knarren. Nur für einen Moment glaubte sie, die Katze sei zurückgekehrt. Doch sofort verwarf sie den Gedanken wieder. Wenn sie das Rascheln zuvor als zu laut für ein unbewohntes Haus empfunden hatte, so gehörte dieses Geräusch in die Kategorie Donnerschlag.

Wie elektrisiert fuhr Sofia hoch und hielt den Atem an, bis ihre Lungen brannten.

Da war nichts – außer dem Wind, der um die Außenmauern strich. So leise wie möglich schlüpfte sie durch die Zimmertür und lauschte. Das nächste Geräusch ließ Sofia zusammenzucken. Ein Knarren, das eindeutig vom Holzboden im Erdgeschoss stammte. Und das bedeutete, dass sich außer ihr noch eine weitere Person im Haus befand. Sie tastete nach ihrem Gummiband, hob es mit dem Zeigefinger leicht an und ließ es schnappen. Das Gefühl des Gummis auf der Haut beruhigte sie. Aber natürlich stellte es keine Option dar, hier oben auszuharren, bis die Geräusche von selbst aufhörten. Ihr weiteres Leben durfte nicht von lähmender Mutlosigkeit bestimmt werden.

Auf Zehenspitzen wandte Sofia sich der Treppe zu, stieg vorsichtig Stufe für Stufe nach unten. Noch bevor sie im Erdgeschoss etwas erkennen konnte, rief ihr eine männliche Stimme entgegen: »Sofia!«

5

Liebe Sofia,

als Erstes möchte ich mich dafür entschuldigen, dass ich Dir diese Schmerzen zugefügt habe. Es muss sehr weh- getan haben. Auch tut es mir leid, dass Dein rechter Arm in Mitleidenschaft gezogen wurde. Ich dachte eigentlich, der Schuss hätte Dich getötet. Als Du da auf der Straße lagst, sahst Du tot aus. Und trotz Deines Alters wahnsinnig sexy. Ich habe mich wohl zu früh mit einem Kuss von Dir verabschiedet.

Du fragst Dich jetzt sicherlich, woher ich Deinen Namen kenne. Das tut nichts zur Sache. Nur so viel: Das ist noch lange nicht alles. Ich kann Dich lesen wie ein Buch. Schon seit damals, als Du die Sonderkommission »Kapuze« über- nommen hast. Welch selten dämlicher Name. Aber glaubst Du nach all der vertanen Zeit immer noch, dass Ihr mich fassen könnt? Nun, vielleicht findest Du es arrogant von mir, aber ich kann Dir versprechen, das wird nicht ge- schehen. Ich werde Deiner Dilettantentruppe immer einen Schritt voraus sein, denn ich bin nur ein Schatten ohne Fingerabdrücke und ohne DNA. Ach ja, da gab es noch Opa Grünwald, der diese Beleidigung von Phantomzeichnung zu verantworten hat. Aber dafür hat ihn der bedauerns- werte Fahrer dieses Betonmischers bereits bestraft. In Opas Alter sollte man mit dem Fahrrad besser auf dem Radweg bleiben.

Tja, und damit kommen wir wieder zu Dir, Sofia, und unserem kurzen, für Dich so schmerzhaften Zusammen- treffen. Ich kann es mir übrigens nicht verkneifen, zu er- wähnen, dass ich Dich schon beim Aussteigen aus Deinem Dienstwagen bemerkt habe. Denn ich kenne alle Eure Dienstwagen. Das aber nur am Rande. Natürlich ist mir ebenfalls bewusst, dass Du mich in jener Nacht gesehen hast. Da Opa Grünwald inzwischen das Zeitliche gesegnet hat, bist Du die Einzige, die mein wahres Gesicht kennt. Du wirst sicher verstehen, dass ich diesen Umstand nicht tolerieren kann. Ich werde mich wohl bald ein zweites Mal von Dir verabschieden müssen.

We'll meet again. Some sunny day.

Johnny

***

Mit Sánchez, der die Trümmer der Sonnenbrille irgendwo in seiner Lederjacke verstaut hatte, machte García sich auf den Weg zu den Büros der Iberia. Rund eine halbe Stunde hatte es noch gedauert, bis der Papierkram endlich zur Zufriedenheit von Vargas erledigt war. Navarro befand sich inzwischen in einem Streifenwagen, der sie ins Comisaría nach Las Palmas brachte. Seifert hingegen war bereits auf dem Weg nach Maspalomas. Er hatte sich offensichtlich nichts zuschulden kommen lassen.

»Diese Navarro.« Sánchez trottete betont lässig neben ihm her. Offenbar hatte er seinen Fehler von vorhin bereits verdrängt. »Sie arbeitet mit dem Schwarzen zusammen.«

»Ich weiß«, erwiderte García in der Hoffnung, dass Sánchez längst bekannte Erkenntnisse nicht noch weiter breitwalzte. Vor ihnen lag noch ein Fußmarsch von einigen hundert Metern. Die Büros der Iberia befanden sich am anderen Ende des Flughafengebäudes, und er entwickelte sogar etwas Verständnis dafür, dass Vargas den Segway benutzte.

Sie passierten die Check-in-Schalter der Norwegian Air und der SAS. Einige hundert Passagiere mit wahren Kofferbergen standen davor Schlange. Zur selben Zeit empfing draußen bestimmt schon ein kleines Heer von jugendlichen Betreuern in den bunten T-Shirts der Reiseveranstalter die neuen Touristen aus Oslo, Stockholm und Kopenhagen. Die skandinavischen Ferienflieger taten ihr Bestes, um den Bettenwechsel möglichst schnell und reibungslos zu gestalten.

»Es könnte genauso gewesen sein, wie die deutsche Frau gesagt hat.« Trotz des Lärms sprach Sánchez leise, und seine Stimme hatte einen verschwörerischen Klang angenommen. »Ich denke, das ist ihre Masche.«

»Sánchez«, García seufzte, »Sie sind schon ein toller Hecht.« Er vermutete seit einiger Zeit, dass Schlussfolgerungen bei ihm länger dauerten.

»Und mit unserem Bericht«, Sánchez hörte sich an, als würde er streng geheime Informationen preisgeben, »können wir den beiden ein für alle Mal das Handwerk legen.«

»Vergessen Sie's.«

Vor den nächsten Check-in-Schaltern herrschte etwas weniger Betrieb. Rasch reduzierte sich der Geräuschpegel auf ein erträgliches Maß.

»Warum?«

»Es lohnt nicht.« García hatte nicht die geringste Lust, mit ihm über den Sinn weiterer Ermittlungen zu diskutieren. Dafür machte er diesen Job bereits zu lange. Er wusste genau, wie es weitergehen würde.

»Aber wir haben zwei Zeugenaussagen.« Sánchez klang, als hätte García etwas völlig Abwegiges behauptet.

»Die haben wir, ja.« Er blieb stehen. Sánchez würde keine Ruhe geben.

»Dann können wir sie auch festnageln«, sagte der voller Überzeugung und hielt ebenfalls inne.

»Ich sage Ihnen jetzt, was passieren wird.« García ließ einen Moment verstreichen, um sich zu vergewissern, dass Sánchez' Aufmerksamkeit allein ihm galt. »Navarro hat einen festen Wohnsitz. Und genau aus diesem Grund wird man sie nach Aufnahme der Personalien und einer Unterschrift unter ihrer Aussage gehen lassen.«

»Dann hat der Staatsanwalt schon mal eine gültige Adresse für die Anklageschrift.«

»In Toledo – mit einem Gerichtstermin in Las Palmas?«
Sánchez nickte, doch García sah ihm an, dass seine Überzeugung schwand.

»Träumen Sie weiter. Ich kenne solche Leute wie Navarro zur
Genüge.« García dachte an all die Trickbetrüger und anderen
Gauner, die trotz Zeugenaussagen und Polizeiberichten noch
immer frei herumliefen. »Falls es tatsächlich einen Gerichtstermin gibt, bin ich mir sicher, dass sie nicht erscheinen wird. Und
ein paar Monate später lässt die Staatsanwaltschaft die Anklage
wegen Geringfügigkeit fallen.«

Eine Handvoll fraglos betrunkener junger Männer in kurzen
Hosen, einer davon mit nacktem Oberkörper, schob grölend
ihr Handgepäck an ihnen vorbei. Zwei prosteten ihm mit halb
gefüllten Plastikbechern zu.

García hasste Touristen, und er ertappte sich bei dem Wunsch,
die Fluggesellschaft würde die Gruppe nicht an Bord lassen.
Aber womöglich hätte er dann bereits den nächsten Einsatz.
Egal an was er dachte, seine Laune sank weiter. Vielleicht hätte
er die *churros* doch gleich essen sollen, als er ins Büro gekommen
war.

Er setzte sich wieder in Bewegung. Sánchez folgte einen Moment später. Wortlos marschierten sie durch den hinteren Teil
des Flughafengebäudes. Dort befanden sich die Check-in-Schalter für die innerkanarischen Flüge, und es wurde noch ruhiger.
Keine grölenden Partyurlauber, keine endlosen Schlangen von
Touristen. Nur ein paar versprengte Menschen und eine Treppe,
die hinauf ins nächste Stockwerk führte.

Oben angekommen, fanden sie sich vor einem Schalter wieder.
Dahinter eine kindlich wirkende Frau in dunkelblauer Iberia-
Uniform mit knallrotem Schal.

»Kann ich Ihnen helfen?«, flötete sie in ihre Richtung, ohne
jemanden direkt anzuschauen.

García zückte seinen Ausweis und hielt ihn hoch. »Comisaría
Las Palmas Norte. Mein Name ist García, das ist mein Assistent,
Subinspector Sánchez. Und Sie sind?«

Sie tippte auf das silberne Namensschild an ihrer Brust.

García streckte den Kopf vor, kniff die Augen zusammen. Die Schrift war schon verdammt klein. Vielleicht sollte er sich doch bald eine Brille zulegen.

»Jiménez«, las Sánchez vor. Allem Anschein nach waren seine Augen besser. Vor allem, seit er seine Sonnenbrille nicht mehr trug.

»*Vale*, Señora Jiménez. Wir möchten mit …«, erst jetzt fiel García ein, dass er nicht wusste, wer die Anzeige aufgegeben hatte, »dem Leiter Ihrer Niederlassung sprechen.«

Es dauerte ein, zwei Sekunden, bis sein Anliegen bei ihr ankam. »Einen Augenblick bitte.«

»Den können Sie gerne haben«, erwiderte er und mühte sich, den letzten Rest Geduld zu bewahren.

Jiménez tippte auf ihrem Computer herum, nahm dann den Telefonhörer zur Hand, legte aber gleich wieder auf. »Um was geht es eigentlich?«

»Wir sind hier«, entgegnete Sánchez blitzschnell, »um den Diebstahl eines Ihrer Transporter aufzuklären.« Er lächelte sie an, als würde er sich über eine weitere Rückfrage freuen.

»Ah.« Jiménez nahm abermals den Hörer von der Gabel und tippte eine zweistellige Nummer ein. García bezweifelte, dass ihr Entschluss von Sánchez' Lächeln beeinflusst war.

Das Tuten aus dem Hörer drang bis zu ihm.

Hoffentlich war der Mann erreichbar. García lehnte sich mit dem Rücken an den Schalter. Warum zum Teufel hatte er sich nicht schon im Comisaría nach dem Namen erkundigt oder einfach selbst angerufen? Bei dem Gedanken, wieder einmal Zeit zu verschwenden, meldete sich sein knurrender Magen zu Wort. Ohne Zweifel würde heute wieder einer dieser Scheißtage werden, von denen es in letzter Zeit schon genug gegeben hatte.

Im Hintergrund ertönte Jiménez' Stimme, ohne dass García verstehen konnte, was sie sagte. Irgendwann verkündete sie lauter: »Señor Mollà wird Sie gleich empfangen.«

Gleichwohl sollte es noch einmal fast fünf Minuten dauern, bis ein schmächtiger Mann mittleren Alters aus der Tür hinter dem Schalter trat. Bei jedem seiner Schritte flatterten die dünnen Haare auf dem Kopf.

»Mollà, Oscar Mollà«, sagte er in einem piepsigen Tonfall, der perfekt zu seinem Äußeren passte. Er streckte die Hand aus. »Schön, dass Sie gleich kommen konnten.« García ergriff die Hand, stellte sich und Sánchez vor. »Natürlich.«

»Wollen Sie mit reinkommen?« Mollà deutete zur Tür hinter dem Schalter.

»Nein.« García wollte nicht reinkommen. Mehr noch, er wollte überhaupt nicht hier sein. »Ich nehme an, die Daten wie Kennzeichen, Fahrgestellnummer, Fahrer und den Ort des Diebstahls haben Sie bereits bei den Kollegen hinterlassen.« Mollà nickte.

»Gut. Dann können wir den Rest gleich hier klären.«

»Wie Sie wollen.« Mollà forderte ihn mit einer Handbewegung auf, fortzufahren.

»Ist es ausgeschlossen, dass dieser Transporter, wie soll ich sagen«, García suchte nach den richtigen Worten, »irgendwo abgestellt und vergessen wurde?«

»Natürlich wurde der Transporter nicht ›irgendwo abgestellt und vergessen‹«, entgegnete Mollà schnell. »Jesús, der Fahrer, ist ein absolut zuverlässiger Mann. Er hat den Transporter gestern Abend vor seinem Haus abgestellt. Am Morgen war der Wagen weg.«

García rieb sich das Kinn. So weit, so bekannt. »Ist es eigentlich üblich, dass Ihre Mitarbeiter die Transporter abends mit nach Hause nehmen?«

»Ja. Besonders, wenn die Fahrer tags darauf Fracht in der Nähe abholen müssen.«

»Und, musste er Fracht abholen?«

»In Agüimes, ja.«

»War etwas Besonderes an dem Transporter? Besondere Ladung? Besondere Ausstattung? Oder sonst irgendwas?«

Mollà überlegte einen Moment und schüttelte dann den Kopf. »Nicht dass ich wüsste. Das ist einer von zweiunddreißig völlig identischen Peugeot Boxern. Das sind weiße Transporter, ohne Fenster in den Seitenwänden. Von den Vordertüren bis zum Heck sind Iberia-Schriftzüge und rot-orangefarbene Streifen angebracht. Und der gestohlene war zu diesem Zeitpunkt vollkommen leer.«

»Ich kenne diese Transporter«, sagte da Sánchez, als hätte er eine schwierige Mathematikaufgabe gelöst. Natürlich kannte er sie, jeder kannte die Iberia-Transporter. Meist besetzten sie in Flughafennähe die linke Spur der GC-1, und der Fahrer hatte die Hand an der Lichthupe.

García rollte mit den Augen, wandte sich dann wieder an Mollà. »Nun, ich frage mich: Aus welchem Grund sollte jemand so einen auffälligen Transporter stehlen?«

»Aus welchem Grund?«

»Aus welchem Grund, ja. Ohne den Wagen umzulackieren, kann der Dieb ihn weder weiterverkaufen noch benutzen. Es gibt Hunderte von weißen Transportern auf der Insel, die es dem Dieb leichter machen würden.«

»Das ist in der Tat eigenartig«, erwiderte Mollà, dem dieser Gedanke offenbar erst jetzt gekommen war.

»Eigenartig, ja«, wiederholte Sánchez und setzte eine bedeutungsschwere Miene auf. »Ganz meine Rede.«

García warf ihm einen kritischen Blick zu. Es erschien ihm unwahrscheinlich, dass Sánchez dieser Gedanke überhaupt in den Sinn gekommen war.

Der straffte den Rücken, reckte das Kinn. »Haben Sie sonst noch etwas bemerkt?«

»Bemerkt, ich?« Mollà runzelte die Stirn. »Was sollte ich denn bemerkt haben? Ich wohne in Las Palmas. Das ist über dreißig Kilometer von der Stelle entfernt, wo der Transporter gestohlen wurde.«

»Nun ja.« Sánchez räusperte sich. »Vielleicht fehlt ja außer dem Transporter noch etwas anderes.«

Mollà zuckte mit den Schultern. »Nicht dass ich wüsste. Die anderen Fahrzeuge sind alle da. Und die Ausrüstung in der Werkstatt haben wir nicht überprüft.«

»Das sollten Sie nachholen.« Sánchez senkte den Kopf, sah ihn von unten herauf an und raunte: »Wer weiß.«

»Señor Mollà«, sagte García schnell, um Sánchez von weiteren dummen Fragen abzuhalten. »Ich denke, wir haben alles Wichtige besprochen.« Natürlich konnte von »wichtig« keine Rede sein. Er war längst der Meinung, dass sie sich den Besuch bei der Iberia hätten sparen können. Er vermutete immer noch, dass Jesús etwas mit dem Verschwinden zu tun hatte. Entweder war der betrunken gewesen oder hatte den Transporter einfach als gestohlen gemeldet, um seinem Arbeitgeber einen Unfall oder ein Verkehrsdelikt zu verheimlichen.

Sánchez schaute verdutzt auf. »Aber –«

»Sie hören von uns.« García wandte sich zum Gehen und forderte ihn mit einem Blick auf, zu folgen. Weitere Fragen würden sie im Moment nicht weiterbringen. Vor allem nicht die von Sánchez. Vielleicht sollte er demnächst ein ernstes Wort mit ihm reden.

※※※

Schon immer hatte Sofia sich auf ihr Personengedächtnis verlassen können. Doch auch wenn sie sich den angegrauten Zehntagebart wegdachte, kannte sie den Mann nicht, der da im Erdgeschoss des Ferienhauses ihrer Großeltern stand. Sie schätzte ihn jünger, als seine ebenso grauen Locken vermuten ließen. Und wäre er etwas größer und muskulöser gewesen, hätte Sofia wahrscheinlich anders reagiert. Aber der Mann stellte das völlige Gegenteil von gefährlich dar. Er war nur wenig größer als sie, und statt Muskeln am Oberkörper wölbte sich der Ansatz eines Bauches unübersehbar unter seinem rosafarbenen, fleckigen Poloshirt. Es sah aus, als würde er ein Shirt aus seiner Jugend auftragen. Erst jetzt bemerkte Sofia, dass der Rest seiner Kleidung aus einer Latzhose bestand, deren Oberteil herunterhing und deren Träger auf Kniehöhe baumelten. Der graue Stoff sorgte dafür, dass die Flecken darauf nicht sofort ins Auge fielen.

Schweigend, die Hände tief in den Taschen vergraben, beäugte er sie, als stamme sie von einem anderen Planeten.

»Wie kommen Sie hierher?« Sofia machte ein paar Schritte auf ihn zu.

»Durch die Tür dort.« Der Mann lächelte und deutete mit dem Daumen hinter sich. Dunkle Linien überzogen die Innenflächen seiner Hand. Vor ihr stand eindeutig ein Handwerker.

Sofia bemerkte die Lücke zwischen seinen Schneidezähnen, und ein völlig abwegiger Gedanke drängte sich auf, wer da vor ihr stehen mochte. Aber das konnte nicht sein. Nicht nach all den Jahren. Oder doch? Als Sofia endlich ein Wort herausbrachte, klang es mehr wie ein Krächzen. »Pedro?«

Ein breites Grinsen verdrängte dessen Lächeln und ihre letzten Zweifel. Vor ihr stand tatsächlich Pedro, ihr Freund aus Kindertagen.

»Du bist es wirklich.«

Pedro nickte. »Mit Haut und Haaren.«

»Aber woher …?« Sofia schaffte es nicht, die Frage fertig zu formulieren.

»Woher ich weiß, dass du da bist?« Pedro hielt kurz inne und winkte dann ab. »Die alte Ortiz hat mir schon vor Wochen gesagt, dass du heute ankommst.«

»Die Ortiz. Das hätte ich mir eigentlich denken können. Sie und ihr Mann haben die letzten Jahre immer mal wieder nach dem Haus gesehen. Sie sind auch die Einzigen, die wussten, dass ich heute komme.«

Sie musterten sich eine Weile wortlos.

Irgendwann blickte Pedro irritiert an sich herunter. »Tut mir leid, dass ich in diesem Aufzug hereinplatze. Aber ich hab gerade Mittagspause.«

»Du arbeitest hier in der Nähe?«

»Ja. Ich hab eine kleine Autowerkstatt oben am Lomo de la Furnia. Pedros Garaje, ist nicht zu übersehen.«

»Ah.« Sofia verkniff sich die Bemerkung, dass sie gerade erst dort gewesen war, allerdings keine Autowerkstatt bemerkt hatte.

»Wie ist es, wieder hier zu sein, im Ferienhaus deiner Großeltern?«

Sofia zuckte mit den Schultern. »Darüber denke ich gerade selbst nach.«

Pedro schien nach einer passenden Erwiderung zu suchen. »Du hast dich gut gehalten«, sagte er schließlich. »Wenn ich nicht wüsste, dass du schon fünfzig bist, hätte ich dich glatt für zehn Jahre jünger gehalten.«

»*Gracias.* Du aber auch«, log sie.

Pedro sah keinesfalls aus wie zehn Jahre jünger, sondern eher wie zehn Kilo zu viel auf den Rippen. Vermutlich widmete er sich eher den angenehmen Dingen des Lebens. Sofia tippte auf Rotwein, Essen und null Sport außer in Form der Primera División im Fernsehen.

»Bis auf das hier.« Wie zur Bestätigung klopfte er sich auf den Bauch. »Aber was soll ich machen? Juanita kocht so gut, da kann ich nicht Nein sagen.«

»Juanita? Deine Frau?«

»Meine Frau, ja.« Pedro schob seine Hände wieder in die Hosentaschen.

»Hast du auch Kinder?«

»Zwei Mädchen. Aber eigentlich sind sie keine Mädchen mehr. Die beiden sind inzwischen selbst verheiratet. Maria, die Ältere, bekommt bald ihr erstes Kind.«

»Dann wirst du wohl bald Großvater.« Sofia verspürte einen Anflug von Schwermut, als ihr der Drachenbaum in den Sinn kam. Pedros Lebensweg ähnelte dem, den ihre Großmutter vor langer Zeit für sie vorausgesagt hatte.

»Und du? Wie ging es dir in den letzten …?« Pedro stockte, schien nachzurechnen. »Sag mal, wie lange ist das inzwischen her? Dreißig Jahre?«

Sofia schüttelte den Kopf. »Bald vierzig.«

»Verdammt, wo ist diese Zeit nur hin?« Pedro rieb sich das unrasierte Kinn, und sie konnte das Kratzen der Bartstoppeln hören. »Und, was hast du so gemacht in diesen vierzig Jahren?«

»Ich bin nicht verheiratet, wenn du das meinst.«

»Ah«, sagte Pedro. Es klang, als hätte er eine andere Antwort erwartet. »Und beruflich?«

»Ich bin ... oder, besser gesagt, ich war Polizistin.«

»Polizistin?« Pedro verzog das Gesicht. »Wirklich?«

Sie nickte. »Wirklich.«

»Und warum ›war‹? Was hast du angestellt?«

»Nichts.« Sofia erschien es vernünftiger, ihm gleich den wahren Grund zu nennen. »Ich hab mich in den Ruhestand versetzen lassen.«

»Mit fünfzig? Warum so früh?«

Sofia winkte ab. »Das ist eine lange Geschichte.«

»Du kannst sie mir gern erzählen, wenn du dich eingerichtet hast. Wir haben ja viel Zeit.«

»Viel Zeit? Woher willst du wissen, dass ich nicht nur ein paar Tage bleibe?« Kaum hatte Sofia die Frage ausgesprochen, wusste sie, dass sie sich die Antwort selbst geben konnte. »Ach ja, die alte Ortiz.«

Pedro grinste und präsentierte seine Zahnlücke. »Auch wenn Los Giles größer geworden ist, in mancher Hinsicht ist es ein Dorf geblieben.«

Erneut musterten sie sich eine Weile schweigend.

Irgendwann, wohl mehr aus Verlegenheit als aus echtem Interesse an der aktuellen Uhrzeit, sah Pedro auf seine Armbanduhr. »Ich muss jetzt gehen. Juanita wartet bestimmt schon mit dem Essen auf mich.«

Sofia begleitete ihn zur Tür. »Mach das. Wir sehen uns bestimmt bald wieder.«

»Natürlich.« Pedro hielt inne und schien zu überlegen, ob er sich mit einer Umarmung oder einem Küsschen auf die Wange verabschieden sollte. Er entschied sich für einen Klaps auf die Schulter – dummerweise auf die rechte.

Sofia biss die Zähne aufeinander und zog scharf die Luft ein. Er hatte exakt die Stelle erwischt, wo das Projektil eingedrungen war.

»Was ist mit dir?« Pedros erschrockener Blick pendelte zwischen ihrer Schulter und ihrem Gesicht hin und her.

Sofia atmete langsam aus, der Schmerz ließ nach. »Das ist ein Teil dieser langen Geschichte.«

»Muss ich mir Sorgen um dich machen?«

Sofia schüttelte den Kopf. »Alles wird gut. Geh jetzt. Dein Mittagessen wartet.« Es dauerte ein paar Sekunden, bis er ihr Glauben schenkte und aus der Tür trat.

»Pedro, warte.« Sofia kniff die Augen zusammen, um sie vor dem Sand zu schützen, den der Wind vor sich hertrieb.

Er drehte sich um.

»Ich muss noch ein paar Dinge besorgen. Lebensmittel, Drogerieartikel, Putzzeug und so weiter. Hast du einen Tipp, wo ich das alles herbekomme, ohne ein halbes Dutzend Geschäfte abklappern zu müssen?«

»Hm.« Pedro hob träge die Achseln. »Das macht immer Juanita. Aber am besten fährst du rüber nach Tamaraceite. Dort gibt's einen Mercadona. Da solltest du das meiste finden.«

»*Gracias.* Bis bald«, sagte Sofia und sah ihm zu, wie er sich hinter das Steuer eines roten Ford Mustang mit weißen Streifen quetschte. Nur kurz wunderte sie sich über seine Fahrzeugwahl. Vermutlich war es nicht einmal sein eigener Wagen. Der bullige Motor heulte auf, dann schoss der Mustang mit durchdrehenden Reifen davon. Ohne Frage reizten ihn die Möglichkeiten des Wagens, und so versank das knallige Rot innerhalb von Sekunden in einer graubraunen Staubwolke.

Sofia ging zurück ins Haus. Auf eine Art beneidete sie Pedro. Er schien in seinem Leben alles zu haben, was er brauchte. Seine Welt bestand nicht aus Mördern, Totschlägern und anderen Kriminellen, sondern aus einer Frau, zwei Töchtern sowie einer Autowerkstatt. Und bald einem kleinen Enkel. Alles, was sie auch hätte haben können, wenn sie sich zur richtigen Zeit anders entschieden hätte.

Mit einer ellenlangen Einkaufsliste machte Sofia sich einige Zeit später auf den Weg nach Tamaraceite, einer Kleinstadt, knapp fünf Kilometer entfernt. Nach einigem Herumfahren fand sie schließlich in einer Nebenstraße den besagten Mercadona. Das

Geschäft lag im Erdgeschoss eines Wohnblocks und gehörte eher in die Kategorie Tante-Emma-Laden. Selbst schuld. Wie konnte sie nur auf einen Mann hören, der selten bis nie einkaufen ging. Egal, für die Erstausstattung des Ferienhauses mit Lebensmitteln sollte es reichen. Parkplätze gab es keine, also stellte sie den Dacia kurzerhand hinter zwei anderen Autos am Straßenrand ab.

Als Sofia nach über einer Stunde den voll beladenen Einkaufswagen aus dem Mercadona schob, hielt ihr erster Tag auf Gran Canaria nach dem Erlebnis am Flughafen eine weitere unangenehme Überraschung bereit.

6

Der Wind trieb eine gelbe Plastiktüte über den Asphalt. Hätte dort am Straßenrand nicht ihr Auto hinter zwei anderen stehen sollen? Sofias Augen irrten umher. Nichts. In der Nähe des Mercadona stand kein weißer Dacia. Ihr Blick wanderte zurück zum Straßenrand und zu der Plastiktüte, die inzwischen ein paar Meter weiter an einem Laternenpfahl festhing. Hatte jemand den Wagen gestohlen, während sie einkaufen war? Sofort schob sie den Gedanken wieder von sich. In dem Zustand dürfte der Dacia kein lohnendes Diebesgut sein.

»Sie hätten besser einen anderen Parkplatz gesucht«, sagte da ein älterer Mann mit olivfarbener Haut, Knollennase und roter Wollmütze. Er lächelte wissend.

»Warum?«, entgegnete Sofia, obwohl sie bereits ahnte, welches Schicksal den Dacia ereilt hatte.

»Sehen Sie die gelbe Linie am Bordstein?« Er deutete auf den Straßenrand, wo vor einer guten Stunde noch die drei Fahrzeuge gestanden hatten.

Sofia kniff die Augen zusammen und entdeckte tatsächlich die Reste gelber Farbe.

»Parkverbot.«

»Und dann schleppen die gleich ab?« Natürlich hatte sie die gelben Linien bereits woanders gesehen. Allerdings oft mit parkenden Autos davor. Vermutlich war sie deshalb bisher davon ausgegangen, dass es sich bei den Markierungen auf dem Bordstein eher um einen Vorschlag als um eine Verkehrsregel handelte.

»Wenn Sie jemanden behindern, ja.«

»Behindern? Hier?« Sofia verkniff sich die Bemerkung, dass Tamaraceite kaum größer als ein Dorf war. Und auch ebenso verschlafen wirkte. Um jemanden zu behindern, hätte sie die Nebenstraße mit einem quer stehenden Auto blockieren müssen.

Der ältere Mann hob die Achseln. »Liegt im Ermessen des Polizeibeamten.«

Sofia seufzte. »Und wo ist mein Wagen jetzt?«

»Wahrscheinlich in Las Palmas. Beim Comisaría gibt's einen riesigen Parkplatz. Dort können Sie ihn auslösen. Das wird aber nicht ganz billig.«

Sie fluchte leise vor sich hin. Da stand sie nun mit einem vollgepackten Einkaufswagen und ohne Auto in Tamaraceite. Und die bisher so angenehme Wärme, die jetzt am Nachmittag allmählich in Hitze überging, würde den Einkäufen sicher nicht guttun. Aber wie zum Teufel sollte sie wieder an ihren Wagen kommen? Die Autovermietung anrufen? Der Mietvertrag mit Telefonnummer und Adresse lag im Handschuhfach. Ein Taxi rufen? Nicht mit den Einkäufen. Da fiel ihr Pedro mit seiner Autowerkstatt ein. Falls er Zeit hatte, würde er sie gewiss abholen, die Lebensmittel im Ferienhaus ausladen und anschließend zum Comisaría nach Las Palmas fahren.

Schnell fand sie Pedros Garaje im Internet und wählte die angegebene Rufnummer. Es klingelte bestimmt ein halbes Dutzend Mal, dann klickte es in der Leitung. Offenbar war ihr Anruf weitergeleitet worden. Erneut drang Rufton um Rufton an ihr Ohr. Schon wollte sie auflegen, als sich doch noch jemand meldete. Es klang mehr wie ein Schmatzen, und erst auf Nachfrage erkannte sie Pedros Stimme. Offenbar saß er immer noch zu Hause beim Mittagessen. Immerhin hatte sie diesmal mehr Glück. Pedro erklärte sich sofort bereit, sie in Tamaraceite abzuholen.

Sofia schob den Einkaufswagen in den Schatten und setzte sich auf einen Betonpoller. Noch einmal griff sie zum Telefon und rief im Comisaría an. Eine barsche Frauenstimmte bestätigte ihr, dass der Wagen tatsächlich dort auf dem zentralen Verwahrplatz stand.

Kaum eine Viertelstunde später hörte sie auch schon den bulligen Motor eines amerikanischen Wagens. Doch statt des roten Ford Mustang hielt einige Sekunden später ein blauer Dodge Pick-up direkt vor ihr.

Die Seitenscheibe senkte sich, und Pedros Gesicht erschien dahinter. »Sieht nach viel Pech beim Parken aus.«

Sofia kam hoch und zog den Einkaufswagen hinter sich her.

»Wo ist der Mustang?«

»Ich hab mir gedacht, dass ich für deine Einkäufe einen größeren Wagen brauche.« Ein breites Grinsen breitete sich auf Pedros Gesicht aus.

»Ich lache später.« Sofia war im Moment nicht nach Scherzen zumute. Schweiß rann ihr den Rücken hinunter, ihre Laune war auf einem Tiefpunkt angelangt, und einige der bisher tiefgefrorenen Lebensmittel würde sie vermutlich gleich in den Müll werfen können.

»Du musst wissen, als Inhaber einer Autowerkstatt sitze ich quasi an der Quelle.«

»Das hab ich mir bereits gedacht.« Sie öffnete die hintere Seitentür und stellte Tüte um Tüte auf die zweite Sitzbank.

»Kann ich dir helfen?«, fragte Pedro, als sie das meiste verstaut hatte.

»*Gracias*. Alles drin.« Sie schob den Einkaufswagen zurück und stieg ein.

»Das war bestimmt wieder dieser Busfahrer«, sagte Pedro, der inzwischen seine Latzhose vollständig angezogen hatte. Ein halbes Dutzend Kugelschreiber ragte aus seiner Brusttasche.

»Busfahrer?«

Pedro fuhr los. »Ja, da gibt es so einen Spinner. Sobald der auf die andere Straßenseite ausweichen muss, ruft er die Polizei. Das Ganze wird dich wahrscheinlich um die zweihundert Euro kosten.«

»Zweihundert? Ich hatte mit mehr gerechnet. In Deutschland wäre ich jetzt wohl vier- bis fünfhundert los.«

»Auch als Polizistin?«

Sofia musterte ihn von der Seite. Meinte er die Frage ernst? »Natürlich«, gab sie zurück, als er ihren Blick nicht erwiderte. »Auch als Polizistin.«

Erst jetzt wandte Pedro ihr den Kopf zu. »Dann scheint das heute ein echtes Schnäppchen für dich zu werden.«

»Wenn du meinst«, knurrte sie.

Pedro grinste wie ein Junge, der zu einem nicht jugendfreien Witz ansetzte. »Ich könnte dir eine *tarjeta de aparcamiento para minusválidos* besorgen.«

Sofia benötigte einen Augenblick, um die Bedeutung des Begriffs zu erfassen. »Einen Parkausweis für Behinderte?«

»Damit kannst du überall parken.« Er machte eine kurze Pause. »Ganz legal.«

»Ganz legal? Pedro, das ist garantiert *nicht* legal.«

»Aber fast legal: Es interessiert niemanden.«

Sofia schüttelte den Kopf. »Lass mal.«

»Wie du meinst.« Pedro zuckte mit den Schultern. »Aber falls du deine Meinung änderst, weißt du ja, an wen du dich wenden kannst.«

Pedros allzu lässige Einstellung bestärkte sie in ihrem Verdacht, dass er neben seiner Autowerkstatt noch das eine oder andere nicht ganz so legale Zusatzgeschäft betrieb.

Keine halbe Stunde nachdem Sofia ihre Einkäufe im Ferienhaus verstaut hatte, erreichten sie das ehemalige Fischerviertel La Isleta am nördlichen Ende der Playa de las Canteras. Dort, auf der kleinen Halbinsel, residierte das Comisaría de Distrito Las Palmas Norte. Schmale, hohe Fenster und ein mächtiger Balkon auf vier Rechteckpfeilern prägten die Fassade des zweistöckigen Gebäudes aus gelb getünchtem Sandstein.

Sofia bedankte sich bei Pedro und kletterte aus dem Pick-up. Sie passierte eine Palmenreihe und gelangte zum Haupteingang, der etwas versteckt unter einem ausladenden Balkon lag.

Gleich hinter der mächtigen, zweiflügeligen Holztür befand sich eine Art Anmeldung mit einem halbhohen Schalter. Dahinter ein uniformierter Polizist, kaum älter als ein Schüler. Er starrte gebannt auf sein Smartphone, als ob er sich eine spannende Fernsehserie anschaute.

»*Buenos días*, Señor«, sagte Sofia und mühte sich um einen freundlichen Tonfall.

Der Polizeibeamte riss seinen Blick los, musterte sie mit sei-

nem Kindergesicht und rang sich schließlich zu einem knappen
»¿*Sí?*« durch.

»Sie haben meinen Wagen abgeschleppt.«
Er atmete tief durch, als müsse er zusätzliche Kraft für die
Aufgabe sammeln, die nun folgte. »Kennzeichen?«

Sie las die sechsstellige Nummer vom Schlüsselanhänger ab,
den die Autovermietung in weiser Voraussicht dort aufgedruckt
hatte.

Der Polizeibeamte zog eine Tastatur hervor und tippte darauf
herum. Nach einer Weile hatte der Computer offenbar den Dacia
gefunden. »Mietwagen?«

Sofia nickte.

»Vertrag?« Die Unterhaltung mit ihm schien sich auf Ein-
Wort-Sätze zu beschränken. Immerhin würde sie so schneller
zu ihrem Wagen kommen.

»Liegt im Handschuhfach.«

Er schien zu überlegen, ob er seiner Dienstpflicht auch ohne
Mietvertrag nachkommen konnte. »Ausweis und Führerschein.«

Sofia kramte in ihrer Handtasche, fand das Gewünschte und
legte beides auf den Schalter.

Der Beamte begutachtete zuerst den Ausweis, dann den Führerschein und beäugte sie anschließend, als wolle er ihr Gewicht
schätzen. Anscheinend zufrieden mit dem, was er sah, holte er
einen Block hervor und begann, ein grünes Formular auszufül-
len. Dummerweise in der Geschwindigkeit eines Erstklässlers.

Nach gefühlten fünf Minuten, ohne ein Wort zu sagen, riss er
die beiden oberen Seiten ab und schob ihr eine davon über den
Schalter. »Das macht zweihundert Euro Bußgeld für Parken mit
Behinderung«, sagte er in seinem ersten ganzen Satz. »Falls Sie
das Bußgeld sofort begleichen, gibt es fünfzig Prozent Rabatt.«

»Fünfzig Prozent Rabatt?« Die spanische Methode, Buß-
gelder einzutreiben, erschien ihr äußerst effektiv.

»Richtig. Und dann noch achtundvierzig Euro achtzig fürs
Abschleppen.«

Sofia zählte einhundertfünfzig Euro auf den Schalter.

Der Beamte nahm das Geld entgegen, zählte nach und gab ihr

einen Euro zwanzig zurück. Mit seiner Dienstnummer quittierte er den Empfang auf ihrem Durchschlag.

»Und wie komme ich jetzt zu meinem Wagen?«

»Sie gehen hier durch.« Er deutete auf eine Tür, die ins Innere des Comisaría führte. »Dann den Flur entlang bis zum Hinterausgang. Dort befindet sich der Verwahrplatz. Mit dem Durchschlag lässt Sie mein Kollege ausfahren.«

»*Gracias*, Señor.« Sofia nahm ihren Durchschlag vom Schalter. Sie hatte es fast geschafft. Nur noch den Wagen abholen und zurück zum Ferienhaus fahren. Dann wäre sie nach diesem chaotischen Tag endlich in ihrer neuen Heimat angekommen. Neue Heimat? Nun ja, vielleicht.

Der Beamte deutete ein Nicken an und widmete sich wieder seinem Smartphone.

Sie trat durch die Pendeltür und stieß beinahe mit einem Mann zusammen, der ihr entgegenkam.

Sofia murmelte eine Entschuldigung und ging weiter, ohne sich noch einmal umzusehen.

»Señora Bitter«, nahm sie hinter sich eine dunkle Stimme wahr, die ihr bekannt vorkam.

Sie wandte sich um und blickte in ein kantiges Gesicht mit kurzem, angegrautem Haar. Dann erkannte sie das blau karierte Sakko, das noch mehr Falten aufwies als wenige Stunden zuvor am Flughafen.

»Señor García.« Die Begegnung mit ihm hätte Sofia gern vermieden. »Was für eine Überraschung.«

»Wie Sie wissen, arbeite ich hier. So überraschend kann es für Sie nicht sein.«

Sie spürte, wie ihr die Röte ins Gesicht stieg.

»Wollten Sie zu mir?«

Sofia schüttelte den Kopf. »Eigentlich nein.«

»Eigentlich?« García musterte sie, während die Pendeltür langsam zur Ruhe kam. »Was haben Sie denn ausgefressen?«

»Ausgefressen? Wie kommen Sie darauf?«

»Das grüne Stück Papier, das Sie gerade in die Hosentasche gesteckt haben, sah aus wie unser Bußgeldformular.«

»Erwischt«, gab sie zurück und hoffte, dass er sich nicht ein weiteres Mal nach dem zugehörigen Vergehen erkundigte.

García tat ihr den Gefallen. »Sie lassen aber auch nichts aus.«

»Wie meinen Sie das?«

»Nun ja«, druckste García herum, »noch keinen Tag auf der Insel, und wir begegnen uns bereits zum zweiten Mal.« Ein Schmunzeln lag auf seinen Lippen, bevor er weitersprach. »Als Polizeibeamter in Las Palmas sollte mir das eigentlich verdächtig vorkommen.«

»Ich war schon immer voller Tatendrang«, sagte Sofia.

Die Pendeltür schwang auf, und ein untersetzter Mann mit Aktentasche trat hindurch. García nickte ihm einen knappen Gruß zu.

»Apropos Tatendrang«, sagte Sofia, als der Mann sich außer Hörweite befand. »Haben Sie inzwischen den Komplizen von Navarro aufgegriffen?«

»Der ist immer noch flüchtig. Und Navarro …« Den Rest des Satzes ließ er in der Luft hängen. Sofia wusste auch so, was er meinte.

»Sie haben doch meine Aussage.«

»Haben wir, ja.«

»Und was ist dann das Problem?«

»Dass wir ihr nicht nachweisen können, dass sie die Tasche gestohlen hat, geschweige denn, dass es sich um bandenmäßigen Diebstahl handelt.« Er rieb sich das Kinn. »Und dann wäre da noch die Körperverletzung.«

»Was ist damit?«

»Sobald wir Navarro wegen Diebstahls belangen, wird sie eine Anzeige wegen Körperverletzung erstatten – und zwar gegen Sie.«

Sofia runzelte die Stirn. »Sie glauben ihr doch nicht etwa?«

»Nein. Und deshalb müssen wir den Komplizen finden. Ich bin mir sicher, er wird gegen Navarro aussagen.«

»Warum sollte er?«

»Wir vermuten, dass er illegal hier ist und Angst vor der Abschiebung hat. Deshalb ist er wohl auch heute Morgen am Flughafen getürmt.«

Sofia nickte. Seine Schlussfolgerung lag auf der Hand. »Vielleicht haben wir ja Glück, und eine Polizeistreife greift ihn auf.« García kramte in einer Seitentasche seines Sakkos und zog eine Visitenkarte hervor. »Falls Ihnen noch was einfällt, rufen Sie mich bitte an.«

»Natürlich.« Sofia nahm die Visitenkarte entgegen und steckte sie in ihre Hosentasche. Eigentlich hatte sie bereits alles gesagt, wusste nicht, was sie sonst noch zur Fahndung nach Navarros Komplizen beitragen konnte. »Und jetzt fahre ich nach Hause. Es war ein langer Tag.«

»Tun Sie das«, gab García zurück und wandte sich zum Gehen. »Ach ja«, er verharrte mitten in der Bewegung, »was ich heute Morgen vergessen habe zu fragen.«

Sie hielt inne. »Ja?«

Erneut kam es Sofia so vor, als ob García sie einen Tick zu lange ansah, bis er schließlich fragte: »Was ist eigentlich der Zweck Ihres Aufenthalts hier auf der Insel?«

Sie zögerte. »Erholung.«

»In Los Giles?«

»In Los Giles. Genau.«

»Und wie lange bleiben Sie?«

Sofia dachte einen Moment über die Antwort nach, die sie im Grunde erst einmal selbst finden musste. »Das weiß ich noch nicht.«

***

García sah der Deutschen nach, wie sie den Flur entlang zum Hinterausgang des Comisaría ging. Sie war echt groß, und ihre eng anliegenden Jeans sahen auch von hinten phantastisch aus. Womöglich sollte er seine Meinung über sie noch einmal überdenken. Wenn sie gerade nicht so vorlaut war, schien sie ganz nett zu sein. Und auch irgendwie süß, als sie so verlegen vor ihm stand und versuchte, das Bußgeldformular in ihrer Hosentasche verschwinden zu lassen. Ohne Frage war es ihr unangenehm gewesen, dass er es gesehen hatte.

García trat durch die Pendeltür und vor die Anmeldung mit Edmundo, einem jungen Polizeianwärter, der seit dem Nachmittag dort Dienst schob.

Der sprang auf, als er García bemerkte. »Inspector Jefe, was kann ich für Sie tun?« Er legte sein Telefon mit einer geöffneten Chat-App beiseite.

García verkniff sich eine Bemerkung zu unerwünschten Nebenbetätigungen während des Polizeidienstes. »Gerade war eine deutsche Frau bei Ihnen. Sofia Bitter ist ihr Name.«

Edmundo nickte.

»Was hat sie denn angestellt?«

Edmundo nahm einen Aktenordner aus dem Regal, klappte ihn auf und blätterte darin, wobei seine Hand mit jeder Seite mehr zitterte.

»Was ist?«, fragte García.

»Ah, hier hab ich's.« Edmundo schloss den Aktenordner und zog ein grünes Formular unter seinem Telefon hervor. »Paragraf 17 RGC«, las er vor, »Missachtung der gelben Bordsteinmarkierung mit Behinderung. Die Anzeige stammt von einem Señor Bartóz. Brauchen Sie die Adresse?«

García interessierte sich nicht im Geringsten für Bartóz. »Sie hat falsch geparkt?«

»Señora Bitter? Ja, in Tamaraceite.«

»Wie hoch war das Bußgeld?«

»Zweihundert Euro abzüglich fünfzig Prozent Rabatt. Dazu kommt noch die Abschleppgebühr.« Edmundo drehte das Formular in seiner Hand. »Achtundvierzig Euro achtzig.«

»Ihr Wagen wurde abgeschleppt?« García konnte ein Schmunzeln nicht zurückhalten. »Dann steht er hinten auf dem Verwahrplatz?«

Edmundo schielte bereits wieder auf sein Telefon. Im Display blinkte eine neue Nachricht von Cariño auf, dekoriert mit einem halben Dutzend bunter Emojis. Trotzdem brachte er einen vollständigen Satz als Antwort zustande. »Ja, aber sie holt ihn gerade ab.«

»Hat sie noch etwas gesagt?«

Edmundo schaute verwirrt drein. García hätte nicht sagen können, ob es an seiner Frage lag oder an der Nachricht von Cariño. »Wie meinen Sie das?«

»Na ja, Sie wissen schon. Sich beschwert, gemeckert – so was in der Art.«

»Nur das Übliche, Inspector Jefe«, sagte Edmundo, dem es zunehmend schwererfiel, sich auf das Gespräch mit García zu konzentrieren. Wahrscheinlich erwartete Cariño eine rasche Antwort von ihm.

»*Vale*. Dann geben Sie mir mal das Kennzeichen und den Fahrzeugtyp.«

7

Bereits in den Abendstunden des Vortages hatte sich der Ca-
lima-Einbruch mit einem diesigen Horizont über dem Atlantik
angekündigt. In der Nacht brachte der Ostwind dann heiße
und trockene Luft aus der afrikanischen Wüste. Schon morgens zeigte der Himmel sich völlig verhangen. Die Sonne hatte
ihre Farbe gewechselt und schien nur noch schwach hinter dem
Staubschleier hervor. Nach kaum hundert Metern verschwand
auch die Landschaft im ockerfarbenen Dunst.

Wider Erwarten hatte Sofia die erste Nacht in der neuen
Umgebung gut geschlafen, was wohl nicht am Bett oder der
Matratze lag, sondern eher an dem anstrengenden und langen
Tag zuvor. Den gestrigen Abend hatte sie noch genutzt, um
sich weiter einzurichten und eine Liste der Dinge zu schreiben,
die sie heute besorgen wollte. Am dringendsten fehlten Besen,
Kehrschaufel und einige andere Utensilien für den Hausputz.
Der Baumarkt, den sie tags zuvor auf dem Weg vom Flughafen
gesehen hatte, schien ihr dafür eine gute Anlaufstelle zu sein.
Zumal sie auch Werkzeug, Glühbirnen und Verlängerungskabel
brauchte. Gleichzeitig konnte sie sich einen Überblick über das
Sortiment für die anstehenden Renovierungsarbeiten verschaffen.

Der Sand und der heiße Wind aus der Sahara ließen nicht nur
die Temperaturen ansteigen. Auf alles, was nicht abgedeckt war,
hatte sich eine Staubschicht gelegt. So auch auf die Scheiben und
die Karosserie des Dacias, dessen Farbe sich über Nacht von
Weiß in ein helles Ocker verwandelt hatte. Sofia nahm einen
Lappen und schrubbte die klebrige Masse von den Scheiben
rundum. Sie hätte sich die Arbeit sparen können. Nachdem sie
die Heckscheibe gereinigt hatte, lag bereits wieder eine dünne
Schicht des allgegenwärtigen Staubs auf der Frontscheibe.

Kurze Zeit später schob Sofia ihren Einkaufswagen durch
den riesigen Leroy Merlin, der zu einem relativ neu erbauten

centro comercial gehörte. Schon im Eingangsbereich konnte sie sich des Eindrucks nicht erwehren, dass sich Baumärkte auf Gran Canaria kaum von denen in Deutschland unterschieden. Es roch nach Holz, Öl und Lösungsmittel, im Hintergrund dudelte seichte Popmusik. Männer jeden Alters, oft in Handwerkerkleidung, hasteten umher, hielten unvermittelt inne und beschäftigten sich minutenlang mit winzigen Schrauben, Dübeln oder anderem Befestigungsmaterial. Frauen gehörten zur Minderheit. Wenn Sofia überhaupt welche sah, dann nur im Schlepptau ihrer männlichen Begleiter. Selbst die Regale mit Waren bis unter die Decke schienen einer Ordnung zu folgen, die Sofia auch in Deutschland nicht verstand. Personal gab es kaum, und falls sie doch jemanden sah, so war der bereits von einer Handvoll Kunden belagert.

Nachdem sie gefühlt alle Gänge des Baumarkts mindestens einmal abgelaufen hatte, entdeckte sie endlich ein Regal mit Schaufeln, Spaten, Rechen und anderen Gartengeräten. Ihr Ziel konnte nicht mehr weit sein. Und tatsächlich fand sie auf der anderen Seite des Regals Wischmopps, Wischlappen, Kehrbesen mit und ohne Stiel, Handfeger und Kehrschaufeln in derart vielen Ausführungen, dass sie sich beinahe überfordert fühlte.

Gerade als sie sich das Sonderangebot »Metall-Kehrschaufel mit Handfeger« näher anschauen wollte, vernahm sie ein Raunen von der anderen Seite des Regals. Kein gewöhnliches Raunen, sondern ein mühsam unterdrücktes Flüstern, damit ein Streit nicht unnötig Aufmerksamkeit erregte. Und genau das weckte Sofias Neugier. Sie trat näher an das Regal heran und spitzte die Ohren.

»Der Boden dort ist steinhart«, raunte die erste Stimme.

»Trotzdem brauchen wir diesen Scheiß nicht«, erwiderte eine zweite, jüngere Stimme kaum lauter. »Der Spaten hier reicht.« Es rumpelte. Offensichtlich hatte einer der beiden den erwähnten Spaten aus dem Regal genommen.

»Nein, reicht nicht. Stell ihn wieder zurück.« Die Stimme des Älteren senkte sich weiter, wurde zu einem kaum wahrnehmbaren Zischen. »Um den Dicken verschwinden zu lassen, braucht's ein tiefes Loch.«

Sofia hielt den Atem an. Hatte er tatsächlich »den Dicken verschwinden zu lassen« gesagt?

Sie schob ein paar Besenstiele auseinander und versuchte, durch das Regal hindurch einen Blick auf die beiden Streithähne zu erhaschen. Auf der anderen Seite konnte sie Beine und Hüften von zwei Männern ausmachen. Beide trugen weiße Einwegoveralls, allerdings nur bis zur Hüfte, die Ärmel hatten sie um den Leib geschlungen. Der eine hielt einen Spaten, der andere eine Spitzhacke in der Hand. Sie beugte sich weiter vor. Aber sosehr sie sich auch den Hals verrenkte, die vollgestopften Regale verhinderten, dass sie die Gesichter sehen konnte. Dann fiel ihr Blick auf die Schuhe. Und das, was sie sah, machte sie stutzig. Zu den Einwegoveralls trugen die beiden schwarze, auf Hochglanz polierte Anzugschuhe.

Warum zum Teufel interessierten sich Männer in so feinen Schuhen für Werkzeuge, um ein Loch zu graben? Wollten sie darin »den Dicken verschwinden lassen«, oder hatte sie sich schlicht verhört? Schon während ihrer Zeit als Ermittlerin hatten Umstände, bei denen nur eine Kleinigkeit nicht passte, ihren kriminalistischen Spürsinn geweckt. Dazu gehörten neben zu teurer oder falscher Kleidung auch scheinbare Lappalien wie ungepflegte Fingernägel zu eleganter Garderobe. Sie nannte es gerne die »fehlende Harmonie der Dinge«. Aber eigentlich war es eher ein Stachel im Fleisch, den sie entfernen musste, bevor ihr Bewusstsein Ruhe gab. Und auch diesmal schien alles darauf hinauszulaufen.

Auf der anderen Seite des Regals ging derweil das Getuschel weiter. Allerdings so leise, dass Sofia nichts mehr verstehen konnte. Lediglich einige Schimpfwörter drangen an ihr Ohr. Sie wartete, bis die zwei ihre Differenzen ausdiskutiert hatten und mit Spaten, Schaufel und Spitzhacke weggingen. Sofia legte das Sonderangebot »Metall-Kehrschaufel mit Handfeger« in ihren Einkaufswagen und folgte den beiden. Den Rest der Einkäufe konnte sie später nachholen. Zuerst musste sie sich um den Stachel in ihrem Fleisch kümmern.

Doch die zwei Männer gingen nicht etwa zur Kasse, sondern

nahmen aus einem Regal noch einmal Einwegoveralls, ähnlich denen, die sie bereits trugen. Sofia wartete hinter einigen Paletten Laminatdielen, bis die beiden sich für eine Kasse entschieden hatten, und reihte sich in die Schlange daneben ein. Zum ersten Mal konnte sie jetzt ihre Gesichter genauer betrachten. Beim Jüngeren handelte es sich um einen muskulösen Mann Anfang zwanzig mit Stiernacken und militärischem Kurzhaarschnitt. Ein ungepflegter Dreitagebart verdeckte den unteren Teil einer Narbe, die unterhalb des linken Auges begann. Der etwa zehn Jahre ältere Mann wirkte weniger athletisch, sondern mit seinem Bauchansatz eher untrainiert. Sein dunkles Haar trug er zu einem Zopf zusammengebunden. Wie ein Vogelschnabel ragte eine große Nase aus seinem Gesicht.

Die Kassiererin nebenan nannte einen Betrag von zweiundvierzig Euro zwanzig. Wortlos bezahlte der Jüngere mit einer schwarzen Kreditkarte. Sofia konnte zwar erkennen, dass es sich um eine Visa-Karte der Banco Santander handelte, jedoch nicht den Namen. Die beiden packten ihre Einkäufe zusammen und machten sich auf den Weg zum Ausgang. Kurzerhand ließ Sofia ihren Einkaufswagen stehen und drängte sich an den anderen Kunden in der Schlange vorbei.

Auf dem Parkplatz übernahm die Routine ihr Handeln. Sofia verfuhr so, wie sie es jahrelang trainiert und ausgeübt hatte. Sie ließ genügend Abstand und achtete darauf, dass sich stets weitere Personen zwischen ihr und den beiden befanden. Zur Routine gehörte auch, dass sie Zielpersonen entweder benennen konnte oder sich schlicht einen Namen ausdachte, wenn sie deren Identität nicht kannte. Da der Ältere mit seinem Zopf aussah wie eine Filmfigur aus Pulp Fiction, nannte sie ihn Travolta. Für den Jüngeren konnte es nur einen Namen geben, allein schon wegen seiner Narbe auf der Wange: Scarface.

Die beiden marschierten geradewegs auf einen schwarzen Range Rover mit rot lackierter Heckklappe zu. Die Blinker leuchteten kurz auf. Mit den verpackten Overalls unter dem Arm stieg Travolta auf der Fahrerseite ein. Scarface öffnete den oberen Teil der Heckklappe und lud die restlichen Einkäufe in den Kofferraum. Ob sich noch jemand im Wagen befand, konnte sie durch die abgedunkelten Scheiben nicht erkennen.

Sofia prägte sich das Kennzeichen ein und eilte zu ihrem Dacia. Kaum hatte sie den Motor gestartet, setzte sich der Range Rover auch schon in Bewegung. Sekunden später verließ sie den Parkplatz und folgte Travolta bis zum nächsten Kreisverkehr und zur Auffahrt zur GC-3 Richtung Arucas. Sie reihte sich hinter dem Range Rover auf der rechten Spur ein und ließ etwa hundert Meter Abstand. Trotz des Calima konnte sie den großen schwarzen Wagen mit der auffälligen roten Heckklappe nicht aus den Augen verlieren. Ihr Dacia hingegen blieb unsichtbar inmitten der Masse anderer weißer Kleinwagen, die ihr in einem ockerfarbenen Schleier aus feinem Sandstaub folgten.

Bereits an der nächsten Ausfahrt lenkte Travolta den Range Rover wieder von der GC-3 herunter und folgte einem ausgetrockneten Flusstal in Richtung Teror. Über Hügel führte die schmale und bald auch schlecht asphaltierte Straße bergauf. Oft lag die nächste Kurve oder Senke nur zwanzig, dreißig Meter entfernt. Sie durfte den Range Rover nicht aus den Augen verlieren, dabei aber nicht zu dicht auffahren. Auf dieser einsamen Bergstraße würde Travolta sie schnell bemerken.

Es kam, wie es kommen musste. Plötzlich war der Range Rover verschwunden. Sie hatte tatsächlich eine Abzweigung übersehen und musste umkehren. In drei Versuchen schaffte sie es, den Dacia auf der schmalen Bergstraße zu wenden, und fuhr zurück. Steile Felswände auf der rechten Seite und eine Schlucht links der Straße sprachen gegen eine Abzweigung, die sie übersehen haben könnte. Vor der nächsten Kurve kam auf der rechten Straßenseite eine Einbuchtung in Sicht, offenbar eine selten genutzte Bushaltestelle. Sie verlangsamte den Dacia, passierte im Schritttempo das Wartehäuschen. Und tatsächlich, direkt dahinter, von der Straße aus kaum zu sehen, führte ein unbefestigter Weg steil nach unten. Wohin, konnte sie nicht erkennen.

Sofia trat auf die Bremse und lenkte scharf nach rechts. Doch sie hatte nicht mit dem beachtlichen Wendekreis des Dacias gerechnet. Nur mit einer Vollbremsung brachte sie den Wagen zum Stehen. Staub spritzte auf, kleine Steine rollten über die Fahrbahn hinaus und die Böschung hinunter. Weder durch Leitplanken noch durch andere Begrenzungen geschützt, fiel nur einen halben Meter entfernt die Schlucht ab, ähnlich dem ausgetrockneten Bett eines Wasserfalls. Wie tief, wollte sie gar nicht wissen.

Zweimal musste sie zurücksetzten, um die Kehre endlich hinter sich zu lassen. Die scharfe und steile Abzweigung dürfte auch der Grund gewesen sein, warum sie den Range Rover aus den Augen verloren hatte. Aus der anderen Richtung brauchte es nur eine minimale Lenkbewegung, um hinter dem Wartehäuschen abzufahren. Und da Travolta den Weg sicher bereits kannte, musste er dazu nicht einmal die Geschwindigkeit verringern.

Sofia beschleunigte den Dacia, bremste vor der nächsten Kurve und gab erst wieder Gas, als sie das nächste Stück überblicken konnte. Das wiederholte sie so lange, bis sie die Staubwolke eines vorausfahrenden Fahrzeuges sah. Der schwarze Range Rover mit der roten Heckklappe befand sich wieder in Sichtweite.

Keine Minute zu früh. Die dichte Vegetation zu beiden Seiten der Straße lichtete sich, und nur noch vereinzelt verloren sich Bäume in der hügeligen Landschaft. Ohne seine Geschwindigkeit erkennbar zu verringern, verließ Travolta plötzlich den Weg und steuerte den Range Rover über unbefestigtes Gelände auf eine kleine Anhöhe zu. Dort hielt er jedoch nicht an, sondern jagte den Wagen weiter nach oben, bis er hinter einer Kuppe verschwand.

Ob sie das auch mit dem Dacia schaffen würde? Sofia gab Gas, lenkte auf die Anhöhe zu. Und es sah so aus, als käme sie voran. Zunächst. Doch nach ein paar Metern drehten die Vorderräder auf der Stelle durch, und statt weiter vorwärtszukommen, rutschte der Wagen Zentimeter für Zentimeter wieder abwärts. Es hatte keinen Sinn. Niemals würde sie dem Range Rover im Gelände folgen können. Sie nahm den Fuß vom Gas und bremste den Dacia rückwärts den Hang hinunter. Kurzerhand ließ sie ihn dort stehen, stieg aus und machte sich zu Fuß auf, dem Range Rover zu folgen.

Nicht nur einmal rutschte sie auf dem lockeren Untergrund aus, konnte sich aber immer wieder abfangen. Der Boden schien weniger hart zu sein, als sie vermutet hatte. Ein möglicher Grund, warum der Dacia selbst an diesem kurzen und nicht allzu steilen Anstieg gescheitert war.

Ohne zu stürzen, erreichte sie den höchsten Punkt des Hangs und spähte über die Kuppe. Vor ihr erstreckte sich eine kleine Senke, kaum größer als ein Fußballfeld. Die Reifenspuren des Range Rover schlängelten sich durch ein Gewirr von halbhohen Gräsern und wilden Sträuchern bis zur gegenüberliegenden Seite. Dort entdeckte sie den schwarzen Wagen unter zwei mächtigen kanarischen Kiefern, deren Baumkronen wie eine Überdachung wirkten. Beide Teile der Heckklappe standen offen, ohne dass sie auf die Ladefläche sehen konnte. Travolta und Scarface hatten ihre weißen Overalls ganz übergezogen und erkundeten mit Spitzhacke und Schaufel den Untergrund. Im ockerfarbenen Schleier des Calima ein wahrhaft gespenstischer Anblick.

In gebückter Haltung schlich Sofia weiter und fand auf halbem Weg am linken Rand der Senke Deckung hinter einer ausladenden Wollmispel mit apfelgroßen, noch grünen Früchten. Zwar konnte sie von ihrer Position aus nicht verstehen, was die beiden sagten, aber sie konnte durch die schmalen, spitzen Blätter sehr gut erkennen, was sie taten. Und das ließ sie erschaudern. Scarface mit der Spitzhacke in der Hand schlug auf den Boden, während Travolta die gelockerte Erde beiseiteschaufelte. Alles sah danach aus, als würden sie ein Grab ausheben.

Sofia zog ihr Telefon aus der Hosentasche, um Fotos von Travoltas und Scarface' Aktivitäten zu machen. Aufgrund der Entfernung und ihrer ungünstigen Position hinter der Wollmispel ein schwieriges Unterfangen. Als sie die Fotos betrachtete, musste sie feststellen, dass darauf lediglich ein großer schwarzer Wagen neben zwei hell gekleideten Personen auszumachen war. Hinzu kam, dass der Calima alles in ein diesiges, nebliges Licht tauchte. Es brauchte viel Phantasie, um Spitzhacke und Schaufel zu erkennen.

Zum ersten Mal verfluchte Sofia ihr Billiggerät. Die Auflösung der Kamera war bei diesen Lichtverhältnissen und auf diese Entfernung kaum zu gebrauchen. Aber ihre Deckung für bessere Fotos aufzugeben erschien ihr zu riskant. Bis zu den beiden turmhohen Kiefern, wo der Range Rover stand, gab es weder Bäume noch Sträucher, hinter denen sie sich hätte verstecken können. Was sie aber tun konnte, war, sich ganz links in die Zweige der Wollmispel zu drängen. Von dort aus sollte sie einen besseren Blick auf die Ladefläche des Range Rover haben. Und vielleicht konnte sie sogar erkennen, was Travolta und Scarface tatsächlich vergraben wollten. Sofia machte zwei vorsichtige Schritte nach links.

Täuschte sie sich, oder lag auf der Ladefläche ein längliches Etwas, eingewickelt in eine schwarze Plastikplane und verklebt mit orangefarbenem Klebeband? Die Leiche des Dicken, die die beiden verschwinden lassen wollten? Ein weiterer Schritt bestärkte sie in der Annahme, dass Größe und Form des Pakets tatsächlich zu einem erwachsenen Menschen passen könnten. Dummerweise war es der eine Schritt zu viel. Es knackste, ein Ast brach. Laut wie das Getrampel einer ausgebrochenen Viehherde polterte ein gutes Dutzend der schweren Früchte zu Boden.

Fast gleichzeitig stoppten Travolta und Scarface ihre Arbeit. Sie reckten die Hälse, sahen sich um, und für einen Moment blieb ihr Blick an der Wollmispel hängen. Obwohl die Äste ihr weiterhin Deckung boten, fühlte Sofia sich plötzlich entdeckt und angestarrt. Im ersten Augenblick dachte sie daran, so schnell wie möglich das Weite zu suchen. Doch sofort verwarf sie diesen Gedanken wieder. Wenn sie sich jetzt nicht vollkommen ruhig verhielt, würde sie erst recht Aufmerksamkeit erregen.

Vorsichtig verlagerte sie ihr Gewicht und schob sich mit zwei seitlichen Schritten wieder zurück in den dichteren Teil der Wollmispel

Geschafft. Sofia spähte am mächtigen Stamm vorbei. Travolta und Scarface gingen wieder ihrer Arbeit nach. Sie lehnte sich mit dem Rücken an den Baum und atmete ein paarmal durch. Spätestens jetzt sollte sie die Polizei verständigen.

Sofia kramte Garcías Visitenkarte aus ihrer Jeans und wählte die aufgedruckte Telefonnummer.

Das Rufzeichen ertönte fünfmal, sechsmal, und schon wollte sie wieder auflegen, als aus dem Lautsprecher ein knappes »¿Dígame?« kam.

Sofia erkannte die Stimme nicht, wagte aber nur eine leise Rückfrage. »Inspector Jefe García?«

»Am Apparat, wer spricht?«

»Sofia Bitter«, flüsterte sie.

»Können Sie etwas lauter sprechen? Ich kann Sie kaum verstehen.«

»Sofia Bitter hier«, sagte sie nur etwas lauter.

»Ah, Señora Bitter, was für eine Überraschung«, gab García zurück, und Sofia konnte aus seinem Tonfall nicht genau heraushören, ob die Überraschung eher positiver oder negativer Natur war. »Wie geht es Ihnen?«

»Das spielt im Moment keine Rolle«, erwiderte Sofia streng, jedoch weiterhin im Flüsterton. Nach Small Talk war ihr überhaupt nicht zumute.

»Sie sprechen leise, und doch höre ich Ihre Aufregung heraus. Ist Ihnen noch was eingefallen zu Navarros Komplizen?«

»Nein«, antwortete sie schnell. »Ich kann nicht laut sprechen, weil ich zwei Männer observiere –«

García fiel ihr ins Wort. »Sie observieren zwei Männer?«

»Ja. Die sind gerade dabei, etwas zu vergraben – vermutlich eine Leiche.«

Für ein paar Sekunden herrschte Stille am anderen Ende der Leitung. Nur das leise Rauschen der Verbindung drang aus dem Lautsprecher.

»Sind Sie noch da, Señor García?«

García räusperte sich. »Nur damit ich Sie richtig verstehe, Señora Bitter. Sie observieren zwei Männer, die im Moment eine Leiche vergraben? In der Erde?«

»Wo denn sonst?«

»Sie nehmen mich auf den Arm«, sagte García, und Sofia spürte, dass er nicht die Absicht hatte, sie ernst zu nehmen.

»Nein, verdammt.« Sofia hatte ihre Stimme angehoben, senkte sie aber sogleich wieder. »Ich will Sie nicht auf den Arm nehmen. Und bevor Sie fragen: Ich habe auch keinen Alkohol getrunken.« García gab einen Laut der Missbilligung von sich. »Und was sind das für Männer?«

»Ich hab die beiden im Leroy Merlin beobachtet. Sie haben Gartengeräte gekauft und sich darüber unterhalten, wie sie ›den Dicken verschwinden lassen‹. Sie sind in einen schwarzen Range Rover mit rot lackierter Heckklappe gestiegen, und ich bin ihnen gefolgt.«

»›Den Dicken verschwinden lassen‹?« García blies einen Schwall Luft in den Hörer. »Vielleicht haben sie die Gartengeräte nur gekauft, um einen Hasen zu vergraben – einen dicken Hasen.« Es folgte ein lautes Lachen.

»Señor García, bitte. Ich weiß, wovon ich spreche.«

»Warum? Weil Sie einen Gepäckdiebstahl am Flughafen verhindert haben?« Garcías Tonfall ließ keinen Zweifel aufkommen, dass er ihre Geschichte nicht glaubte.

Es war an der Zeit, die Karten auf den Tisch zu legen. »Nein, verdammt, weil ich selbst Polizistin bin«, Sofia stockte, »war. Landeskriminalamt Stuttgart.«

Erneut blieb es am anderen Ende der Leitung still, diesmal, ohne dass es rauschte. Sofia glaubte für einen Moment, García hätte einfach aufgelegt, bis er sich mit ernster Stimme meldete. »*Vale*, Señora Bitter. Das nehme ich Ihnen jetzt einfach mal ab. Wo sind Sie gerade?«

Sofia dachte darüber nach, wie sie den Weg in diese abgelegene Gegend am besten beschreiben sollte. Doch schnell musste sie sich eingestehen, dass sie keine Ahnung hatte, wo genau sie sich befand. »Irgendwo in der Pampa, zwischen Arucas und Teror. Ich schicke Ihnen meinen Standort per WhatsApp. Sie haben doch WhatsApp, oder?«

»Hab ich, ja. Und Sie? Haben Sie noch ein paar Infos für mich? Vielleicht das Kennzeichen des Range Rover?«

Sie gab ihm die Autonummer durch, die sie sich bereits auf dem Parkplatz des Baumarkts eingeprägt hatte.

»Befinden Sie sich an einem sicheren Platz?«

»Ich denke schon.«

»*Vale.* Dann bleiben Sie, wo Sie sind. Suchen Sie auf keinen Fall die Konfrontation. Wir sollten in einer Viertelstunde bei Ihnen sein.« García beendete das Gespräch.

Sofia schickte García per WhatsApp ihren Standort und steckte Telefon sowie Visitenkarte wieder zurück. Sie hoffte, dass es sich bei der angekündigten Viertelstunde um eine deutsche Zeitangabe handelte. Bei der spanischen Variante hätte sie die Befürchtung, dass es mindestens eine halbe Stunde dauern würde und die beiden sich längst aus dem Staub gemacht hätten.

Sie wandte sich um und spähte an der Wollmispel vorbei in Richtung des Range Rover. Der stand noch immer an seinem Platz, die Heckklappe geöffnet, das längliche Paket auf der Ladefläche. Scarface schlug mit der Spitzhacke auf den Boden ein, und Travolta – wo zum Teufel war Travolta?

Bei dem Gedanken hörte sie das Rascheln von Gras ganz in der Nähe. Doch nicht das Rascheln selbst sorgte dafür, dass sich plötzlich ihre Nackenhaare aufstellten, sondern die Intensität, die in diesem Moment nicht an diesen Ort passte. Blitzschnell drehte sie sich um. Zu spät. Das Letzte, was sie sah, war eine Metallschaufel, die direkt auf sie zuschnellte.

8

Der seltsame Anruf der Deutschen hatte García und Sánchez auf dem Weg zu einer Zeugenbefragung in einem Fall von Körperverletzung erreicht. Ein Mittvierziger sollte nachts in einer Nebenstraße des Paseo de las Canteras von einem anderen Mann überwältigt und ausgeraubt worden sein. Inzwischen hatte sich jedoch ein Zeuge gemeldet, der behauptete, die Tat habe sich ganz anders zugetragen. Er vermutete vielmehr einen Streit zwischen einem Freier und einer Prostituierten. Es war wie immer. Nicht nur Medaillen hatten zwei Seiten, sondern auch die meisten Geschichten, die García sich als Inspector Jefe anhören musste.

Ob auch die Geschichte der Deutschen eine andere, eine zweite Seite hatte, vermochte er nicht zu sagen. Einerseits klang ihre Beobachtung, dass zwei Männer eine Leiche vergruben, mehr als abenteuerlich. Auch das Kennzeichen des Range Rover, das sie ihm genannt hatte, existierte nicht. Gleichwohl blieb ihm gar nichts anderes übrig, als der Sache nachzugehen. Vor allem, wenn er in Betracht zog, dass es sich bei Sofia Bitter um eine ehemalige Polizistin des Landeskriminalamts Stuttgart handelte.

Sánchez schien der Planänderung nicht abgeneigt. Mit einer neuen Sonnenbrille in Pilotenoptik, diesmal mit bläulich verspiegelten Gläsern, saß er am Steuer ihres Dienstwagens und versuchte sich an einem lässigen Gesichtsausdruck. García dirigierte ihn von der GC-3 auf die GC-21, eine wenig befahrene Landstraße in die bergige Inselmitte nach Teror. Unübersehbar hatte Sánchez seine Freude daran, den weißen Seat Leon Cupra mit weit über zweihundert Pferdestärken über die kurvenreiche Strecke zu jagen. Im Scheitelpunkt jeder Kurve drückte er das Gaspedal durch, um den Wagen vor der nächsten nur so weit abzubremsen, dass er mit quietschenden Reifen gerade noch einlenken konnte. Lange würde García das nicht mitmachen.

Zu allem Überfluss fand Sánchez vor der nächsten Rechtskurve auch noch Zeit, ihn anzuschauen. »Soll ich das Signallicht draufmachen?«

»Nein«, gab García knapp zurück.

Noch immer hielt Sánchez es nicht für notwendig, auf die Straße zu schauen. »Keine Angst, Jefe.«

»Ich hab keine Angst«, sagte García, obwohl er sich schon seit einigen Minuten am Haltegriff festklammerte. »Meine Schwester wohnt oben in Teror. Ich kenne die Strecke ganz gut.«

García dachte kurz darüber nach, wie er dieses ›ganz gut‹ bewerten sollte. Fuhr Sánchez die Strecke täglich, sodass er jede Kurve im Schlaf kannte, oder lediglich einmal im Jahr für die Familienfeier am *Día de los Reyes Magos*? »Schön für Sie«, brachte er heraus. »Trotzdem schlage ich vor, dass Sie langsamer fahren. Dann kann ich später noch was essen.«

Sánchez ging vom Gas. Die Geschwindigkeit des Seats verringerte sich ein wenig, ohne dass sie wirklich langsam fuhren. »Besser so, Jefe?«

»Besser.« García lockerte seinen Griff.

Vor der nächsten Linkskurve kam ihnen weit in der Straßenmitte ein roter Kleintransporter entgegen. Statt das Tempo weiter zu drosseln oder nach rechts auszuweichen, drückte Sánchez auf die Hupe. Und zwar so lange, bis der entgegenkommende Fahrer reagierte. Der zog seinen Transporter weiter auf seine Seite, sodass beide Fahrzeuge nebeneinander Platz fanden.

»Fahr doch auf deiner Seite, *cabrón*.« Sánchez fuchtelte hinter dem Lenkrad herum und beschleunigte den Seat wieder. Offenbar verstand er Garcías Antwort in Verbindung mit der freien Strecke als Einladung, schneller zu fahren.

»Sie müssen wissen, Jefe, ich hab kürzlich ein spezielles Fahrtraining absolviert.«

»Speziell? Meinen Sie mit ›speziell‹ ›speziell für eine Bergrallye bei Calima-Wetterlage‹?«

»Nein, natürlich nicht.« Wieder löste Sánchez seinen Blick von der Straße, diesmal am Kurvenausgang, und sah zu ihm. »Ich habe mich beworben.« Unüberhörbar schwang Stolz in seiner Stimme.

»Beworben? Als was? Fluchtwagenfahrer?«, fragte García.

»Guter Scherz, Jefe.« Sánchez sah wieder auf die Straße.

»Warum weiß ich davon nichts?«

»Sie wissen so einiges nicht, Jefe.« Ein geheimnisvolles Lächeln lag nun auf seinen Lippen. »Jede Dienststelle braucht einen Mann der Tat. Und in mir steckt mehr als nur ein Subinspector.«

»Einen Mann der Tat, soso.« Nicht zum ersten Mal wunderte García sich über Sánchez' Selbsteinschätzung, die mehr mit Wunschdenken als mit der Realität zu tun hatte. »Machen Sie es nicht so spannend.«

Sánchez sah ein weiteres Mal zu García. Aus seinem Lächeln war ein breites Grinsen geworden. »Als Inspector, Jefe.«

Bevor García etwas erwidern konnte, ertönte ein lautes Hupen. Sánchez riss seinen Blick los, sah auf die Straße und schaffte es gerade noch, einem weißen Kleinwagen auszuweichen.

Garcías Puls schnellte in die Höhe. »Verdammt, Sánchez. Passen Sie doch auf.«

»*Vale.*« So langsam Sánchez' Kombinationsgabe manchmal arbeitete, so schnell funktionierte seine Reaktion auf der Straße. Vielleicht sollte er, statt auf eine Beförderung zum Inspector Jefe zu hoffen, besser etwas mit Autos machen. Zumal das Fahrtraining schon hinter ihm lag.

Während Sánchez den Dienstwagen nun deutlich langsamer durch die Kurven bergauf lenkte, zog García sein Telefon aus der Tasche und rief die WhatsApp-Nachricht der Deutschen auf. Die angehängte GPS-Position zeigte eine Stelle abseits der Landstraße. Er musste auf Google Maps eine Möglichkeit finden, dorthin zu gelangen. Rasch bemerkte er auf der Karte eine gestrichelte Linie, die in einer der nächsten Kehren von der Landstraße wegführte. Er zoomte näher heran und fand an der Bushaltestelle 216 den Anfang eines schmalen Abzweigs. Gerade noch rechtzeitig.

»Hier müssen wir runter.« García deutete auf einen engen Pfad, der hinter der Bushaltestelle in eine Schlucht hinabführte.

Ohne den Seat abzubremsen, fuhr Sánchez rechts von der Straße ab auf den unbefestigten Weg. Staub wirbelte auf, Steinchen spritzten in den Radkästen. García klammerte sich wieder an den Handgriff, ein Auge auf das Display des Telefons gerichtet. Noch zeigte das GPS ihre neue Position nicht an. Nach etwa einem Kilometer entdeckte García in einiger Entfernung ein kleineres Fahrzeug. Es stand abseits des Weges, schräg im Gelände vor einer Anhöhe. Durch die diesige Luft und den graubraunen Sand auf der Karosserie war die Farbe des Wagens nur schwer zu bestimmen. Aufgrund der Form und des hellen Farbtons vermutete García jedoch einen weißen Dacia Sandero.

Mittlerweile hatte auch das GPS ihre Position aktualisiert, und García war sich sicher, dass sie den richtigen Weg gefunden hatten. »Langsamer!«

Sánchez verringerte das Tempo, während sie sich weiter näherten. Hinsichtlich des Fahrzeugtyps hatte García richtiggelegen. Doch die letzte Gewissheit, dass es sich um den Wagen der Deutschen handelte, würde erst das Kennzeichen bringen.

Sánchez ließ den Seat direkt hinter dem Dacia ausrollen und stellte den Motor ab.

García stieg aus, sah sich um. Weit und breit war niemand zu sehen. Mit den bloßen Händen rieb er die Staubschicht auf dem hinteren Kennzeichen ab. Die Autonummer stimmte. Die Deutsche musste ganz in der Nähe sein.

»Señora Bitter!«, rief er.

Niemand antwortete.

Das GPS zeigte inzwischen die Position an, die ihm die Deutsche geschickt hatte. Auf fünfzig Meter genau. Sie musste ihn hören. García steckte sein Telefon zurück ins Sakko und rief noch einmal, nun lauter.

Erneut blieb sein Rufen ohne Antwort.

García trat zur Fahrertür des Dacias und zog am Türgriff. Der Wagen war nicht abgeschlossen. Er beugte sich hinein und nahm den Innenraum in Augenschein. Dort sah es aus wie in jedem anderen Mietwagen auch. Nichts Auffälliges, keine persönlichen Gegenstände, nicht einmal eine Jacke oder Tasche konnte er entdecken. Er umrundete den Wagen und öffnete den Kofferraum. Dort lagen nur das Warndreieck und ein grüner, ramponierter Verbandskasten. Ansonsten herrschte gähnende Leere.

»Jefe, das sollten Sie sich anschauen«, hörte er Sánchez' Stimme vor dem Dacia.

García ließ den Kofferraumdeckel offen stehen und trat neben Sánchez. Der deutete auf Reifenspuren im weichen Untergrund, die etwa die Hälfte der Anhöhe hinaufführten und dort in einer Furche endeten.

»Sie wollte wohl hier hochfahren«, sagte Sánchez in einem seltenen Anflug von Kombinationsgabe. Er zeigte auf profillose Schleifspuren, die zurück zum Dacia führten. »Aber der Wagen hat's wohl nicht geschafft.«

»Sie ist trotzdem da hoch«, erwiderte García.

»Und wie kommen Sie darauf?«

»Zwischen den Reifenspuren sind Abdrücke von kleineren Schuhen, wie die einer Frau. Sie ist zu Fuß weiter. Und es führen keine zurück.« García schluckte, als ihm die Konsequenz seiner Beobachtung bewusst wurde. »Sie muss immer noch dort oben sein.«

Aber wo war dann der Range Rover?

Erst jetzt bemerkte er ganz rechts eine andere, deutlich breitere Fahrspur, die bis über die Kuppe der Anhöhe führte. Ein weiterer Wagen musste erst vor Kurzem dort hinaufgefahren sein. Womöglich der besagte Geländewagen.

García nahm erneut sein Telefon zur Hand und wählte die Nummer der Deutschen. Nach einer gefühlten Ewigkeit erklang der Rufton – viermal, fünfmal, sechsmal. Niemand nahm ab. Er legte auf und setzte sich in Bewegung. Sánchez folgte ihm.

Oben angekommen, ließ García seinen Blick über eine Lichtung schweifen. Ein paar mächtige Kiefern, links einige Laubbäume, dazwischen halbhohes Gras und viel Gestrüpp. »Señora Bitter!«

Niemand antwortete, niemand war zu sehen.

Auch Sánchez rief ein paarmal den Namen der Deutschen. Ohne Erfolg.

García drückte die Taste für die Wahlwiederholung und schaltete den Lautsprecher an. Erneut dauerte es einige Zeit, bis der Rufton aus dem Hörer drang. Doch diesmal klang er heller und melodischer. Da wurde García klar, dass er nicht nur das monotone Tuten aus seinem Lautsprecher hörte, sondern auch den Klingelton eines anderen Telefons. Die Deutsche musste ganz in der Nähe sein.

»Señora Bitter!« Mit Garcías Rufen verstummte der fremde Klingelton. In seinem Lautsprecher leierte eine Frauenstimme die Ansage herunter, dass der Teilnehmer derzeit nicht erreichbar sei. Noch einmal drückte er die Wahlwiederholung. Erneut ertönte das Klingeln. Und diesmal konnte er sogar die Richtung bestimmen. Der Wind trug es von den Laubbäumen links von ihm herüber.

García machte ein paar Schritte auf die Bäume zu, und da entdeckte er einen Körper, der hinter einer Wollmispel auf dem Boden lag. Er legte die letzten Meter im Laufschritt zurück und ging neben der Gestalt in die Hocke. Ohne Frage eine Frau. Sie lag halb auf der Seite, von ihrem Gesicht konnte er nur einen kleinen Teil erkennen. Doch die halblangen dunklen Haare, die Körpergröße und die Statur ließen kaum einen Zweifel zu. Es handelte sich um die Deutsche. García konnte keine äußeren Verletzungen entdecken und tastete ihren Puls am Hals. Langsam, aber regelmäßig.

»Ist sie …?« Sánchez, der inzwischen ebenfalls die Laubbäume erreicht hatte, ließ den Rest der Frage in der Luft hängen.

García schüttelte den Kopf. »Nur ohnmächtig.«

»Soll ich einen Rettungswagen rufen?«

García antwortete nicht, sondern stupste sie an der Schulter an. »Señora Bitter, können Sie mich hören?«

Sofort stöhnte sie auf, ohne die Augen zu öffnen.

»Warten Sie noch«, sagte García.

Die Deutsche bewegte die Hand, dann den ganzen Arm und sagte etwas, das klang wie: »Nicht auf die Schulter.«

Sánchez musterte sie. »Was ist mit ihr?«

»Vielleicht niedergeschlagen.«

»Von wem?« Sánchez reckte das Kinn.

Gerne hätte García die dämliche Frage überhört. »Woher zum Teufel soll ich das wissen?«

»Dann werde ich mal die Umgebung absuchen, Jefe.« Sánchez zog seine Dienstwaffe und stapfte davon.

»Tun Sie das«, gab García zurück. So ging ihm Sánchez wenigstens nicht auf die Nerven. Und er konnte sich um die Deutsche kümmern. Die kam jetzt offenbar zu sich.

Wie zum Beweis drehte sie sich auf den Rücken und schlug die Augen auf.

»Señora Bitter, ¿está bien?«

Statt zu antworten, setzte die Deutsche sich auf und sah ihn mit großen Augen an. Sie fasste sich an den Hinterkopf, stöhnte erneut und betrachtete dann ihre Handfläche.

»Wurden Sie niedergeschlagen?«, fragte García.

»Nach meinen Kopfschmerzen zu urteilen, ja«, kam es mit brüchiger Stimme zurück.

»Lassen Sie mal sehen.«

Wortlos streckte sie ihm ihren Hinterkopf entgegen.

Er inspizierte ihre Haare. Der Geruch von Apfelblüten und einem Hauch von Vanille stieg ihm in die Nase. »Da ist kein Blut, bestimmt nur eine Beule.«

Sie atmete erleichtert aus.

García sah nach Sánchez, der weiterhin mit gezogener Waffe durch die Gegend schlich, als befände er sich auf einer Aufklärungsmission.

»Können Sie aufstehen?«

Die Deutsche nickte, verzog aber sogleich wieder das Gesicht, als würde ihr schon diese Bewegung Schmerzen bereiten.

»Wissen Sie, von wem?« García hielt ihr die Hand hin.

»Von Travolta.«

»Travolta?«

»Einer der beiden Typen, die ich verfolgt habe.« Die Deutsche ergriff seine Hand und zog sich hoch.

»Und wo sind die beiden jetzt?«

Sie drehte sich um und zeigte auf die Kiefern. »Wenn dort kein schwarzer Range Rover mit roter Heckklappe mehr steht, haben sie sich wohl aus dem Staub gemacht.«

García legte den Kopf schief. »Jetzt erzählen Sie mir noch

einmal in aller Ruhe, was Sie gesehen haben.« Obwohl sie offenbar tatsächlich niedergeschlagen worden war, kam ihm ihre Geschichte immer noch seltsam vor.

»Lassen Sie uns da hinübergehen. Dort können Sie alles selbst anschauen.« García folgte ihr, während sie weitersprach: »Travolta und Scarface haben dort –«

»Scarface?«

»Der andere Typ. Ein junger, durchtrainierter Typ mit Dreitagebart und einer Al-Capone-Narbe auf der linken Wange.«

»*Vale*. Und weiter?«

»Jedenfalls haben die beiden dort ein Loch gegraben.«

»Das ist erst mal nicht verboten.«

Sie hielt inne, funkelte ihn böse an. »Mit feinen Anzugschuhen zu weißen Einwegoveralls?«

»Auch dann nicht.«

»Im Kofferraum des Range Rover lag ein längliches Etwas, eingewickelt und verklebt in einer Plastikplane.«

»Und Sie glauben, das war eine Leiche?«

Ohne auf seine Frage einzugehen, machte sie sich wieder auf den Weg zu den mächtigen Kiefern und blieb erst neben einem kniehohen Erdhaufen stehen.

García folgte ihr und trat neben sie. Erst jetzt erkannte er, dass die Erde aus einer länglichen, etwa zwanzig bis dreißig Zentimeter tiefen Grube daneben stammte. Außer ein paar kleinen Steinen und losen Erdklumpen konnte er darin nichts entdecken.

»Anscheinend fühlten sich Travolta und Scarface von mir gestört«, sagte die Deutsche, nachdem sie eine Weile wortlos in die Grube gestarrt hatten.

»Beim Vergraben einer Leiche«, erwiderte García, ohne sich einen sarkastischen Unterton verkneifen zu können. Er konnte sich des Eindrucks nicht erwehren, dass zumindest der Teil mit der Leiche ins Reich der Phantasie gehörte. Schon seit Jahren entsorgten einige Canarios ihren Müll, indem sie ihn irgendwo vergruben.

»Sie glauben mir nicht.« Die Deutsche zog ihr Telefon aus

der Tasche. »Hier, ich hab Fotos gemacht.« Sie wischte über das Display und hielt es García unter die Nase.

Der kniff die Augen zusammen. Die Aufnahme zeigte ein großes schwarzes Auto und ein paar Meter daneben zwei Gestalten in weißer Kleidung.

»Was ist Ihr Problem?«, knurrte die Deutsche. Offenbar hatte sie seinen kritischen Gesichtsausdruck bemerkt.

»Abgesehen davon, dass auf dem Foto lediglich zwei Leute und ein schwarzes Auto zu sehen sind?«

Sie drehte das Telefon, starrte auf das Display. »Die haben eine Schaufel und eine Spitzhacke.«

»Schaufel und Spitzhacke? Ist das so? Ich kann nicht mal den Fahrzeugtyp, geschweige denn die Autonummer erkennen. Und die, die Sie mir genannt haben, existiert nicht.«

»Dann muss es wohl eine Fälschung sein.« Sie steckte das Telefon wieder ein.

»Eine Fälschung?«

»Ja verdammt, eine Fälschung. Die wollten eine Leiche vergraben. Ich hab's genau gehört.«

»Señora Bitter. Verstehen Sie mich nicht falsch, aber«, García stockte, suchte nach den richtigen Worten, »sind Sie sich sicher, dass Sie das Gespräch zwischen den beiden richtig verstanden haben? Die Canarios sprechen oft einen Dialekt, und da ist es schwierig, alles zu verstehen. Vor allem in einer lauten Umgebung.«

»Sicher bin ich mir sicher. Ich verstehe recht gut Spanisch. Schließlich stammen meine Großeltern aus Spanien. Und die beiden Männer haben keinen Dialekt gesprochen.«

Ein Rascheln. Sánchez trat neben sie und steckte seine Pistole zurück. »Hier ist weit und breit niemand, Jefe.« Er deutete in die Grube. »Da hat jemand ein Loch gegraben.«

»Gut erkannt, Sánchez«, sagte García und wandte sich wieder an die Deutsche. »Soll ich Ihnen sagen, was ich glaube?«

»Ich bitte darum«, gab sie zurück. Der Sarkasmus in ihrer Erwiderung war nicht zu überhören.

»Sie haben in einem Baumarkt zwei Männer gesehen, die

Schaufeln und Spitzhacken gekauft haben. Sie glaubten zu hören, dass die beiden eine Leiche verschwinden lassen wollen. Dann sind Sie ihnen bis hierher gefolgt, und vielleicht«, García hob den Zeigefinger, »bitte nehmen Sie das Wort ›vielleicht‹ zur Kenntnis, wollten die beiden tatsächlich etwas verschwinden lassen.«

»Und was vergräbt man Ihrer Meinung nach in so einer länglichen Grube, die Form und Größe eines Grabes hat?« Sie ließ die Antwort gleich folgen: »Eine Leiche.«

»Da sind Löcher in Ihrer Geschichte, so groß wie die Krater auf La Palma.« García hatte inzwischen Mühe, ruhig zu bleiben. Sicher, die Deutsche verfügte über eine gute Beobachtungsgabe, aber ihre Schlussfolgerung erschien ihm viel zu voreilig. »Ich sagte ›etwas‹ und nicht ›jemanden‹ verschwinden lassen‹. Das ist hier in der Gegend nichts Ungewöhnliches. Ich kann Ihnen Dutzende Fälle von illegaler Müllentsorgung aufzählen.«

»Ich weiß auch von so einigen«, sagte da Sánchez, und es schien tatsächlich so, als ob er zu einer Art Aufzählung ansetzen wollte.

Die Deutsche kam ihm zuvor. »Illegale Müllentsorgung? Und wegen so einer Lappalie wurde ich niedergeschlagen?«

García konnte einen tiefen Seufzer nicht zurückhalten. »Illegale Müllentsorgung wird auch auf den Kanaren hart bestraft. Darauf stehen bis zu zwei Jahre Gefängnis.« Er betrachtete ein weiteres Mal die Grube, dann den Erdhaufen. »Und wenn hier tatsächlich jemand eine Leiche hätte verschwinden lassen wollen, würden Sie jetzt nicht mehr leben.«

»Das stinkt doch bis zum Himmel«, sagte sie, wirkte aber zum ersten Mal nachdenklich.

»Nur ist Stinken allein kein Beweis. Ohne Leiche kein Mord und ohne Mord keine Mordermittlung. Das dürfte in Ihrer ehemaligen Dienststelle, dem Landeskriminalamt Stuttgart, nicht anders gewesen sein.«

Statt darauf etwas zu erwidern, starrte die Deutsche eine Weile in die Grube, bis sie sich schließlich wieder an ihn wandte. »Und was soll ich Ihrer Meinung nach jetzt machen? So tun, als wäre nichts passiert?«

»Am besten, Sie überlassen uns die Ermittlungen, und wir melden uns bei Ihnen. Einverstanden?«

Sie nickte, obwohl García ihr ansah, dass sie alles andere als einverstanden war.

»Sollen wir Sie noch irgendwohin fahren?«

»Nein.« Ihre Antwort kam schnell und scharf wie ein Messer. »Ich kann ganz gut selbst fahren.«

»*Vale.* Können wir sonst noch etwas für Sie tun?«, fragte García und versuchte sich in einem freundlichen Tonfall, um die Wogen zu glätten.

»Danke, aber nein danke.« Sie blickte zu dem Erdhaufen hinüber und kniff die Augen zusammen.

»Dann *adiós*, Señora Bitter. Ich melde mich bei Ihnen, sobald wir etwas herausgefunden haben. Und ansonsten haben Sie ja meine Telefonnummer.«

»Falls mir noch etwas einfällt. Ich weiß.«

García ließ ihre Bemerkung unkommentiert. Er wandte sich um und machte sich mit einem unbehaglichen Gefühl auf den Rückweg.

»Glauben Sie, an der Geschichte der Deutschen ist was dran?«, fragte Sánchez, als sie sich bereits auf dem Hang hinunter zu ihrem Dienstwagen befanden.

»Ich weiß nicht.«

»Und was jetzt?«

»Mittagessen«, antwortete García. Von jeher seine bevorzugte Art, Eindrücke zu sortieren. Sein Denkapparat funktionierte hervorragend, wenn auch sein Magen etwas zu tun hatte. Am besten mit einem Glas *tinto* von der Bodega Hoyos de Bandama.

Freilich, es könnte tatsächlich etwas dran sein, dass zwei Männer dort oben eine Leiche vergraben wollten. Aber sollte sich der Verdacht erhärten, würde er sich nicht von einer ehemaligen Kriminalpolizistin aus Deutschland in die Ermittlungen hineinreden lassen.

9

Natürlich konnte Sofia nicht erwarten, dass das Comisaría von Las Palmas nur aufgrund ihrer Beobachtungen eine Großfahndung nach einem schwarzen Range Rover mit roter Heckklappe und gefälschtem Kennzeichen einleitete. Trotzdem hätten García und Sánchez die Sache durchaus ernsthafter angehen können. Zum Beispiel, indem sie die Grube oder den Aushub genauer in Augenschein nahmen. Vielleicht wäre ihnen dann ebenfalls dieses Stück Papier aufgefallen, das zwischen den Erdklumpen hervorlugte. Und da dieser kleine, längliche Zettel genau dort lag, konnte er nur von Travolta oder Scarface stammen. Zuerst hielt sie das Stück Papier für einen einfachen Kassenbeleg. Doch als sie den Zettel genauer betrachtete, wurde ihr klar, dass die Geschichte um Travolta und Scarface nicht hier und jetzt endete. In ihrer Hand hielt sie den Beleg zu einer Visa-Kreditkartenzahlung der Banco Santander, ausgestellt vor knapp zwei Stunden im Leroy Merlin. Mit der gut lesbaren Transaktionsnummer würde es für die richtigen Stellen ein Leichtes sein, die Kreditkartennummer und deren Inhaber in Erfahrung zu bringen. Und Sofia kannte mindestens eine richtige Stelle: das LKA Stuttgart samt ein paar Mitarbeitern, die ihr noch einen Gefallen schuldeten.

Sie nahm ihr Telefon zur Hand und scrollte durch die Kontakte. Schon beim Buchstaben »C« fiel die Wahl auf Cheetah, einen jungen Oberkommissar, der eigentlich Frank Gepard hieß. Wie die meisten ihrer ehemaligen Kollegen nannte auch Sofia ihn nach der englischen Version seines Nachnamens. Sie hatte ihm vor einigen Monaten eine wichtige Festnahme überlassen, die sich positiv auf seine bevorstehende Beförderung auswirken sollte. Mit einem Lächeln wählte sie seine Rufnummer.

Nach wenigen Rufzeichen meldete sich Cheetah mit seiner tiefen, angenehmen Stimme. »Hallo, Sofia. Ist dir schon langweilig?«

»Kann ich dir noch nicht sagen«, antwortete sie. Natürlich hatte er ihre Rufnummer längst erkannt. »Ich bin ja erst einen Tag hier.«

»Und wie ist das Wetter bei euch?«

»Sonnig, warm und windig«, antwortete sie, wobei das Attribut »sonnig« wegen des Calima zumindest heute nicht ganz der Wahrheit entsprach.

»Das freut mich«, erwiderte Cheetah, und für einen kurzen Moment blieb es am anderen Ende der Leitung still. »Aber gehe ich recht in der Annahme, dass dein Anruf nicht darauf abzielt, mich auf das Wetter in Gran Canaria neidisch zu machen?«

Jetzt musste Sofia lachen. Nach kaum einer Minute hatte er bereits richtig geraten. »Jetzt hast du mich doch tatsächlich durchschaut.«

»Was soll ich denn für dich tun? Eine Fahndung rausgeben, einen Haftbefehl erwirken oder gleich einen Killer anheuern?«

»Weder noch. Nur eine winzig kleine Nachforschung.«

Cheetah lachte auf. »Winzig klein, du? Das kann ich mir beim besten Willen nicht vorstellen.«

»Ich möchte nur, dass du eine Nummer überprüfst.«

»Eine Nummer?«

»Um genau zu sein, die Transaktionsnummer einer Kreditkartenzahlung. Ich brauche Inhaber und Adresse.«

»Private Nachforschungen mit Hilfe der Infrastruktur des LKA können als Dienstvergehen geahndet werden«, entgegnete Cheetah, wobei Sofia heraushören konnte, dass er seinen Einwand eher scherzhaft gemeint hatte.

»*Können.* Ich weiß. Deshalb rufe ich ja auch dich an.«

Cheetah blies Luft in den Hörer. Es rauschte. »Also, wie lautet die Nummer?«

Sofia gab sie ihm durch.

»Ich lasse sie überprüfen und schicke dir eine WhatsApp, sobald ich was habe. Vielleicht schaffe ich es heute noch im Laufe des Tages.«

Sofia bedankte sich und beendete das Gespräch.

Na also, ging doch. Wozu brauchte sie noch das Comisaría

von Las Palmas? Zumal sie neben der Transaktionsnummer eine weitere Spur zu Travolta und Scarface verfolgen konnte: den schwarzen Range Rover mit der rot lackierten Heckklappe. Davon gab es bestimmt nicht viele auf der Insel. Vielleicht sogar nur einen einzigen. Und Pedro mit seiner Autowerkstatt schien die richtige Adresse zu sein, wenn es um seltene Fahrzeuge ging.

Pedros Garaje bestand aus einer rot-weiß lackierten Uralt-Zapfsäule und einem offen stehenden Holztor, das die Einfahrt zur eigentlichen Werkstatt darstellte. Den Platz davor belegten zwei ältere Kleinwagen und ein Tanklastwagen, für den das Wort »historisch« eigens erfunden worden war. Es gab keine Stellplätze, und die gelbe Bordsteinmarkierung hielt Sofia davon ab, den Dacia einfach auf der Straße davor zu parken. Kurzerhand fuhr sie zum nächsten Häuserblock und ging von dort aus zu Fuß zurück.

Um in Pedros Werkstatt zu gelangen, musste sie sich zwischen den beiden Kleinwagen hindurchzwängen und über den Schlauch des Tankwagens steigen. Offenbar befüllte der gerade die unterirdischen Tanks mit Kraftstoff. Das Holztor zur Werkstatt wirkte trotz des frischen grünen Anstrichs wie ein Scheunentor. In Deutschland wäre niemand auf die Idee gekommen, dass sich dort eine Autowerkstatt befinden könnte. Und das, was sich hinter dem Tor verbarg, hätte auch niemals eine Genehmigung dafür erhalten. Was weniger an den beiden Hebebühnen lag, deren Oberfläche mehr Rost als Farbe aufwies, als vielmehr an der Substanz des Gebäudes und der schieren Unordnung auf dem rissigen Zementboden und an den Wänden. Unter dem löchrigen Ziegeldach stapelten sich Autobatterien, halb volle Kanister in verschiedenen Größen, Kartons, gebrauchte Autoteile, Abdeckmaterial und vieles mehr, was sie eher auf einer Müllhalde vermutet hätte. Über die unverputzten Wände führten Stromleitungen zu nackten Neonröhren. Ölabscheider oder andere Maßnahmen für den Umweltschutz konnte sie nicht entdecken. Und über allem hing der Geruch von Öl, Benzin und Metallspänen.

Da vernahm sie zwei Stimmen und bemerkte erst jetzt, dass die Werkstatt aus einem weiteren Raum bestand, zu dem ein Durchgang führte.

Auf dem Weg dorthin knirschte der Zementboden unter jedem ihrer Schritte. Sie passierte eine Reihe Feuerlöscher an der Wand, deren letzte Prüfung garantiert Jahrzehnte zurücklag, und blieb direkt vor dem Durchgang stehen.

Eine der Stimmen stammte fraglos von Pedro, die andere von einem zweiten Mann, der ziemlich aufgeregt klang. »Das reicht nicht«, sagte der Unbekannte.

»Wir hatten zweitausend ausgemacht«, erwiderte Pedro. »Und das sind zweitausend.«

Wovon sprachen die beiden? Sofia verlangsamte ihren Schritt, blieb dann ganz stehen und lauschte.

»Ich musste auch mehr bezahlen. Die Preise für *gasóleo* sind schon vor Wochen gestiegen.«

Pedro lachte auf. »Das ist mir egal. Du musst dich an unsere Vereinbarung halten. Sonst –«

»Sonst was?«

»Sonst besorge ich mir das Zeug woanders. Ich kenne ein halbes Dutzend Leute unten am Hafen.«

»*¡Mierda!*« Die Stimme des Unbekannten nahm nun einen versöhnlicheren Tonfall an. »Aber das ist das letzte Mal.«

»Jaja, reg dich ab. Geh zu deiner Frau und mach dir einen schönen Abend.«

Im nächsten Moment stürmte ein kleiner, fast kugelrunder Mann in grüner Latzhose aus dem hinteren Raum der Werkstatt. Er stopfte sich etwas in die Brusttasche. Als er Sofia bemerkte, zuckte er kurz zusammen, schloss dann schnell den Reißverschluss seiner Brusttasche und eilte mit gesenktem Kopf davon.

Sekunden später durchquerte auch Pedro den Durchgang. Auch er hielt kurz inne. Sein Blick verriet, dass er diese Begegnung am liebsten vermieden hätte.

Sofort hatte er sich wieder gefangen. »*Hola*, Sofia! Wurde dein Wagen schon wieder abgeschleppt?«

Sie hörte, wie draußen der schwere Dieselmotor des Tank-
lastwagens ansprang. Offenbar handelte es sich bei dem Dicken
in der grünen Latzhose um den Fahrer.
»Nein, diesmal hab ich beim Parken aufgepasst«, gab Sofia zurück, obwohl ihr ein halbes Dutzend Fragen durch den
Kopf schoss. Und wäre sie jetzt im Dienst, würde sie von Pedro Antworten verlangen. Zum Beispiel, warum er Treibstoff
in Uralt-Tanklastwagen ohne Firmenlogo anliefern ließ und bar
bezahlte. Oder warum er noch während der Lieferung mit dem
Fahrer über den Kaufpreis stritt. Sie konnte sich des Eindrucks
nicht erwehren, dass Pedros Geschäfte nicht immer den Buch-
führungspflichten genügten.
Aber Sofia war nicht im Dienst. Und wie ihr Jugendfreund
Pedro seine Treibstoffeinkäufe abwickelte, ging sie schlichtweg
nichts an. Ihr Interesse galt einem schwarzen Range Rover mit
rot lackierter Heckklappe und gefälschtem Kennzeichen.
»Aber vielleicht kannst du mir helfen.«
»Klar, schieß los.«
Sofia dachte kurz darüber nach, ob sie Pedro die Geschichte
von der vergrabenen Leiche erzählen sollte, entschied sich jedoch
dagegen. »Vorhin hat mich ein Fahrzeug überholt und dabei fast
von der Straße gedrängt.«
»Hast du das Kennzeichen?« Pedro stopfte die Hände in die
Taschen seines Overalls. »Dann würde ich bei der Polizei An-
zeige erstatten.«
»Das ging alles so schnell«, log sie weiter und behielt auch
die Sache mit dem gefälschten Kennzeichen für sich. »Aber das
war ein auffälliger Wagen.«
»Auffälliger Wagen?«
»Ja, ein schwarzer Range Rover mit rot lackierter Heck-
klappe, schon ziemlich alt.«
Pedro runzelte die Stirn. »Und du glaubst jetzt, dass ich diesen
Wagen kenne?«
»Vielleicht gehört er ja jemandem aus der Gegend.«
Sie konnte sich täuschen, aber sie meinte bemerkt zu haben,
dass Pedros Mundwinkel bei ihrer Frage einen winzigen Mo-

ment gezuckt hatten. Doch er schüttelte den Kopf. »Nein. So einen Wagen kenne ich nicht.«

»Bist du dir sicher?«

»Natürlich bin ich mir sicher«, sagte Pedro schnell, vielleicht zu schnell.

Sofia nickte, dabei wanderte ihr Blick unwillkürlich durch die Werkstatt. »Was machst du mit dem ganzen Gerümpel?«

»Ich sollte wohl mal aufräumen.«

»Das könnte dauern.« Sofia fragte sich, wie lange sie wohl noch brauchte, bis sie nicht mehr hinter allem und jedem unlautere Absichten witterte.

»Sonst noch was?« Pedro kramte einen verschmierten Lappen aus der Brusttasche seines Overalls und rieb sich die sauberen Hände ab. »Ich hab noch zu tun.«

Sofia hob abwehrend die Hände. »*Vale*. Ich lass dich dann mal weiterarbeiten. Wir sehen uns.«

Cheetahs WhatsApp mit den Informationen zur Transaktionsnummer kam erst am nächsten Morgen, als Sofia gerade beim Frühstück saß. Die Kreditkarte gehörte einem Raúl López, wohnhaft in Las Palmas, Calle del Rey Abán 14. Sie unterdrückte den ersten Impuls, García mitzuteilen, dass sie einen der beiden Männer im Range Rover identifiziert hatte. Nicht noch einmal wollte sie sich von ihm vorwerfen lassen, sich alles nur eingebildet zu haben. Um ihn vom Gegenteil zu überzeugen, brauchte sie mehr als ein verschwommenes Foto.

Ihr kriminalistischer Spürsinn war längst geweckt. Als Erstes musste sie herausfinden, ob es sich bei López um Travolta oder Scarface handelte. Sie nahm ihr Telefon zur Hand und ließ Google nach dem Namen suchen. Ihre Recherche spuckte mehr als ein Dutzend Raúl López in Las Palmas aus, Facebook kannte immerhin acht. Dummerweise sah keiner davon Travolta oder Scarface ähnlich. So konnte sie gleich mit guter alter Polizeiarbeit beginnen: die Nachbarn befragen und das Haus in der Calle del Rey Abán observieren.

Eigentlich war Sofia davon ausgegangen, dass sie gleich nach

ihrer Ankunft auf der Insel mit der Renovierung des Ferienhauses beginnen könnte. Doch sie hatte es noch nicht einmal
geschafft, die Koffer auszupacken. Den Hausputz schob sie seit
zwei Tagen vor sich her, und bisher hatte sie sich noch keine
ernsthaften Gedanken darüber gemacht, was sie renovieren
wollte und welches Material sie dafür benötigte. Und heute
würde es wohl wieder nichts damit werden.

Keine halbe Stunde nach ihrer erfolglosen Internetrecherche
stellte Sofia ihren Dacia an der Hausnummer zehn in der Calle
del Rey Abán ab, hinter einem baugleichen, ebenfalls weißen
Dacia. Von dort aus konnte sie den Eingang und die Straße vor
dem Gebäude mit der Nummer vierzehn im Auge behalten,
ohne Aufmerksamkeit zu erregen.

Die zweistöckigen Reihenhäuser zu beiden Seiten der Straße
klebten förmlich aneinander und unterschieden sich meist nur
durch ihre Farbe. Von der Straße gelangte man über einen Fuß-
weg zur Eingangstür des Erdgeschosses und über eine gemauerte
Außentreppe in den ersten Stock. Stromkabel, dick wie Schiffs-
taue, verbanden die Dächer miteinander, bildeten hin und wieder
unförmige Knoten und führten irgendwann zum nächsten Holz-
mast. Von einem schwarzen Range Rover mit roter Heckklappe
war allerdings weit und breit nichts zu sehen.

Sofia beobachtete eine Weile die Umgebung, konnte aber nichts
Ungewöhnliches entdecken. Die Calle del Rey Abán präsentierte
sich wie jede andere Wohnstraße an einem Wochentag um zehn
Uhr morgens. Alles war ruhig, die Anwohner waren offenbar bei
der Arbeit. Sie stieg aus und schlenderte den Bürgersteig entlang
in Richtung des roten Reihenhauses mit der Nummer vierzehn.
Im Vorbeigehen spähte sie aus den Augenwinkeln in die Fenster,
konnte aber nichts dahinter erkennen. Vor dem nächsten Gebäude
machte sie kehrt und betrat den Zugangsweg zum Erdgeschoss.

Sofia fand sich vor einer hellblau gestrichenen Haustür wieder, zu der zwar ein Briefkasten und eine Klingel gehörten, allerdings kein Namensschild.

Kurzerhand drückte sie auf die Klingel. Ein schrilles Surren
ertönte, dann herrschte Stille.

Ein gelber Motorroller mit riesigem Gepäckkoffer und der Aufschrift »Correos« samt Posthorn knatterte in Zeitlupe an ihr vorbei. Der Fahrer, ein hagerer, langer Mann mit gelbem Muskelshirt und Helm, musterte sie argwöhnisch.

Sofia rechnete bereits damit, dass ihr niemand öffnen würde, als unerwartet ein leises Klappern aus dem Inneren drang. Dann näherten sich schlurfende Schritte der Tür, und jemand machte sich am Schloss zu schaffen. Einen Augenblick später blickte sie in das zerfurchte Gesicht einer Frau um die achtzig mit armdicken Lockenwicklern im Haar. Vergeblich suchte Sofia in dem Gesicht nach einer Ähnlichkeit mit Travolta oder Scarface. Die Frau trug eine Art Kittelschürze über einem hellen Rollkragenpullover, ihre Füße steckten in abgenutzten beigefarbenen Frotteeslippern.

»Ja?«, schnarrte es ihr entgegen, während zwei grüne Augen sie neugierig musterten.

»*Buenos días*, Señora …«, begann Sofia in der Hoffnung, die Frau würde ihren Namen nennen.

Die tat ihr den Gefallen. »Álvarez.«

»Wohnt bei Ihnen ein Señor López, Raúl López?«

Sie schüttelte den Kopf, und ihre Lockenwickler schaukelten dabei wie Tannenzapfen im Wind.

»Aber das hier ist seine Adresse. Das ist doch die Calle del Rey Abán, Nummer vierzehn?«

»Ja. Aber Raúl wohnt da oben.« Sie deutete mit dem Finger auf das Stockwerk über ihr.

»*Gracias*, Señora.« Sofia nickte ihr freundlich zu und wollte warten, bis Álvarez die Tür geschlossen hatte. Doch die starrte sie weiter an, bis Sofia sich abwandte.

Über die Außentreppe stieg Sofia in die obere Etage. Ein kleines Fenster neben der Tür erlaubte einen Blick in die tadellos aufgeräumte Küche samt teurer Kaffeemaschine und Designertoaster. Weiter hinten standen verschiedene Kräutertöpfe und eine gefüllte Obstschale mit Orangen, den typischen kleinen kanarischen Bananen sowie einigen Mangos. Raúl López musste ein ordnungsliebender Mensch sein. Eine Eigenschaft, die sie weder bei Travolta noch bei Scarface vermutet hätte.

Auch an dieser Tür befand sich kein Namensschild, nur eine Klingel und ein Briefkasten, aus dem zwei Tageszeitungen ragten. Obwohl sich im Innern nichts rührte, versuchte sie ihr Glück und klingelte. Sie blinzelte, schirmte ihre Augen mit den Händen ab und spähte erneut durchs Fenster. Noch immer regte sich nichts. Und nach dem dritten Klingeln wusste Sofia, dass sie richtig vermutet hatte. Raúl López war nicht zu Hause. Sie nahm die Tageszeitungen aus dem Briefkasten. Es handelte sich um die Ausgaben von gestern und heute. Sie steckte sie wieder zurück und machte sich auf den Rückweg.

Vor der unteren Haustür blieb Sofia stehen. Sicherlich konnte sie von Álvarez einiges über López erfahren. Sie klingelte und stellte sich abermals auf eine längere Wartezeit ein.

Als die Tür sich endlich öffnete, lächelte Sofia betont freundlich. »Ich bin's wieder.«

Álvarez schien über ihr erneutes Erscheinen eher erfreut als verärgert. Offenbar hatte sie in ihrem Alter genug Zeit zum Plaudern.

»Señor López ist nicht da«, sagte Sofia.

»Ich weiß«, lautete ihre überraschende Antwort.

Sofia brauchte einen Moment, um ihre Verwirrung zu überwinden. »Und warum haben Sie mir das nicht gleich gesagt? Dann hätte ich mir den Weg sparen können.«

»Ganz offensichtlich«, gab sie amüsiert zurück. »Aber Sie haben ja nicht danach gefragt.«

»Nicht genau das, aber so etwas Ähnliches.«

»Nein.« Álvarez lächelte selbstbewusst. »Sie haben gefragt, ob Raúl López bei mir wohnt. Das ist weder dasselbe noch etwas Ähnliches.«

Sofia musste schlucken. So viel Schlagfertigkeit hätte sie von ihr nicht erwartet. »Sie haben recht. Wissen Sie, wann er zurückkommt?« Um weitere Informationen zu erhalten, sollte sie jede Konfrontation vermeiden.

Álvarez seufzte. »Nein.«

Sofia dachte an die Tageszeitungen, die in López' Briefkasten steckten. »Wann haben Sie ihn denn zuletzt gesehen?«

»Das war vor zwei Tagen«, kam es wie aus der Pistole geschossen zurück.

»Und woher wissen Sie das so genau?«

»Raúl wirft mir jeden Morgen seine Tageszeitung in den Briefkasten, sobald er sie gelesen hat und zur Arbeit geht. Gestern und heute nicht.«

Auch diese Fürsorge traute Sofia weder Travolta noch Scarface zu. »Hat Señor López gesagt, dass er verreisen will? Vielleicht macht er ja nur ein paar Tage Urlaub?«

Zwei senkrechte Falten zeichneten sich auf Álvarez' Stirn ab.

»Warum fragen Sie das alles? Kennen Sie Raúl überhaupt?«

Früher oder später musste Álvarez misstrauisch werden. Und mit der letzten Frage war Sofia offenbar genau dort angelangt. Einen Dienstausweis konnte sie nicht mehr vorzeigen, und ihr Akzent verriet, dass sie keine gebürtige Spanierin war. Was sie jedoch sogleich zu einer harmlosen und nur schwer zu widerlegenden Lüge verleitete. »Persönlich nicht. Aber meine Anwaltskanzlei in Deutschland schickt mich. Ich soll Raúl López wegen einer Hinterlassenschaft kontaktieren.«

Sie riss die Augen auf. »Raúl erbt Geld?«

Sofia hatte sie wieder am Wickel. Offenbar war ihre Neugier doch größer als ihr Misstrauen. »Das darf ich Ihnen leider nicht sagen.«

Álvarez verzog das Gesicht wie ein Kind, das mitten im Spiel ans baldige Zubettgehen erinnert wurde.

»Wo arbeitet denn Señor López? Vielleicht kann ich ihn ja gleich an seinem Arbeitsplatz aufsuchen.« Sofia setzte ein gespielt bekümmertes Gesicht auf, obwohl Álvarez ihr die Lüge längst abgekauft hatte. »Ich darf die Nachricht leider nur persönlich überbringen.«

»Bei der Iberia. Er hat einen ziemlich wichtigen Job am Flughafen«, antwortete sie, unüberhörbar stolz, dass der mutmaßliche Erbe eines Vermögens aus Deutschland direkt über ihr wohnte. »Noch, muss ich sagen.«

»Hat er die Arbeitsstelle gewechselt?«

Álvarez lachte auf. »Bestimmt nicht. Raúl geht bald in Rente.

Frühpension, Sie wissen schon. Und da kann er dieses Erbe sicher gut gebrauchen.«

»Rente? Frühpension?« Sofia glaubte, sich verhört zu haben.

»Nun ja, er wird nächstes Jahr sechzig.«

Irgendetwas konnte nicht stimmen. Scarface und Travolta waren mindestens zwanzig, dreißig Jahre jünger. Aber wer zum Teufel war dann Raúl López?

**

Liebe Sofia,

mit einiger Enttäuschung musste ich zur Kenntnis nehmen, dass Du aus dem Polizeidienst ausgeschieden bist. Und das nach so langer Zeit, nach über dreißig Jahren. Ich weiß nicht, ob ich beurteilen kann, warum Du das getan hast. Womöglich hattest Du aber einfach Angst vor dem Tod. Wie all die anderen, die sich noch im Angesicht ihrer verdienten Strafe an ihr ehrloses Dasein klammerten. Eine Zeit lang hoffte ich, in Dir sogar einen Mitstreiter gefunden zu haben. Schade, aber Du und ich sind eben doch nur das, was das Leben aus uns gemacht hat.

Inzwischen habe ich in Erfahrung bringen können, dass Du nicht nur Schwierigkeiten mit Deinem rechten Arm hast, sondern Dich anscheinend auch nicht mehr an mein Gesicht erinnern kannst. Ich bin etwas zwiegespalten, wie ich das bewerten soll. Einerseits bleibt der unschätzbare Vorteil, nur als Schatten in Deinem Gedächtnis herumzugeistern. Andererseits muss ich mit etwas Wehmut gestehen, dass ich gerne einen bleibenden Eindruck bei Dir hinterlassen hätte. Dennoch halte ich an meinem Entschluss fest, Dich zu besuchen. Wir wissen beide, dass eine Amnesie ein vorübergehendes Phänomen ist. Und ich kann nicht zulassen, dass Du Dich eines Tages an mein Gesicht erinnerst.

Liebe Sofia, ich weiß nicht, ob Dich mein letzter Brief er-

reicht hat. Jedenfalls werde ich den letzten und alle weiteren aufbewahren. Ich werde sicher bald die Gelegenheit finden, Dir alle meine Briefe persönlich zu überreichen. Darauf freue ich mich.

We'll meet again. Some sunny day.

Johnny

10

García saß am Küchentisch, den Kopf an die Wand gelehnt, und starrte an die Decke. Wie von selbst folgten seine Augen jedem Lichtreflex, den die Scheinwerfer der vorbeifahrenden Autos auf den weißen Putz warfen. Seine Atemzüge teilten die dahinfließende Zeit in kleine Einheiten auf – endlos und träge wie ein tropfender Wasserhahn. Es war wie immer, es war wie jeden Tag, wenn er nach dem Abendessen in einem der nahen Restaurants zu Hause ankam. Über allem lag eine quälende Stille.

»Du bist heute so schweigsam. Bedrückt dich etwas?«, vernahm er die Stimme seiner Frau.

García wandte seinen Kopf und sah Mónica neben sich sitzen. Ihr schwarzes Haar und ihr Gesicht schimmerten in einem wundervollen Licht. »Du fehlst mir.«

»Ich weiß«, entgegnete sie lächelnd. Genau wie immer. »Aber du verschwendest nur deine Zeit.«

»Nein. Das tue ich nicht.«

»Ich bin schon lange nicht mehr da. Du solltest besser auf Manuel hören.«

»Unser Sohn hat längst sein eigenes Leben.«

»Es ist jetzt drei Jahre her. Er hat es geschafft. Und du wirst es auch schaffen.« Aus traurigen Augen erwiderte Mónica seinen Blick. »Weinst du?«

»Ich bin noch nicht so weit«, brachte García hervor. »Ich kann dich nicht aufgeben.«

»Du musst mich aufgeben. Ich bin tot«, sagte sie. Der wundervolle Lichtschein verschwand, und an Mónicas Stelle trat wieder die quälende Einsamkeit.

Lange saß García nur da und starrte vor sich hin. Mit dem Klingeln seines Mobiltelefons zerbrach die Stille. Das Display leuchtete auf und tauchte die Küche in einen hellblauen Schein. Er warf einen Blick darauf und erkannte bereits an der Landesvorwahl, wer ihn erreichen wollte. Er kannte nur eine Person mit deutscher Telefonnummer: Sofia Bitter, die ehemalige Kriminalbeamtin vom Landeskriminalamt Stuttgart.

García nahm den Anruf entgegen.»Señora Bitter.« Er hätte nicht sagen können, ob ihm ihr Anruf gelegen kam oder nicht.

»Sie halten einen einsamen Rekord.«

»Einsamen Rekord?«, drang es nach kurzem Zögern an sein Ohr.»Was meinen Sie damit?«

»Nun ja, Sie sind seit drei Tagen auf der Insel und hatten jeden Tag mit dem Comisaría zu tun.«

Erneut blieb es am anderen Ende der Leitung für einen Augenblick still.»Fühlen Sie sich schon gestresst?« Sie lachte kurz auf.»Aber Spaß beiseite, Señor García, ich muss mit Ihnen reden.«

»Das dachte ich mir schon. Sonst hätten Sie wohl kaum angerufen.«

»*Vale*. Sie wissen doch noch – gestern.« Sie schnaufte in den Hörer, schien nach dem richtigen Einstieg für das Gespräch zu suchen.»Der schwarze Range Rover und die beiden Typen, die eine Leiche vergraben wollten.«

»Nur Sie sprechen andauernd von einer Leiche. Sonst niemand.«

Die Deutsche stieß einen Schwall Luft aus. Es rauschte im Hörer.»Nachdem Sie gestern gegangen sind, hab ich einen Hinweis auf die Täter gefunden.«

»Täter?« Garcías Tonfall blieb sachlich. Noch wollte er ihr unvoreingenommen zuhören.

»Von mir aus können Sie die beiden nennen, wie Sie wollen. Jedenfalls hab ich einen Visa-Kreditkartenbeleg vom Kauf der Werkzeuge gefunden. Und zwar im Aushub der Grube. Somit dürfte der Beleg von einem der beiden stammen. Richtig?«

»Richtig«, antwortete García. Eine andere Möglichkeit hielt auch er für ausgeschlossen.

»Ich hab meine Verbindungen zum LKA Stuttgart spielen lassen und dort den Inhaber der Kreditkarte in Erfahrung gebracht.«

»Was haben Sie?« García konnte nicht glauben, was er da

hörte. Sie hatte doch tatsächlich Nachforschungen bei einer deutschen Polizeibehörde angestellt.

Sie sprach weiter, als hätte sie seinen Einwand nicht gehört. »Die Kreditkarte gehört einem gewissen Raúl López aus Las Palmas.«

»Señora Bitter. Das Comisaría von Las Palmas führt diese Ermittlungen.« García fiel es schwer, freundlich zu bleiben. »Ich kann es nicht dulden, dass Sie hinter meinem Rücken derartige Aktionen starten. Und das alles nur wegen illegaler Müllentsorgung.«

»Das war keine illegale Müllentsorgung.«

»Das haben Sie gestern schon gesagt.«

»Das macht es nicht weniger wahr.« Auch ihre Stimme hatte jetzt an Schärfe gewonnen. »Wollen Sie hören, was ich sonst noch herausgefunden habe?«

García seufzte. »Vermutlich macht es keinen Unterschied, wenn ich Nein sage.«

»Dieser Raúl López geht bald in Rente. Die beiden Männer von gestern sind weit entfernt von einem Ruhestand. Der jüngere war etwa Mitte zwanzig, der andere vielleicht zehn Jahre älter.«

»Gratulation. Dann haben Sie womöglich noch einen Kreditkartenbetrug aufgedeckt.«

»Ich hab was viel Interessanteres herausgefunden als Kreditkartenbetrug.« Offenbar hatte die Deutsche die Ironie in seiner Stimme überhört. »Raúl López ist seit diesem Tag im Baumarkt verschwunden.«

»Und woher wissen Sie das schon wieder?«

»Ich bin zu seiner Adresse gefahren«, antwortete sie, als sei es das Selbstverständlichste der Welt, dass eine deutsche Ex-Kommissarin auf Gran Canaria Nachforschungen über den Aufenthaltsort einer Person anstellte.

»Sie waren bei ihm zu Hause?«, knurrte García.

»Na ja, nicht ganz. Bei Señora Álvarez, das ist seine Nachbarin. Sie wohnt unter ihm und hat's mir bestätigt.«

»Und wenn er nur für ein paar Tage verreist ist?«

»Daran hab ich auch schon gedacht. Ich hab Señora Álvarez

einfach meine Telefonnummer gegeben. Sie will sich bei mir melden, falls López wieder auftaucht.« Die Deutsche hielt kurz inne, allerdings nur, um gleich eine Frage hinterherzuschieben: »Oder hätte ich Ihre Telefonnummer weitergeben sollen?«

García fehlten für einen Moment die Worte, um sein Missfallen über die Umtriebe der Deutschen auszudrücken. »Nein, verdammt! Was zum Teufel haben Sie sonst noch alles angestellt? Eine Großfahndung eingeleitet?«

»Das nicht. Aber bei der Iberia angerufen. Dort arbeitet López übrigens. Doch die wollten mir keine Auskunft geben.«

»Dann haben Sie mich also nur informiert, weil Sie bei Ihren sogenannten Ermittlungen nicht mehr weiterkommen?«

»Nein, nein. So ist es nicht«, sagte sie schnell, und García konnte heraushören, dass er richtig vermutete. »Ich wollte Sie nur unterstützen.«

»Señora Bitter.« Garcías Blick folgte einem weiteren Lichtschein, der über die Zimmerdecke huschte. »Es mag für Sie vielleicht überraschend klingen, aber das Comisaría Las Palmas Norte im Allgemeinen und ich im Besonderen benötigen keine externe Unterstützung.«

Ein weiteres Mal ignorierte die Deutsche seinen Einwand. »Was werden Sie jetzt tun?«

»Meinen Job«, gab er zurück und konnte seinen Ärger nur schwer zurückhalten. »Und zwar ohne Sie. Ich wünsche Ihnen noch einen schönen Abend, Señora Bitter.«

Ohne ihre Antwort abzuwarten, legte García auf und ließ den Kopf gegen die Wand sinken. Ein neuer Lichtschein, heller und größer, aber viel langsamer als die anderen, wanderte über die Zimmerdecke. Sicher ein Lastwagen, der auf der bergigen Straße nur im Schneckentempo vorankam.

So unwirsch er im ersten Moment auf die Deutsche reagiert hatte, so interessant erschienen ihm nach längerer Überlegung ihre Informationen. Es war bereits das zweite Mal innerhalb kurzer Zeit, dass er über die Iberia-Niederlassung am Flughafen stolperte. Vor drei Tagen der Diebstahl eines Iberia-Transporters in Agüimes und jetzt ein mutmaßlich verschwundener Iberia-

Mitarbeiter. Auch musste er davon ausgehen, dass dieser Raúl López und Jesús, der Fahrer des gestohlenen Transporters, sich kannten. Aber hatten die beiden Ereignisse überhaupt etwas miteinander zu tun? Und wenn ja, welche Rolle spielten diese zwei Iberia-Mitarbeiter bei dem Vorfall in den Bergen von Teror, den die Deutsche beobachtet haben wollte? Zwei Fragen, auf die er keine Antwort wusste. García machte seinen Job schon zu lange, um diese Häufung als Zufall abzutun. Gleich morgen früh würde er der Sache nachgehen.

Auch am nächsten Morgen besetzte eine jüngere Frau in dunkelblauer Uniform samt knallrotem Schal den Iberia-Schalter im ersten Stockwerk des Flughafens. Trotz ihres kindlichen Aussehens konnte García nicht mit Sicherheit sagen, ob es sich um dieselbe Person wie vor drei Tagen handelte oder um eine Art Klon. Ihren Namen konnte er aus der Entfernung nicht lesen, und er verspürte auch nicht die geringste Lust, sich mit den winzigen Buchstaben auf ihrem Namensschild abzumühen.

»*Buenos días*, Señora Jiménez«, sagte Sánchez. Entweder hatte er die Frau zweifelsfrei wiedererkannt, oder seine Augen funktionierten besser.

Jiménez blickte auf, musterte sie kurz und fragte dann in distanziertem Ton: »*Buenos días.* Was kann ich für Sie tun?«

»Wir würden gerne Señor Mollà, den Niederlassungsleiter, sprechen.« Sánchez nahm die Sonnenbrille ab und lächelte.

Jiménez machte ein bedauerndes Gesicht. »Haben Sie denn einen Termin?«

»Ja«, log García und fing sich einen erstaunten Blick von Sánchez ein.

»Tatsächlich?« Sie runzelte die Stirn und tippte auf der Tastatur ihres Computers herum. Nach ein paar Sekunden schaute sie wieder auf. Die Falten auf ihrer Stirn hatten sich etwas tiefer eingegraben. »Ich kann in Señor Mollàs Terminkalender für heute Morgen nichts finden.«

»Das macht nichts. Wir sind sozusagen Stammkunden. Rufen Sie ihn bitte an.«

»Ich weiß nicht, ob das so einfach geht.« Erneut setzte Jiménez eine bedauernde Miene auf. Vermutlich handelte es sich um ihren Standardgesichtsausdruck für unerfreuliche Situationen. »Doch, das geht so einfach.« García hielt ihr seinen Dienstausweis unter die Nase. Auch Jiménez hatte ihren Besuch vor drei Tagen offenbar bereits wieder aus dem Gedächtnis gestrichen. »Und wen darf ich melden?« Eine überflüssige Frage. Sie hätte wenigstens seinen Namen vom Ausweis ablesen können. »Inspector Jefe García und Subinspector Sánchez vom Comisaría Las Palmas Norte.« García verstaute seinen Ausweis im Sakko und fixierte sie mit strenger Miene. Er wollte keinen Raum für Fragen lassen.

Es half. Jiménez senkte ihren Blick und griff zum Telefonhörer. Mit einiger Genugtuung stellte García fest, dass sie tatsächlich Mollà anrief und ihn bat, zum Empfangsschalter zu kommen. Zwei Señores vom Comisaría Las Palmas wollten ihn sprechen.

»Er ist gleich für Sie da«, sagte sie, nachdem sie aufgelegt hatte, und wandte sich wieder ihrem Computermonitor zu.

Während sie auf Mollà warteten, vermied Jiménez es, ihn oder Sánchez anzuschauen. Sie gab sich beschäftigt, tippte mit ihren rot lackierten Fingernägeln auf der Tastatur herum. In regelmäßigen Abständen zupfte sie an ihrem Schal, obwohl der so perfekt saß, als wäre er festgetackert.

García wandte sich ab und blickte über die Brüstung hinunter auf die Ebene mit den Check-in-Schaltern. Das Terminal wirkte verlassen wie die Morgenmesse in der Kathedrale Santa Ana. Lediglich ein junges Pärchen hatte es sich mit zwei mannshohen Rucksäcken auf einer Bank gemütlich gemacht, die Augen geschlossen, und döste vor sich hin. Ein entspannter Anblick. Er beschloss, zukünftig nur noch ganz früh am Morgen Befragungen am Flughafen durchzuführen. Die Anzahl an nervigen Touristen hielt sich zu dieser Tageszeit in Grenzen.

Jiménez' »gleich« sollte fast eine Viertelstunde dauern, dann endlich öffnete sich hinter dem Empfangsschalter die Glastür, und der schmächtige Mollà trat mit wehenden Haaren heraus.

Seine Wangen schienen zu glühen. García fragte sich, ob Mollà in früheren Zeiten eine andere Gesichtsfarbe gehabt hatte. »*Buenos días, caballeros*«, begrüßte er García und Sánchez und schüttelte jedem die Hand. »Gibt es etwas Neues über unseren gestohlenen Transporter?«

»Nein«, gab García schnell zurück. »Und deshalb sind wir auch nicht hier.« Mollàs Blick pendelte zwischen García und Sánchez. Die Verwirrung stand ihm ins Gesicht geschrieben. Anscheinend konnte er sich keinen anderen Anlass vorstellen, warum zwei Beamte des Comisaría Las Palmas mit ihm sprechen wollten. »Tatsächlich?«

»Tatsächlich«, entgegnete Sánchez.

Mollà nickte langsam. »*Vale*. Aber ich verstehe nicht ... Nun ja, wie kann ich Ihnen helfen?«

»Nach unseren Informationen arbeitet bei Ihnen ein gewisser Raúl López«, begann García.

»Nach Ihren Informationen?« Die Verwirrung in Mollàs Gesicht wich einem Ausdruck der Überraschung. »Wir haben rund hundertachtzig Mitarbeiter in unserer Niederlassung hier am Flughafen. Da kenne ich nicht alle Namen. Aber Raúl López – ja, das könnte durchaus sein.« Er wandte sich um. »Señora Jiménez, schauen Sie bitte in unserem Mitarbeiterverzeichnis nach, ob dieser Raúl López bei uns arbeitet.«

Jiménez' Tastatur klapperte, und Sekunden später kam bereits ihre Antwort. »Ja.«

»Und wo?«

»Er leitet das Depot in Frachthalle drei.«

»Da hören Sie es«, sagte Mollà an García gewandt. »Er arbeitet in unserem Frachtdepot. Aber warum fragen Sie?«

»Können Sie überprüfen, ob er heute anwesend ist?«, fragte García, statt zu antworten.

»Señora Jiménez. Sie haben doch Zugriff auf die Anwesenheitsliste«, sagte Mollà, diesmal ohne sich zu ihr umzudrehen.

»Einen Moment.« Abermals erklang das Klappern ihrer Tastatur. »Er hat nicht angestempelt.«

»Was wollen Sie denn von Señor López?«

Erneut ignorierte García die Frage. Mit dieser Auskunft konnte er den Verdacht der Deutschen nicht mehr nur als bloße Einbildung abtun. »Und wann war er das letzte Mal an seinem Arbeitsplatz?«

Diesmal wartete Jiménez Mollàs Aufforderung nicht ab. »Er hat das letzte Mal am Montagmorgen an- und am Abend wieder abgestempelt.«

»Dann war er gestern und vorgestern nicht bei der Arbeit?«, wandte García sich jetzt direkt an sie. »Gibt es denn eine Krankmeldung, oder hat er Urlaub beantragt?«

»Hier steht nichts«, sagte Jiménez nach einem kurzen Blick in ihren Computermonitor. Sie sah auf und zupfte an ihrem knallroten Schal.

»Sagen Sie mir jetzt endlich, was Sie von Señor López wollen?« Mollàs Gesichtsausdruck veränderte sich ein weiteres Mal. Inzwischen wirkte er fast grimmig.

»Das können wir nicht«, sagte Sánchez, bevor García antworten konnte. »Aber wir haben Informationen, dass Raúl López seit einigen Tagen verschwunden ist.«

»Verschwunden? Ist ihm etwas zugestoßen? Ein Unfall?«

Statt Mollà zu antworten, blickte Sánchez sich hilfesuchend nach García um.

Der räusperte sich. »Das gehört zu dem Teil, den wir Ihnen nicht sagen können.«

»*Vale*«, gab Mollà in beleidigtem Tonfall zurück. »Und von wem stammt diese Information?«

García schüttelte den Kopf.

»Wenn Sie aus der Abwesenheit unseres Mitarbeiters eine Art Dienstgeheimnis machen, bleibt mir wohl nichts anderes übrig, als wieder an meine Arbeit zu gehen.«

»Leider nein«, entgegnete García schnell. Der Verdacht der Deutschen hatte sich tatsächlich erhärtet. Wenn López nun den dritten Tag spurlos verschwunden war, musste er wie eine vermisste Person behandelt werden. Obwohl bisher niemand Anzeige erstattet hatte. Dazu gehörte, dass sie sich ein Bild von ihm machten. Und zwar sowohl in seinem privaten als auch in seinem beruflichen Umfeld.

»Was wollen Sie denn noch?« Mollàs Geduld neigte sich offenbar dem Ende zu.

»Uns kurz bei Ihnen und besonders an López' Arbeitsplatz umschauen.« Mollà legte den Kopf schief. »Brauchen Sie dafür nicht einen richterlichen Beschluss?«

»Vermutlich.« García lächelte wissend, hatte er doch mit diesem Einwand gerechnet. »Aber wenn wir einen richterlichen Beschluss haben, tanzen hier zwanzig Mann an und durchwühlen die komplette Niederlassung. Sie haben also die Wahl: heute Subinspector Sánchez und ich oder morgen das halbe Comisaría Las Palmas Norte mit Dienstwagen und eingeschaltetem Signallicht.«

Mollà presste die Lippen aufeinander, schien nachzudenken. Schließlich signalisierte er García und Sánchez mit einem Winken, ihm zu folgen. »Allein kann ich Sie hier nicht herumlaufen lassen. Und ich kann höchstens eine halbe Stunde für Sie freischaufeln. Dann müssen Sie wieder gehen.«

Sie folgten Mollà durch die gläserne Tür hinter dem Empfangsschalter und fanden sich in einem langen, weiß gestrichenen Flur wieder, von dem alle paar Meter rechts und links eine Tür abging. Einige davon standen offen, an den Schreibtischen saßen Mitarbeiter vor riesigen Bildschirmen. Sie wirkten ein wenig wie Händler an den Aktienbörsen.

»Das hier ist unsere Frachtplanung«, sagte Mollà, ohne seinen Schritt zu verlangsamen. Er strebte auf eine Treppe zu, die vor der Glasfront am Ende des Flurs nach unten führte. »In den Büros planen und optimieren wir unsere Frachtkapazität. Weiter hinten werden die Kapazitäten ausgeschrieben und die Buchungen abgerechnet. Das ist ein bisschen wie bei einer Spedition, nur eben mit Luftfracht und um einiges umfangreicher. Allein auf diesem Stockwerk arbeiten mehr als vierzig Angestellte.«

»So viele Mitarbeiter für die Planung der Luftfracht auf Gran Canaria?«, fragte García.

Mollà blieb stehen, wandte sich um. Auf seinem Gesicht lag ein Lächeln, als wolle er auf die dumme Frage eines Kindes Nachsicht walten lassen. »Die meisten Menschen wissen nicht, dass die Kanarischen Inseln aufgrund ihrer Lage einer der wichtigsten Umschlagplätze der Welt sind. Hier kommen nicht nur sehr viele Waren von beiden Seiten des Atlantiks an, sondern wir von der Iberia verteilen sie anschließend auch wieder in alle Himmelsrichtungen.«

Sánchez und García nickten. Wie bei einer Stadtführung, deren Zeit zu knapp bemessen wurde, eilte Mollà wieder voraus. »Die Treppe hier führt hinunter auf das Vorfeld und von da zu den Frachthallen. Dort befindet sich auch das Frachtdepot, das Señor López verwaltet.« Mollà ergriff das Geländer und stürmte die Treppe hinunter, als gelte es, einen Rekord im Treppensteigen aufzustellen. Vermutlich war das auch der Grund, warum er aussah, als bekäme er zu wenig zu essen. García und Sánchez hatten Mühe, ihm zu folgen, und nach einigen Treppenabsätzen war Mollà nicht mehr zu sehen. Dabei befanden sie sich noch immer viele Meter über dem Vorfeld. Die Treppe schien endlos.

Nach gefühlten hundert weiteren Stufen erreichten sie endlich das Ende der Treppe und damit Mollà, der vor dem Ausgang zum Vorfeld wartete. Der stieß die Tür auf, García und Sánchez beeilten sich, ihm zu folgen. Kaum traten sie aus der Tür, brach schon der Lärm heulender Flugzeugturbinen und piepender Tank- und Gepäckwagen über sie herein. Welch ein Kontrast zum ruhigen Bürotrakt. Sie folgten Mollà über die eingezeichneten Fußwege zur nahen Frachthalle, die wirkte, als könnte man ein mehrstöckiges Parkhaus darin errichten.

Mollà trat durch das riesige Eingangstor und blieb schließlich stehen. Er drehte sich um, breitete die Arme aus. »Das ist Frachthalle drei. Auf dem Gelände des Flughafens gibt es noch zwei andere. Und wie Sie sehen können, geht's hier zu wie in einem Taubenschlag. Vierundzwanzig Stunden, sieben Tage die Woche. Allerdings ist in der Nachtschicht nicht ganz so viel los.«

García ließ seinen Blick schweifen. Von innen wirkte die Halle noch gewaltiger. Durch Oberlichter, groß wie Fußballtore, fiel Sonnenlicht, sodass tagsüber kein künstliches Licht benötigt wurde. In mindestens zwanzig Metern Höhe, auf einer kompliziert anmutenden Konstruktion aus Stahlträgern, lag der Dachaufbau. Ein gutes Dutzend Betonpfeiler, beinahe so breit wie Kirchtürme, stützte wiederum die Stahlträger. Wie die Felder auf einem überdimensionalen Schachbrett unterteilten Gitter, Betonwände, oft auch nur gelbe Markierungen die gigantische Hallenfläche in Lagerplätze. Zu ihnen und um sie herum führten im rechten Winkel Wege. Innerhalb dieser Lagerplätze stapelten sich Kisten, Paletten sowie Kartons in allen Formen und Größen, teilweise bis unter die Decke. Über den Lagerplätzen an der rechten Außenwand befand sich ein weiteres Stockwerk. Eine Stahltreppe führte hinauf zu einem halbhoch verglasten Flur, von dem eine Handvoll Türen zu Büros abging.

Männer in grellgelben Westen wuselten mit piependen Gabelstaplern und Hubwagen um die Wette. Und über allem schien eine unsichtbare Macht dafür zu sorgen, dass jeder sicher am anderen vorbeikam. Niemals hätte García gedacht, dass auf Gran Canaria derart viele Waren umgeschlagen wurden und der Flughafen deshalb drei Frachthallen dieser Größenordnung benötigte.

»Wird die komplette Halle nur von der Iberia genutzt oder auch von anderen Unternehmen?«, fragte Sánchez. Sein staunender Blick wanderte weiter umher.

»Fast die ganze«, antwortete Mollà nicht ohne Stolz. »Jede Fluggesellschaft kann sich hier einmieten. Wir haben gut drei Viertel gemietet.«

»Diese Bereiche hier?« Sánchez' Zeigefinger pendelte zwischen einzelnen Lagerplätzen hin und her.

Mollà nickte. »Sie können an den Beschriftungen erkennen, welche zur Iberia gehören.«

»Und was ist das da?« García deutete auf einen Bereich, der einen Teil der gegenüberliegenden Hallenwand bis etwa zur Hälfte einnahm. Im Gegensatz zu den anderen Lagerplätzen bestand dieser aus einer Stirnwand sowie einer Betondecke und wirkte dadurch fast wie ein separates, einstöckiges Gebäude innerhalb der Halle. Allerdings ohne Türen und Fenster. Am meisten wunderte García sich jedoch über den einzigen Zugang, den eine Reihe armdicker Gitterstäbe versperrte.

Mollà stutzte. »Das ist unser Depot«, entgegnete er schließlich leiser, als fürchte er, abgehört zu werden.

»Aus welchem Grund braucht die Iberia ein vergittertes Depot?«, fragte García.

Erneut benötigte Mollà Zeit für eine Antwort. »Es gibt auch wertvolle Fracht. Und die wird natürlich besonders gesichert. Das ist wie überall auf der Welt.«

»Lagert da etwa der Goldschatz von Spanien?«, sagte Sánchez und lachte auf.

Mollà fuhr sich mit der flachen Hand über den Mund, als wolle er sich selbst die Antwort verbieten. »Natürlich nicht.«

»Und dort ist auch López' Arbeitsplatz?«

»Da drinnen, ja.«

García reckte das Kinn. »Das würden wir uns gerne einmal genauer anschauen.«

Mollà grinste und deutete auf den Depotzugang. »Sehen Sie den schwarzen Kasten neben dem Gitter?«

García und Sánchez nickten gleichzeitig.

»Man braucht eine Zugangskarte sowie eine PIN, um hineinzukommen. Und ich habe nur die Karte.«

»Und López hat beides?«

»Natürlich. Er verwaltet schließlich das Depot.«

»Und Sie sind der Leiter der Niederlassung. Es muss doch eine Möglichkeit geben, ohne Señor López ins Depot zu gelangen.«

»Natürlich gibt es die. Aber dazu benötige ich eine sogenannte Ersatz-PIN. Und die ändert sich einmal pro Woche. Wie übrigens López' PIN auch.«

»Und wie kommen Sie an eine Ersatz-PIN?«

»Nur über die Iberia-Zentrale in Madrid. Ich kann sie anfordern, aber sie kommt dann erst morgen per Kurier. Alle anderen digitalen und telefonischen Wege dürfen aus Sicherheitsgründen nicht genutzt werden.« Mollà zuckte mit den Schultern. »Da kann ich leider nichts machen.«

Allmählich hatte García die Faxen dicke. Erst wollte Mollà nicht, dann nur im Zeitraffer, und jetzt konnte er nicht. Wie sollte er so das mutmaßliche Verschwinden von Raúl López beurteilen? Gab es überhaupt einen Zusammenhang mit seiner Tätigkeit als Depotverwalter? Oder spielten eher persönliche Gründe, womöglich sogar am Arbeitsplatz, eine Rolle? Um Antworten auf diese Fragen zu erhalten, blieben ihm zwei Möglichkeiten. Entweder sie befragten Dutzende von Mitarbeitern der Iberia-Niederlassung, was ein zeitraubendes und mühseliges Unterfangen wäre. Oder sie durchsuchten kurzerhand López' Appartement. In einem Vermisstenfall wie diesem würde er dafür gewiss schnell einen richterlichen Beschluss bekommen.

11

»Señora Bitter?«, kam es vorsichtig, fast entschuldigend aus dem Lautsprecher. Ein Keuchen folgte.

Sofia kannte weder die Stimme noch die Rufnummer auf dem Display, was aber auch daran liegen mochte, dass es früh am Morgen war. Das Telefon zeigte ein paar Minuten nach acht Uhr an. »Wer spricht da?«

»Álvarez, María Álvarez.« Eine kurze Pause folgte, dann wieder ein Keuchen. »Sie waren vorgestern bei mir.«

»Ah, *buenos días*, Señora Álvarez.« Jetzt dämmerte es Sofia, und im nächsten Moment sah sie vor ihrem geistigen Auge die armdicken, bunten Lockenwickler von López' Nachbarin hin und her schaukeln.

»*Sí, sí, buenos días*, Señora Bitter. Sie haben mir Ihre Telefonnummer dagelassen. Falls mir noch etwas einfällt oder Raúl auftaucht, haben Sie gesagt.«

López aufgetaucht? Das konnte nicht sein. Konnte sie sich tatsächlich so irren? »Haben Sie ihn gesehen?«

»Nein«, entgegnete Álvarez schnell und dröhnend, als wäre ihre Antwort damit überzeugender. »Er war auch gestern und heute Morgen nicht da.«

Damit war López den vierten Tag spurlos verschwunden. Sofia kannte viele Vermisstenfälle, zu viele. Nach vier Tagen gab es kaum noch Hoffnung. López war inzwischen wahrscheinlich tot. »Das ist nicht gut«, erwiderte sie und bereute ihre Bemerkung schon im nächsten Moment.

»Was soll das heißen?«

»Nichts«, sagte Sofia, obwohl sich nun ihr Verdacht erhärtet hatte, dass Travolta und Scarface López' Leiche vergraben wollten. Auf solche Gedanken sollte Álvarez erst gar nicht kommen. »Ist Ihnen noch was eingefallen?«

»Nein. Es ist nur …« Sie stockte.

»Nur was?«

»Wegen Raúls Erbschaft.«

»Was ist damit?« Sofia fragte sich, ob die Lüge mit der Erb-schaft eine gute Idee gewesen war. Vermutlich hatte sie Álvarez damit die ganze Nacht um den Schlaf gebracht.

»Das Comisaría Las Palmas Norte hat vorhin angerufen.« Sofia glaubte, sich verhört zu haben. »Das Comisaría hat an-gerufen? Wegen der Erbschaft?«

»Ja.« Erneut keuchte sie in den Hörer. »Nein.«

»Ja oder nein?«, fragte Sofia so ruhig wie möglich. Schließlich sollte die Lügengeschichte nicht gleich wieder auffliegen. Nur so hatte sie mit Álvarez eine Art Verbündete vor Ort.

Es dauerte einen Moment, bis die antwortete: »Sie wollen nachher hierherkommen.«

»*Vale.*« Damit hatte Sofia gerechnet. Jede Polizeibehörde würde in einem Vermisstenfall irgendwann die Nachbarn be-fragen.

»Und wenn sie mich verhören oder vernehmen oder wie das heißt, soll ich dann das mit seiner Erbschaft in Deutschland erwähnen? Vielleicht hängt sein Verschwinden ja damit zusam-men.«

»Nein, das ist noch nicht offiziell.« Als ehemalige Polizistin kannte Sofia das Problem aller Lügen nur zu gut. Mit der Zeit musste man sich immer mehr davon ausdenken. »Da gibt es gewissermaßen auch eine Schweigepflicht Ihrerseits.«

»Da bin ich aber froh«, entgegnete Álvarez und ließ ein lang gezogenes »Señora Bitter« folgen.

Sofia spürte, dass Álvarez noch etwas sagen wollte, wusste aber wohl nicht, wie sie anfangen sollte. »War das alles, was Sie von mir wollten?«

»Ja, schon«, kam es unentschlossen zurück.

»Haben die vom Comisaría sonst noch was gesagt?«

»Sie wollen auch Raúls Appartement durchsuchen und haben gefragt, ob ich einen Schlüssel habe«, antwortete Álvarez jetzt schneller. Offensichtlich hatte die Aufregung ihre Zunge gelöst. »Sonst müssten sie seine Wohnungstür aufbrechen, haben sie gesagt.«

Eine Hausdurchsuchung war ebenfalls nur eine Frage der Zeit. »Haben Sie denn einen?«

»Natürlich. Er hat auch einen zu meinem Appartement. In meinem Alter weiß man ja nie.«

»Für wie viel Uhr hat sich das Comisaría angekündigt?«

»Für neun.«

»Und wer hat angerufen?«

»Sie meinen den Namen?«

»Ja.«

»Er hieß García ... warten Sie mal, ja genau: Inspector Jefe García.«

Das hörte sich interessant an. Offenbar nahm García Sofias Verdacht nun doch ernster, als er bislang hatte zugeben wollen. Und das brachte sie auf eine Idee. »Ich könnte vorher vorbeikommen und mit Ihnen zusammen auf die Polizei warten. Falls das Comisaría in Señor López' Appartement einen Hinweis findet, wo er sich derzeit aufhält, würde das unserer Kanzlei und mir viel Arbeit ersparen.«

»Natürlich, gerne«, gab Álvarez erfreut zurück. »Sie wissen ja, wo Sie mich finden.«

Als Sofia kurz vor neun ihren Dacia in der Calle del Rey Abán etwas weiter entfernt vom Gebäude mit der Nummer vierzehn abstellte, war von Polizeifahrzeugen weit und breit nichts zu sehen. Und sie vermutete, dass dies mindestens noch die nächste Viertelstunde so bleiben würde. Sie nahm sich vor, beim nächsten Mal die spanische Pünktlichkeit zu berücksichtigen.

Sofia stieg aus und sah sich um. Alles sah genauso aus wie zuletzt. Lediglich die Sicht war besser geworden. Der Calima hatte sich bereits in der Nacht gelegt, und so bot sich jetzt am Morgen ein Blick auf mächtige Wolken, die nach Westen jagten. Sobald der Himmel ganz aufging, würde es wieder ein warmer Tag mit strahlendem Sonnenschein werden.

Sie klingelte bei Álvarez, und völlig überraschend öffnete sich bereits Sekunden später die Tür. Sofia musste zweimal hinschauen. Im Gegensatz zu ihrem letzten Besuch schaukelten in Álvarez' Haar nicht nur keine Lockenwickler, sondern sie präsentierte sich frisch frisiert und toupiert. Dazu trug sie ein adrettes hellblaues Sommerkleid, das sie sich vermutlich für den Kirchgang oder Familienfeiern angeschafft hatte. Allerdings hätte sie besser andere Schuhe gewählt. Ihre Füße in den hautfarbenen Strümpfen waren angeschwollen, und der rechte Fuß passte kaum in die weiße Sandale.

»Kommen Sie.« Álvarez winkte sie mit einer energischen Handbewegung herein.

Sofia nickte zum Gruß und folgte ihr.

Anstatt die Tür zu schließen, machte Álvarez einen Schritt nach draußen, spähte auf beide Seiten des Gehwegs und schloss erst dann die Tür. Es sah fast so aus, als wolle sie sich vergewissern, dass niemand das Haus beobachtete.

Alvarez' Appartement wirkte wie eine Zeitkapsel aus der Franco-Ära. Im Eingangsbereich führte ein schmaler weißer Läufer über Terrakottafliesen vorbei an einem Garderobenschrank aus dunklem, fast schwarzem Holz. An der Pinnwand daneben hing ein gutes Dutzend Lose der spanischen Weihnachtslotterie El Gordo. Eine Skurrilität, die außerhalb Spaniens niemand verstand. Denn jeder, wirklich jeder Spanier nannte mindestens ein *billete*, ein Zehntellos, sein Eigen. Trotzdem harrten Losverkäufer immer noch stundenlang an Straßenkreuzungen aus und versuchten, mehr davon an den Mann zu bringen.

Sofia trat durch einen mit bunten Kunststoffbändern abgetrennten Durchgang und fand sich im Wohnzimmer wieder. Auch hier herrschte Siebziger-Jahre-Flair: beigefarbener Teppich, eine wuchtige Sitzgarnitur und eine dunkle Wohnwand, groß und breit wie eine Festungsmauer. Die diente nicht nur als Aufbewahrungsort für unzählige Bücher, sondern auch als Ausstellungsfläche für Spieluhren, Schmuckkästchen, Vasen, Porzellanfiguren und anderen Tand. Dutzende von Fotos an den Wänden rundum zeigten Familienbilder aus vergangenen Jahrzehnten und immer wieder Schulkinder in Gruppen mit und ohne sie. Eigentlich fehlte nur noch das in den Siebzigern obligatorische Porträt von Generalissimo Franco.

Das Appartement war perfekt aufgeräumt, und über allem hing der Geruch von Putzmitteln, wie in Spanien üblich mit Duftspray kombiniert. Offenbar hatte Álvarez sich mit einem vollständigen Hausputz auf den Besuch des Comisaría vorbereitet. Etwas, das Sofia immer noch bevorstand.

»Gemütlich haben Sie es hier.« Wie zur Bestätigung ließ Sofia ein weiteres Mal ihren Blick über die Möbel im Wohnzimmer gleiten.

»Tatsächlich?« Álvarez verzog das Gesicht. »Na ja, die Möbel sind schon ziemlich alt. Aber mit meiner kleinen Pension als ehemalige Lehrerin der hiesigen *educación primaria* kann ich mir keine neuen leisten.«

»Sie waren früher Grundschullehrerin?«

»Zweiundvierzig Jahre lang.« Diesmal schwang Stolz in ihrer Stimme mit. »In dieser Zeit hab ich wohl mehrere tausend Kinder unterrichtet.«

»Das ist schön.«

»Eine schöne Zeit, ja.« In Álvarez' Schwärmerei lag mit einem Mal ein melancholischer Unterton. »Aber das ist leider schon lange vorbei.«

Gerade als Sofia sich nach Álvarez' Mann erkundigen wollte, klingelte es. Im Wohnzimmer klang es noch eine Spur schriller als vor der Tür.

»Das ist bestimmt das Comisaría.« Auf Álvarez' Wangen trat eine nervöse Röte. »Und ich hab noch nicht einmal Raúls Schlüssel herausgesucht.«

»Ich kann für Sie aufmachen.«

»Gerne.« Álvarez wandte sich zum Gehen, blieb aber abrupt stehen.

»Wollen Sie doch selbst zur Tür gehen?«

»Nein, nein. Aber wenn Sie schon mal hier sind, würden Sie die Polizei nachher in Raúls Appartement lassen? In meinem Alter ist die Treppe eine Herausforderung.«

»Kein Problem.« Natürlich gefiel Sofia die unerwartete Gelegenheit, sich in López' Appartement umschauen zu können.

Álvarez setzte sich in Bewegung, und Sofia merkte erst jetzt, dass sie bei jedem Schritt nur vorsichtig auftrat. Auch Sofia machte sich auf den Weg, vorbei an der mächtigen Garderobe, und rief durch die geschlossene Tür:»Wer ist denn da?«

»Comisaría Las Palmas Norte, Inspector Jefe García. Wir haben telefoniert.«

Sofia bereitete sich auf die verblüffte Reaktion von García und Sánchez vor. Insgeheim freute sie sich sogar auf zwei erstaunte Gesichter. Sie öffnete die Tür, sah in genau diese zwei Gesichter und konnte ein betont freundliches »*Buenos días, caballeros*« nicht zurückhalten.

Wie in Zeitlupe öffnete sich Sánchez' Mund, und für einen Moment schien es, als wolle er etwas sagen. Doch kein Ton kam von seinen Lippen.

Garcías Augenbrauen schnellten nach oben, dann traf sie sein verärgerter Blick. Und so klang er auch.»Spielen Sie Hase und Igel mit mir?«

Sie runzelte die Stirn.»Hase und Igel?«

Garcías Brauen verengten sich, die Augen darunter funkelten böse.»Ja, verdammt. Immer wenn ich irgendwohin komme, sind Sie schon da.«

Sofia konnte sich gerade noch ein Lachen verkneifen.»Ich wusste gar nicht, dass die Märchen der Brüder Grimm auch in Spanien bekannt sind.«

García ging nicht auf ihre Bemerkung ein.»Was zum Teufel machen Sie hier?«

»Señora Álvarez möchte mir die Schüssel zu López' Appartement überreichen, damit ich Sie dort reinlasse. Jetzt gleich, wenn Sie wollen.«

»Das kommt überhaupt nicht in Frage.« García gab sich keine Mühe, seinen Unmut zu verbergen.

»Oh doch.« Álvarez klang streng, als sie in der Diele auftauchte. Sie trat näher, beäugte García sowie Sánchez kritisch und drückte Sofia einen Schlüssel mit einem blauen Plastikbärchen-Anhänger in die Hand.»Ich bin nicht mehr so gut zu Fuß.«

»Dafür brauchen wir Señora Bitter nicht. Wir können das Appartement genauso gut selbst aufschließen.«

Álvarez schien nachzudenken, ließ dann aber ein Kopfschütteln folgen. »Es wäre Raúl sicher nicht recht, wenn sie allein sein Appartement betreten.«

»*Vale*, Señora Álvarez.« García nickte ergeben. »Bevor wir das Appartement von Señor López durchsuchen, haben wir noch ein paar Fragen an Sie.«

»Fragen Sie«, sagte Álvarez und forderte ihn mit einer Handbewegung auf.

»Wann haben Sie Señor López zum letzten Mal gesehen?«

»Am Montag«, antwortete sie. »Da hat er mir seine Zeitung vorbeigebracht.«

»Hat er an diesem Tag irgendwie anders gewirkt?«

»Wie meinen Sie das?«

»Nun ja«, entfuhr es Sofia. »War er aufgeregt, bedrückt oder besonders erfreut?«

»Señora Bitter!«, knurrte García und schoss einen bitterbösen Blick auf sie ab. »Sie sind kein Teil dieser Befragung.«

Sofia zuckte mit den Schultern. »Ich wollte nur helfen.«

»Über das Thema Hilfe haben wir uns erst kürzlich unterhalten.«

»Lassen Sie das«, sagte Sánchez, der mit seiner neuen Sonnenbrille bisher nur danebenstand und versuchte, möglichst cool dreinzuschauen.

»Natürlich.« Sofias Erfahrung zeigte, dass es oft besser war, Männer vorzulassen. Dann hatten die ihr Erfolgserlebnis, und sie selbst hatte die gewünschten Informationen.

Niemand sagte ein Wort, bis Álvarez sich schließlich mit einem Räuspern meldete. »Soll ich die Frage von Señora Bitter nun beantworten oder nicht?«

García warf Sofia einen weiteren kritischen Blick zu und wandte sich wieder an Álvarez. »Ich bitte darum.«

»Er hat die Zeitung in meinen Briefkasten geworfen und ist dann gleich weggefahren. Wie immer.«

»Und am Abend? Haben Sie bemerkt, ob Señor López noch einmal nach Hause gekommen ist?«

Sie schüttelte den Kopf. »Ich gehe ja früh schlafen.«

»Und um wie viel Uhr?«

Álvarez musterte García, als wolle er etwas Unerhörtes von ihr wissen. Dann hellte sich ihre Miene auf. »So gegen neun.«

»*Vale, vale.*« García rieb sich das unrasierte Kinn. »Dann ist Señor López seit vier Tagen nicht mehr zu Hause gewesen.«

»Genau.«

»Könnte er bei Verwandten oder Bekannten sein?« Das war bereits Garcías dritte Frage, auf die Sofia die Antwort schon seit zwei Tagen kannte. Und er eigentlich auch.

»So lange?« Álvarez verzog das Gesicht. »Nein. Das hätte er mir gesagt.«

Die Befragung zog sich wie Kaugummi, ohne dass Sofia etwas Neues erfuhr. Garcías Fragen unterschieden sich kaum von den ihren vorgestern. Mehr Antworten zu López' Verschwinden versprach sie sich von der Durchsuchung seines Appartements.

»*Vale*, Señora Álvarez.« Auch García schien nun einzusehen, dass seine Fragen keine neuen Erkenntnisse brachten. »Das soll es fürs Erste gewesen sein. Wir schauen uns jetzt in Señor López' Appartement um. *Gracias* für Ihre Zeit.« Er reichte ihr eine Visitenkarte. »Falls er auftaucht oder Ihnen noch was einfällt, melden Sie sich bitte.«

Álvarez nahm die Karte entgegen. »Natürlich.«

Mit einer Kopfbewegung in Richtung Tür bedeutete García Sofia, vorauszugehen.

Vor López' Tür zeigte Sofia auf den Briefkasten, aus dessen Schlitz jetzt vier Zeitungen ragten. Auf das Datum brauchte sie erst gar nicht zu schauen. Neben den zwei alten konnten es nur die beiden von gestern und heute sein.

Sofia spähte durch das Fenster neben der Tür. Auf den ersten Blick wirkte das Appartement wie zwei Tage zuvor. Sie drehte den Schlüssel im Schloss, und mit einem Mal drängte sich eine neue Hypothese zu López' Verschwinden in ihr Bewusstsein. Was, wenn sie sich doch irrte, wie García behauptet hatte, und sie in López' Appartement eine Leiche fanden, die seit vier Tagen verweste?

»Worauf warten Sie?«, hörte sie García hinter sich.

Sofia stieß die Tür mit der Fußspitze auf, machte aber nur einen kleinen Schritt hinein. Sie schnupperte ein paarmal, wollte erst den Geruch im Inneren aufnehmen. Nach vier Tagen Liegezeit würde sie eine Leiche schon am Eingang riechen. Doch bereits zwei Atemzüge später war klar, dass in López' Appartement keine Leiche auf sie wartete. Sofia nahm zwar einen leichten Modergeruch wahr, doch der stammte vermutlich von verschimmelten Lebensmitteln. Sie trat ganz ein und ließ García und Sánchez passieren.

»Sie warten hier.« García und Sánchez drängten sich an ihr vorbei, als gäbe es drinnen El-Gordo-*billetes* in der höchsten Gewinnklasse. »Und nichts anfassen.«

Sofia wartete. Allerdings nur so lange, bis die beiden hinter dem Durchgang verschwunden waren, dann huschte sie die Diele entlang. Auf den ersten Blick wies López' Appartement den gleichen Grundriss auf wie das von Álvarez. Der Durchgang trennte die Diele vom dahinterliegenden Wohn- und Essbereich. Linker Hand, dort, wo im Erdgeschoss die Terrasse lag, befand sich ein Balkon. Vor dem Esstisch auf der rechten Seite schloss sich die offene Küche an, in die sie bereits durch das Fenster neben der Haustür einen Blick hatte werfen können. Hinter dem Essbereich stand eine weitere Tür offen.

Im Gegensatz zu Alvarez' Appartement erwartete sie bei López jedoch kein Siebziger-Jahre-Flair, sondern eine eher hochpreisige Einrichtung. Die bestand unter anderem aus Echtholzschränken, noblen Ledersesseln und einem edlen Holzboden mit dunkel abgesetzten Intarsien. Unter den weißen Ledersesseln lag ein Orientteppich, den Sofia für echt hielt.

Im nächsten Augenblick drängte es sich wieder auf: das Gefühl der fehlenden Harmonie. Ein ungewöhnliches Ambiente für einen Mann von fast sechzig Jahren und zweifellos auch ungewöhnlich für die Gehaltsklasse eines Mitarbeiters der Iberia-Niederlassung auf Gran Canaria.

Von García war nichts zu sehen. Allerdings drang durch die offene Tür hinter dem Essbereich das Geräusch von Schubladen, die aufgezogen wurden. Offenbar befanden sich dahinter

Schlafzimmer, Bad und vielleicht noch ein weiteres Zimmer, das er bereits durchsuchte.

Sofia schlich an Sánchez vorbei, der mit offenem Mund auf einen riesigen Flachbildschirm starrte. Zusammen mit dem Sideboard darunter nahm der fast eine gesamte Wohnzimmerwand ein. Welchen Sinn das Anstarren des Fernsehers und der DVD-Sammlung während einer Durchsuchung hatte, erschloss sich ihr nicht. Aber solange er sie nicht bemerkte, war ihr das auch herzlich egal.

Hinter dem Essbereich führte eine Tür in einen kleinen Vorraum, von dem drei weitere Türen abgingen. Eine davon stand offen, und Sofia spähte hinein. Sie hatte richtig vermutet. Es handelte sich um ein drittes Zimmer, das López offenbar als Büro nutzte. García stand mit dem Rücken zur Tür und blätterte in einem Ordner.

Der Schreibtisch in der Mitte des Raumes erinnerte nur durch den alten Laptop mit separatem Monitor und einige Büroutensilien an einen Arbeitsplatz. Ansonsten diente er eher als riesige Papierablage. Dokumente quollen aus den völlig überfüllten Ablagefächern, weitere Stapel verteilten sich auf der Tischplatte und dem Regal dahinter.

Sofia trat ein. »Haben Sie schon was gefunden?«

García fuhr herum und warf ihr den gleichen verärgerten Blick zu wie vorhin. »Hatte ich Ihnen nicht gesagt, Sie sollen draußen warten?«

»Hatten Sie.«

»Und warum sind Sie dann hier?«

Sofia deutete auf die Papierstapel im Schrank und auf dem Schreibtisch. »Ohne Unterstützung brauchen Sie für das viele Zeug hier über einen Tag.«

»Dafür hab ich Sánchez mitgenommen.«

»Tatsächlich? Ich glaube eher, dass er gerade López' Fernseher und die DVD-Sammlung bewundert.«

García ließ den Ordner in seiner Hand sinken, trat zur Zimmertür und rief: »Sánchez!«

»*Sí*, Jefe«, kam es einen Moment später zurück.

»Was tun Sie gerade?«

Diesmal dauerte es noch länger, bis Sánchez antwortete: »Das Wohnzimmer durchsuchen.«

»Dann beeilen Sie sich. Ich brauche Sie hier.«

»Bin gleich bei Ihnen, Jefe.«

García seufzte. »Wenn Sie schon mal hier sind.« Er deutete auf die überfüllten Ablagen auf dem Schreibtisch und wandte sich wieder dem Aktenschrank zu.

Das ließ Sofia sich nicht zweimal sagen. Sie setzte sich auf den Bürostuhl, griff nach dem ersten Stapel Unterlagen und blätterte durch die Papiere: Prospekte, Zeitschriften, ungeöffnete Werbebriefe. Sie legte den Stapel wieder zurück und zog den nächsten zu sich. Auch der bestand aus allen möglichen, aber augenscheinlich uninteressanten Postsendungen für Werbezwecke. Wie die restlichen Stapel auch. Es wirkte beinahe so, als würde López einmal am Tag den Briefkasten leeren und den Inhalt auf seinem Schreibtisch sammeln.

Als Nächstes nahm sie sich die oberste Schublade des Schreibtisches vor. Auch dort lagen Papiere durcheinander. Doch diesmal handelte es sich nicht um belanglose Werbung, sondern um Briefe, darunter Rechnungen und Mahnungen für Onlinekäufe oder Abonnements, aber auch für so triviale Dinge wie Strom und Gas. Sie blätterte durch die Unterlagen, überschlug die Beträge und kam auf mehr als fünfzehntausend Euro in wenigen Monaten. Falls die Mahnungen immer noch offen waren, hatte López hohe Schulden. *Gehabt*, wie Sofia vermutete.

Sie legte auch diesen Stapel zurück und zog die zweite Schublade auf. Darin befand sich lediglich eine Klarsichthülle mit Vordrucken. Gerade als sie die Schublade wieder schließen wollte, erkannte sie, dass es sich um die Durchschläge handschriftlicher Quittungen oder Rechnungen handelte. Sofia zog den Stapel aus der Hülle und ließ ihn von ihrem Daumen gleiten. Sie hielt mehr als ein Dutzend identischer postkartengroßer Zettel in der Hand, auf denen das Wort »Pagaré«, Schuldschein, prangte. Doch nicht nur dieses Wort stimmte auf allen überein, sondern auch der Schuldner und der Begünstigte. Und nachdem sie die

Beträge aufaddiert hatte, war klar, dass der verschwundene Raúl López einem Mann namens Paolo Rodríguez aus Maspalomas fast einhundertzwanzigtausend Euro schuldete.

»Señor García«, rief Sofia.

»Hm«, knurrte der. Ohne aufzuschauen, blätterte er weiter in dem Aktenordner vor sich.

»López scheint erhebliche Geldprobleme zu haben.«

»Ist das so?« García klang weiterhin nicht sonderlich interessiert.

»Ich hab hier einen ganzen Stapel Mahnungen und dazu noch Kopien von Schuldscheinen über mehr als hunderttausend Euro zugunsten einer einzigen Person.«

»Hunderttausend Euro?« Der Betrag schien sein Interesse zu wecken. Er sah von seinem Ordner auf. »Und wem schuldet er das ganze Geld?«

»Einem gewissen Paolo Rodríguez.«

»Ernsthaft?« Garcías Stimme klang überrascht und besorgt zugleich.

Sofia hielt eine Schuldscheinkopie hoch. »Schauen Sie selbst.«

García kniff die Augen zusammen, und im nächsten Augenblick verfinsterte sich seine Miene.

»Wer ist dieser Paolo Rodríguez?« Sofia ahnte bereits, dass der Mann kein Unbekannter für das Comisaría in Las Palmas war.

García rümpfte die Nase. »Ihm gehört das Royal Flush in Maspalomas, ein Spielcasino mit angeschlossenem Nachtclub. Dort wohnt er auch.«

»Das hört sich jetzt nicht ungewöhnlich an.« Sofia kannte in Deutschland unzählige Etablissements mit ähnlicher Ausrichtung.

»Es geht nicht um das Spielcasino oder den Nachtclub.« García machte aus seiner Verachtung keinen Hehl. »Paolo Rodríguez, besser bekannt als ›Rocco‹, hat seine Finger in vielen Geschäften auf der Insel. Die meisten davon sind illegal.«

»Zum Beispiel?«

»Markenpiraterie, Drogenhandel, dubiose Timesharing-Verträge und Urlaubszertifikate, dann Schutzgelderpressung und vermutlich auch Waffenhandel.«

Sofia nickte. »Und lassen Sie mich raten: Bisher könnt ihr ihm nichts nachweisen.«

»Absolut nichts. Auch in seiner Lagerhalle unten am Hafen haben wir noch bei keiner Durchsuchung etwas von Belang gefunden.«

»Scheint ja ein umtriebiger Zeitgenosse zu sein, dieser Paolo ›Rocco‹ Rodríguez.«

»›Unangenehm‹ trifft es wohl eher.« García verzog das Gesicht. »Er ist dafür bekannt, dass ihm schnell mal die Sicherungen durchbrennen.«

12

Ein weiteres Mal musste García die Leistung der Deutschen anerkennen. Die Schuldscheinkopien, die sie in López' Schreibtisch entdeckt hatte, könnten eine erste Spur sein. Aber als Beweis für dessen Verschwinden taugten sie nicht. Womöglich waren die Schuldscheine nicht mehr aktuell und die anderen Forderungen längst beglichen. Falls sie im Appartement jedoch keine Anhaltspunkte dafür fanden, würde ihm nichts anders übrig bleiben, als Rocco mit López' Verschwinden zu konfrontieren. Eine Begegnung, auf die er gerne verzichtet hätte.

Gemeinsam durchsuchten sie noch eine Weile das Büro. Neben weiteren Mahnungen fanden sie López' DNI und einige Fotos von ihm. Die Durchsuchung von Bad und Schlafzimmer brachte sie nicht weiter. Sánchez hatte bei seiner Durchsuchung von Wohn- und Esszimmer ebenfalls nichts gefunden. Damit blieben zwei relevante Erkenntnisse. Erstens konnte López die Insel ohne DNI nicht verlassen haben, und zweitens beliefen sich seine Schulden auf über hundertfünfzigtausend Euro. Den Großteil davon schuldete er Rocco.

García fotografierte den DNI mit López' Passbild ab und nahm die Kopien der Schuldscheine an sich. »*Gracias* für Ihre Hilfe, Señora Bitter. Sie können jetzt das Appartement hinter uns wieder abschließen.«

»Abschließen?« Sie sah ihn überrascht an. »Wollen Sie nicht die ganzen Unterlagen hier abtransportieren lassen?«

»Warum sollte ich?«

»Zur Prüfung. Vielleicht haben wir was übersehen.«

»Ich werde sicherlich nicht das Appartement von Señor López ausräumen lassen, nur weil er seit vier Tagen verschwunden ist. Es gibt aussichtsreichere Möglichkeiten.«

»Und die wären?«

Die Deutsche begann schon wieder zu nerven. Warum konnte sie ihn nicht einfach seine Arbeit machen lassen? »Sie müssen nicht alles wissen. Aber glauben Sie mir, die Ermittlungen gehen weiter.«

»Wie, ›weiter‹?«

García wusste, dass sie keine Ruhe geben würde, ehe sie eine zufriedenstellende Antwort erhalten hatte. »Ich werde Rocco mit diesen Schuldscheinen hier konfrontieren.«

»Im Royal Flush in Maspalomas?«

García nickte. »Einen richterlichen Beschluss für eine Befragung im Comisaría zu erhalten könnte lange dauern.«

»Vermutlich zu lange.« Die Deutsche legte die Stirn in Falten und schien nachzudenken. »Dann nehmen Sie mich am besten mit.«

García glaubte, sich verhört zu haben. »Ist das Ihr Ernst?«

Sie lächelte überlegen. »Natürlich ist das mein Ernst. Es wäre eine Art Gegenüberstellung, die nicht gleich wie eine aussieht.«

Noch erschloss sich ihm der Sinn ihres Vorschlags nicht. »Wen sollten Sie im Royal Flush schon kennen? Sie sind doch erst seit ein paar Tagen auf der Insel.«

»Señor García, halten Sie mich bitte nicht für dumm.« Sie klang verärgert. »Wir vermuten beide, dass dieser Rocco etwas mit dem Verschwinden von López zu tun hat. Und es kann nicht schaden, wenn ich mich als möglicher Augenzeuge ein wenig in dem Laden umschaue.«

Ein interessanter Vorschlag der Deutschen, zumal er damit verhindern konnte, dass sie ihm ein weiteres Mal in die Quere kam. Er war sich sicher, sie würde auch ohne ihn dem Royal Flush einen Besuch abstatten. Dennoch sträubte sich etwas in ihm dagegen, sofort Ja zu sagen. »Das ist zu gefährlich.«

Sie stemmte die Fäuste in die Hüften, wodurch sie noch ärgerlicher wirkte. »Machen Sie sich mal keine Sorgen um mich. Ich kann ganz gut auf mich selbst aufpassen. Und außerdem sind Sie und Señor Sánchez dabei. Was soll mit zwei bewaffneten Polizisten schon passieren?«

García atmete tief durch, sah kurz zu Sánchez und dann wieder zu ihr. »Subinspector Sánchez steht die nächsten Tage nicht zur Verfügung.«

»Fortbildung zum Inspector Jefe«, sagte der und sah dabei so bedeutungsvoll drein, als würde die Beförderung direkt vor ihm liegen und nicht nur ein paar simple Informations- und Einführungsvorträge.

»Ich fühle mich bei Ihnen auch gut aufgehoben.« Ihre Stimme klang nett und ein wenig beiläufig, doch ihre Augen fixierten ihn unerbittlich.

García zwang sich, ihrem Blick standzuhalten. »Glauben Sie mir, Señora Bitter, Sie wollen Rocco nicht kennenlernen.«

»Da haben Sie recht. Ich will nur wissen, ob ich ihn oder einen seiner Mitarbeiter im Baumarkt gesehen habe. Und wenn das der Fall ist«, sie machte eine kunstvolle Pause, »hätten Sie gleich noch eine Verhaftung. Womöglich sogar die Verhaftung von Rocco, was Ihnen ohne Frage sehr gelegen käme.«

Damit hatte sie recht, und er hatte nichts zu verlieren. Und falls die Deutsche niemanden wiedererkannte, würde sie vielleicht endlich aufhören, von López als vergrabener Leiche zu sprechen. Er konnte also nur gewinnen. »*Vale*, Señora Bitter. Sie begleiten mich.«

Sie sah auf ihre Armbanduhr. »Dann bringen wir das doch am besten gleich hinter uns.«

Auch wenn García gern etwas mehr Zeit gehabt hätte, um sich innerlich auf die unerfreuliche Begegnung vorzubereiten, musste er zugeben, dass auch dieser Vorschlag der Deutschen vernünftig war. »*Vale*. Aber noch einmal und zum Mitschreiben.« Er hob den Zeigefinger. »Sie schauen sich dort um, ich rede – und zwar nur ich.«

»Natürlich. Ich werde mich nicht einmischen«, sagte sie schnell, und García sah ihr an, dass sie eigentlich das genaue Gegenteil davon meinte.

✳✳✳

Sofia saß auf dem Beifahrersitz neben García, der seinen Seat-Dienstwagen auf der GC-1 Richtung Süden steuerte. Vor einer Viertelstunde hatte er Sánchez am Comisaría in Las Palmas aus-

und sie einsteigen lassen. Seither hatten sie sich nicht viel zu sagen gehabt, und so vertrieb sie sich die Zeit damit, die Landschaft zu betrachten. Sie fühlte sich fast wie ein Pauschalurlauber auf einer Inselrundfahrt. Fehlten nur noch die Ansagen des Reiseleiters. Doch auch der würde bald nichts mehr zu erzählen haben. Nach dem Flughafen gab es außer grün-braunen Hügeln und Dutzenden von Windrädern nichts mehr zu sehen. Erst wenige Kilometer vor Maspalomas begannen mit Bahía Feliz und San Agustín die touristischen Hotspots der Insel, und prompt prägten Hunderte Bettenburgen das Landschaftsbild.

Sofia musterte García, der mit gerecktem Kinn stur geradeaus starrte, als wolle er jemanden hypnotisieren. »Warum so still?«, fragte sie, nur um irgendetwas zu sagen.

»Ich denke nach.«

»Hat es mit unserem Fall zu tun?«

»Unser Fall?« García sah kurz zu ihr, dann wieder auf die Straße. »Das ist nicht *unser* Fall.«

»Ich meinte natürlich, mit *Ihrem* Fall«, sagte sie schnell und ließ ein entschuldigendes Lächeln folgen. »Ich war wohl zu lange bei dem Verein, um mir in der kurzen Zeit eine andere Ausdrucksweise anzugewöhnen.«

»Verein?«

»Das sagt man so bei uns.«

»Zum Landeskriminalamt? Lustig.« García setzte den Blinker und wechselte auf die Überholspur, um ein omnibusgroßes Wohnmobil mit Fahrrädern auf dem Heckträger zu überholen. »In welchem Zuständigkeitsbereich eigentlich?«

Sie zögerte kurz. »Mordkommission.«

»Was ist mit Ihrem rechten Arm?«

»Warum?«, gab Sofia zurück. »Was soll damit sein?«

»Nun ja, es ist nicht zu übersehen, dass Sie … wie soll ich sagen … Schwierigkeiten damit haben.«

Sofia atmete tief durch und ließ ihren Blick nach draußen wandern. Wie viel wollte sie ihm gegenüber preisgeben? »Eine Schussverletzung.«

»Haben Sie deswegen aufgehört?«

»Ja.« Sofia fühlte sich unbehaglich angesichts der Richtung, in die sich das Gespräch entwickelte. »Aber ich möchte im Moment nicht darüber reden.«

García starrte weiter geradeaus, bis sie das Wohnmobil passiert hatten. Er setzte den Blinker, wechselte wieder auf die rechte Spur. Das Klackern des Relais verstummte, und eine unangenehme Stille breitete sich aus, als hätte jemand etwas Unerhörtes gesagt.

»Jetzt, wo wir uns fast täglich sehen, sollen wir uns nicht besser duzen?«, fragte sie und bemühte sich um einen beiläufigen Tonfall. »Der Einfachheit halber.«

»Kein Problem.«

»Ich heiße Sofia.«

»Ich weiß.« Garcías Blick blieb stur auf die Straße gerichtet. Natürlich kannte er ihren Vornamen. Schließlich hatte er bereits auf dem Flughafen ihren Personalausweis kontrolliert.

»Zum Duzen gehört in Deutschland ein Vorname.« Sofia hatte aus seiner Antwort nicht heraushören können, ob er ihr Angebot zum Duzen lieber abgelehnt hätte.

»In Spanien auch.« Garcías Antworten blieben weiterhin wenig aufschlussreich.

»Der da lautet?«

»García.«

Ganz offenbar wollte er sie auf den Arm nehmen. »Dann ist *dein* vollständiger Name also García … García?

»Jeder nennt mich García.«

»*Vale.*« Sofia nickte. Mehr musste sie in der Tat nicht wissen. »Und wie lange bist *du* schon dabei – *García*?«

Ein Seufzer leitete seine erste Gefühlsreaktion auf dieser Fahrt ein. »Schon zu lange.«

»Und wie lange ist ›zu lange‹?«

Diesmal wandte García ihr den Kopf zu. Gleichwohl verriet sein Blick nicht, was in ihm vorging. »Das weiß ich nicht genau. Aber es sind noch etwas mehr als acht Jahre bis zur Pensionierung.«

Das Royal Flush in Maspalomas lag ganz in der Nähe des Yumbo-Einkaufszentrums und sah von außen aus, wie sie sich die anderen Spielcasinos auf den Kanaren vorstellte: blinkende Leuchtreklamen, überklebte Fenster und eine einzige Tür mit Zugangskontrolle durch einen Wachmann. Eine pulsierende rote Neonschrift »Night Club« unter dem gelben Casino-Schriftzug deutete darauf hin, dass den Besucher hier mehr erwartete als Roulettetische und Spielautomaten. Und sie vermutete, dass es sich dabei zumindest um Pole- oder Tabledance handelte.

Die wenigen Parkplätze vor dem Royal Flush waren alle belegt, und so stellte García seinen Dienstwagen kurzerhand direkt vor dem Haupteingang ab.

Kaum waren sie ausgestiegen, stapfte auch schon der Wachmann auf sie zu, groß und bedrohlich wie ein Grizzly. Sein bitterböser Blick verhieß nichts Gutes.

»Sie können hier nicht parken!«, rief er ihnen entgegen und fuchtelte mit seinen mächtigen Fäusten in der Luft herum.

»Ist das so?«, entgegnete García ruhig. Er klang, als sei es die selbstverständlichste Sache der Welt, seinen Wagen direkt vor der Eingangstür abzustellen.

»Ja, das ist so.« Grizzly baute sich vor García auf, überragte ihn fast um einen Kopf.

García zog seinen Ausweis aus dem Sakko und hielt ihn hoch. »Aber es gilt nicht für mich.«

Sofia hatte sich schon während ihrer aktiven Zeit als Polizistin nicht sattsehen können, wenn jemandem klar wurde, dass seine mit viel Schweiß antrainierten Muskeln völlig nutzlos waren. So auch hier. Grizzlys Mundwinkel rutschten erst ein paar Millimeter, dann, nachdem er den Ausweis etwas länger betrachtet hatte, ganz nach unten. Ohne ein weiteres Wort drehte er sich um und trottete mit hängenden Schultern davon.

García steckte seinen Ausweis zurück, und Sofia konnte sich des Eindrucks nicht erwehren, dass auch er ein klein wenig Genugtuung empfand.

Er rauschte durch die Eingangstür, als gehöre ihm der Laden.

Sofia folgte ihm, ohne dass Grizzly sie eines Blickes würdigte. Hinter einem purpurfarbenen Vorhang breitete sich ein riesiger Saal aus, der sie mit Gedudel und Geklimper empfing. An beiden Seiten und um eine Art Insel in der Mitte des Saales herum blinkten Dutzende von Spielautomaten.

Mit der Kleiderordnung, die in gehobenen Spielcasinos herrschte, nahm man es im Royal Flush offenbar nicht so genau. Die Handvoll Spieler, die die Automaten bediente, gehörte zweifellos in die Kategorie Touristen: dicke Bäuche, kurze Hosen und T-Shirts mit einfallslosen Sprüchen.

García verlangsamte seinen Schritt und raunte ihr zu:»Du schaust dir hier jeden genau an. Sobald du jemanden erkennst, räusperst du dich zweimal. ¿Vale?«

»Vale.« Sofia folgte ihm weiter in den hinteren Teil des Spielcasinos.

Hinter der Insel öffnete sich der Saal wieder. Dort standen je vier Roulette- und Blackjack-Tische. Lediglich an einem spielten vier Personen gegen die Bank, verkörpert durch eine kleine Spanierin mit langen schwarzen Haaren. Mit ihrer Croupier-Uniform trug sie als Einzige passende Kleidung. Und schon mit dem nächsten Blick wusste Sofia, aus welchen Ländern ihre vier Gegenspieler stammten. Da waren ein dicker Amerikaner mit Hawaiihemd und einer Lakers-Baseballkappe, zwei nicht ganz so dicke Engländer mit sonnenverbrannter, krebsroter Haut und einem halb vollen Bier vor sich sowie ein älterer Deutscher oder Holländer in Bermudas und weißen Tennissocken in den Sandalen. Ein weiteres Mal bestätigte sich, dass Klischees nie grundlos entstanden. Bei diesen vier würde Sofia sogar so weit gehen und eine kleine Summe Geld auf die jeweilige Nationalität setzen.

García steuerte auf einen weiteren Durchgang am Ende des Saals zu. Auch hier hatte sich ein Wachmann postiert. Weniger muskulös, aber eindeutig drahtig, sportlich und mit katzenhaftem Blick. In einem seiner Ohren, die von der frisch rasierten Glatze abstanden wie die Henkel von einem Suppentopf, steckte ein Kopfhörer mit Spiralkabel. Sofia war sich sicher, dass er längst von Grizzly über ihr Kommen unterrichtet worden war. Und vermutlich nicht nur er.

Ein kurzer Blick zu Glatzkopf, und García trat durch den Durchgang. Sofia folgte ihm, und schon im nächsten Moment wusste sie, in welchem Teil von Roccos Etablissement sie sich befanden: im Nachtclub.

Auch hier herrschte kaum Betrieb. Umgeben von raumhohen Spiegeln warteten Plüschmöbel und Sitzgarnituren im spärlichen roten Licht auf Kundschaft. Auf einem Podest in der Mitte des Raumes turnte eine junge, barbusige Frau an einer Stange zu Marvin Gayes »Sexual Healing«. Der Stoff ihres winzigen Slips schien kaum für ein Taschentuch zu reichen. Sie machte ein gelangweiltes Gesicht, was vermutlich an den wenigen Geldscheinen lag, die aus ihrem Slip ragten. Kein Wunder. Wer zum Teufel begaffte schon um die Mittagszeit ein halb verhungertes Mädchen beim Poledance? Außer eben jenen drei Männern, die mit einem Becher Bier direkt unter dem Podest saßen und ihr zwischen die Beine glotzten.

Auch an García schien der Reiz einer herumturnenden, halb nackten Frau nicht spurlos vorüberzugehen. Er verlangsamte seinen Schritt, ging dann aber wieder schneller, als er sich ihrer Anwesenheit wieder bewusst zu werden schien. Zielstrebig steuerte er auf eine metallene Pendeltür zu, die sich neben einer verlassenen Bartheke befand. Ein Schriftzug über dem eingelassenen Bullauge verkündete: »solo para personal«. Dahinter erstreckte sich ein kaum beleuchteter Korridor. Offensichtlich kannte García sich im Royal Flush aus.

Erst jetzt bemerkte Sofia im schummrigen roten Licht den Barmann hinter der Theke. Mit dem Rücken zu ihr rieb er Gläser trocken.

Sofia zuckte kurz zusammen, als sie den halblangen Zopf sah, der im Takt über dessen Schultern wippte. Travolta? Sofia blieb stehen.

»Hey«, rief sie Richtung Theke.

Der Mann drehte sich um. »Die Bar hat noch geschlossen.«

»Nichts für ungut«, gab sie zurück. Falscher Alarm. Bis auf

den Zopf hatte der Barmann keinerlei Ähnlichkeit mit dem älteren der beiden Männer aus dem Baumarkt.

Sie ging weiter, schloss zu García auf, der vor der Pendeltür wartete.

»Was sollte das denn?«, raunte er ihr zu.

»Nichts. Ich dachte, ich kenne ihn.«

»Wir hatten ausgemacht, dass du dich nur umschaust.« Ohne ihre Antwort abzuwarten, trat García durch die Pendeltür und ließ sie los. Die schwang zurück. Sofia musste ausweichen und sie erneut öffnen.

Vom Korridor, der sich vor ihnen erstreckte, gingen zwei weitere Türen ab. García nahm die erste und trat ein, ohne anzuklopfen. Sofia folgte ihm und fand sich in einem Büro wieder, das größer war, als sie gedacht hätte. Eine beigefarbene Sitzgruppe, groß wie das Matratzenlager einer Berghütte, beherrschte eine Ecke des Zimmers, davor döste auf einem Hocker eine Sphynx-Katze mit faltiger rosafarbener Haut. Die andere Ecke dominierte ein wuchtiger Schreibtisch. Drei Bildschirme zeigten Aufnahmen von Überwachungskameras aus dem Royal Flush. Über allem zogen zwei Ventilatoren an der Decke träge ihre Kreise.

Alles deutete darauf hin, dass sie erwartet wurden. Jedenfalls vom älteren der beiden Männer, die am Schreibtisch lehnten. Der grau melierte Mittfünfziger legte den Kopf schief und bedachte sie mit einer hochgezogenen Augenbraue. Aus seinem Blick sprach unverhohlene Ablehnung, aus seinem Äußeren der Hochmut des vermeintlich Bessergestellten. Er trug einen dunkelgrauen, fraglos maßgeschneiderten Westenanzug mit blütenweißem Hemd und goldenen Manschettenknöpfen. Allein seine handgenähten Kalbslederschuhe kosteten vermutlich mehr, als das Monatsgehalt eines deutschen Hauptkommissars hergab.

Das völlige Gegenteil stellte der jüngere Mann dar, der in einem viel zu großen weißen Adidas-Trainingsanzug danebenlehnte. Nicht die Aufmachung und seine verkrampfte Art, mit der er einen Arm auf Bauchhöhe festhielt, machten Sofia stutzig. Es war vielmehr der seltsame Blick, mit dem er sie unter der verkehrt herum aufgesetzten Schildmütze musterte. Unverhohlen tastete sein Blick ihren Körper ab, blieb für einen Moment an ihren Brüsten hängen und wanderte weiter nach unten, bis er schließlich an den Füßen angelangt war. Erst dann sah er wieder auf.

Mit den beiden am Schreibtisch hatte sie inzwischen fünf Angestellte des Royal Flush gesehen. Aber weder Travolta noch Scarface waren darunter.

»Inspector Jefe García«, sagte der Anzugträger. »Was für eine nette Überraschung.«

»Täuschen Sie sich nicht, Rodríguez«, sagte García, und in jedem seiner Worte schwang Verachtung mit. »Ich bin nicht nett. Schon gar nicht zu Ihnen.«

»Wie früher.« Rodríguez ließ ein falsches Lächeln folgen. »Nie um einen dummen Spruch verlegen. Was wollen Sie von mir? Einen neuen Job? Vielleicht etwas, das mehr Geld einbringt, als Strafzettel für Touristen auszustellen?«

»Wir müssen reden.« García sah kurz zu dem jungen Mann im Adidas-Trainingsanzug. »Und zwar ohne ihn.«

Rodríguez wies den jungen Mann mit einer knappen Kopfbewegung zur Tür. Der ließ den Kopf hängen und löste sich vom Schreibtisch. In gebückter Haltung schleppte er sich mehr vorwärts, als dass er ging. Was offenbar an seinem nach innen gebogenen linken Vorfuß lag. Auch sein linker Arm schien in der Bewegung eingeschränkt zu sein. Seit er ihn nicht mehr festhielt, hing er schlaff herab, die Hand in der Hosentasche.

»Tür zu!«, rief García, als der junge Mann schließlich auf dem Korridor verschwunden war.

Rocco schüttelte lange den Kopf. »Ich muss mich für meinen Sohn entschuldigen. Bei Julio funktioniert alles etwas langsamer. Früher dachte ich noch, aus ihm wird mal ein tüchtiger Nachfolger für meine Unternehmen. Aber er kommt mehr nach seiner Mutter von der Intelligenz her. Leider.« Nun löste auch er sich vom Schreibtisch und machte einen Schritt auf sie zu.

»Das ist Señora Bitter«, sagte García, nachdem die Tür ins Schloss gefallen war.

»Señora Bitter, aha.« Rocco sah ihr direkt in die Augen. »Ich freue mich, Ihre Bekanntschaft zu machen. Was führt Sie denn zu mir?«

»Sie ist eine ... Zeugin«, antwortete García an ihrer Stelle.

»Eine Zeugin – von was?«

García zog sein Telefon hervor und hielt ihm das Foto von López' DNI unter die Nase, das er während der Hausdurchsuchung aufgenommen hatte. »Kennen Sie ihn?«

»Wer soll das sein?«, fragte Rocco nach einer Weile. Seine Miene verriet mit keiner Regung, dass er offenbar log.

»Das ist Raúl López, und er ist seit ein paar Tagen spurlos verschwunden.«

»Spurlos verschwunden. Schrecklich, was heutzutage alles so auf meiner Insel passiert.« Rocco nickte mitleidig, ohne auch nur im Geringsten ehrlich zu wirken. »Haben Sie schon einen Verdacht?«

»Klar. Und Sie stehen ganz oben auf der Liste.«

Rocco lachte freudlos auf. »Haben Sie auch diese *negritos* auf Ihrer Liste, die hier jeden Tag mit ihren *pateras* ankommen? Die überschwemmen die Insel und stehlen wie die Raben. Bestimmt geht auch die eine oder andere Entführung auf deren Konto.«

»Reden Sie keinen Scheiß.« García funkelte ihn böse an. »Aber Sie können sich gleich von der Liste streichen, wenn Sie mir sagen, wo Sie am Dienstagmorgen waren.«

»Dienstagmorgen, hm.« Rocco schob die Unterlippe vor und tat so, als würde er nachdenken. »Dienstagmorgens habe ich immer Teambesprechung mit meinen Angestellten.«

»Wie praktisch.« García steckte sein Telefon zurück. »So können Sie sich ja alle gleich gegenseitig ein Alibi geben.«

»Ich war schon immer praktisch veranlagt. Aber warum kommen Sie ausgerechnet zu mir wegen diesem ... wie hieß der Typ noch gleich ... López?«

»Wir haben in seinem Appartement Kopien von Schuldscheinen gefunden. Und raten Sie mal, wer der Gläubiger ist.«

Für einen Moment zuckten Roccos Mundwinkel, dann hatte er sich wieder unter Kontrolle und lächelte. »Na und? Es gibt vermutlich Dutzende von Leuten auf der Insel, bei denen Sie

Schuldscheinkopien mit mir als Gläubiger finden. Und warum sollte ich etwas mit seinem Verschwinden zu tun haben, wenn ich noch Geld von ihm kriege?«

»Vielleicht genau deswegen.«

»Wissen Sie«, wandte Rocco sich an Sofia, »dass sich unsere Väter schon kannten?«

»Nennen Sie nie wieder meinen und Ihren Vater in einem Atemzug.« Garcías Miene verfinsterte sich. Seine Stimme schwoll an, überschlug sich jetzt fast. »Mein Vater war ein ehrbarer Polizist. Der Ihre genauso ein verdammtes Arschloch wie Sie.«

»Tatsächlich?« Rocco schnaufte verächtlich. »Ich bin mir nicht ganz sicher, aber hatte ich nicht auch einen Schuldschein von ihm?«

García machte einen schnellen Schritt auf Rocco zu, stand jetzt nur noch wenige Zentimeter vor ihm. »Was wollen Sie damit andeuten?« Seine Hände ballten sich zu Fäusten. Es schien nur noch eine Frage der Zeit, bis er sich auf ihn stürzte.

Sofia hörte, wie Garcías Atem schneller ging. Sie hielt ihn am Arm fest, spürte, wie seine Muskeln sich verhärteten. »Lassen Sie uns gehen. Das bringt nichts.« Mit diesem testosterongeladenen Auftritt würden sie nicht einmal an eine Liste der Mitarbeiter kommen.

»Ja, gehen Sie.« Rocco reckte García seinen Kopf so weit entgegen, dass sich ihre Nasenspitzen fast berührten. »Und das nächste Mal bringen Sie besser einen richterlichen Beschluss mit. Sie haben nämlich Hausverbot.«

García atmete tief durch, seine Anspannung ließ nach. Er schüttelte ihre Hand ab. »Das ist noch nicht vorbei.«

»Sehe ich genauso. Auf Nimmerwiedersehen, Señor García.« Rocco wandte sich ab und trat hinter seinen Schreibtisch mit den vielen Bildschirmen.

Dort ließ er sich in einen Ledersessel fallen, der aussah wie der Schalensitz eines Sportwagens. Er lehnte sich zurück und schlug die Beine übereinander. »Das gilt nicht für Sie, Señora Bitter. Sie sind herzlich eingeladen, abends vorbeizuschauen. Wir haben auch ein Angebot für Frauen.«

Grußlos wandte García sich zum Gehen. Ebenfalls ohne sich zu verabschieden, tat Sofia es ihm nach.

Während sie García zum Ausgang folgte, schaute sie sich erneut in den Räumen um. Doch weder bei den Gästen noch unter den Mitarbeitern konnte sie Veränderungen feststellen. Lediglich am Blackjack-Tisch ging es lauter zu als noch ein paar Minuten zuvor. Egal welcher Nationalität, alle Spieler saßen vor weniger Spielchips als noch vorhin.

Draußen empfing sie die grelle Mittagssonne. Nach dem Halbdunkel, das im Royal Flush herrschte, eine schmerzhafte Erfahrung. Sofia kniff die Lider zusammen, hörte ganz in der Nähe ein Fahrzeug, das abgestellt wurde. Nur langsam gelang es ihr, die Augen wieder zu öffnen. Neben Garcías Seat stand jetzt ein weiteres Auto, ein schwarzer Mercedes der S-Klasse. Die Fahrertür öffnete sich, ein Mann stieg aus. Die Tür fiel wieder ins Schloss, das Piepen der Schließanlage ertönte. Sofia musste nicht zweimal hinschauen. Bei dem Fahrer handelte es sich zweifellos um den älteren der beiden Männer aus dem Baumarkt.

Sie stieß García den Ellbogen in die Seite und deutete mit dem Kinn in Richtung des Mercedes. »Da ist er. Das ist Travolta.«

Dummerweise hatte auch der sie bemerkt.

Travolta rannte los.

García hinterher.

13

Trotz seiner über fünfzig Lebensjahre konnte García beim Laufen immer noch mit den Jüngeren mithalten. Vor allem wenn sie zu viel Körpermasse mit sich herumschleppten wie der Typ, den Sofia Travolta nannte. Auch der zu enge Anzug samt feinen Lederschuhen dürfte nicht die richtige Kleidung für eine Flucht zu Fuß sein. Das Tempo, das er bisher vorlegte, würde er sicher nicht lange durchhalten. Und so schmolzen die rund fünfzig Meter Vorsprung auf der Avenida Estados Unidos allmählich dahin. Doch García irrte sich. Nicht, was seine Kondition betraf, sondern den Fluchtweg, den Travolta jäh einschlug. Womöglich hatte der aber nur erkannt, dass er auf der schnurgeraden Straße nicht entkommen konnte. Er rannte über den Vorplatz des Yumbo-Centers, stürmte die nächstbeste Treppe hinauf und tauchte ins Halbdunkel. Und damit lag der Vorteil bei ihm. Das Bauwerk war an Unübersichtlichkeit kaum zu überbieten. Es bestand aus einer Reihe von Innenhöfen sowie Terrassen und bot auf vier verwinkelten Ebenen Platz für Hunderte von Geschäften, Restaurants und Bars. Wege, Treppen und Brücken verbanden diese mehrfach miteinander. Ein wahres Labyrinth. Es gab kaum etwas, das es dort nicht zu kaufen gab: Kleidung, Schuhe, Spielwaren, Parfüm und Schmuck bis hin zu Elektronik.

Auch García erreichte die Treppe, nahm immer zwei Stufen auf einmal und fand sich in einer Passage mit Dutzenden von Geschäften wieder. Kofferladen, Chinarestaurant, Bademoden zur Linken, Spielzeuge, Eisdiele und ein orientalischer Basar zur Rechten. Verkaufsstände, Tische und Körbe säumten den Gang auf beiden Seiten. Dazwischen langweilten sich die Händler mit den wenigen Touristen, die um diese Tageszeit durch das Yumbo-Center schlenderten.

Doch trotz der wenigen Besucher auf dieser Ebene war Travolta wie vom Erdboden verschluckt. Wie hatte er bloß so schnell untertauchen können?

»Comisaría Las Palmas«, rief García einem asiatisch aussehenden Verkäufer von Plastikspielzeug zu, »der Mann mit Zopf und im Anzug: Wo ist er hin?«

Der hob die Achseln.

Ein jüngerer Mann mit dunkler Hautfarbe und Afrolook zeigte wortlos auf ein Ladengeschäft an der nächsten Ecke. Davor an Kleiderständern hingen unzählige T-Shirts in allen Farben, darüber Hüte, Mützen und Kappen. Selbst den Platz auf dem Boden hatte der Ladenbesitzer in Beschlag genommen. Dort reihte sich Koffer an Koffer.

García rannte wieder los, erreichte den Laden und sah gerade noch, wie Travolta aus der gegenüberliegenden Tür stürmte. García bog um die Ecke. Jetzt schien er im Vorteil zu sein. Vor ihm lagen nur Restaurants, und die meisten waren kaum besucht. Er beschleunigte seine Schritte, konnte wieder aufholen. Allerdings nur so lange, bis Travolta wahllos Stühle von den Restauranttischen hinter sich auf den Gang schleuderte. Zwar gelang es García, allen Stühlen auszuweichen. Doch das kostete Zeit. Sein Rückstand vergrößerte sich wieder. Und allmählich machte sich auch bei ihm die Anstrengung bemerkbar. Seine Oberschenkel brannten, und das Atmen fiel schwerer.

An der nächsten Abzweigung folgte er Travolta eine Treppe nach unten. Erneut lagen links und rechts zahlreiche Geschäfte mit Auslagen bis weit in den Gang hinein. Auf dieser Ebene tummelten sich wieder mehr Besucher, und Travolta musste sich an ihnen vorbeidrängen, was er auch rücksichtslos tat. Nicht wenige stieß er an oder rannte sie um. Leute fluchten auf Deutsch, Spanisch und Englisch. Ein Kleinkind heulte los wie eine Sirene.

García konnte nun deutlich aufholen. Travolta hatte sichtlich Mühe, mit seinen glatten Ledersohlen auf den ebenso glatten Fliesen voranzukommen. Bald betrug sein Vorsprung nur noch fünf, sechs Meter. Es war nur noch eine Frage der Zeit, bis García ihn einholen würde. Doch ein weiteres Mal hatte er nicht mit Travoltas Gerissenheit gerechnet. Der zog an einem Korb voller Plastikbälle. Der Korb kippte um, und Dutzende bunte Bälle hüpften auf dem Boden herum. Zu spät für García, um auszuweichen. Er stolperte über den Korb, verlor das Gleichgewicht und landete bäuchlings inmitten der Plastikbälle. Augenblicklich schoss der Schmerz durch seine Knie und Ellbogen, als wäre er mit einem Knüppel traktiert worden. Gleichwohl schaffte García es, sich aufzurappeln. Doch Travolta war aus seinem Blickfeld verschwunden, und zu allem Übel richtete sich der Zorn der Besucher nun auch gegen ihn. Eine Handvoll Männer hatte ihn umringt und starrte ihn mit vorwurfsvollen Blicken an. Zwei von ihnen, mit stattlichen Bierbäuchen über bunten Bermudas, drohten gar mit den Fäusten und brüllten ihn auf Englisch an.

García hob abwehrend die Hände. »*Canarian police!*«

Nur widerwillig machten die aufgebrachten Männer Platz. Er bahnte sich einen Weg durch die Menge und konnte endlich weiterlaufen. *¡Mierda!* Wieder war von Travolta weit und breit nichts zu sehen.

Der Weg bis zur Abbiegung fiel ihm schon nicht mehr so leicht. Der Druck auf seinen Rippen machte ihm das Atmen schwer. Entweder lag es am Sturz, oder seine Kondition neigte sich jetzt tatsächlich dem Ende zu. Offenbar hatte er sich überschätzt oder Travolta unterschätzt. Oder beides. Er erreichte die Ecke. Dahinter führte eine Treppe hinauf auf die nächste Ebene, eine andere hinunter auf den Vorplatz des Yumbo-Centers.

Er spähte nach oben. Ein Metallgitter versperrte den Zugang. Als García nach unten schaute, konnte er im ersten Moment nicht glauben, was er dort sah. Ein Grund dafür war freilich Travolta. Bäuchlings, der Länge nach lag er auf den Terrakottapflastersteinen. Mehr überraschte ihn jedoch Sofia. Sie stand daneben, die Fäuste in die Hüften gestemmt, und schaute zu ihm hoch. Was zum Teufel hatte sie jetzt schon wieder angestellt?

García eilte die Treppe hinunter. Er erreichte Sofia und Travolta, als der gerade ein gepresstes »Verdammte *puta*« von sich gab.

Sofia grinste zufrieden, sagte aber nichts.

»Warum machen Sie das immer?«, wandte García sich an sie.

»Was mache ich immer?«

»Sich einmischen.«

Sofia sah ihn blinzelnd an. »Hätte ich ihn etwa entkommen lassen sollen?«

»Das wird sich noch zeigen.«

Travolta stöhnte auf. Er zog sein rechtes Bein an, drehte sich um und kam ächzend über den Vierfüßlerstand ganz hoch. Etwas Blut trat aus einer Platzwunde über der linken Augenbraue. Haarsträhnen, die sich aus seinem Zopf gelöst hatten, klebten darin. Ansonsten schien er unverletzt. Allerdings würden ihn die Löcher im Anzugstoff an den Knien noch eine Weile an den Sturz erinnern.

»Warum sind Sie weggelaufen?«, fragte García, als Travolta endlich aufnahmebereit schien.

»Was seid ihr denn für Clowns?«, entgegnete der. Mit nervös zuckenden Gesichtsmuskeln blickte er zwischen García und Sofia hin und her. »Die *puta* hier hat mich einfach zu Boden geworfen. Vielleicht hab ich jetzt eine Gehirnblutung. Ich bin mit dem Kopf zuerst aufgeschlagen.«

García schaffte es gerade noch, seinen Lachanfall als Husten zu tarnen, und hielt seinen Dienstausweis hoch. Über einhundert Kilo Körpermasse in voller Fahrt von sechzig Kilo Frau zu Boden gerammt. Verdacht auf Gehirnblutung. Er würde das nicht an die große Glocke hängen. Allein schon, damit es nicht im Polizeibericht auftauchte.

Travolta presste die Lippen zusammen. Offenbar sah er jetzt die Dummheit seiner Äußerung ein.

»Sie sollten etwas kooperativer sein. Ich kann Sie auch gleich mit ins Comisaría nehmen.«

Travolta knurrte etwas Unverständliches auf Deutsch. Seinem Gesichtsausdruck nach zu urteilen, handelte es sich um ein Schimpfwort oder einen Fluch.

»Also, warum sind Sie weggelaufen, als Sie uns gesehen haben?«, wiederholte García seine Frage.

»Keine Ahnung«, lautete die überaus einfallsreiche Antwort. »Als ich Sie sah, bin ich einfach erschrocken.«

»Einfach erschrocken? Das ergibt keinen Sinn. Warum sollten Sie sich erschrecken, wenn Sie mich sehen?«

Statt zu antworten, klopfte Travolta auf seinem Anzug herum. Er schien zu hoffen, ihn danach wiederverwenden zu können. »*Mierda*, der ist am Arsch.« Er sah zu Sofia. »Das zahlst du mir, *puta*.«

Die blieb unbeeindruckt, reagierte nur mit einem Mir-doch-egal-Schulterzucken.

»Jetzt reicht's aber mit Ihren Beleidigungen. Können Sie sich ausweisen?«

Travolta brach seine Reinigungsaktion ab. »Und wenn nicht?«

»Wollen Sie's darauf ankommen lassen?«

Widerwillig kramte Travolta in der Brusttasche seines ramponierten Jacketts und streckte ihm einen laminierten Ausweis entgegen.

Nicht schon wieder ein Tourist, dachte García und nahm den Ausweis entgegen. »Markus Patzold«, las er laut vor. »Sie sind deutscher Staatsbürger?«

»Das ist ein deutscher Ausweis. Was glauben Sie?«

García ließ die Provokation an sich abprallen. Wichtiger schien ihm jetzt, einen Grund zu finden, Patzold ins Comisaría mitzunehmen. Schließlich gab es noch offene Fragen zum Verschwinden von Raúl López. »Wohnen Sie auf Gran Canaria?«

Patzold nickte.

»Seit wann?«

»Fünf Jahre oder so.«

García wedelte mit dem Ausweis. »Ich kenne mich mit den alten deutschen Ausweisen nicht so gut aus, aber ich kann keinen spanischen Wohnsitz darauf entdecken.« Er reichte ihn an Sofia weiter. »Sie etwa?«

Sofia betrachtete die Vorderseite, drehte ihn dann um. »Als Wohnort steht da Paderborn, Hafenstraße 12.« Sie gab ihm den Ausweis zurück. »Und er ist bereits seit über vier Jahren abgelaufen.«

Damit hatte García seinen Grund gefunden. »Das ist schlecht für Sie, Señor Patzold.«

»Warum?«

García zögerte seine Antwort hinaus. Patzold sollte ruhig noch ein wenig zappeln. »Weil Sie Ihren Wohnort nicht haben ändern lassen. Und das ist ein Verstoß gegen das spanische Aufenthaltsgesetz.«

»Kann ich gerne nachholen.« Patzold versuchte es jetzt mit versöhnlicher Sprache und Gestik.

»Dafür ist es zu spät.« García lächelte. »Sie hatten nach Ihrem Umzug hierher ein halbes Jahr Zeit dafür. Und das dürfte nach Ihren eigenen Angaben längst vorbei sein.«

»Und jetzt?«

»Ich schreibe eine Anzeige und muss Sie deshalb mit ins Comisaría nehmen.«

Patzold senkte den Kopf, musterte den Bereich am Boden rechts und links von sich. Gewiss arbeitete sein Gehirn bereits an einer Fluchtstrategie. Doch er hatte nicht mit Sofia gerechnet. Die machte einen Schritt nach vorn, stand nun einen halben Meter hinter ihm und verlagerte ihr Gewicht auf das hintere Bein.

García wusste, was sie vorhatte. Auch er kannte diese einfache Sicherungsposition. Eine falsche Bewegung, und Patzold würde mit einem kräftigen Tritt in die Kniekehlen wieder zu Boden gehen.

Auch Patzold hatte nun offenbar seine aussichtslose Lage erkannt. Geräuschvoll atmete er aus und ließ die Schultern an seinem massigen Oberkörper heruntersinken.

Mit dem schimpfenden Patzold im Schlepptau trat García durch die Eingangstür zum Comisaría. Nachdem er Sofia versprochen hatte, sie am darauffolgenden Tag über die Erkenntnisse aus der Befragung zu informieren, war sie bereits auf dem Weg nach Los Giles. So hoffte er jedenfalls. Bisher war ihr Handeln nicht immer vorhersehbar gewesen.

García steuerte nicht sein Büro an, sondern den kleinen, fensterlosen Raum, der normalerweise für Vernehmungen genutzt wurde. Er wusste um die Wirkung der Beschriftung »Interrogatorios« an der Tür. Sie sollte auch Patzold etwas Respekt einflößen.

Der blieb tatsächlich stehen und deutete auf die Beschriftung. »Da steht ›Vernehmungen‹. Ich dachte, es geht um die Aufnahme einer Anzeige?«

»Das ist alles korrekt so«, gab García zurück. »Im Moment ist nur dieser Raum frei.«

Eine Lüge, die Wirkung zeigte. Patzolds selbstsicherer Gesichtsausdruck wich einer Mischung aus Skepsis und aufkommendem Ärger.

»Nehmen Sie bitte Platz.« García deutete auf einen der vier Hartplastikstühle, die zusammen mit einem quadratischen Tisch das gesamte Mobiliar des Raumes bildeten.

Mit unverkennbarer Abneigung musterte Patzold kurz den Stuhl und sah wieder zu García. Dann rüttelte er an der Lehne des Stuhles, wohl um die Stabilität zu überprüfen, und nahm schließlich Platz.

García setzte sich ihm gegenüber. Er verschränkte die Arme vor der Brust und musterte Patzold, während der sich betont lässig umsah.

Direkt vor dem Comisaría heulte eine Polizeisirene auf und entfernte sich schnell.

»Sitzen wir hier nur rum, oder wollen Sie mich für Ihre Anzeige auch was fragen?« Patzolds zur Schau gestellte Lässigkeit bekam erste Risse.

García betrachtete dessen Fingernägel. Sie waren alle abgekaut, manche bis auf die Haut darunter. »Sie sind wohl oft nervös. Auch jetzt?«

»Ich habe nur vergessen, mich umzumelden. Warum sollte ich nervös sein, Señor Inspector?«

»Inspector Jefe.«

Ein verächtliches Lächeln breitete sich auf Patzolds Gesicht aus. »Wie wollen Sie eigentlich die Anzeige aufnehmen, Inspector Jefe? Sie haben überhaupt nichts zu schreiben.«

García hätte nicht sagen können, ob es an Patzolds Grinsen oder an seinem spöttischen Tonfall lag, dass er sich provoziert fühlte. Gleichwohl brachte er eine Antwort zustande, ohne laut zu werden. »Lassen Sie das mal meine Sorge sein.«

Patzold beugte sich ruckartig vor und donnerte beide Fäuste auf den Tisch. Längst hatte sich der Zopf an seinem Hinterkopf aufgelöst, Strähnen hingen ihm wirr ins Gesicht. »Was wollen Sie wirklich von mir?«

»Arbeiten Sie für Paolo ›Rocco‹ Rodríguez?«, fragte García. Nervös genug schien Patzold inzwischen zu sein.

»Nein«, kam es postwendend zurück.

García beschloss, die Katze aus dem Sack zu lassen. »Raúl López. Sagt Ihnen der Name etwas?«

»Sollte er?«, antwortete Patzold zu schnell und zu laut. Im Bruchteil einer Sekunde konnten nur wenige Menschen ihr Gedächtnis nach einem Namen durchsuchen. Und er machte nicht den Eindruck eines Gedächtnisakrobaten.

»Ja, sollte er.« García lehnte sich zurück. »Und überlegen Sie sich Ihre Antwort gut.«

Patzold zuckte mit den Schultern. »Manchen Menschen ist es nicht gegeben, sich Namen zu merken.«

»Und Sie gehören wohl dazu? Aber vielleicht können Sie sich ja ein Gesicht merken.« García zog sein Telefon aus der Seitentasche des Sakkos, navigierte zu López' Foto und schob es über den Tisch.

Patzolds Blick streifte das Display lediglich. »Das ist eine spanische Allerweltsfresse. Die hat hier jeder Zweite.« Er schob das Telefon zurück, und das verächtliche Grinsen erschien wieder auf seinem Gesicht.

»Sie finden das witzig.« García schlug mit der flachen Hand auf den Tisch. Er hasste dieses Grinsen, würde es diesem Typen am liebsten aus dem Gesicht schlagen. »Schauen Sie genau hin. Kennen Sie ihn nun oder nicht?«

»Die Frage hatten wir schon.«

»Aber mit einer dämlichen Antwort von Ihnen. Ich will verdammt noch mal was Brauchbares hören.«

»Wie kommen Sie darauf, dass ich ihn kenne?« Nach dem Wutausbruch war Patzold offenbar um Deeskalation bemüht.

García beugte sich über den Tisch, und diesmal war er es, der grinste. »Und wenn ich weiß, dass Sie ihn kennen?«

Patzold hob die Achseln, als wäre Garcías Vorhaltung lediglich eine Frage der Interpretation.

»Ist das Ihre Antwort?«

»Ich hab keine andere.«

García musste ihn weiter aus der Reserve locken. Nur dann würde Patzold sich zu einer unbedachten Reaktion hinreißen lassen. »Wir haben einen Zeugen.«

»Einen Zeugen.« Der ließ einen Laut der Belustigung folgen. »Für was denn?«

»Jemand hat beobachtet, wie Sie und eine weitere Person am Dienstag eine Leiche vergraben wollten. Und zwar in den Bergen bei Teror.«

»Eine Leiche, ich?« Patzold machte ein erschüttertes Gesicht. García hätte nicht sagen können, ob er schauspielerte oder nicht. »Lassen Sie mich raten.« Er beugte sich weit über den Tisch und flüsterte in verschwörerischem Tonfall: »Es war die Leiche von diesem López, stimmt's?«

»Wo waren Sie am Dienstagvormittag?«

»Brauche ich jetzt ein Alibi?« Offenbar ahnte Patzold bereits, dass Garcías Vorwurf nur auf einer äußerst dünnen Faktenlage beruhte.

Dem musste er entgegenwirken. »Sie sind sich der Schwere der Anschuldigungen offenbar immer noch nicht bewusst. Aufgrund dieser Zeugenaussage muss ich gegen Sie wegen Mitwisserschaft, möglicherweise sogar wegen Beihilfe zu einem Tötungsdelikt ermitteln. Und da Sie keinen festen Wohnsitz auf Gran Canaria haben, könnte ich Sie vorläufig festnehmen. Meinen Sie nicht, dass Sie spätestens jetzt etwas gesprächiger werden sollten?«

Patzolds Augen wanderten unruhig hin und her. Offenbar konnte er sich nur mit Mühe zurückhalten, den viel zu kurzen Daumennagel mit den Zähnen zu bearbeiten. »Ich sage jetzt überhaupt nichts mehr. Nicht bevor ich mit einem Anwalt gesprochen habe.«

Damit hätte García eigentlich rechnen müssen. Im Nachhinein erwiesen sich der Besuch bei Rocco im Royal Flush und die Befragung von Patzold als Reinfall. Und auch der wusste offenbar, dass mit Hilfe eines Anwalts eine vorläufige Festnahme nicht in Betracht kam. So schnell würde ihn kein Haftrichter in Gewahrsam nehmen lassen.

**

Sofia hatte sich aus Patzolds Personalausweis nicht nur den Namen und seine deutsche Adresse gemerkt, sondern auch das Geburtsdatum und den Geburtsort. Damit verfügte sie über alle Angaben, um in Erfahrung zu bringen, was die deutschen Polizeicomputer über ihn wussten.

Und genau das bestimmte ihre erste Handlung, als sie zu Hause eintraf. Ein weiteres Mal wählte sie die Telefonnummer von Cheetah, ihrem ehemaligen Kollegen beim LKA Stuttgart.

»Hallo, Sofia«, meldete der sich sogleich.

»Hallo, Cheetah«, gab sie zurück. »Ich brauch noch einmal deine Hilfe.«

»Das hab ich mir schon gedacht, als ich deine Nummer gesehen habe. Wenn du noch einmal anrufst, muss ich davon ausgehen, dass du ein Detektivbüro auf Gran Canaria eröffnet hast.«

»Bestimmt nicht«, sagte Sofia schnell. »Aber ich bin da in was reingestolpert.«

»Reingestolpert?« Cheetah lachte auf. »Bist du dir sicher, dass du nicht nachgeholfen hast?«

»Na ja, ich hätte auch wegschauen können. Aber das ist nicht so meine Art.«

»Und ich dachte immer, Gran Canaria wäre die Insel der Seligen. Nur Rentner und keine Kriminalität.«

»Das dachte ich bisher auch«, entgegnete Sofia, der wieder bewusst wurde, dass sie eigentlich ihren Vorruhestand auf der Insel genießen wollte. »Sitzt du vor deinem Computer?«

»Ich wollte mir gerade einen Kaffee holen. Du weißt schon, den leckeren aus dem Automaten im Flur. Andererseits könnte es meinem Geschmacksnerven guttun, wenn ich das mal auslasse.«

»Ich brauche nur ein paar Minuten.«

»Dann schieß mal los.«

»Markus Patzold, geboren am 14. Februar 1984 in Paderborn. Letzte bekannte Anschrift: Hafenstraße 12, ebenfalls in Paderborn. Schau bitte mal nach, ob du in POLAS was über ihn findest.«

Das Klappern von Cheetahs Computertastatur drang aus dem Hörer. Dann nur noch seine Atemgeräusche.

»Was ist?«, fragte Sofia, als er nach einigen Sekunden immer noch nichts sagte.

Cheetah blies derart geräuschvoll Luft durch die Nase, dass es im Hörer rauschte wie der Wind in den Bäumen. »Ein schlimmer Finger, dieser Patzold. Reicht dir eine Kurzfassung?«

»Fürs Erste.«

»Insgesamt sieben, nein acht Anzeigen sowie eine Verhaftung wegen Verstoßes gegen das Betäubungsmittelgesetz. Deswegen auch eine sechsmonatige Haftstrafe. Das war 2014. Dann sehe ich da noch Anzeigen wegen Körperverletzung und Nötigung, aber keine weitere Verurteilung. Seit 2018 keine Eintragungen mehr.«

»Kein Wunder. Nach eigenen Angaben lebt er seit etwa fünf Jahren auf Gran Canaria.«

»In was bist du da eigentlich reingeraten, Sofia?« Cheetah klang mit einem Mal besorgt.

Sofia war nach wie vor unschlüssig, wie viel sie ihrem ehemaligen Kollegen erzählen sollte. Sie entschied sich für eine entschärfte Version ohne Lügen. »Patzold arbeitet vermutlich für einen Casinobesitzer, der es mit dem Gesetz nicht so genau nimmt.«

»Da passt er ja ausgezeichnet hin.«

»Sag mal, dieser BtMG-Verstoß 2014, um welche Drogen ging's da?«

Wieder klapperte Cheetahs Tastatur.

»Koks und Speed-Lollis.«

»Speed-Lollis? Nie gehört.«

»So hießen damals diese bunten Lutscher, die wie Totenköpfe aussahen und mit Amphetaminen versetzt waren. Damit blieben die Kids in den Clubs achtundvierzig Stunden am Stück wach. Einigen hat's danach …« Er stockte und ließ den Rest des Satzes in der Luft hängen.

Sofia wusste auch so, was er sagen wollte. »Den Verstand zerschossen.«

14

Draußen war es schon hell, als Sofia am nächsten Morgen aufwachte. Gleichwohl konnte sie sich nicht aufraffen, aus dem Bett zu steigen. Ihre Muskeln und Gelenke schmerzten, als hätte sie zehn Runden im Boxring hinter sich. Die Begegnung mit Markus Patzold alias Travolta machte ihr mehr zu schaffen, als sie erwartet hatte. Kein Wunder. Beinahe wäre sie mit dem massigen Mann zu Boden gegangen. Und obwohl sie ihre verletzte Schulter geschützt hatte, spürte Sofia jetzt genau dort ein schmerzhaftes Pochen.

Sie kroch unter der Decke hervor und rappelte sich stöhnend auf. Jede noch so kleine Bewegung ließ den Schmerz in ihrer Schulter weiter anschwellen. Sie blieb auf der Bettkante sitzen und kramte im Nachttisch nach einer Schmerztablette. Mit einem Schluck Wasser aus der Flasche neben dem Bett spülte sie sie hinunter und ließ sich wieder auf das Kopfkissen fallen.

Sie atmete eine Weile ruhig und tief und schaffte es so, den Schmerz weiter zurückzudrängen. Allmählich kehrten ihre Lebensgeister zurück und brachten den gestrigen Tag wieder in Erinnerung. Das Gespräch mit Rocco war nicht besonders aufschlussreich gewesen. Außer der Erkenntnis, dass er und García sich auf den Tod nicht ausstehen konnten. Eine Art Feindschaft, die womöglich schon zwischen ihren Vätern bestanden hatte. Doch warum leugnete Rocco, López zu kennen, obwohl es mit einem Dutzend Schuldscheinkopien eindeutige Beweise für das Gegenteil gab? Und warum war López bei Rocco überhaupt so hoch verschuldet? Für seine völlig überteuerte Wohnungseinrichtung? Für eine Frau? War er spielsüchtig? Ihre Erfahrung lehrte sie zwar, der Spur des Geldes zu folgen, um Antworten zu finden. Doch führte die Spur überhaupt noch zu Rocco?

Dann war da noch das Telefonat mit Cheetah. Nutzte der ehemalige Drogendealer Patzold seine alten Verbindungen in Deutschland, um mit Rocco seine Drogengeschäfte auf Gran

Canaria weiterzuführen? Und welche Rolle spielte Raúl López dabei? Erneut hatte sie mehr Fragen als Antworten. Freilich eine Spur, die sie nicht außer Acht lassen sollte. Auf jeden Fall musste sie García so schnell wie möglich über Patzolds Karriere im deutschen Drogenhandel informieren. Einmischung hin oder her. Sie kam erneut hoch und schaffte es diesmal, nahezu schmerzfrei aus dem Bett zu steigen.

Sofia duschte ausgiebig und fühlte sich danach topfit. Mit einem starken Kaffee in der einen und ihrem Telefon in der anderen Hand setzte sie sich an den Esstisch. Erneut spannte sich ein wolkenloser, azurblauer Himmel über die Insel. Februar und Temperaturen zwischen zwanzig und fünfundzwanzig Grad. Einer der Gründe, warum es sie hierher verschlagen hatte.

Gerade als sie Garcías Nummer wählen wollte, sprang ihr eine Pushnachricht auf dem Display ins Auge. Die Diario de Avisos, die auflagenstärkste kanarische Zeitung, meldete:»Roban en depósito de Iberia«. Sie klickte auf die Meldung, doch die Website brauchte ewig, bis sie geladen war. Schließlich erschien neben dem Foto des Flughafens ein kurzer Text, und sie begann zu lesen:

Das Comisaría von Las Palmas Norte gibt in einer Pressemeldung bekannt, dass in der Nacht von Freitag auf Samstag das Iberia-Depot am Flughafen Las Palmas überfallen und ausgeraubt wurde. Gegen drei Uhr morgens drangen vier maskierte und bewaffnete Personen unbemerkt auf das Flughafengelände und weiter in die Frachthalle drei vor. Sie fesselten die fünf anwesenden Mitarbeiter der Iberia sowie einen Sicherheitsmann und sperrten sie in einen Raum. Nach ersten Informationen wurde niemand verletzt. Von den Tätern fehlt jede Spur. Was sie erbeuteten und warum kein Alarm ausgelöst wurde, ist Gegenstand der laufenden Ermittlungen. Um 18 Uhr will das Comisaría Las Palmas Norte in einer Pressekonferenz weitere Informationen bekannt geben.

Ein Verdacht drängte sich Sofia förmlich auf. Ein Verdacht, der die Ereignisse der letzten Tage in einem völlig anderen Licht erscheinen ließ, ja sogar einen Zusammenhang herstellte. Doch ohne García konnte sie diesem Verdacht nicht nachgehen. Sie brauchte mehr Informationen und betätigte die Wahlwiederholung mit seiner Nummer.

»Sofia, ich habe jetzt keine Zeit für dich«, meldete er sich nach etlichen Klingelzeichen. Aus dem Hörer drangen Fluglärm und das Piepen von Lastwagen. Offenbar befand er sich bereits am Flughafen.

»Kann ich mir denken. Ich hab's gelesen.«

»Was hast du gelesen?«

»Eure Pressemitteilung von heute Morgen zum Raubüberfall auf das Iberia-Depot.«

»Dann kannst du dir sicher vorstellen, dass hier gerade der Teufel los ist«, gab García in gereiztem Tonfall zurück. »Und Sánchez ist übers Wochenende zu seinem blöden Inspector-Lehrgang aufs Festland geflogen.«

»Ich brauche nur eine Minute.«

García atmete geräuschvoll aus, sagte aber nichts. Im Hintergrund heulte eine Polizeisirene auf, die sich schnell entfernte.

»Was kannst du mir sonst noch sagen? Etwas, das nicht in der Pressemitteilung steht.«

»Da steht alles drin, was wir im Moment wissen.«

»García, bitte lass das. Ich war lange genug bei der Kriminalpolizei, um zu wissen, dass ihr anfangs nicht alles herausposaunt.«

»Na gut.« García seufzte ergeben. »Du kriegst deine Minute. Was willst du wissen?«

»Wie konnten die Täter unbemerkt auf das Flughafengelände und dann in die Frachthalle gelangen? Der Zugang ist doch sicher bewacht, und überall hängen Kameras.«

»Mit einem gestohlenen Iberia-Transporter. Die haben so einen Transponder an der Frontscheibe. Wenn man sich damit der Zufahrtsschranke nähert, geht die automatisch auf. Tja, und dann sind sie einfach über das Vorfeld weiter zur Frachthalle gefahren und dort eingedrungen. Sie haben die Mitarbeiter und den Sicherheitsmann als Geisel genommen und in den Aufenthaltsraum gesperrt.«

»Und die Frachthalle? Ist die nicht gegen unbefugtes Betreten gesichert?«

»Eigentlich schon. Und zwar mit Zugangskarten. Aber dazu kann ich im Moment noch nichts sagen, die werden gerade erst ausgewertet.«

Sofias Verdacht erhärtete sich. »Gab es ein technisches Problem mit der Zugangskontrolle, dem Alarm oder mit der Kommunikation zwischen den Sicherheitsleuten?«

»Auch das ist noch nicht geklärt. Aber wahrscheinlich nicht. Warum fragst du?«

»Dann weiß ich auch ohne Auswertung der Zugangskarten, wie die Täter unbemerkt in die Frachthalle gelangt sind.«

»Ach ja?«

»Ein Raubüberfall in dieser Größenordnung erfordert eine Menge Planung und Informationen«, entgegnete Sofia. »Ohne Insider wären die niemals unbemerkt so weit gekommen.«

»Auch das ist mir bewusst. Die Täter sind sehr gezielt vorgegangen. Sie kannten die Räumlichkeiten, die Anzahl der Angestellten, die Pausen- und die Kontrollzeiten. Auch den Überwachungskameras sind sie aus dem Weg gegangen. Es liegt also auf der Hand, dass entweder ein Insider beteiligt war oder zumindest die Informationen geliefert hat.«

»Hatte Raúl López, unser verschwundener Iberia-Mitarbeiter, etwas mit dem Depot zu tun?«, fragte Sofia, um auch den letzten Zweifel an ihrem Verdacht auszuräumen.

Diesmal wartete García einen Moment mit der Antwort. »López hat es verwaltet. Und er war vermutlich auch ihre Eintrittskarte.«

»Und jetzt ist er tot.«

»Das ist deine Version. Er könnte genauso gut einer der Täter gewesen sein und ist jetzt mit den anderen dreien untergetaucht.«

»Weißt du, was ich glaube?«

»Nein.« Erneut äußerte García seinen Unwillen mit einem Seufzer. »Aber du wirst es mir sicher gleich sagen.«

»Raúl López hat sein Insiderwissen an Rocco weitergegeben, um seine Schulden loszuwerden.«

»Und warum sollte Rocco ihn dann umbringen?«

»Ein Streit, ein Mitwisser weniger, ein größerer Anteil für ihn selbst. Es gibt vermutlich ein halbes Dutzend Gründe. Such dir was aus.«

***

García steckte sein Telefon zurück. Sofias Hypothese war ziemlich überzeugend. Natürlich lag es im Bereich des Möglichen, dass López Rocco Insiderinformationen für den Überfall gegeben hatte, um seine Schulden loszuwerden. Aber wie sollte er das beweisen? Er schob den Gedanken weit von sich. Im Moment gab es Wichtigeres zu tun. Zum Beispiel, Informationen über die Täter zu sammeln, am besten direkt von den Augenzeugen des Überfalls. Und die saßen gerade vor ihm im Aufenthaltsraum der Frachthalle drei, hinter einem Tisch mit einigen Wasserflaschen, drei angebissenen Sandwiches und einer zerquetschten Tomate.

Die Mitarbeiter der Nachtschicht und der Sicherheitsmann waren erst gegen halb sechs von zwei Kollegen der Tagschicht entdeckt worden, als die den Aufenthaltsraum hatten betreten wollen. Der Schrecken stand den Mitarbeitern der Iberia noch ins Gesicht geschrieben. Und offensichtlich hatte es ihnen auch die Sprache verschlagen. Ihr Beitrag zur Befragung bestand bisher vor allem aus Nicken und Kopfschütteln. Was García ihnen nicht verübeln konnte. Vermutlich hatte zum ersten Mal jemand eine scharfe Waffe auf sie gerichtet. Dagegen schien ihm Javier Pérez, der Sicherheitsmann mit der Boxerfigur, eher geeignet, eine brauchbare Täterbeschreibung abzugeben. Er war es auch gewesen, der die Ereignisse der vergangenen Nacht einigermaßen sachlich geschildert hatte.

García nahm sein Notizbuch wieder zur Hand, das er auf dem

Tisch abgelegt hatte. Hinter den Notizen zum Tathergang hatte er vier weitere Seiten mit den Ziffern eins bis vier überschrieben. Sie standen für die einzelnen Täter.

»Wir sind bei den Handschuhen stehen geblieben, die alle vier getragen hatten«, wandte er sich wieder an Pérez. »Kommen wir zum ersten Täter. Wie würden Sie ihn denn beschreiben?«

»Ich fange dann einfach mal mit dem Großmaul an, diesem Schlägertyp. Ein drahtiger Typ, mittelgroß, vielleicht dreißig bis vierzig Jahre alt, mit grünen Glupschaugen.«

»Grüne Glupschaugen?«, fragte García.

»Ja, die konnte ich trotz Maske sehen. Und ich denke, er stammt nicht aus Spanien.«

»Nicht aus Spanien? Wie kommen Sie darauf?«

Pérez rieb sich das Kinn. »Na ja, er war derjenige, der die meiste Zeit geredet hat. Und er hatte so einen Akzent, französisch oder baskisch vielleicht.«

García notierte sich das Wort »Baske« hinter der Ziffer eins und unterhalb davon Pérez' Beschreibung in Kurzform. Er sah auf. Zwei der Iberia-Mitarbeiter nickten. Ein anderer hatte sein Käsesandwich in die Hand genommen und kaute darauf herum, als wäre es aus Pappe. »Sonst noch etwas Auffälliges?«

»Wie meinen Sie das?«

»An seinem Äußeren. Zum Beispiel Hinken, eigenartige Bewegungen oder Gesten, Stottern, häufig verwendete Wörter, Hautfarbe, Tätowierungen?«

Pérez kratzte sich an der Schläfe.

»Die Waffe«, sagte da einer der Iberia-Mitarbeiter, ein jüngerer mit Pickeln im Gesicht.

»Wie war noch mal Ihr Name?«, fragte García.

»Carlos Herrán. Ich bin der Leiter der Nachtschicht.«

Mit einem Blick in sein Notizbuch vergewisserte García sich, dass er den Namen bereits aufgeschrieben hatte. »*Vale*, Señor Herrán. Was ist mit der Waffe?«

»Ich weiß nicht genau. Aber er hat die ganze Zeit damit herumgefuchtelt, und der Griff glänzte so merkwürdig weiß, fast wie Perlmutt.«

»Stimmt.« Pérez runzelte die Stirn. »Jetzt, wo Carlos es sagt. Das war eine deutsche Walther PP mit Griffschalen aus Perlmutt. Wahrscheinlich eine Sonderanfertigung.«

»Sonst noch was über den Basken?« García notierte sich die Details zur Pistole und blickte dann erneut auf.

Niemand sagte etwas. Nur leises Schmatzen durchbrach die Stille. Das Käsesandwich war fast aufgegessen.

García blätterte um. »Kommen wir zum nächsten Täter.«

»Einer war der Chef«, sagte da Herrán und reckte das Kinn. Offenbar hatte er den Schreck inzwischen überwunden.

»Normale Statur, durchschnittliche Größe«, ergänzte Pérez. »Ohne die Sturmhaube vermutlich ein völlig unauffälliger Mann mittleren Alters.«

García notierte sich die Angaben und schrieb das Wort »Chef« hinter die Ziffer zwei. »Wie kommen Sie darauf, dass er der Chef war?«, wandte er sich wieder an Herrán.

Der zuckte mit den Schultern. »Nur so ein Gefühl.«

»Das müssen Sie mir schon genauer beschreiben, Señor Herrán. Was für ein Gefühl?«

»Ich weiß nicht, wie ich es ausdrücken soll. Aber mir kam es so vor, als ob er über alles Bescheid wusste. Er kannte sich in der Halle aus, er wusste, wo wir uns aufhalten, und auch, wer wir sind. Einfach alles.«

»Carlos hat recht.« Pérez blinzelte heftig. »Er wusste sogar, wie meine Freundin heißt und dass ich demnächst heiraten werde.«

»Denen muss jemand von der Iberia oder vom Flughafen geholfen haben«, sagte Herrán in einem weiteren Anflug von Beherztheit. »Die wussten noch viel mehr.«

»Was zum Beispiel?«

»Sie kannten sich mit den Sicherheitsvorkehrungen im Depot aus. Sie müssen wissen, der Zugang dort besteht aus zwei Türen. Die erste Tür muss geschlossen sein, bevor die zweite geöffnet werden kann. Sonst löst das System einen stillen Alarm bei der Flughafensicherheit aus.«

»Es gab keinen Alarm«, sagte García mehr zu sich selbst.

»Genau«, entgegnete Herrán begleitet vom zustimmenden Gemurmel der anderen Iberia-Mitarbeiter. »Also wussten die Täter auch darüber Bescheid.«

García kam das Telefonat mit Sofia in den Sinn. Im Grunde brauchte auch er die Auswertung der Zugangskarten nicht mehr abzuwarten. Es gab keinen Zweifel mehr, dass es sich bei dem Insider um Raúl López handelte. Er verfügte als Einziger über alle notwendigen Informationen und hatte zudem wahlfreien Zugriff auf das Depot.

»Kommen wir zum dritten Täter«, sagte García und blätterte eine Seite weiter.

Ein Iberia-Mitarbeiter mit rotem Lockenkopf und einem Bauchansatz regte sich. »Einer hat mich mit der Waffe bedroht.« Er zog ein grimmiges Gesicht und sah zu Herrán. »Ich hätte überhaupt nicht hochkommen sollen. Aber Carlos hat mich hergelockt.«

»Das wissen wir bereits«, sagte García schnell, um den Vorwurf nicht kommentarlos im Raum stehen zu lassen. »Wer kann mir etwas über ihn sagen?«

Pérez klang resigniert. »Da gibt's nicht viel. Schlaksige Gestalt, ziemlich groß. Ich denke, er war der Jüngste der Bande, keine dreißig.«

»Gab es irgendetwas Auffälliges an seiner Aussprache?«

»Sein Akzent. Bestimmt ein Canario.«

García notierte das Wort »Canario« hinter der Ziffer drei und dann die Beschreibung. »Was für eine Waffe?«

»Eine Pistole.« Pérez verzog das Gesicht. »Das Fabrikat konnte ich nicht erkennen.«

»Sonst noch was?«

Niemand in der Runde rührte sich.

»Dann noch der Letzte.« García blätterte weiter. »Was können Sie mir über ihn sagen?«

»Das war so ein kleiner Kerl mit muskulösem Oberkörper, Turnerfigur. Er hat die ganze Zeit über nicht geredet und uns mit den Kabelbindern gefesselt.«

»Wo hatte er die aufbewahrt?« García musterte die transparente Beweistüte mit den zerschnittenen Kabelbindern auf dem Nebentisch. Es handelte sich um Standardprodukte, die es in jedem Baumarkt zu kaufen gab. Und falls sie darauf keine Fingerspuren fanden – wovon er ausging –, konnten sie die Tüte auch gleich entsorgen.

»In seinem Rucksack.«

»Welche Farbe? Hatte er besondere Sticker?«

»Grau oder schwarz«, entgegnete Pérez. »Keine Sticker, keine Marke. Darin hat er auch unsere Telefone und die Funkgeräte verstaut – und meine Dienstwaffe.«

»Hatte er auch eine Waffe?«

»Eine Luger. Aber die steckte die ganze Zeit über hinten in seinem Hosenbund.«

García notierte das Wort »Turner« auf der vierten Seite und ließ Pérez' Beschreibung folgen. »Sonst noch was, das uns bei der Fahndung nach den Tätern weiterhelfen könnte?« Er sah auf seine Armbanduhr. Seit über einer Stunde saß er nun schon in diesem Raum und nahm die Aussagen der Augenzeugen auf.

Mit ratlosen Gesichtern starrten ihm die Männer entgegen. Fast wie choreografiert schüttelten sie nacheinander den Kopf.

García gab telefonisch die Beschreibung der Täter für eine Großfahndung weiter und machte sich dann auf den Weg ins Flughafengebäude.

Oscar Mollà, der Niederlassungsleiter, stand hinter seinem Schreibtisch und telefonierte, als García wenige Minuten später sein Büro betrat. Er sah kurz auf, drehte sich dann aber weg. García konnte bereits an seiner Körperhaltung erkennen, dass am anderen Ende der Leitung ein Vorgesetzter saß. Zwar konnte García nicht verstehen, was der sagte, aber die Lautstärke im Hörer war so hoch, dass es sich sicher nicht um einen Aufmunterungsanruf handelte. Mollà hielt mit seiner piepsigen Stimme dagegen, brachte aber meist nur ein oder zwei Wörter heraus, bevor er wieder verstummte.

»Wir haben alle Sicherheitsmaßnahmen getroffen, die –«, sagte er, hielt inne, um sich sogleich zu wiederholen, ohne aber den Satz zu beenden. Dabei gestikulierte er so heftig, dass die dünnen Haare auf seinem Kopf wirr umherflatterten wie bei einem entfesselten Dirigenten.

Irgendwann, García hörte schon nicht mehr hin, landete der Telefonhörer mit einem Knall auf der Gabel.

Mollà drehte sich zu García um, schien aber durch ihn hindurchzuschauen. »Wir sind bis auf die Knochen blamiert.« Er ließ den Kopf hängen. »Das ist das Ende der Iberia-Niederlassung auf Gran Canaria.«

»Señor Mollà«, begann García und bemühte sich um einen ruhigen Tonfall. »Es hilft niemandem, wenn Sie den Kopf in den Sand stecken. Schauen Sie nach vorne. Vor allem aber sollten Sie uns bestmöglich dabei unterstützen, den Tätern auf die Spur zu kommen.«

Mollà blickte auf, schien erst jetzt zu realisieren, dass jemand mit ihm sprach. »Natürlich, natürlich. Sie bekommen jede erdenkliche Unterstützung. Was kann ich tun?«

»Wissen Sie schon, was gestohlen wurde?«

Mollà nickte schnell. »Diese Mistkerle haben das ganze Depot ausgeräumt.«

»Das hätte ich schon gern etwas genauer. Eine Aufstellung wäre nicht schlecht.«

»Ich hab vorhin was bekommen.« Mollà trat vor den Computer und tippte auf der Tastatur herum, als hinge sein Leben davon ab. »Hier.« Er deutete auf den Bildschirm, seine Wangen glühten vor Aufregung.

»Drucken Sie es bitte aus.« García blickte kurz zur Decke. »Oder soll ich den Bildschirm abfotografieren?«

Mollà bearbeitete erneut die Tastatur und erweckte damit den Drucker neben seinem Schreibtisch zum Leben. Er wartete, bis ein Blatt im Ausgabeschacht lag, und reichte es an García weiter. »Da ist das meiste aufgeführt.«

Das Blatt Papier in Garcías Händen entpuppte sich als Ausdruck einer Excel-Tabelle mit über einem Dutzend Zeilen. Jede bestand aus einer Beschreibung und einem Betrag. Erst auf den zweiten Blick erkannte García, dass es sich nicht um Eurobeträge handelte, sondern um den Wert verschiedener Fremdwährungen. Er sah Zeilen mit dänischen und schwedischen Kronen, britischen Pfund, Schweizer Franken und einigen anderen mehr. García runzelte die Stirn. »Das meiste?«

»Das meiste«, wiederholte Mollà. »Es wurde auch eine Plastikbox mit Wertbriefen gestohlen. Darin befinden sich Schmuck, Juwelen und andere Wertsachen. Über Umfang und Wert können wir im Moment noch keine Angaben machen. Wir müssen auf die Rückmeldung der jeweiligen Eigentümer warten. Die Aufstellung der Devisen ist jedoch belastbar.«

»Devisen?« García verstand immer noch nicht. »Woher kommen diese enormen Beträge?«

»Von Touristen«, sagte Mollà, der ganz offenbar den Sinn von Garcías Rückfrage nicht verstand. »Jedes Jahr kommen rund vier Millionen Ausländer nach Gran Canaria. Tendenz steigend. Mehr als die Hälfte von ihnen stammt aus Nicht-Euro-Ländern. Denken Sie nur an die ganzen Engländer, Skandinavier, Schweizer und so weiter.«

»Haben die denn keine Kreditkarten?«, fragte García in einem Anflug von Frust, weil er sich schon wieder mit den Hinterlassenschaften von Touristen beschäftigen musste.

»Manche ja, manche nein. Es gibt immer noch viele, vor allem ältere Touristen, die gerne Bargeld bei sich haben. Aber Sie haben recht, es werden immer weniger, die ihr Geld hier auf der Insel in Euro umtauschen.«

»Und warum liegt das Geld in Ihrem Depot?«

»Was sollen die Banken auf den Kanaren mit diesen Noten aus Nicht-Euro-Ländern anfangen? Niemand hat hier Verwendung dafür. Deshalb fliegen wir sie einmal pro Woche nach Madrid, wo sie bei der spanischen Nationalbank landen.«

García betrachtete erneut die Spalte mit den Beträgen. »Und wie viel ist das in Euro?«

»Das ist es ja«, sagte Mollà, und seine Resignation war kaum zu überhören. »Eine erste Schätzung liegt bei zehn bis zwölf Millionen Euro, je nach aktuellem Wechselkurs. Dazu kommt noch der Inhalt der Wertbriefe.«

Garcías Telefon machte sich mit einem Vibrieren in der Innentasche des Sakkos bemerkbar. Mit einem Blick auf das Display vergewisserte er sich, dass nicht schon wieder Sofia anrief. Er erkannte die Nummer des Comisaría und nahm das Gespräch entgegen.

Edmundo, der junge Polizeianwärter von der Zentrale, meldete sich atemlos: »Inspector Jefe!«

Bereits bei diesen zwei Wörtern hörte García dessen Aufregung heraus. »Was gibt's so Dringendes, Edmundo?«

»Sie haben den gestohlenen Iberia-Transporter gefunden. Er ist ausgebrannt.«

15

Einige Stunden zuvor

Januar betrachtete die vierzig Kartons auf der Ladefläche, alle vollgestopft mit gebrauchten, nicht nummerierten Banknoten. Niemand würde je durch das Geld auf ihre Spur kommen. Ein perfekter Plan, den er mit Hilfe von Sitos Wissen ausgeheckt hatte. Jetzt, im Nachhinein betrachtet, schien es ihm fast zu einfach gewesen zu sein.

Problemlos waren sie mit der Zugangskarte und der PIN ins Depot gelangt, und ebenso problemlos hatten sich die beiden Zugangstüren öffnen lassen. Innerhalb von zehn Minuten waren die Kartons auf den Hubwagen geladen und weitere fünf Minuten später im Iberia-Transporter verstaut. Als Zugabe gab es noch eine graue Plastikbox mit Wertbriefen, die er sich erst später genauer ansehen würde. Er tippte auf Schmuck, Juwelen und andere wertvolle Dinge.

Ohne Aufmerksamkeit zu erregen, hatten sie gegen Viertel vor vier – und damit eine Viertelstunde früher als geplant – das Flughafengelände auf demselben Weg wieder verlassen. Im Grunde hatte er zu keiner Zeit befürchtet, dass der Überfall schiefgehen könnte. Nur einmal, als sich die zweite Zugangstür geöffnet hatte, war sein Herzschlag zu einem Stakkato angeschwollen. Minuten später, als klar gewesen war, dass kein versteckter Alarm die Flughafenpolizei alarmiert hatte, hatte er sich wieder beruhigt. Denn für einen Abbruch und eine Flucht hätte die Zeit nicht gereicht. Auch das hatte Sito gewusst. Ein weiteres Indiz, das seinen lange gehegten Verdacht bestätigte. Sito musste über Insiderwissen verfügen. Januar vermutete, von einem unzufriedenen oder entlassenen Angestellten der Iberia.

Nun galt es, den Transporter loszuwerden und alle Spuren im Innenraum zu beseitigen. Auch dafür existierte ein Plan. Sie würden das Fahrzeug einfach mit vierzig Litern Benzin abfackeln.

Ein Scharren und Rascheln lenkte Januars Aufmerksamkeit auf November. Der wühlte in der Plastikbox mit den Wertsachen und drückte auf den Umschlägen herum.

»Lass das«, sagte Januar bestrebt, einigermaßen sachlich zu klingen.

»Das geht dich einen Scheiß an, alter Mann«, gab November zurück. Er zog einen Umschlag heraus und schüttelte ihn. »Das geht mich mehr an, als du denkst. Wie wär's, wenn du dich noch eine Weile zusammenreißt?«

»Ich bin nicht der Typ, der sich zusammenreißt.« November riss den Umschlag auf und förderte ein schwarzes Samtsäckchen zutage. Er öffnete es und hielt sogleich ein goldenes Collier mit zwei dunkelblauen Edelsteinen in den Händen. Der leere Umschlag landete auf der Ladefläche.

»*Mierda*, leg das wieder zurück!«

November zeigte sich unbeeindruckt. »Ich stehe auf Klunker, auf alles, was glitzert. Ich denke, in den Umschlägen finde ich noch mehr davon.« Er deponierte das Collier neben sich auf der Ladefläche und griff nach einem weiteren Umschlag.

»Ich sag's nicht noch einmal.« Diesmal gab Januar sich keine Mühe, seine Abneigung gegen November zu verbergen.

Der riss einen weiteren Umschlag auf. Zum Vorschein kam eine transparente Hülle, darin vier rötlich schimmernde Goldmünzen mit der Prägung eines Springbocks und der Aufschrift »Krugerrand 1 oz«.

Ein seltsames Leuchten lag plötzlich in Novembers Augen, fiebrig, glasig, bedrohlich. »Weißt du, was ich mir gerade überlege?«

»Nein.« In Januar keimte Wut auf. Er würde sich den bisher so perfekt verlaufenen Überfall nicht auf den letzten Metern von diesem ungehobelten Typ vermasseln lassen. »Und es interessiert mich auch nicht.«

»Ich sag's dir trotzdem, alter Mann.« Zu Novembers seltsamem Blick gesellte sich ein überhebliches Grinsen. »Ich hab heute am meisten von allen geschuftet. Und deshalb nehme ich mir ein paar Klunker aus der Kiste hier.«

Bevor Januar etwas darauf erwidern konnte, nahm er Junis Stimme wahr. »Wirst du nicht.« Der hatte seine Luger in der Hand und zielte auf Novembers Kopf.

»Schau, schau, der Gartenzwerg.« November lachte auf. »Was willst du denn? Um dich plattzumachen, muss ich dich bloß eine Weile schief angucken.«

»Januar hat gesagt, du sollst das wieder zurücklegen. Und genau das wirst du jetzt tun.« Das trockene Knacken des Pistolenhahns von Junis Luger ertönte.

»Schon gut. Ich mach doch nur Spaß.« November hob abwehrend die Hände.

Januar wusste im nächsten Augenblick, dass dem nicht so war. Und er ahnte es schon länger. Mit November hatten sie sich einen nur schwer kontrollierbaren Spinner ins Boot geholt. Einen, der gleichermaßen Gefallen daran fand, Regeln zu missachten wie Grenzen zu überschreiten. In Verbindung mit seinen ständigen Wutausbrüchen fraglos eine tickende Zeitbombe.

Mit verbissener Miene stopfte November das Collier und die Münzen zurück in die Plastikbox. Der Glanz in seinen Augen erlosch und machte einem eiskalten Blick Platz. Kein gutes Zeichen.

Juni entspannte den Hahn, sicherte seine Luger und ließ sie wieder im Hosenbund verschwinden. Januar atmete erleichtert aus, nahm sich aber vor, November weiterhin im Auge zu behalten. Nach dieser Aktion war ihm alles zuzutrauen.

Schweigend saßen sie noch mehr als eine halbe Stunde auf der Ladefläche, während April den Transporter über die GC-120 durch die Nacht Richtung Westen steuerte. Bevor es steiler in die Berge ging, hatten sie am Vorabend einen unscheinbaren Fiat Ducato hinter einer Baumreihe versteckt abgestellt. Neben der Tarnung als Baustellenlieferwagen des imaginären Gipsers Alberto Cabrera aus Las Palmas waren auch die gestohlenen Kennzeichen eines anderen Handwerkerfahrzeugs angebracht. Auf der Ladefläche befanden sich neben zwei Benzinkanistern auch Kleidung und Werkzeuge für vier Bauarbeiter. Den größten Teil jedoch nahmen ein Dutzend blauer Plastiktonnen mit der Beschriftung »Yesos Canarias SA«, eine Gipsfabrik in Agüimes, ein. Allerdings nur die Hälfte der Tonnen enthielt überhaupt Gips. Die andere Hälfte war für die Zwischenlagerung der Geldscheine zum Weitertransport vorgesehen. Eine Tarnung, die zumindest einer flüchtigen Kontrolle standhalten würde.

Endlich drosselte April das Tempo und bog ab. Nach einigen Minuten holpriger Fahrt brachte er den Wagen zum Stehen, schaltete das Licht und den Motor aus.

Wortlos und mit grimmiger Miene öffnete November die hintere Tür und stieg aus. Mit gebührendem Abstand und einer Hand an der Luger folgte Juni.

Angespannt und ohne November aus den Augen zu lassen, verließ nun auch Januar den Transporter. Draußen empfing ihn ein warmer Wind aus den Bergen. Es fühlte sich an, als würde der Schweiß auf seiner Haut von einem Föhn getrocknet werden. Im Osten schimmerte bereits der erste rote Streifen des anbrechenden Morgens.

Ein weiteres Mal musste er anerkennen, dass April den perfekten Platz gefunden hatte. Die beiden Fahrzeuge standen hinter dichten Bäumen, von der Straße aus nicht zu sehen, und die nächste Ansiedlung war weit entfernt. Es würde lange dauern, bis jemand den ausgebrannten Iberia-Transporter entdeckte, und noch viel länger, bis die Polizei ihn dem Überfall zuordnen konnte. Bis auf April waren sie dann längst nicht mehr auf der Insel. Und das mit so viel Geld, dass er sich zur Ruhe setzen konnte.

»Ihr wisst alle, was zu tun ist«, sagte Januar, als auch April hinter dem Iberia-Transporter stand.

Juni und April nickten.

November hingegen setzte sich auf die Ladefläche und versperrte so den Zugang zu den Plastiktonnen. Betont desinteressiert kramte er in seinen Taschen und holte eine Schachtel Zigaretten hervor.

»Du wirst doch wohl jetzt nicht rauchen wollen?«, rief April ihm zu.

»Was willst du dagegen tun?« Mit einem Klicken sprang sein Zippo-Feuerzeug auf, die Flamme zuckte im Wind. Er hielt die Zigarette ins Feuer, nahm genüsslich ein paar tiefe Züge und schaute dann grinsend in die Runde.

»Du gehst mir echt auf den Sack«, sagte April. »Du bist mir vom ersten Tag an auf den Sack gegangen.« Er zog seine Pistole. »Aber im Gegensatz zu mir bist du jetzt überflüssig, nutzlos, entbehrlich – verstanden?«

»Unser Canario hat ja mächtig *cojones* in der Hose.« November stieß ein kurzes, verächtliches Lachen aus. »Du siehst es mir jetzt vielleicht nicht an, aber innerlich zittere ich vor Angst.« Erneut nahm er einen Zug von seiner Zigarette und ließ den Rauch langsam entweichen.

»Jetzt ist aber gut«, entfuhr es Januar. »April, steck deine Pistole weg. Und du, November, reißt dich zusammen. Wir haben noch einen Job zu erledigen. Ich lasse es nicht zu, dass mein Plan so kurz vorm Ziel wegen eurer Streitereien scheitert.«

November musterte ihn mit finsterer Miene. »Du bist hier wohl der große geile *shit*.«

»Was man von dir nicht behaupten kann. Dazu gehört schon ein bisschen mehr als ein großes Maul.«

»Mir doch scheißegal. Glaubt ihr wirklich, ich hätte Angst vor euch dreien?« November ließ seinen seltsam wirren Blick von einem zum anderen springen. »Vorschlag zur Güte. Ich greif mir ein paar Klunker aus der grauen Plastikkiste, und wir sind uns einig.«

»Einen Scheißdreck wirst du.« April hob seine Pistole und zielte auf November.

Januar hätte nicht sagen können, was ihn mehr irritierte – die plötzliche Stille oder die Spannung, die wie ein Knistern in der Luft lag. Vielleicht war es aber auch die kribbelnde Hitze, die wie ein Fieberanfall nach ihm griff. Allerdings konnte er den Auslöser benennen. Eine Situation, die außer Kontrolle zu geraten drohte. Wenn sie es nicht schon war. Und einmal mehr fragte Januar sich, warum er bei November auf Sito gehört hatte.

»Kennst du eine der wichtigsten Anforderungen an einen Vogel?«, fragte da November in die Stille hinein.

April runzelte die Stirn. »Was laberst du da?«

»Fliegen.« November lächelte. Ein hartes Lächeln, ein wenig wie ein Jäger, der seine Beute erspäht hatte. »Ein Vogel sollte fliegen können.«

»Du scheinst dich damit gut auszukennen. Liegt bestimmt an dem Vogel, den du hier oben hast.« April tippte mit der freien Hand an die Stirn.

November gab sich unbeeindruckt. »Als Kind hatte ich einen Kanarienvogel. Einen gelben mit orangefarbenen Flecken am Bauch. Die können fliegen.« Er hielt inne, als warte er auf eine Reaktion, fügte dann aber mit leiser, fast amüsierter Stimme hinzu: »Wenn man beide Flügel dranlässt.«

Aprils linke Augenbraue schnellte hoch. »Was bist du nur für ein krankes Arschloch?«

Als würde er zu einem Monolog ansetzen, redete November weiter. »Es existieren auch Vögel, die trotz Vollausstattung mit zwei Flügeln nicht fliegen können. Strauße oder Emus zum Beispiel.«

April seufzte. »Hat deine Geschichte auch ein Ende?«

»Ich bin gleich so weit«, fuhr November fort. »Ich denke, du mit deiner Knarre da bist auch so was Ähnliches wie ein Vogel mit zwei Flügeln, der nicht fliegen kann.«

»Ach ja?« April machte keinen Hehl aus seiner Verachtung für ihn.

»Ja.« Novembers Tonfall änderte sich zu dem eines Lehrers, der mit einem begriffsstutzigen Schüler sprach. »Denn es gibt auch eine wichtige Anforderung an denjenigen, der mit einer Waffe droht.«

»Und die wäre?«

»Man sollte die Waffe immer entsichern, wenn man sie auf jemanden richtet«, sagte November, und im selben Augenblick zeigte der Lauf seiner Walther PP mit dem Perlmuttgriff auf

April. Einen Herzschlag später erklang das Klicken des Sicherungshebels.

Wie er es geschafft hatte, seine Waffe so schnell und unbemerkt zu ziehen, würde sein Geheimnis bleiben. Damit jedoch fehlte nur noch der Funke, um das Pulverfass voll angestauter Aggressionen zur Explosion zu bringen.

April spähte auf seine Pistole. Schlagartig entglitten ihm die Gesichtszüge. Die Hand mit der Waffe senkte sich, als wäre sie ihm plötzlich zu schwer geworden.

»Tja, manche Dinge im Leben sind einfach ungerecht. Damit musst du klarkommen.« Auch November steckte seine Walther wieder weg. Als wäre damit alles geklärt, nahm er einen Zug von seiner Zigarette und schnippte sie dann in Richtung April. Dort landete sie direkt vor dessen Füßen. »Glotzt mich nicht so an, als hätte ich die Pest.«

»Du hast die Pest, *cabrón*«, sagte da Juni. »Glaub bloß nicht, dass wir uns das gefallen lassen.«

»Der Gartenzwerg wieder.« November sprang von der Ladefläche auf. »Wir werden sehen, wer die Klunker mit nach Hause nimmt.«

Juni reckte das Kinn. »Genau. Wir werden sehen.«

»An die Arbeit«, rief Januar, heilfroh, dass die Situation so glimpflich ausgegangen war. Für den Moment jedenfalls. »In einer halben Stunde will ich hier weg sein.«

Niemand sagte ein Wort. Jeder im Quartett wusste jetzt, was er zu tun hatte.

November marschierte zum Fiat Ducato, nahm die beiden Benzinkanister an sich und stellte sie neben der Fahrerkabine des Iberia-Transporters ab. Von der Ladefläche lud er die Plastikbox mit den Wertbriefen ab. Unter den wachsamen Augen von Juni stopfte er die graue Box zwischen einige Rollen textilen Abdeckmaterials, die am Rand der Ladefläche lagen.

Dort stand inzwischen Januar, öffnete den Deckel der ersten leeren Plastiktonne und schob sie an die Hecktür. Die anderen luden Karton um Karton ab und kippten die Geldbündel hinein. Sobald eine Tonne etwas mehr als halb voll war, schloss

Januar den Deckel, schob sie zurück und bereitete die nächste vor. So landete der Inhalt aller vierzig Kartons binnen einer Viertelstunde in den Tonnen. Und obwohl Januar die Anzahl der Geldbündel einigermaßen überblicken konnte, war es in zweierlei Hinsicht unmöglich, zu schätzen, wie viel sie erbeutet hatten. Zu viele Geldbündel verschwanden nacheinander in den Tonnen. Und selbst wenn er die Scheine alle gekannt hätte, ohne die entsprechenden Umrechnungskurse hätte er nichts damit anfangen können. Gleichwohl tippte er auf mehrere Millionen Euro, nachdem die letzte Plastiktonne verschlossen war.

Eine weitere Viertelstunde später, die Morgendämmerung drängte bereits die Dunkelheit zurück, hatten sie ihre weißen Gipser-Arbeitshosen und fleckigen Shirts angezogen. Die leeren Kartons, die alte Kleidung, die Sturmhauben und Handschuhe sowie der Rucksack samt Inhalt lagen übereinander auf der Ladefläche des Iberia-Transporters.

Januar machte sich daran, das Benzin in der Fahrerkabine und im hinteren Bereich zu verteilen. Gerade als er den zweiten Kanister auf die Ladefläche werfen wollte, vernahm er Novembers Stimme, der offenbar erneut mit April im Streit lag. Er hoffte inständig, dass November sich noch bis zum Abend zusammenreißen würde.

Als hätten sie ihn erhört, verstummten tatsächlich ihre Stimmen. Januar holte eine Schachtel Streichhölzer hervor, nahm ein Hölzchen heraus und zog es über die Reibefläche an der Seite. Mit dem vertrauten Geräusch des sich entzündenden Streichholzes nahm er hinter sich ein Rascheln wahr. Sein Instinkt befahl ihm, sich umzudrehen. Da zerriss ein Schuss die Luft, und Sekunden später schossen bereits meterhohe Flammen aus dem Iberia-Transporter.

※※※

In der Nacht hatte Juan schlecht geschlafen. Erst am frühen Morgen fand er etwas Schlaf und träumte von dem Krimi, der am Vorabend auf TVE Internacional ausgestrahlt worden war.

Der Traum endete abrupt mit einem Schuss des jungen Guardia-Civil-Beamten, der den Mörder zur Strecke gebracht hatte. Vorhin, im ersten halb wachen Moment, hätte er noch wetten können, dass ganz in der Nähe tatsächlich jemand geschossen hatte. Doch gleich darauf verwarf er den Gedanken wieder. Er musste den Schuss geträumt haben. In dieser gottverlassenen Gegend, kilometerweit von der nächsten Siedlung entfernt, gab es außer halb verhungerten Kaninchen nichts, was man hätte jagen können. Und das war zudem verboten.

Juans von Falten überzogenes Gesicht war an diesem Morgen noch blasser als sonst. Seit einigen Tagen plagten ihn Rücken- und Schulterschmerzen, was am vielen Stehen und Bücken bei der Feldarbeit lag. Aber die Saat für die Frühkartoffeln musste nun mal jetzt in die Erde. Schließlich hatte er nur deshalb die Knollen über die letzten beiden Monate keimen lassen.

Mit einem Stöhnen setzte er sich auf. Nach zwei Versuchen kam er endlich auf die Beine, schlüpfte in seine Hausschuhe und schlurfte zum Fenster. Juan schob die Vorhänge beiseite, öffnete das Fenster und klappte die Läden nach außen. Das schrille Quietschen ermahnte ihn wieder einmal, endlich die Scharniere zu ölen. Doch seit er allein im Haus lebte, setzte er seine Vorsätze selten in die Tat um.

Trotz seines fortgeschrittenen Alters – nächstes Jahr würde er seinen zweiundsiebzigsten Geburtstag feiern – besaß Juan einen ziemlich guten Geruchssinn. Allein durch Riechen konnte er die einheimischen Holzsorten unterscheiden. Und so stieg ihm bereits beim ersten Atemzug dieser charakteristische Geruch in die Nase. Ein Geruch, der schon im nächsten Augenblick dafür sorgte, dass sich ihm die Nackenhaare aufstellten.

Im Gegensatz zum Geruchssinn war es um seine Augen jedoch nicht mehr gut bestellt. Es ging ihm wie den meisten anderen Menschen in seinem Alter. Ohne die Brille konnte er gerade noch das erkennen, was sich in Reichweite seiner Arme abspielte. Egal, wie er die Augen auch zusammenkniff, die Landschaft vor dem Fenster blieb ein gestaltloses Etwas in vagen Farben.

Juan spürte seine Rückenschmerzen nicht mehr, als er zum

Nachttisch hastete und die Schublade durchwühlte. Mit der Brille in der Hand eilte er zurück zum Fenster und setzte sie auf. Es dauerte nur ein paar Sekunden, dann entdeckte er die dünne Rauchsäule zwei-, dreihundert Meter weiter oben im Wald. Direkt darunter züngelten Flammen – ein Waldbrand. Wegen der wochenlangen Trockenheit das Schlimmste, was auf Gran Canaria passieren konnte. Er wandte sich um, lief zum Telefon in der Diele und wählte die 112, um die *bomberos* zu alarmieren.

16

García brachte die Abzweigung zur Fundstelle des Iberia-Transporters hinter sich. Bereits nach wenigen hundert Metern wurde ihm bewusst, dass der brennende Wagen einen Waldbrand ausgelöst haben musste. Auf der schmalen Fahrbahn herrschte Verkehr wie auf einer Autobahn. Sie bot nur dann zwei Fahrzeugen gleichzeitig Platz, wenn beide das Gelände rechts und links davon mitbenutzten. Fahrzeuge der *bomberos*, der Polizei, der Guardia Civil, freiwillige Helfer und Schaulustige drängten sich in beiden Richtungen. Über ihm kreiste ein Hubschrauber und wirbelte Staub auf. Noch war vom Feuer nichts zu sehen.

Das änderte sich wenige Minuten später mit der Rauchsäule, die über einem kleinen Waldstück abseits der Straße stand. Er passierte ein altes Bauernhaus mit einer verfallenen Scheune. Zweihundert Meter weiter fand er zwischen dem Streifenwagen der Guardia Civil und einem gelben Dienstwagen der *bomberos* einen Abstellplatz für seinen Seat. Er stieg aus und bahnte sich einen Weg zwischen Helfern und Schaulustigen hindurch zum Waldstück.

Aus der Nähe betrachtet erschien ihm der Waldbrand weit weniger schlimm, als er angesichts der vielen Menschen und Fahrzeuge vor Ort vermutet hatte. Aber das gehörte zur DNA der Canarios. Seit Jahrhunderten lebten sie mit der Angst, dass ein Waldbrand ihre Existenz vernichten würde. Sobald es auch nur den Anschein hatte, dass sich ein Feuer ausbreiten könnte, bekämpften sie es mit allen Mitteln. Und dieses Mal sah es so aus, als hätten sie recht schnell Erfolg gehabt. Flammen konnte er keine mehr entdecken, nur einige Rauchsäulen deuteten darauf hin, dass es noch bis vor Kurzem weiter hinten gebrannt haben musste.

García zeigte einem jungen Polizeibeamten seinen Dienstausweis und erreichte schließlich den mit grün-weißem *No-pasar*-Flatterband der Guardia Civil abgesperrten Waldweg. Er tauchte hindurch. Noch versperrten zwei mächtige Löschzüge der *bomberos* mit eingeschaltetem Signallicht die Sicht auf die Fundstelle. Der Gestank von verbranntem Plastik, der sich unter den Geruch des verkohlten Holzes mischte, deutete bereits darauf hin, dass noch etwas anderes gebrannt haben musste als nur Bäume und Sträucher. Er ging an zwei Feuerwehrmännern vorbei, die einen Schlauch aufrollten. Sie hatten ihre Arbeit offenbar erledigt. Der Transporter und alle Flammennester im Wald schienen inzwischen gelöscht.

Hinter den Fahrzeugen der *bomberos* qualmte es, als würde der Erdboden ringsum kochen. Mittendrin stand oder besser lag ein verkohlter, rauchender Blechhaufen. Das Wrack des Iberia-Transporters war ein Fall für die Schrottpresse. Kein Lack, keine Scheiben, keine Reifen. Sämtliche Plastikteile des Fahrzeugs waren geschmolzen und klebten wie erkaltete schwarze Lava an der graubraunen Karosserie. Und wenn er nicht gewusst hätte, um welchen Fahrzeugtyp es sich handelte, hätte der ausgebrannte Wagen dort genauso gut ein beliebiger Transporter sein können. Vermutlich hatte nur das halbwegs lesbare Kennzeichen zur Identifizierung geführt.

García ging weiter. Einer der Feuerwehrmänner kam auf ihn zu. Ein junges, rußverschmiertes Gesicht starrte unter dem Helm hervor. Im ersten Moment schob er die versteinerte Miene des Mannes auf die Strapazen beim Löschen des Transporters. Doch mit einem Mal machte sich ein seltsames Gefühl in ihm breit. Es kündigte sich mit einem Kloß im Hals an, den er nicht hinunterschlucken konnte. Ein Gefühl, das ihn immer dann überkam, wenn er spürte, dass der schlimmste Teil seiner Arbeit noch bevorstand.

Der Feuerwehrmann ging einfach an ihm vorbei, ebenso ein zweiter, der ähnlich jung aussah und eine Schlauchrolle um die Schultern trug. Auch er schaute mit diesem versteinerten Ausdruck im Gesicht nur stur geradeaus. García hielt den nächsten Feuerwehrmann auf. Der war deutlich älter als die beiden vor ihm. Sein verschmutztes Namensschild konnte García nicht entziffern.

»Comisaría Las Palmas«, stellte er sich vor und zeigte seinen Dienstausweis.

Der Mann blieb stehen. Statt auf den Ausweis zu schauen, musterte er ihn aus wachen Augen. »Ja?« Sein rundliches Gesicht hätte durchaus fröhlich wirken können, wäre da nicht dieser ernste Zug um seinen Mund gewesen.

»Können Sie schon was zur Brandursache sagen?«, fragte García. Er konnte sich beim besten Willen nicht erklären, warum die *bomberos* derart seltsam auf ihn wirkten. Es dürfte nicht das erste Mal gewesen sein, dass sie ein brennendes Fahrzeug gelöscht hatten.

»Brandbeschleuniger«, gab der Mann kurz angebunden zurück. »Sie sollten die Kriminaltechniker rufen.«

»Kriminaltechnik? Wegen eines Fahrzeugbrandes?«

Der Feuerwehrmann sah García aus zusammengekniffenen Augen an. »Hinten auf der Ladefläche liegt eine verkohlte Leiche.«

Mit einem unbehaglichen Gefühl trat García näher an das Wrack heran. Löschschaum tropfte zu Boden oder klebte als bräunliche Kruste auf dem Blech. Es hätte keinen Sinn gehabt, das Fahrzeug auf Spuren zu untersuchen. Bei Temperaturen um die tausend Grad blieb nichts mehr übrig, was man sichern konnte.

Wenn der Anblick einer Leiche für die meisten Menschen bereits verstörend wirkte, dann stellten diese verkohlten menschlichen Überreste auf der Ladefläche einen wahren Alptraum dar. Kleidung, Haare, Körperteile wie Finger und Ohren waren verbrannt oder fehlten ganz. Was vom Körper übrig geblieben war, krümmte sich in einer schwarzen, schuppigen und stellenweise aufgeplatzten Hülle. Kaum etwas erinnerte noch an einen Menschen. Das sicher völlig verkohlte Gesicht konnte er aufgrund der Körperhaltung nicht sehen. Gleichwohl drängte sich geradezu eine Theorie auf, wessen verkohlte Leiche auf der Ladefläche des ausgebrannten Iberia-Transporters lag.

Eine halbe Stunde später reihten sich weitere Fahrzeuge der Guardia Civil und der Kriminaltechnik vor der Fundstelle des ausgebrannten Transporters auf. Uniformierte Beamte errichteten eine zweite Absperrung um das Wrack und erweiterten zusätzlich die äußere Absperrung. Trotzdem oder gerade deshalb schien die Zahl der Schaulustigen weiter zugenommen zu haben. Immer wieder mussten die Polizisten ganz Neugierige hinter das Flatterband verweisen.

García wartete in einigen Metern Entfernung. Noch von dort aus konnte er den Geruch von verbranntem Fleisch, heißem Metall und Chemikalien wahrnehmen. Einer der Kriminaltechniker fotografierte das Wrack aus allen erdenklichen Perspektiven, ein anderer inspizierte die Leiche. Drei weitere Männer in Einwegoveralls suchten die Umgebung nach Spuren ab. Nach dem Feuerwehreinsatz sicherlich mit wenig Erfolg. Die Spuren eines zweiten Fahrzeugs waren entweder von Dutzenden *bomberos* verwischt oder längst von den Reifen der schweren Löschzüge niedergewalzt. Somit gab es kaum noch Anhaltspunkte dafür, wie sich der oder die Täter vom Tatort entfernt haben könnten.

Einige Zeit später gab die Kriminaltechnik einen schmalen Korridor zum Transporter frei, und García trat wieder vor die Ladefläche. Erst jetzt bemerkte er, dass sich während des Brandes etwas unter der Leiche befunden haben musste. Obwohl diese Überreste mit dem Holz und dem Plastik der Ladefläche regelrecht verschmolzen waren, vermutete er, dass es sich um Kleidung handelte. Weiter hinten, aber besser zu erkennen, lagen einige verschmorte Geräte, vermutlich die Mobiltelefone und Funkgeräte der Iberia-Mitarbeiter.

»Was haben wir denn da?«, hörte er den Kriminaltechniker neben sich sagen. Das Gesicht unter der Kapuze war durch die Staubschutzmaske kaum zu erkennen.

García wandte sich zu ihm um.

Der Kriminaltechniker hob den verkohlten Schädel mit seinem grünen Handschuh an und deutete mit der anderen Hand darauf.

García beugte sich weiter vor, kniff die Augen zusammen. Dennoch konnte er auf der schwarzen, schuppigen Hülle, die einmal Haut gewesen war, nichts erkennen.

»Schauen Sie genau hin.« Der Kriminaltechniker zeigte nun mit dem Zeigefinger auf eine kreisrunde Stelle oberhalb der linken Augenhöhle. »Ohne Zweifel ein Einschuss. Bei dem Kaliber und der Position war der Schuss bestimmt sofort tödlich.«

Jetzt sah García es auch: ein Loch, etwa so groß wie eine Centmünze.

»Das Opfer wurde erst erschossen«, fuhr der Kriminaltechniker fort, »dann hier abgelegt und anschließend der Transporter angezündet. Und zwar mit dem Benzin aus den Kanistern dort.« Er deutete mit dem Kinn auf den hinteren Bereich der Ladefläche.

García betrachtete die beiden Zwanzig-Liter-Kanister. Das Feuer hatte die Farbe weggebrannt und nur rostiges Blech übrig gelassen.

Vorsichtig legte der Kriminaltechniker den Kopf des Toten wieder ab. »Ich glaube, der Schuss kam für das Opfer völlig überraschend.«

»Völlig überraschend? Wie kommen Sie darauf? Er wurde von vorne erschossen.«

»Genau deshalb. Niemand lässt sich frontal in den Kopf schießen – so ganz ohne Ausweichbewegung.«

García nickte. Damit hatte der Kriminaltechniker recht. »Irgendetwas, um ihn zu identifizieren?«, fragte er in der Hoffnung, seine Theorie bereits jetzt mit einem ersten Anhaltspunkt untermauern zu können. An der verbrannten Kleidung und im Inneren des Transporters schien es kaum noch Verwertbares zu geben.

»Bisher nichts.« Der Kriminaltechniker schüttelte den Kopf. »Ich kann noch nicht einmal sagen, ob wir es mit einer Frau oder einem Mann zu tun haben. Das ist ein Fall für die Kollegen von der Rechtsmedizin.«

»*Vale.*« Trotz der ungeklärten Identität sah García sich in seiner Theorie bestätigt. Es gab lediglich eine Person mit Verbindungen zum Iberia-Depot, und die war seit Tagen verschwunden. Auf der Ladefläche musste die Leiche von Raúl López liegen. Und es sah danach aus, als wäre er bereits wenige Stunden nach dem Überfall mit den Tätern in Streit geraten.

»Wir sind gleich fertig«, fuhr der Kriminaltechniker fort. Offenbar hatte er Garcías ungeduldigen Blick bemerkt. »Der Leichnam wird nachher in die Rechtsmedizin nach Las Palmas gebracht. Am besten, Sie sprechen mit Professor Cabot. Vielleicht führt er heute noch die Obduktion durch. Und wenn Sie dabei sind, erfahren Sie's als Erstes.«

García verzog das Gesicht. Den Besuch bei der Rechtsmedizin hätte er sich gern erspart.

***

Es gab genau zwei Möglichkeiten, Straßensperren zu umgehen. Entweder man war schneller, als die Polizei sie errichtete, und machte sich so weit wie möglich aus dem Staub, oder man wartete in einem Versteck einfach ab, bis sie wieder abgebaut wurden. Auf keinen Fall durfte man durch die Gegend fahren und hoffen, nicht aufzufallen. Vor allem die Hauptstadt mit dem Überseehafen und die Zufahrtsstraßen waren tabu. Für eine erfolgreiche Flucht von der Insel sollten sie sich zunächst Las Palmas und insbesondere dem Puerto de la Luz nicht nähern. Und so hatte Januar sich trotz ihrer Tarnung als Bauarbeiter im passenden Baustellenlieferwagen für das Abwarten entschieden.

Seit dem Nachmittag verharrten sie in einem halb fertigen Wohngebäude, das mit seinen nackten, verwitterten Betonwänden mehr einer Bauruine glich. Nicht ein Fenster wies eine intakte Scheibe auf. Lediglich im Erdgeschoss hingen Plastikplanen vor den Öffnungen. Tapeten, Türen und Fußbodenbeläge fehlten gänzlich. Bis auf die baufällige Eingangstür und das zweiflügelige Metalltor, das ihren Transporter unter dem Carport vor Blicken schützte. Sollte wider Erwarten jemand die kaum genutzte Straße entlangfahren, würde er lediglich eine Bauruine vermuten.

April hatte den Unterschlupf fernab jeder Siedlung ausgekundschaftet und Vorbereitungen für einen mindestens zwölfstündigen Aufenthalt getroffen. Der Plan lautete, so lange auszuharren, bis Sitos Männer am späten Abend die Beute übernahmen und sie auszahlten. Ihr Lohn bestand aus fünfhunderttausend Euro in bar pro Mann, insgesamt eins Koma fünf Millionen Euro für drei Männer. Juni lebte nicht mehr. In seinem verkohlten Körper steckte eine Kugel aus Novembers Walther.

Dieser Schuss hatte jedoch nicht nur Juni getötet, sondern auch dafür gesorgt, dass keiner dem anderen mehr über den Weg traute. Jeder belauerte jeden. Nur das Flattern der Plastikfolien vor den Fensteröffnungen durchbrach hin und wieder die angespannte Stille. November saß mit seiner Walther in der Hand an eine Wand gelehnt auf dem Boden. Mittlerweile hatte er ein halbes Dutzend Zigaretten geraucht und die Kippen senkrecht zu winzigen, schiefen Türmchen vor sich aufgereiht. An der gegenüberliegenden Wand hatte Januar auf einem Stapel Backsteinen Platz genommen. Daneben, halb liegend, halb sitzend, lümmelte April. Das Gewicht seiner Pistole sorgte inzwischen dafür, dass er nicht mehr auf November zielte, sondern der Lauf nur noch ungefähr in dessen Richtung zeigte.

Die Zeit schlich dahin. Neben dem Wunsch nach einer kalten Dusche verspürte Januar allmählich Hunger. Kein Wunder. Er hatte seit über zwölf Stunden nichts gegessen. Trotzdem bekam er keinen Bissen von dem Obst und den belegten Broten hinunter, die April für die Zeit des Wartens organisiert hatte. Außerdem tat ihm der Arsch weh von den harten Steinen.

Das Knattern eines Dieselmotors ließ ihn aufhorchen. Ein Traktor oder etwas Ähnliches näherte sich gemächlich auf der Straße. Das Geräusch wurde immer lauter, verharrte kurz vor dem Haus und ebbte dann langsam ab. Einige Sekunden später war es nicht mehr zu hören.

Januar kam von seinem provisorischen Sitzplatz hoch, streckte sich und reckte die müden Glieder. Er griff nach einer Wasserflasche und leerte sie bis zur Hälfte. Die Flüssigkeit kühlte seinen aufgeheizten Körper nicht im Geringsten. Sie schien ihm eher den Schweiß aus allen Poren zu treiben. Und so wandte er sich der Tür zu. Etwas frische Luft sollte helfen.

»Wo willst du hin, alter Mann?«, hörte er Novembers Stimme hinter sich.

»Irgendwohin, wo ich dein Gesicht nicht sehen muss«, gab Januar zurück, ohne sich umzudrehen.

November lachte freudlos auf. Sein Zippo-Feuerzeug klickte.

Wortlos verließ Januar das Zimmer. Sollte der Idiot sich doch die Lunge aus dem Leib rauchen.

Er nahm die Treppe hinauf ins nächste Stockwerk.

Auch in den oberen Räumen herrschte bis auf den Bauschutt trostlose Leere. Januar trat durch eine raumhohe Öffnung in der Wand ins Freie auf eine ungesicherte Betonplattform, die einmal ein Balkon werden sollte. Leichter Wind strich über sein Gesicht und kühlte die verschwitzte Haut. Er atmete den sonnigen Geruch der Landschaft ein. Und obwohl der Ozean mehr als fünf Kilometer entfernt lag, nahm er noch das Salz in der Luft wahr. Es roch wie der Sommer in Betanzos, nach Blumen, Sonnenschein und kühlem Wasser. Er schirmte die Augen mit der flachen Hand gegen die Sonne ab und suchte den Horizont nach der glitzernden Unendlichkeit ab. Aber da war kein Meer. Für einen Moment überkam ihn die Angst, seine Heimatstadt in Galicien niemals wiederzusehen.

Und das lag an dieser tickenden Zeitbombe November, der ein Stockwerk unter ihm mit seiner Walther herumspielte. Einen Menschen zu erschießen kostete immer Überwindung. Auch im Affekt oder bei diesem Streit vorhin, an dem Juni sicher eine Mitschuld hatte. November jedoch schien sich weniger Gedanken um den Tod eines Menschen zu machen als um sein nächstes Mittagessen.

Der Wind trug Hundegebell aus der Ferne herüber. Noch zu beliebig, um die Richtung zu bestimmen.

Normalerweise brauchte Januar keine Waffe. Aber zu seiner eigenen Sicherheit hatte er Junis Luger an sich genommen, bevor sie die Leiche verbrannt hatten. Nicht dass November auf die Idee kam, sich mit der Beute aus dem Staub zu machen. Das hätte ihrer aller Tod bedeutet. In ihren Kreisen bestahl niemand ungestraft seinen Auftraggeber.

Das Bellen kam näher, und Januar suchte erneut den Horizont ab. Doch er konnte weder einen Hund noch eine Person ausmachen. Vermutlich nur einer dieser Streuner, von denen es auf Gran Canaria Tausende gab.

Januar nahm Junis Luger zur Hand, überprüfte die Kammer. Sie war leer. Er hebelte eine Patrone in den Lauf und steckte die Waffe wieder ein.

Das Hundegebell war jetzt ganz nah und drang gleich darauf aus dem Erdgeschoss zu ihm herauf.

Im nächsten Moment hallte ein Schuss durchs Haus, der von den nackten Betonwänden hin und her geworfen wurde. Ein Schrei folgte.

Januar rannte los. Auf der Treppe zog er seine Luger, entsicherte sie. Außer Atem erreichte er das Zimmer, in dem sie sich zuvor die Zeit vertrieben hatten. November hatte seine Walther auf April gerichtet. Dieser wiederum zielte mit seiner Waffe auf November. Doch das Erschreckendste waren nicht die beiden Kontrahenten, die sich wie bei einem Duell gegenüberstanden, sondern der riesige hellbraune Hund in der Mitte des Raumes. Er lag in einer Blutlache auf dem Boden und winselte. Schwerfällig hob und senkte sich sein massiger, blutüberströmter Leib.

Mit weit aufgerissenen Augen stierte April November an. »Er ... er hat einfach auf ihn geschossen.«

»Warum hast du das getan?« Januars Blick pendelte zwischen dem angeschossenen Hund und November.

Der verzog das Gesicht zu einem verächtlichen Grinsen. »Ich hasse Hunde.«

»Und jetzt? Willst du ihn halb tot hier liegen lassen?«

»Nein.« November machte einen Schritt auf den Hund zu, hob seine Waffe und drückte ab. Der Schussknall ließ kein anderes Geräusch zu. Kein Jaulen, kein Bellen, kein Kläffen. Als er verebbte, war auch das Winseln verstummt.

Eine Windböe rüttelte an der Plastikplane vor einer Fensteröffnung und riss mit einem Krachen einen Teil davon los. Geräuschvoll flatterten die losen Streifen im Wind. Luft strömte in den Raum. Sie roch nicht nach Sonnenschein und Blumen.

»Schaff das Tier hier raus«, rief April, dem der Schreck immer noch im Gesicht stand.

»Reg dich ab.«

»Ich will mich aber nicht abregen.« Aprils Stimme überschlug sich.

»Dann halt einfach deine Fresse. Ich kann dein Gejammer nicht mehr ertragen«, gab November zurück und nahm wieder seinen Sitzplatz an der Wand ein.

»Du krankes Arschloch.«

»Du wiederholst dich. Und falls dir der tote Köter hier drinnen nicht gefällt, kannst du ja mit ihm rausgehen und ihn irgendwo vergraben.«

17

Liebe Sofia,

ich habe ein paar Tage nichts von mir hören lassen. Das tut mir leid, aber ich musste überprüfen, ob meine Sanktionen Wirkung zeigen. Du hast Dich sicher schon gefragt, warum ich diese Mühen auf mich nehme. Und so habe ich mich entschlossen, Dir meine Intention näherzubringen. Stell Dir vor, Du gehst durch Deine Stadt, und sofort fallen sie Dir ins Auge. Diese Schlampen, die mit ihrer Art zu leben die Tugendhaften und ihre Kinder verderben. Andauernd provozieren sie die Männer. Mit ihrem halb nackten Auftreten, mit ihren Brüsten, die sie präsentieren, als wären es Kuheuter. Und mit ihrem Sex. Jemand muss ihnen Einhalt gebieten, ihnen zeigen, was Reinheit, was Tradition, was Respekt vor dem Leben bedeutet. Das, was früher schon wichtig und richtig war und wofür heute nur noch wenige Aufrichtige kämpfen.

Ich fühle mich berufen, diese Dinge zu korrigieren. Und nein, ich töte nicht nur einfach. Das höhere Ziel ist, die Gesellschaft von diesem Unrat zu säubern. Und glaube mir, liebe Sofia, diese Schlampen wollen es nicht anders. Mona zum Beispiel ist, ohne zu zögern, zu mir ins Auto gestiegen. Obwohl sie mich überhaupt nicht kannte und obwohl die Polizei nicht müde wurde, davor zu warnen.

Ich habe nur zu ihr gesagt, fahr mit, und sie ist eingestiegen, wie eine Nutte es tun würde. Unten am Neckar habe ich angehalten. Aber da waren zu viele Leute. Sogar im Travertinpark habe ich mich beobachtet gefühlt. Also bin ich zum Kraftwerk Münster gefahren, habe ihr gegeben, was sie wollte, und ihr dann die Kehle zugedrückt. Sie hatte zwar Angst vor dem Tod, hat aber kaum geschrien. Ich denke, sie hat ihre Strafe eingesehen.

Die Schlampe im Herbst letzten Jahres war noch viel schlimmer. Ich weiß schon nicht mehr, wie sie hieß. Aber sie hat sich mir angeboten wie eine Hure. Und als ich mit ihr fertig war, hat sie mich aus ihren Augen angesehen und gelacht. Und selbst als sie tot war, schien sie noch über mich zu lachen. Alle sollten mir dankbar sein, dass eine wie sie nicht mehr da ist.

Ja, ich bin ein Berufener, einer, der unserer Gesellschaft einen unschätzbaren Dienst erweist. Womöglich erkennst auch Du jetzt die Eleganz meines Tuns. Ich freue mich auf unser Wiedersehen.

We'll meet again. Some sunny day.

Johnny

PS: Was ich noch vergessen habe zu erwähnen, liebe Sofia: Ich musste mir Deine Telefonnummer nicht aufschreiben. Meinem Gedächtnis reicht ein einziger Blick. Ich melde mich.

***

Sofia brannte auf weitere Informationen zum Raubüberfall auf das Iberia-Depot. Die Nachrichtenticker im Internet brachten nichts Neues, und García hatte sich immer noch nicht gemeldet. Sie war jedoch fest entschlossen, ihn so schnell wie möglich über das Vorstrafenregister von Travolta alias Patzold zu informieren. Ob dessen frühere Drogengeschäfte bei López' Verschwinden eine Rolle spielten, konnte sie im Moment nicht beurteilen. Ignorieren durfte sie seine kriminelle Vergangenheit auf keinen Fall. Zumal auch Rocco, sein Chef, laut García einträglichen Geschäften gleich welcher Art nicht abgeneigt schien.

Zum ersten Mal, seit sie vor fast einer Woche das Haus betreten hatte, blieb nun Zeit, sich den dringend notwendigen Aufräumarbeiten zu widmen. Doch zunächst musste sie die

Waschmaschine in Gang bringen. Wider Erwarten sprang die sofort an, und mit bestimmt fünf Jahre altem Waschmittel stopfte sie eine Ladung Handtücher und Bettwäsche hinein. Die lagen seit Jahren ungenutzt im Schrank, ebenso wie das Geschirr, die Töpfe und die anderen Küchenutensilien.

Bis zum Mittag hatte sie alles durchgespült, die Schränke ausgeputzt, die Möbel vom Staub befreit und so lange hin und her gerückt, bis sie mit dem Ergebnis zufrieden war. Eine Stunde später war das Bad geputzt und auf beiden Etagen der Boden durchgewischt. Nach einer weiteren halben Stunde hatte sie die Wege rund ums Haus vom gröbsten Schmutz befreit. García jedoch ließ die ganze Zeit über nichts von sich hören. Keine Nachricht, kein verpasster Anruf. Vermutlich blieb ihr nichts anderes übrig, als die für später angekündigte Pressekonferenz abzuwarten. Die Diario de Avisos hatte die Liveübertragung auf ihrer Website bereits für achtzehn Uhr angekündigt.

Sofia wollte die Zeit bis dahin nutzen und Utensilien für die anstehende Renovierung kaufen. Wäre doch gelacht, wenn sie kleinere Reparaturen im Haus nicht gleich selbst erledigen könnte. So besuchte sie am frühen Nachmittag ein weiteres Mal den Leroy Merlin im nahe gelegenen *centro comercial*. Mit einem Auge auf dem Mobiltelefon marschierte sie die Gänge ab, lud zwei Eimer weiße Innenfarbe, diverse Pinsel und Farbroller sowie Abdeckmaterial und Klebeband in ihren Einkaufswagen. Zum Abschluss wollte sie sich in der Gartenabteilung noch ein paar Pflanzen für den vernachlässigten Bereich hinter dem Ferienhaus anschauen. Und der nette Verkäufer schaffte es tatsächlich, ihr einen zweiten Einkaufswagen voller Setzlinge aufzuschwatzen.

Neben Pflanzenerde, Dünger und Gießkanne benötigte sie zum Anpflanzen auch Schaufel, Rechen und eine Hacke. Wo sie die Gartenwerkzeuge fand, musste ihr der Verkäufer nicht erklären. Schließlich hatte sie vor einigen Tagen genau dort die Unterhaltung zwischen zwei Männern belauscht und so die Ermittlungen zu López' Verschwinden überhaupt erst ins Rollen gebracht. Mittlerweile lag es sogar auf der Hand, dass dessen

Verschwinden mit dem spektakulärsten Raubüberfall zusammenhing, den Gran Canaria je gesehen hatte. Und sie war mittendrin. Nach nicht einmal einer Woche auf der Insel.

Als sie vor der Kasse anstand, kam ihr Scarface, der jüngere der beiden Männer, wieder in den Sinn. Er war es, der die Werkzeuge mit López' Kreditkarte der Banco Santander bezahlt hatte. Aber wo zum Teufel war dieser Muskelprotz abgeblieben? Mit dem militärischen Kurzhaarschnitt und der Al-Capone-Narbe auf der linken Wange sollte es nicht schwer sein, ihn in Roccos Umfeld ausfindig zu machen.

Ein weiteres Mal ärgerte Sofia sich, dass García sie nicht über den Fortgang der Ermittlungen informierte. Womöglich lagen nach Patzolds Befragung bereits Erkenntnisse über Scarface' Aufenthaltsort vor. Und eventuell hatte der bereits etwas zur Aufklärung von López' Verschwinden beigetragen. Vielleicht aber stocherte sie mit ihren Mutmaßungen auch nur im Nebel. »Womöglich«, »eventuell«, »vielleicht« – zu viele Mutmaßungen für ihren Geschmack. Um Licht in den Fall zu bringen, musste sie die Sache wohl selbst in die Hand nehmen.

Bisher stand lediglich fest, dass López' Verschwinden mit dem Raubüberfall auf das Iberia-Depot zusammenhing. Bei Patzolds und Scarface' Rolle jedoch war sie sich bereits nicht mehr so sicher. Handelte es sich tatsächlich um López' Leiche, die die beiden vor ein paar Tagen im Wald bei Teror vergraben wollten? Oder gehörte er zu den Tätern? Patzolds Fluchtversuch musste nicht unbedingt etwas bedeuten. Bei Scarface allerdings tappte sie vollkommen im Dunkeln, wusste lediglich, dass er seit einigen Tagen untergetaucht war. Egal, wie sie es auch drehte und wendete. Alle Fäden liefen bei einem Mann zusammen: Paolo »Rocco« Rodríguez. Und ihr Gefühl sagte ihr, dass nicht mehr viel Zeit blieb, diese Fäden zu entwirren.

Wer nicht gefunden werden wollte, musste untertauchen. Roccos Lagerhaus in Las Palmas am Puerto de la Luz kam ihr in den Sinn. García hatte es vor einigen Tagen erwähnt. Es konnte nicht schaden, sich dort umzusehen. Allerdings musste sie dafür zuerst ein Problem lösen. Ohne die Adresse würde sie das

Lagerhaus am Hafen niemals finden. Und García, sofern sie ihn überhaupt erreichte, würde ihr dabei sicher nicht helfen.

Ein weiteres Mal schien Pedro die richtige Anlaufstelle zu sein. Aufgrund seiner undurchsichtigen Geschäfte, die er am Hafen machte, könnte er tatsächlich wissen, wo genau sich Roccos Lagerhalle befand. Sie nahm ihr Telefon zur Hand und wählte seine Nummer.

Pedro nahm nicht ab, das Klingeln verhallte unbeantwortet.

Zurück im Ferienhaus lud Sofia den voll beladenen Dacia aus. Nach einem späten Mittagessen machte sie sich daran, die Setzlinge mit viel frischer Erde und noch mehr Dünger einzupflanzen und anschließend zu wässern.

Die ganze Zeit über blieb ihr Telefon stumm. García würde nicht mehr anrufen, da war sie sich sicher. Und so wählte sie ein weiteres Mal Pedros Nummer.

Endlos klingelte es am anderen Ende der Leitung. Sie rechnete bereits wieder damit, dass Pedro nicht abnehmen würde, da vernahm sie seine Stimme. »Sofia?«

»*Hola*, Pedro! Hab ich dich geweckt?«

»Natürlich nicht.« Pedro schnaufte in den Hörer, als hätte er gerade einen Hundert-Meter-Lauf absolviert. »Ich bin bei der Arbeit.«

»Ich hab schon vorhin angerufen.«

»Mag sein. Aber wenn ich unter einem Auto liege, kann ich nicht ans Telefon gehen.«

»Dann halte ich dich von der Arbeit ab?«

»Nein, ich bin fertig. Worum geht's denn?«

»Kennst du Paolo ›Rocco‹ Rodríguez?«

»Warum willst du das wissen?«, gab Pedro in einem Ton zurück, dem Sofia den Widerwillen anhörte.

»Das ist keine Antwort auf meine Frage.«

»Dann stell eine andere Frage.« Sofia musste Pedro nicht sehen, um zu wissen, was für ein Gesicht er machte. Das gleiche wie vor einigen Tagen, als sie ihn nach dem Range Rover mit der roten Heckklappe gefragt hatte.

»Pedro, bitte, ich weiß, dass du irgendwelche Geschäfte unten am Hafen machst. Geschäfte …« Sofia hielt inne, suchte nach einer Formulierung, ohne Pedro vor den Kopf zu stoßen. »Wie soll ich sagen … die ich überprüfen würde, wenn ich bei der spanischen Polizei wäre. Ich bin aber nicht bei der spanischen Polizei.«

Am anderen Ende der Leitung blieb es still.

»Bist du noch da, Pedro?«

»Ja.« Seine knappe Reaktion ließ keinen Rückschluss zu, wie er ihren Vorwurf aufgefasst hatte.

»Kennst du ihn nun?«

»Ja. Was willst du von ihm?«

»Nichts«, log sie. »Ich will lediglich die Adresse seiner Lagerhalle am Hafen. Und erzähl mir jetzt nicht, dass du sie nicht kennst. Das glaube ich dir nämlich nicht.«

Pedros tiefe Atemzüge rauschten im Hörer. »Versprich mir, dass du dort nichts Dummes anstellst.«

»Natürlich«, entgegnete Sofia schnell.

Erneut machte Pedro einen tiefen Atemzug. »Sie liegt ganz im Nordosten des Hafens an der Calle Guillermo Sintes, zwischen den Terminales Canarios und einem Schrottplatz. Wie der heißt, weiß ich nicht. Aber die Lagerhalle ist nicht zu übersehen. Sie hat so ein blaues Flachdach und außen eine Verkleidung aus weiß lackiertem Wellblech.«

»*Gracias.* Du hast was gut bei mir.«

»Was willst du eigentlich dort?«

Sofia seufzte. »Mich umschauen.«

»Warum habe ich gerade das Gefühl, dass du mir etwas verheimlichst?«

»Ich melde mich«, gab Sofia statt einer Antwort zurück.

»Pass auf dich auf.« Pedros warnender Unterton war nicht zu überhören. »Mit Rocco ist nicht zu spaßen.«

»Das hab ich schon mitbekommen. Ihm brennen gerne mal die Sicherungen durch.«

✳✳✳

Professor Ramón Cabot y Rovira, so sein vollständiger Name, stammte aus einer Arztfamilie in Barcelona. Als stolzer Katalane hatte ihn die Liebe zu einer Frau nach Las Palmas verschlagen. Hier leitete er seit über zehn Jahren das Instituto de Medicina Legal im Universitätsviertel La Vega de San José. Dienstbeflissen, wie Cabot war, hatte er tatsächlich darauf bestanden, den Leichnam aus dem ausgebrannten Iberia-Transporter noch am selben Nachmittag zu obduzieren. Und wie nicht anders zu erwarten, hatte er darum gebeten, dass ein Ermittler des Comisaría Las Palmas daran teilnahm. Da Sánchez sich weiterhin auf dem Inspector-Lehrgang in Madrid befand, war die Wahl des Teilnehmers im Voraus entschieden.

García betrat gegen zwei Uhr den Sektionssaal eins. Für alle Fälle hatte er auf das Mittagessen verzichtet. Noch zu lebhaft waren seine Erinnerungen an die letzte Autopsie. Die angespülte Wasserleiche hatte ihm damals gehörig den Magen umgedreht.

Die weiß gekachelten Wände ringsum und die chromstarrende Einrichtung ließen die gefühlte Temperatur sogleich um einige Grad sinken. Eine gewaltige Deckenleuchte warf ein schattenloses Licht auf den stählernen Sektionstisch in der Mitte des Saales. In schrecklich verkrümmter Körperhaltung lag dort bereits der verkohlte Leichnam. Auf dem nackten Stahlbett wirkte er seltsam klein und zerbrechlich.

»*Buenos días*, Inspector Jefe García.« Cabots Mundschutz, den er bis zum Hals heruntergezogen hatte, hüpfte bei jedem seiner Worte. Unter der grünlich transparenten Kopfhaube schimmerte sein pechschwarzes Haar.

»*Buenos días.*« García machte ein paar zögerliche Schritte auf den Sektionstisch zu. Sofort stieg ihm der Geruch von verkohltem Fleisch in die Nase.

»Alles in Ordnung mit Ihnen?« Für einen kurzen Augenblick beförderte Cabots Stirnrunzeln die Kopfhaube bis hinunter zu den Brauen.

»Selbstverständlich. Warum die Frage?«

»Nun ja«, Cabot hielt kurz inne, »Sie sehen blass aus.«

»Das muss am Licht liegen.«

»Natürlich«, entgegnete Cabot, und García meinte, ein flüchtiges Lächeln um seine Mundwinkel zu erkennen.

Er verkniff sich eine Reaktion. Bestimmt lag Cabot schon die nächste sarkastische Bemerkung auf der Zunge. Und auf die konnte García verzichten.

»Ich hab den Leichnam vorhin bereits nach Schmuck und Piercings abgesucht«, begann Cabot schließlich, »konnte jedoch nichts finden.«

García nickte.

»Dann beginne ich jetzt mit der äußeren Leichenschau.« Cabot griff nach dem Mikrofon, das über ihm von der Decke hing, und schaltete es ein.

Mit einer Handbewegung in Richtung der Leiche deutete García sein Einverständnis an.

Cabots Blick glitt über den Sektionstisch. »Hochgradig verkohlter Leichnam einer nicht identifizierten Person. Mäßig bis stark ausgebildete Boxerstellung durch Muskelverkürzung wegen Eiweißgerinnung.« Er leierte seinen Text herunter wie ein Alleinunterhalter, der jeden Abend die gleichen Lieder spielte. »Die Größe von einem Meter fünfundsechzig und das Gewicht von fünfundsechzig Kilogramm können wegen der Verkohlung nicht zur Bestimmung der Körpermaße *intra vitam* herangezogen werden. An den Extremitäten außer Hautrissen keine sichtbaren Verletzungen. Verfestigte Muskulatur, Schultern breiter als die Hüften. Leichnam vermutlich männlich.«

Cabot trat neben den Schädel und fuhr im Telegrammstil fort: »Schädel-Schussverletzung.« Er zog einen Messschieber aus der Brusttasche seines Arztkittels. »Einschussloch zehn Millimeter Durchmesser oberhalb der linken Augenhöhle. Der Eintrittswinkel spricht dafür, dass sich Schütze und Opfer gegenüberstanden.« Der Messschieber wanderte wieder zurück. »Keine Austrittsöffnung. Steckschuss. Projektil noch innerhalb der Schädelbasis.«

García trat einen weiteren Schritt näher, um das Einschussloch zu betrachten. »Können Sie abschätzen, aus welcher Entfernung der Schuss abgegeben wurde?«

»Schwer zu sagen bei diesem Zustand.« Cabot zuckte mit den Schultern. »Aber ich glaube nicht, dass wir es mit einem aufgesetzten Schuss zu tun haben.«

»Dann gibt es keine Abwehrverletzungen?«

»Spielen Sie auf Fremd-DNA an?«, gab Cabot zurück und beantwortete sich die Frage gleich selbst. »Die wäre bei rund tausend Grad ohnehin nicht mehr vorhanden.«

»Und was können Sie mir zur Todeszeit sagen?«

»Irgendwann heute Morgen. Fragen Sie die *bomberos*, wann das Feuer ausgebrochen ist. Ich denke, er wurde etwa zur selben Zeit getötet.«

Cabot wandte sich jetzt einem Tischchen mit chromglänzenden Werkzeugen und Geräten zu. Wie ein überdimensionales Frühstückstablett spannte es sich über das untere Ende des Sektionstisches. García entdeckte Zangen, Hämmer, Skalpelle und einige andere Dinge, von denen er gar nicht wissen wollte, welchem Zweck sie dienten.

Cabot nahm einen Spreizer zur Hand, drückte damit den Mund des Leichnams weiter auseinander und beugte sich darüber: »Keine Rauch- oder Rußspuren. Die Brandeinwirkung erfolgte post mortem. Näheres dazu nach der Blutuntersuchung.« Er brummte etwas Unverständliches vor sich hin und fuhr dann fort: »Ich sehe ein recht gepflegtes Gebiss. Zahnstatus und Ausbildung der Muskulatur sprechen für einen ausgewachsenen jungen Mann.«

Junger Mann? García glaubte, sich verhört zu haben. Das konnte nicht sein. López war beinahe sechzig Jahre alt. »Sind Sie sich sicher, dass der Tote nicht älter war, viel älter, so um die sechzig?«

»Nun, Inspector Jefe García, lassen Sie mich Ihre Frage folgendermaßen beantworten: Das Gebiss ist nahezu intakt. Es gibt keinen Zahnersatz, nur eine Plombe. Sechzigjährige mit einem derart guten Zahnstatus sind selten. Ich kenne jedenfalls niemanden. Aber mit Sicherheit kann ich Ihnen das natürlich erst sagen, nachdem ich den Körper geöffnet und mir die Organe angeschaut habe.«

Garcías Theorie, dass Raúl López während eines Streits mit den anderen Tätern erschossen und dann verbrannt worden war, geriet ins Wanken. Und sollte Cabot mit seiner Vermutung tatsächlich recht haben, würde sich die Identifizierung als langwierig, wenn nicht sogar als unmöglich erweisen. Ein verkohlter Leichnam ohne Papiere, ohne biometrische Merkmale und ohne gesicherte Körpermaße könnte für immer namenlos bleiben. Was offensichtlich auch der Plan der Täter gewesen war.

Cabot griff nach einem längeren Skalpell, legte es wieder zurück und nahm ein kürzeres zur Hand. »Ich durchtrenne jetzt Brust- und Bauchdecke.« Oberhalb des linken Schlüsselbeins drückte er den scharfen Stahl in die verkohlte, schuppige Haut, die sofort aufplatzte.

Mehr wollte García nicht sehen. Er hielt sich die Armbeuge vor die Nase, drehte sich um und musterte die Einrichtung des Sektionssaals mit Waschbecken, Schläuchen, Schränken und Regalen. Irgendwann schlenderte er durch den Raum und begann, die Blechbehälter in den Regalen zu zählen. Alles erschien ihm angenehmer, als Cabot bei der Öffnung dieses verkohlten Körpers zuzusehen. Und zum Glück drangen außer dessen monotoner Stimme keine anderen Geräusche an sein Ohr.

Als García bei Blechbehälter Nummer dreiundfünfzig, einer rechteckigen, flachen Dose, angelangt war, schwoll Cabots Stimme an und hallte wie ein Donnergrollen durch den Raum: »Inspector Jefe.«

García nahm den Arm herunter. Sein Blick streifte für einen Moment den mit zwei Spreizern geöffneten Leichnam, bevor er sich auf Cabots Gesicht konzentrierte. »Ja?«

»Auch im Inneren bestätigt sich das, was sich zuvor schon angedeutet hat. Keine verkalkte Aorta, zarte Gefäße. Das sind keine Anzeichen für ein fortgeschrittenes Alter. Ich würde mich festlegen. Das Opfer ist vermutlich nicht älter als dreißig, aber allerhöchstens fünfunddreißig Jahre.«

Verdammt, dachte García. Damit war seine Theorie endgültig widerlegt. Bei der verkohlten Leiche konnte es sich nicht um den sechzigjährigen Raúl López handeln. Aber wer lag dann auf dem Sektionstisch? Eigentlich blieb nur noch eine Möglichkeit: Die Täter mussten einen ihrer Komplizen getötet haben.

Cabot band sich eine grüne, halb transparente Schürze um und befestigte ein Plexiglasvisier vor seinem Gesicht. Ein wenig sah er damit aus wie ein Ritter aus einer fernen Zukunft. »Ich starte mit der Öffnung der Schädeldecke.« Er griff nach der Autopsiesäge, die ebenfalls auf dem Tischchen über dem Sektionstisch lag.

García atmete tief durch. Er hatte endgültig genug. Hinweise zur Identifizierung des verkohlten Leichnams würde er auch nach einer Öffnung der Schädeldecke nicht erhalten.

Die Autopsiesäge heulte auf. Bei dem Geräusch sträubten sich Garcías Nackenhaare.

Sollte Cabot das Projektil tatsächlich finden, musste die Kriminaltechnik ohnehin erst das Kaliber bestimmen. Mit einem knappen »*Adiós*«, das Cabot sicher nicht mitbekommen hatte, wandte García sich um. Er trat durch die Pendeltür nach draußen auf den Gang, und endlich ließ das schrille Geräusch der Säge nach.

18

Nur kurz hatte Sofia darüber nachgedacht, gleich nach dem Telefonat mit Pedro Roccos Lagerhalle am Hafen einen Besuch abzustatten. Doch rasch verwarf sie den Gedanken wieder. Schließlich könnte es auf der Pressekonferenz weitere Neuigkeiten zum Überfall auf das Iberia-Depot geben. So setzte sie sich kurz vor sechs mit ihrem Telefon an den Esstisch und surfte zur Website der Diario de Avisos. Der Livestream aus dem Comisaría von Las Palmas zeigte bisher lediglich einen langen Tisch mit vier leeren Stühlen, dahinter die Fahnen der Europäischen Union und Spaniens. Auf zwei ausrollbaren Aufstellern prangten das goldene Königswappen der Policía Nacional sowie das Emblem der Guardia Civil mit Krone, Schwert und Fasces. Die Namensschilder auf dem Tisch konnte sie aufgrund der viel zu kleinen Schrift in der aktuellen Kameraeinstellung nicht entziffern.

Es sollte noch weitere zwanzig Minuten dauern, bis die Protagonisten endlich auf der Bildfläche erschienen. Wie im Gänsemarsch trotteten drei Männer und eine Frau hintereinander her und nahmen auf den bereitgestellten Stühlen Platz. Sofia erkannte García bereits an seinem Gang. Er betrat als Letzter den Raum und setzte sich ganz rechts hin.

Im Blitzlichtgewitter schwenkte die Kamera über die Gesichter. Am linken Tischende hatte Miguel Angel Gonzáles, der stellvertretende Polizeichef von Gran Canaria, Platz genommen. Auf seiner dunkelblauen Uniform glänzten in Brusthöhe zwei Dutzend bunte Bandschnallen. Die auffällig großen Ohren unter dem grauen Haaransatz reichten bis hinunter zum akkurat gestutzten Kinnbart. Mit seinem fraglos geschminkten Gesicht wirkte er wie für diesen Anlass herausgeputzt. Rechts von ihm, im hellgrauen Kostüm, saß Noelia Bernabé, die junge Pressesprecherin des Flughafenbetreibers Aena. Sie war die Einzige, auf deren Namensschild kein Dienstgrad stand. In der grünen

Uniform der Guardia Civil folgte Capitán Enrique Simón, ein hagerer Typ mit Dreitagebart und Dauergrinsen. Neben ihm sah García hingegen aus, als wünsche er bereits jetzt das Ende der Pressekonferenz herbei. Sein Gesicht war blasser, als sie es in Erinnerung hatte, und er machte einen fahrigen, irgendwie abwesenden Eindruck. Dafür lüftete sein Namensschild endlich das Geheimnis um seinen Vornamen: Inspector Jefe Aníbal García. Die spanische Form von Hannibal.

»*Buenas noches*«, begann Gonzáles mit tiefem Bariton. »Entschuldigen Sie die Verzögerung, aber wir hatten noch eine kurze Vorbesprechung.« Er lächelte in die Kamera, als würde er Werbung für Zahnpasta machen. Ohne Frage genoss er den öffentlichen Auftritt. »Sie haben es wahrscheinlich alle schon mitbekommen: In der vergangenen Nacht ist es zu einem Raubüberfall auf das Iberia-Depot am Flughafen gekommen. Inspector Jefe García«, er deutete mit der Hand zum anderen Ende des Tischs, »ist mit den Ermittlungen betraut. Er wird Sie über die uns bisher bekannten Details informieren.«

Die Kamera schwenkte auf García, der sich sichtlich unwohl fühlte. Er senkte den Kopf ein wenig, räusperte sich und begann dann, mit monotoner Stimme zu sprechen. Sein Bericht bestand im Grunde aus der Pressemeldung vom Vormittag mit Tatzeit, Täter und Tatort. Neu war lediglich der Hinweis, dass fünf Mitarbeiter der Iberia während des Überfalls von den Tätern in einem Aufenthaltsraum als Geiseln genommen worden waren. Kein Wort über die Höhe der Beute, kein Wort über den Tathergang und die Beteiligung eines möglichen Insiders.

Eine unangenehme Stille breitete sich aus, jeder der vier Protagonisten schaute die anderen an. Anscheinend wusste niemand, wer als Nächstes das Wort ergreifen sollte.

»Wie viel wurde denn gestohlen?«, drang eine Stimme aus dem Off in die Stille. Anscheinend störte sich bereits der erste Pressevertreter an der bloßen Wiederholung längst bekannter Informationen.

»Bitte lassen Sie uns zunächst die Fakten darlegen«, sagte Gonzáles, der Polizeichef. »Anschließend werden Sie Zeit für

Ihre Fragen bekommen.« Ein weiteres Mal setzte er sein Zahnpastalächeln auf. »Fahren Sie bitte fort, Inspector Jefe García.«

Der nickte knapp. »Die vier bewaffneten Täter sind weiterhin flüchtig. An den Ausfahrten der Autopista del Sur, der Autovía del Norte und an anderen wichtigen Knotenpunkten wurden Straßensperren errichtet. Alle Häfen der Insel und der Flughafen werden selbstverständlich überwacht.«

»Gibt es eine Täterbeschreibung?«, fragte einer der Pressevertreter trotz Gonzáles' Bitte, noch abzuwarten.

García rieb sich das Kinn, bevor er antwortete. »Morgen im Laufe des Tages wird ein Fahndungsaufruf veröffentlicht. Gleich vorneweg, die Täterbeschreibungen beschränken sich auf Größe, Statur und Stimme, denn alle vier trugen während des Überfalls Sturmhauben. Aller Wahrscheinlichkeit nach sind drei der Täter Spanier, der vierte ein Baske, stammt vermutlich aus Frankreich.«

»*Gracias*, Inspector Jefe García.« Gonzáles sah zu seiner Sitznachbarin. »Vielleicht kann uns Señora Bernabé etwas über die Höhe der Beute sagen.«

Die straffte den Rücken und zwang sich zu einem höflichen Nicken. »Die Höhe der Beute konnte bisher nicht abschließend geklärt werden, da es sich ausschließlich um Devisen handelt. Eine erste Schätzung liegt bei mehreren Millionen Euro.«

Ein Raunen ging durch die versammelten Pressevertreter, aufgeregtes Gemurmel machte sich breit. Es dauerte eine Weile, bis wieder Ruhe einkehrte.

»Wie sind die Täter überhaupt ins Depot gelangt? Das ist doch bestimmt gesichert«, meldete sich schließlich eine andere, diesmal weibliche Stimme zu Wort.

»Das ist Teil der Ermittlungen«, antwortete Gonzáles statt Bernabé. »Bitte haben Sie Verständnis dafür, dass wir zum jetzigen Zeitpunkt keine Zwischenergebnisse öffentlich machen können.«

»Zwischenergebnisse?«, rief die Pressevertreterin und ließ ihre Skepsis durchblicken. Offenbar wollte sie Gonzáles nicht mit Ausflüchten davonkommen lassen. »Ist der Fund eines ausgebrannten Iberia-Transporters in den Bergen auch nur ein Zwischenergebnis? Das hängt doch sicher mit dem Überfall auf das Depot am Flughafen zusammen.«

Abermals erhob sich ein deutlich vernehmbares Raunen, in dem ihr nächster Satz beinahe unterging. »Nach Informationen der *bomberos* wurde auf der Ladefläche eine verkohlte Leiche gefunden.«

Ausgebrannter Iberia-Transporter? Verkohlte Leiche? Sofia horchte auf.

Gonzáles sah hilflos zu Simón, dem Beamten der Guardia Civil. Gewiss hatte er sich den Verlauf der Pressekonferenz anders vorgestellt.

»Das fällt in unsere Zuständigkeit«, begann der sogleich mit glockenheller Stimme. »Ich kann nur so viel dazu sagen, dass wir am frühen Morgen von den *bomberos* gerufen wurden. Anscheinend hat ein brennendes Autowrack einen Waldbrand verursacht.«

»Handelt es sich um das Tatfahrzeug?«, fragte da eine andere körperlose Stimme.

Simón deutete zu García.

»Möglicherweise«, sagte der. »Mit Sicherheit können wir bisher nur sagen, dass es sich um jenen Iberia-Transporter handelt, der vor einigen Tagen in Agüimes gestohlen wurde.«

»Ist der Tote inzwischen identifiziert?«, fragte wieder die weibliche Stimme.

»Nein, noch nicht.« García schüttelte den Kopf.

»Gehörte der Tote zu den Tätern oder zu den Geiseln?«

García schielte kurz zu Gonzáles. Der reagierte nicht, und so fuhr er fort: »Ich kann Ihnen versichern, dass alle Geiseln wohlauf sind.«

»Denken Sie, dass es Streit unter den Tätern gab?«

Erneut übernahm Gonzáles die Antwort. Diesmal missglückte ihm das Zahnpastalächeln ein wenig. »Wir beteiligen uns nicht an Spekulationen.«

Eine weitere Frage drang aus dem Off, doch Sofia hörte schon nicht mehr richtig hin. Ihre Gedanken galten längst dem ausgebrannten Iberia-Transporter und der verkohlten Leiche. Auch wenn García es nicht offiziell bestätigt hatte, handelte es sich garantiert um das Tatfahrzeug. Das konnte sie sich nach dem gestrigen Telefonat mit ihm zusammenreimen. Und eine verkohlte Leiche darin, die nicht zu den Geiseln gehörte, musste zwangsläufig einer der Täter sein. Ihr erster Verdacht galt Scarface, von dem seit Tagen jede Spur fehlte. Allerdings hatte sie neben ihm und Patzold noch drei weitere Kandidaten im Royal Flush ausgemacht. Womöglich hatte sie sich doch in Raúl López getäuscht, und er war ein Mittäter, der getötet worden war, nachdem er nicht mehr gebraucht wurde.

Ihr Telefon klingelte. Sofort brach der Livestream der Pressekonferenz ab. Auf dem Display erschien die Rufnummer von Cheetah, ihrem ehemaligen Kollegen beim LKA.

Sie nahm das Gespräch entgegen. »Hallo, Cheetah, hätte nicht gedacht, dass du mich anrufst.«

»Sofia, gut, dass ich dich gleich erreiche«, gab der zurück. Schon an der Tonlage erkannte sie, dass sein Anruf einen unerfreulichen Grund hatte.

»Du klingst so ernst. Was ist passiert?«, fragte sie und machte sich auf schlechte Nachrichten gefasst.

»Ich weiß nicht, wie ich es dir sagen soll«, druckste er herum. »Aber es geht um den Kapuzenmörder.«

»Kapuzenmörder?«, wiederholte Sofia und spürte sofort einen Stich wie von einer Nadel in der rechten Schulter. »Ich bin nicht mehr dabei, schon vergessen?«

»Ich weiß.«

»Ein neuer Mord?«

»Kein neuer Mord.« Cheetah ließ einen tiefen Atemzug folgen, dann noch einen. »Aber er ist wieder aktiv.«

»Aktiv? Es gibt einen neuen Leiter für die Soko. Warum also rufst du mich an?«

Neben dem gleichförmigen Rauschen drangen nur Cheetahs Atemzüge aus dem Lautsprecher.

»Was ist los?« Sofia dämmerte, dass er den wahren Grund für seinen Anruf noch zurückhielt.

»Er hat uns geschrieben.«

»Wie, ›geschrieben‹? Eine E-Mail?« Sofia glaubte, sich verhört zu haben. Natürlich gab es immer wieder Spinner, die ihre Straftaten öffentlich machten. Aber dass jemand direkt den Kontakt zur ermittelnden Dienststelle suchte, gehörte eher ins Reich der Phantasie von Krimiautoren.

»Keine E-Mail. Zwei Briefe. Laserdrucker. Darin faselt er von sich, der Soko und anderem wirren Zeug. Wir halten sie für authentisch.«

»Irgendwelche Spuren?« Sofia war selbst überrascht, wie schnell sie wieder in alte Verhaltensmuster verfiel.

»Alles bereits überprüft. Da ist nichts. Und deshalb rufe ich auch nicht an.«

»Sondern?« Allmählich ärgerte es Sofia, dass sie ihm jede Information aus der Nase ziehen musste. »Und was meinst du mit ›wirrem Zeug‹?«

»Er macht sich über die Soko lustig und – über dich.« Es raschelte im Hörer. Offenbar kramte Cheetah in einem Stapel Papier auf seinem Schreibtisch. »Er kann es nicht akzeptieren, dass du als Einzige sein wahres Gesicht gesehen hast, und schreibt, dass er sich deshalb – ich zitiere jetzt: ›ein zweites Mal von dir verabschieden will‹. Und hier im nächsten Pamphlet schreibt er, dass er dir alle seine Briefe noch persönlich überreichen will.«

Sofia erschauderte, spürte, wie ihr Herzschlag für einen Moment aussetzte. Sie hatte die Befürchtung die ganze Zeit in sich getragen, bisher jedoch erfolgreich verdrängt. Aber der Gedanke, dass der Kapuzenmörder wahrhaftig wieder in ihr Leben treten könnte, entsetzte sie.

Cheetahs Stimme holte sie zurück in die Realität. »Bist du noch dran, Sofia?«

»Ja.« Ihre Antwort glich mehr einem Hauchen. Und im nächsten Moment sah sie ihn wieder vor sich. Diesen Mann mit Kapuze und einem Gesicht, das nur als schwarzer Fleck in ihrem Gedächtnis existierte.

»Sagt dir der Name Johnny etwas, oder kennst du sogar jemanden, der so heißt?«

»Johnny?« Sofia dachte einem Moment nach. Doch außer dem amerikanischen Schauspieler, der früher einmal verdammt gut ausgesehen hatte, fiel ihr niemand ein. »Johnny Depp?« »Den meine ich nicht. Sonst noch jemand?«

»Ich kann mit dem Namen wirklich nichts anfangen. Aber warum fragst du?«

»Die beiden Briefe enden mit: ›We'll meet again, some sunny day.‹ Der Verfasser nennt sich Johnny. Das ist eine Liedzeile aus einem Countrysong von Vera Lynn aus den Dreißigern. Und mit Johnny ist wohl Johnny Cash gemeint. Der hat den Song vor einiger Zeit gecovert.«

»Klingt nach einem durchgeknallten Psychopathen.«

Cheetah lachte freudlos auf. »Den Begriff benutzen sie bei uns auch gerade.«

»Kannst du die Briefe abfotografieren und mir per WhatsApp schicken?«

»Du weißt, dass ich das eigentlich nicht darf.«

»Eigentlich.« Sofia spürte ein erstes Lächeln auf ihrem Gesicht. »Ich weiß.«

»Ich schicke sie dir gleich. Und sonst, alles klar bei dir? Was macht dieser Markus Patzold?«

»Markus Patzold?«

»Du weißt schon, dieser Knasti mit dem BtMG-Verstoß von 2014. Koks und Speed-Lollis. Klingelt's wieder?«

»Ach ja, den hätte ich fast vergessen. Der Typ ist vielleicht in was Größeres verwickelt«, erwiderte Sofia und gab Cheetah einen kurzen Überblick über die Ereignisse der letzten Nacht am Flughafen und den verkohlten Toten im ausgebrannten Iberia-Transporter.

»Von Ausspannen und Vorruhestandgenießen ist dein Aufenthalt auf Gran Canaria offensichtlich noch ein Stück entfernt.«

»Da hast du wohl recht.« Sofia überraschte es selbst, dass sie nach so kurzer Zeit bereits mitten in einem Raubüberfall mit Tötungsdelikt steckte.

»Sofia – pass auf dich auf.«

»Das höre ich heute schon zum zweiten Mal. Aber keine Angst, ich bin ein großes Mädchen.«

»Ich weiß.« Cheetah lachte erneut auf. »Und um den Kapuzenmörder brauchst du dir erst einmal keine Sorgen zu machen. Das sind nur leere Drohungen. Woher sollte der Typ schon wissen, dass du auf Gran Canaria bist?«

»Natürlich.« Das klang mutiger, als Sofia sich fühlte. Sie bedankte sich bei Cheetah für den Anruf und beendete das Gespräch.

Die Website der Diario de Avisos poppte wieder auf. Der Livestream der Pressekonferenz war inzwischen beendet. Einige Minuten später meldete sich Cheetah erneut, diesmal per WhatsApp. Er hatte ihr die Fotos der beiden Briefe des Kapuzenmörders geschickt.

Sofia las die Briefe. Einmal, zweimal, dreimal. Die kultivierte Sprache und Ausdrucksweise verstärkten bei jedem weiteren Mal das Bild eines Psychopathen. Jemand, dem es keine Schwierigkeiten bereitete, seine kriminellen Neigungen hinter einem eloquenten, vermutlich auch unterhaltsamen und charmanten Auftreten zu verbergen. Womöglich war der Kapuzenmörder sogar gut in die Gesellschaft integriert, ging einem festen Beruf nach und lebte in einer Familie mit Kindern. Es würde sie nicht wundern, wenn die Medien nach seiner Identifizierung erstaunte Familienmitglieder und Nachbarn präsentierten, denen nie etwas Verdächtiges aufgefallen war. Psychopathen planten nun mal sorgfältig und gehörten schon deshalb zu den unauffälligsten Tätern überhaupt.

Um das Bild des unberechenbaren Psychopathen aus dem Kopf zu bekommen, stellte Sofia sich unter die heiße Dusche. Danach fühlte sie sich ein wenig besser. Ihre Gedanken kreisten nicht mehr um die Drohbriefe des Kapuzenmörders, sondern um die Pressekonferenz zum Überfall auf das Iberia-Depot. Und um den Toten im ausgebrannten Transporter. Seine Identität würde sie der Lösung des Falles einen großen Schritt näher bringen.

Einige Zeit später hatte sie sich etwas zu essen gemacht und schaute wie beiläufig auf ihr Mobiltelefon. Dort blinkte die Benachrichtigung einer weiteren WhatsApp auf. Diesmal jedoch von einer unbekannten Telefonnummer mit litauischer Vorwahl. Seltsamerweise bestand die Nachricht nur aus einer Audiodatei ohne jeglichen Text.

Einen Moment lang spielte Sofia mit dem Gedanken, die Nachricht zu löschen. Doch die Neugier siegte, und sie drückte den Play-Button.

Simple Gitarrenakkorde ertönten, offenbar ein Country-song. Dann mit der ersten Textzeile erkannte Sofia das Lied, das aus dem Lautsprecher ihres Mobiltelefons drang: »We'll Meet Again« von Johnny Cash.

19

Die Sonne war bereits hinter dem Horizont verschwunden, als Sofia mit ihrem Dacia den Puerto de la Luz erreichte. Vor dem fast schwarzen Wasser ragte ein halbes Dutzend Kräne in den Himmel. Sie wirkten ein wenig wie die Silhouetten mächtiger Roboter, die untätig in der Gegend herumstanden. Dahinter, dort, wo der Atlantik endete, ging der orangefarbene Streifen des letzten Sonnenlichts in ein dunkles Rot über, wechselte dann zu Violett und Blauschwarz. Die ersten Sterne funkelten, und die abertausend Lichter des Hafens schickten gelbe Strahlen in den Nachthimmel. Links und rechts der Straße wechselten sich Lagerhallen mit Schuppen und Baracken ab. Auf fußballplatzgroßen Innenhöfen stapelten sich rostige Container und Paletten wie überdimensionale Bauklötze. Daneben wirkten die Bürogebäude mit ihren teilweise beleuchteten Fenstern fast klein. Wie Pedro am Nachmittag bereits angedeutet hatte, war Roccos Lagerhalle nicht schwer zu finden, zumal an der Einfahrt unübersehbar das Schild »Rodríguez importa y exporta« prangte. Was auch immer er importierte oder exportierte, konnte hier vorübergehend aufbewahrt oder an den Behörden vorbeigeschleust werden. Sofia passierte das Gebäude aus Wellblech, wendete und stellte ihren Dacia am gegenüberliegenden Straßenrand hinter dem roten Lieferwagen eines Elektrohandels ab. Sie schaltete den Motor und das Licht aus, schob den Sitz ein Stück nach hinten und lehnte sich zurück. Von hier aus konnte sie die Einfahrt im Auge behalten, ohne selbst bemerkt zu werden.

Noch zu Hause hatte Sofia gedacht, die Observierung von Roccos Lagerhalle sei der einzige Grund, sich hier zwischen einem Schrottplatz und einer Ölraffinerie die Nacht um die Ohren zu schlagen. Doch schon auf der Fahrt hinunter nach Las Palmas hatte sie gespürt, dass es ihr auch um Ablenkung ging. Und jetzt, in der absoluten Stille des Autos, drängte sich ihr letzter Fall mit voller Wucht ins Bewusstsein. Ihre Gedanken kreisten bereits wieder um das Telefonat mit Cheetah und die Briefe des Kapuzenmörders. Die anschließende WhatsApp mit dem Countrysong stammte fraglos vom selben Absender. Und nach den Briefen musste sie die Liedzeile »We'll meet again« als Einschüchterungsversuch verstehen. Die Frage lautete: Wie weit würde ein Psychopath wie er noch gehen?

Wie in einem bizarren Sammelalbum tauchten die Fotos der toten Frauen plötzlich wieder vor ihrem geistigen Auge auf. Mehr als zwei Jahre lang war die Reihe der jungen Gesichter an der Pinnwand angewachsen. Zuletzt waren es sieben gewesen. Sieben Schicksale, die ihre Soko nur registrieren konnte wie ein Archivar.

Mit einem Mal schien ein Dröhnen das ganze Auto in Besitz zu nehmen. Sofia schrak auf. Ein Sattelschlepper donnerte so dicht am Dacia vorbei, dass die Karosserie schwankte.

Begonnen hatten die Morde im Herbst vor zwei Jahren. Eine junge Frau lag erwürgt in der Suite eines Stuttgarter Hotels. Damals gingen die Ermittler noch von einer Beziehungstat aus. Über Monate wurde ihr Begleiter verhört, doch der Tatverdacht gegen ihn erhärtete sich nicht. Im Jahr darauf gab es zwei weitere Morde an jungen Frauen. Aber weil verschiedene Dienststellen zuständig waren, erkannte niemand, dass alle drei Morde auf das Konto desselben Täters gingen. Das Einzige, was die Opfer bis dahin verband, waren Alter und Geschlecht. Bis die vierte Frau getötet wurde. Da kam zum ersten Mal der Verdacht auf, dass es sich um einen Serientäter handeln könnte, denn die Auffindesituation mit den vor der Brust verschränkten Fingern war bei allen Opfern zwar nicht gleich, aber zumindest ähnlich. Hinzu kam, dass sich ein Augenzeuge bei der Polizei meldete, der einen Mann mit Kapuze gesehen haben wollte, wie er das Zimmer des ersten Opfers verließ. Und mit der anschließend veröffentlichten Phantomzeichnung war dann schon bald der Begriff »Kapuzenmörder« durch die Presse gegeistert.

Ein weiterer Sattelschlepper passierte die Straße neben Sofias Dacia. Diesmal auf der Gegenfahrbahn. Mit der üppigen LED-Beleuchtung am und im Fahrerhaus wirkte er ein wenig wie ein rollender Weihnachtsbaum.

Die nach dem vierten Mord eingerichtete Sonderkommission unter Leitung des LKA Stuttgart erhielt so den Namen »Kapuze«. Sie fand bei den Opfern neben Wohnort, Alter und Geschlecht eine weitere Gemeinsamkeit. Alle getöteten Frauen hatten sich mit mehr oder weniger eindeutigen Fotos und Texten bei der mobilen Dating-App Tinder angemeldet. Dieser Umstand schien der Trigger des Kapuzenmörders zu sein, nicht aber sein Motiv. Hunderte andere Frauen in Baden-Württemberg unterhielten ähnliche Benutzerprofile, ohne dass sie sich in Gefahr befanden. Die Soko ging daher davon aus, dass der Täter bei Tinder nur eine Vorauswahl traf. Vermutlich beobachtete er seine Opfer anschließend im realen Leben und schlug aufgrund eines weiteren, bislang unbekannten Motivs zu.

Aus den Augenwinkeln entdeckte Sofia im Rückspiegel einen schwarzhaarigen Mann in blauem Arbeitskittel. Er eilte am Straßenrand entlang geradewegs auf sie zu. Die linke Seitenscheibe verdunkelte sich für einen Moment, dann leuchteten die Blinker des roten Lieferwagens vor ihr auf. Ohne sich um den Dacia zu kümmern, stieg er in den Lieferwagen. Mit einer pechschwarzen Rußfahne setzte er sich Sekunden später in Bewegung. Damit war ihre Deckung nur noch halb so gut.

In Baden-Württemberg waren bis letzten Herbst drei weitere Frauen durch die Hand des Kapuzenmörders gestorben. Alle drei wurden vergewaltigt und erdrosselt. Auch sie hatten Benutzerkonten auf Tinder mit zum Teil sehr eindeutigen Selbstdarstellungen eingerichtet. Trotz einer landesweiten Aufklärungskampagne der Polizei. Zwei Wochen nach dem letzten Mord kam jene verhängnisvolle Nacht, in der sie dem Tod nur knapp von der Schippe gesprungen war, woraufhin sie ihren Dienst quittiert hatte.

Mit den Briefen musste sich beim Kapuzenmörder etwas verändert haben. Anders als in den Jahren zuvor wollte er offensichtlich, dass die Polizei von seinen Taten erfuhr und davon, dass er sich auf einer Art Mission befand.

Scheinwerferlicht blitzte im Rückspiegel auf, erhellte für einen Moment den Innenraum des Dacias. Sofia rutschte auf dem Sitz weiter nach vorn, sodass ihr Kopf nicht mehr durch die Heckscheibe zu sehen war. Sie hörte, wie der Wagen sich verlangsamte. Gleich darauf tauchten dessen Bremslichter die Umgebung in ein grelles Rot. Durch die Speichen des Lenkrads erhaschte sie einen Blick auf eine schwarze Limousine.

Vorsichtig schob sie sich wieder im Sitz hoch und erkannte am Kennzeichen, dass es sich um jenen S-Klasse-Mercedes handelte, mit dem Patzold am Royal Flush vorgefahren war. Doch der Wagen bog nicht etwa in die Einfahrt zu Roccos Lagerhalle, sondern parkte einen Steinwurf entfernt vor einer unansehnlichen Baracke auf der anderen Straßenseite.

Die beiden vorderen Türen öffneten sich. Mit einem Aktenkoffer in der Hand stieg auf der linken Seite Patzold aus, rechts ein jüngerer, muskulöser Mann mit Dreitagebart. Die Observierung von Roccos Lagerhalle schien ein Volltreffer zu sein, auch wenn sie ihn nicht dort aufgespürt hatte: Bei Patzolds Beifahrer handelte es sich ohne Zweifel um den untergetauchten Scarface. Damit schied er als verkohlte Leiche im Iberia-Transporter aus.

Die beiden Männer wandten sich dem Rolltor der Baracke zu und verschwanden wenig später hinter einer Stahltür daneben. Sofia sah zur Wellblech-Lagerhalle mit dem blauen Dach. Wenn die Beschriftung an der Zufahrt nicht eindeutig auf Rocco hinweisen würde, hätte sie annehmen müssen, dass Pedro ihr die falsche Adresse genannt hatte. Aber offenbar besaß Rocco mindestens noch ein weiteres Gebäude im Hafen. Womöglich war das auch der Grund, warum die Durchsuchungen in der anderen Lagerhalle bisher keine Hinweise auf seine illegalen Geschäfte ergeben hatten.

Sofia stieg aus ihrem Dacia, rannte die Straße entlang und ging hinter dem Mercedes in Deckung. Die Baracke, deren hellblauer Anstrich förmlich nach Erneuerung schrie, diente offenbar nicht nur als Lagerhalle. Auf rund fünf Metern Höhe ragte eine Satellitenschüssel in den Himmel, und vor den beiden Fenstern auf der Nordseite hingen Gardinen. Auch wenn im Moment kein Licht dahinter brannte, vermutete Sofia ein Appartement über der Halle. Für Scarface ein idealer Ort, um für eine Weile unterzutauchen.

Im Innern der Baracke brummte ein Dieselmotor auf, und das Tor rollte sich geräuschvoll auf. Kaum hatte es sich halb geöffnet, tauchte ein unscheinbarer weißer Kastenwagen auf. Am Steuer saß Scarface, neben ihm Patzold. Der Kastenwagen bog auf die Straße Richtung Innenstadt ein, das Rolltor schloss sich wieder. Ihr blieben nur noch wenige Sekunden, um sich ihren nächsten Schritt zu überlegen. Sollte sie die Baracke durchsuchen oder dem Kastenwagen mit Patzold und Scarface folgen?

Sofia sprintete zurück zu ihrem Dacia, stieg ein und ließ den Motor an. Mit quietschenden Reifen wendete sie auf der Fahrbahn und entdeckte den weißen Kastenwagen im nächsten Kreisverkehr. Der nahm jetzt die dritte Ausfahrt und verschwand aus ihrem Blickfeld. Sofia trat aufs Gaspedal. Behäbig nahm der Dacia Fahrt auf. Sie erreichte nun ebenfalls den Kreisverkehr. An der dritten Ausfahrt erspähte sie in zwei-, dreihundert Metern Entfernung die Rücklichter des Kastenwagens, der schon wieder nach rechts abbog. Viel zu schnell raste sie die Uferstraße entlang. Der Tacho zeigte bereits mehr als achtzig Stundenkilometer. Egal, sie durfte Patzold und Scarface nicht aus den Augen verlieren. Sonst würde die so erfolgreich angelaufene Observierung gleich wieder im Sande verlaufen.

Ein Fahrzeug mit Lichthupe kam ihr entgegen. Verdammt, sie hatte doch tatsächlich vergessen, das Fahrlicht einzuschalten. Sofia tastete nach dem Lichtschalter, fand ihn, und die Scheinwerfer flammten auf. Sie zog den Dacia nach rechts und fand sich in einem Gewirr von Straßen, Einfahrten und Kreuzungen wieder. Die Fahrbahn bestand zum Teil aus Kopfsteinpflaster, das nur notdürftig mit Teerfladen ausgebessert worden war. Einem größeren Schlagloch konnte sie nur teilweise ausweichen und spürte noch am Lenkrad die Schläge, denen das Fahrwerk ausgesetzt war. Auf beiden Seiten der Straße parkten Autos, Lieferwagen und Lastwagen. Von dem weißen Kastenwagen war nichts zu sehen. Und an jeder Kreuzung drängten sich weitere Fahrzeuge vor ihren Dacia.

Bald erreichte sie einen dreispurigen Kreisverkehr, in dessen Mitte ein Leuchtturm rund zwanzig Meter in die Höhe ragte.

Die erste Ausfahrt würde sie zurück auf die Uferstraße führen, die gegenüberliegende auf die Halbinsel La Isleta mit dem Comisaría von Las Palmas. Sie nahm die dritte Ausfahrt in Richtung GC-1 – dummerweise dieselbe wie die meisten anderen Fahrzeuge auch. Dutzende von Autos und Lastwagen sorgten für regen Verkehr auf der zweispurigen Ausfallstraße. Nur der weiße Kastenwagen war plötzlich wie vom Erdboden verschluckt. Sie hatte Patzold und Scarface verloren.

***

Längst war die Umgebung in völlige Dunkelheit getaucht, als Januar das Motorgeräusch in der Ferne wahrnahm. Es schwoll an, blieb aber weiterhin leiser als das Rattern des Traktors am Nachmittag. Seither hatten lediglich drei weitere Fahrzeuge die Straße vor dem Haus passiert. Ein erster Lichtschein strich über die kahlen Innenwände. Zweifellos näherte sich ein viertes Auto. Seine Armbanduhr zeigte Viertel nach neun. Sitos Männer. Endlich. Die Zeit, die er sich mit der tickenden Zeitbombe herumschlagen musste, neigte sich dem Ende zu.

Januar erhob sich, machte ein paar Schritte Richtung Eingang und lauschte. Das Motorgeräusch entfernte sich nicht, sondern blieb gleichmäßig laut wie ein Fahrzeug im Leerlauf. Eine Autotür wurde zugeschlagen. Leise quietschten die Scharniere des Metalltors. Einige Sekunden später erstarb das Motorgeräusch, und das Licht erlosch.

Zwei Stimmen riefen ihnen etwas zu. Januar gab sich mit einem »Hier« zu erkennen. Nur Sekunden später betraten zwei Männer den Raum, in dem sie die letzten Stunden verbracht hatten.

»Was ist denn hier passiert?« Der ältere der beiden mit einer Habichtnase und einem Zopf deutete auf den riesigen Blutfleck in der Mitte des Raumes. Keine zwei Stunden zuvor hatte dort noch der tote Hund gelegen. Inzwischen lag der Kadaver hinter einem verdorrten Busch neben dem Haus.

»Nur ein toter Köter.« November kam von seinem Sitzplatz

an der Wand hoch. Seine Walther steckte im Bund der Gipser-Arbeitshose und war unter dem fleckigen Shirt nicht zu sehen.

»Habt ihr die Kohle dabei?«

»Wo ist euer vierter Mann?«, fragte der Ältere und sah sich suchend um.

»Hat's nicht geschafft«, antwortete November.

»In den Nachrichten war, dass im Iberia-Transporter eine Leiche gefunden wurde.«

»Sag ich doch: Er hat's nicht geschafft.«

»Hast du nachgeholfen?«, fragte der Jüngere der beiden mit Dreitagebart und Narbe auf der Wange.

»Und wenn's so wäre?«

Statt November zu antworten, musterte der Jüngere ihn eine Weile und sagte dann: »Laden wir das Geld um.«

Gemeinsam erreichten sie den Carport. Sitos Männer hatten ihren weißen Kastenwagen neben dem Baustellenlieferwagen abgestellt.

Januar öffnete die Hecktüren und kletterte auf die Ladefläche. Er schob die erste, mit den Geldscheinen gefüllte blaue Plastik-tonne nach hinten, und erneut wurde ihm das Gewicht von Papiergeld bewusst. Nur zu zweit schafften sie es, die Tonne abzuladen.

Als die dritte Tonne im Kastenwagen verstaut war, baute sich November vor der Ladefläche auf.

»Was soll das?«, rief der Jüngere.

»Der Rest bleibt hier.« November hob sein Shirt an und stopfte es hinter den Perlmuttgriff der Walther. Der Sicherungs-bügel stand auf Rot – entsichert. »Bis ich unsere Kohle gesehen habe.«

»Schöne Waffe«, sagte der Jüngere, ohne im Geringsten ner-vös zu wirken. »Kannst du damit auch umgehen?«

»Willst du's darauf anlegen?« November setzte ein Grinsen auf, das Januar ihm am liebsten aus dem Gesicht geschlagen hätte.

»Euer Geld liegt vorne.« Mit versteinerter Miene deutete der Ältere zum Kastenwagen.

November reckte das Kinn, blickte ihn herausfordernd an.
»Dann rück mal die zwei Millionen raus.«

»Wir zahlen wie vereinbart. Jeder bekommt fünfhundert Riesen. Und wer's nicht geschafft hat – Pech gehabt.«

»Es gibt genau zwei Möglichkeiten.« November nestelte bereits an seiner Waffe herum. »Entweder wir kriegen die zwei Millionen, oder der Rest bleibt hier.«

»Kannst du beides vergessen.«

»Tatsächlich?« Im selben Moment, in dem November seine Walther aus dem Hosenbund zog und auf den Älteren richtete, hatte der schon seine Pistole in der Hand und zielte seinerseits auf ihn.

»Sieht wohl nach einem Patt aus«, sagte da November.

Wortlos beäugten sich die beiden. Man hätte eine Stecknadel fallen hören können. Allerdings hätte das nächste Geräusch jede fallende Stecknadel übertönt: das Klicken eines weiteren Pistolenhahns.

»Kein Patt.« April stand hinter November. Seine Waffe zeigte auf Novembers Hinterkopf. »Du krankes Arschloch bist erledigt.«

»Bist du immer noch beleidigt, Zuckerpüppchen, weil ich den Köter plattgemacht habe?« November drehte den Kopf zu April, sein Arm mit der Walther im Anschlag folgte.

Ein Windstoß erfasste die Plastikplane vor der Fensteröffnung im Haus. Das Flattern der losen Bahnen durchdrang die Stille wie Peitschenhiebe. Aus den Augenwinkeln nahm Januar zwei Mündungsfeuer wahr. Eines vor Novembers Pistole, das andere vor der Waffe des Älteren. Dennoch hörte er nur einen einzigen Knall, der sein Trommelfell zu zerreißen drohte. Mit einem kurzen, trockenen Schrei sank April zu Boden, getroffen von November. Der wiederum fiel vornüber wie ein gefällter Baum. Ihn hatte der Ältere niedergeschossen.

Januars Blick pendelte zwischen Sitos Männern und dem Metalltor hin und her. Die Plastikplane im Haus knallte weiter in ihrem eigenen Rhythmus. Instinktiv spürte Januar, dass er schnell handeln musste, wenn er weiterleben wollte. Die beiden würden nicht lange fackeln, den einzigen Zeugen zu töten. Er stürmte auf das nur angelehnte Metalltor zu, rechnete damit, hinterrücks erschossen zu werden. Doch offenbar versperrten die Fahrzeuge im Carport eine freie Schussbahn. Er erreichte das Tor, drängte sich hindurch und rannte in die Dunkelheit. Dann erst hörte er die Schüsse hinter sich.

***

Seit über zwei Stunden stand Sofia bereits wieder mit ihrem Dacia auf demselben Platz im Hafen. Es schien ihr die einzige Möglichkeit, in Erfahrung zu bringen, was Patzold und Scarface mit dem weißen Kastenwagen vorhatten. Früher oder später würden sie zurückkommen. Vor allem, wenn sie bedachte, dass Scarface offensichtlich im Appartement über der Baracke wohnte. Dutzende von Transportern, Lastwagen und anderen Fahrzeugen hatten in der Zwischenzeit die Straße passiert. Und immer öfter ertappte sie sich dabei, wie ihr die Augen zufielen. Es gelang ihr, den Schlaf zurückzudrängen, bis tatsächlich gegen Mitternacht der weiße Kastenwagen auf die Einfahrt der Baracke zusteuerte.

Schon auf den ersten Blick erkannte Sofia, dass der Kastenwagen schwerer beladen war als zuvor. Die hinteren Radkästen hingen deutlich tiefer über den Rädern.

Das Rolltor öffnete sich quietschend, und Sekunden später verschwand der weiße Kastenwagen in der Baracke. Sofia stieg aus und sprintete wie zuvor schon zu Patzolds schwarzem Mercedes. Als sich diesmal das Tor senkte, stand ihr Entschluss fest. Sie rannte erneut los, tauchte unter dem Tor hindurch und drückte sich in eine dunkle Nische direkt neben der Einfahrt. Das Rolltor schloss sich. Erst jetzt, als sie Zeit zum Durchatmen hatte, merkte sie, wie ihr Herz raste. Und das lag bestimmt nicht an ihrer mangelnden Kondition. Falls die beiden Männer sie hier drinnen entdeckten, hatte sie keine Chance, sich zur Wehr zu setzen, geschweige denn zu entkommen. Genau genommen saß sie fest in ihrer selbst gewählten Falle.

Irgendwo im hinteren Teil der Baracke erstarb der Motor des Kastenwagens. Die Scheinwerfer erloschen, und Autotüren wurden zugeschlagen. Das einzige Licht bestand jetzt aus dem orangefarbenen Schein, der durch die Fensteröffnungen im Rolltor drang. Und mit einem Mal war es so still, dass Sofia ihr Blut in den Ohren rauschen hörte.

Sekunden später vernahm sie Schritte, die direkt auf sie zukamen. Sofia drückte sich tiefer in die Nische, wagte nicht mehr, zu atmen. Sie tastete nach dem Gummiband an ihrem Handgelenk und hielt inne. Es schnappen zu lassen wäre ein zu lautes Geräusch.

Wortlos schlenderten Scarface und Patzold mit dem Aktenkoffer gerade mal einen halben Meter an ihr vorbei. Die Stahltür neben dem Rolltor öffnete sich. Licht fiel auf ihr Gesicht. Doch keiner der beiden schaute sich um. Dann fiel die Stahltür wieder ins Schloss. Kurz darauf hörte sie den Motor von Patzolds Mercedes. Der Wagen entfernte sich schnell. Geschafft. Sie atmete erleichtert aus.

Sofia schaltete die Taschenlampe ihres Mobiltelefons ein und tastete mit dem Lichtstrahl den Raum ab, in dem sie sich befand. Sie war doch einigermaßen überrascht von der Größe, was vor allem an der Tiefe des Gebäudes lag. Vor ihr zogen sich unzählige Regalmeter weiter in die Baracke hinein. Einige dienten als Lagerplatz für Pappkartons, Holzkisten und Paletten. Dazwischen lagerte immer wieder ausgedientes Inventar. Sie entdeckte Sitzgarnituren, Tische, Stühle, zwei Flipperautomaten, einen ramponierten Billardtisch, dann Werbeaufsteller, bizarr geformte Metall- und Plastikrohre, Dämmwolle und vieles andere mehr. Aber vor allem eines: Staub, wohin sie schaute.

Wonach sollte sie suchen?

Je weiter Sofia in den hinteren Teil der Baracke vordrang, desto weniger Staub hatte sich auf den unzähligen Kisten und Kartons angesammelt.

Sie trat vor eine Palette mit Kartons, die aussahen, als wären sie gerade erst eingelagert worden. Sie riss einen der Kartons auf, und rote T-Shirts mit einem grünen Krokodil auf Brusthöhe kamen zum Vorschein. Der nächste Karton enthielt die gleichen T-Shirts in Weiß, der übernächste in Dunkelblau. Zwar kannte Sofia sich mit gefälschten Markenprodukten nicht aus, aber bereits die Verpackung ließ darauf schließen, dass es sich nicht um Original-Lacoste-Shirts handelte. Ähnlich verhielt es sich mit den Kleidungsstücken auf der nächsten Palette. Im ersten Karton entdeckte sie weiße Adidas-Hoodies, im nächsten die gleichen Hoodies in Schwarz. Obwohl die Logos auf der Brust perfekt aussahen, tippte sie auf Fälschungen.

Und so ging es weiter. Vor ihr reihten sich sechs Paletten aneinander, die auf den ersten Blick die gleiche Herkunft hatten. Selbst mit Hilfe einer kleinen Polizeitruppe würde es Stunden, wenn nicht gar Tage dauern, um sich einen Überblick zu verschaffen, was Rocco in dieser Baracke lagerte.

Sofia erreichte eine Treppe, die nach oben, vermutlich in das Appartement, führte. Dort fand sie sich vor einer verschlossenen Tür mit Sicherheitsschloss wieder. Ohne das richtige Werkzeug hatte sie keine Chance, hineinzugelangen. Enttäuscht vom bisherigen Verlauf ihrer Durchsuchung, stieg sie die Treppe wieder hinunter.

Sollte sie weitere Kartons überprüfen? Viel versprach sie sich nicht davon. Vermutlich wäre es reiner Zufall, wenn sie in dem Durcheinander Hinweise fand, die zur Aufklärung von López' Verschwinden oder des Überfalls auf das Iberia-Depot beitrugen.

Sofias Blick blieb an dem schwer beladenen Kastenwagen hängen. Vielleicht konnte sie ja in Erfahrung bringen, was Travolta und Scarface auf ihrer Fahrt geladen hatten. Sie versuchte, die Fahrertür zu öffnen. Abgeschlossen. Genau wie die Beifahrertür und die Heckklappe. Sie leuchtete durch das rückwärtige Fenster auf die Ladefläche. Das Licht huschte über blaue Plastiktonnen, beschriftet mit »Yesos Canarias SA«. Der Bezeichnung nach handelte es sich um Behälter einer lokalen Gipsfabrik, die schon aufgrund des tief hängenden Fahrzeughecks nicht leer sein konnten. Aber warum zum Teufel karrten Patzold und Scarface mitten in der Nacht blaue Plastiktonnen mit Gips durch die Gegend?

20

Bereits kurz vor acht riss ihn ein hartnäckiges Klingeln aus dem Schlaf. Gerne hätte García an diesem Sonntagmorgen etwas länger geschlafen. Der gestrige Tag mit dem Überfall auf das Iberia-Depot, dem Fund der verkohlten Leiche und der anschließenden Obduktion sowie der Pressekonferenz am Abend steckte ihm immer noch in den Knochen.

García ertastete das vibrierende Mobiltelefon auf dem Nachttisch. Ohne genau hinzuschauen, nahm er den Anruf entgegen und hörte sich weit entfernt sagen: »¿*Dígame?*« Es war mehr ein Krächzen, und wie von selbst fielen ihm die Augen wieder zu.

»Ist da Inspector Jefe García vom Comisaría Las Palmas Norte?«, kam es glockenhell zurück. In Garcías Hinterkopf regte sich die schwache Erinnerung, dass er die Stimme erst kürzlich irgendwo gehört hatte.

»Und wer will das wissen?« Der Schlaf zerrte an ihm, und seine Lider verweigerten weiterhin den Dienst.

»Hier spricht Capitán Enrique Simón von der Guardia Civil, Comando Las Palmas.«

Jetzt fiel es ihm wieder ein. Der grinsende Guardia-Civil-Beamte, der während der gestrigen Pressekonferenz neben ihm gesessen hatte. Er war ihm da schon unsympathisch gewesen.

»Capitán Simón, ah.«

»Habe ich Sie geweckt?«

»Nein, ich bin immer so gut drauf«, knurrte García. Manchmal wünschte er sich einen Tag ohne Telefon.

»Dann entschuldigen Sie die frühe Störung, aber ich denke, es ist wichtig.«

»Und zwar was?« Garcías Laune besserte sich durch Simóns Entschuldigung kein bisschen.

»Wir haben zwei Leichen gefunden.«

García zuckte kurz zusammen, obwohl sein Interesse an

zwei weiteren Leichen bei exakt null lag. Mit dem Raubüberfall auf das Iberia-Depot und der verkohlten Leiche hatte er bereits den aufsehenerregendsten Fall am Hals, den es bisher auf Gran Canaria gegeben hatte. »Sie könnten die Guardia Civil rufen.«

»Sie verstehen nicht, Inspector Jefe García.«

»Was verstehe ich nicht?« Warum zum Teufel kam dieser Simón nicht endlich auf den Punkt?

»Die beiden Leichen stehen vermutlich im Zusammenhang mit dem Überfall auf das Iberia-Depot.«

García war plötzlich hellwach. »Iberia-Depot? Zwei Tote?«

»So hatte ich mich ausgedrückt, ja.«

»Und wie kommen Sie darauf, dass die Leichen mit dem Überfall zusammenhängen?«

»Ich denke, wir haben einen Teil der Beute gefunden.«

Keine halbe Stunde später erreichte García die Straßensperre der Guardia Civil an der GC-324, einer kaum befahrenen Nebenstraße, die im Grunde nirgendwohin führte. Eine Handvoll Streifenwagen stand kreuz und quer vor dem Rohbau eines zweistöckigen Wohnhauses. Wie blaue Finger strichen die Signallichter über die nackten, verwitterten Betonwände des längst aufgegebenen Gebäudes. Vermutlich handelte es sich um eines jener Bauvorhaben, die entweder die Behörden gestoppt hatten oder deren Bauherr das Geld ausgegangen war.

García stellte seinen Dienstwagen vor dem grün-weißen Absperrband ab, das wild im Wind flatterte. Er wies sich bei den Beamten aus und näherte sich mit schnellen Schritten einem halb offen stehenden Metalltor.

Noch bevor er durch das Tor trat, bemerkte er im Carport dahinter einen älteren Fiat Ducato, offenbar der Lieferwagen eines Handwerkers. Ein paar Schritte weiter sah er bereits die ausgestreckten Arme der ersten Leiche unter dem Heck des Fahrzeugs hervorschauen.

Da trat Capitán Simón hinter dem Fiat Ducato hervor. Er wirkte wie aus dem Ei gepellt. Die Mütze mit dem Wappen der

Guardia Civil schloss millimetergenau mit seinem Haaransatz ab, der Bart war auf Dreitagelänge gestutzt. Die grüne Uniform saß perfekt und sah aus wie frisch gebügelt. Lächelnd winkte er ihn zu sich, schien trotz des Anlasses die gute Laune in Person zu sein. Sympathischer machte ihn das allerdings nicht. »Inspector Jefe García, schön, dass Sie es so schnell einrichten konnten.«

García nickte ihm zu. Als er um den Lieferwagen herumkam, fiel sein Blick auf die beiden Leichen am Boden. Es handelte sich um jüngere Männer in der Kleidung von Bauarbeitern, offensichtlich Gipser oder Maler. Dazu passte auch die Beschriftung des Lieferwagens mit »Alberto Cabrera«, einem Gipser und Stuckateur aus Las Palmas. Einer der Toten, ein drahtiger Glatzkopf um die dreißig, starrte mit weit aufgerissenen Augen ins Leere. Hinter seinem linken Ohr klaffte eine Schusswunde. Der Jüngere mit einem Einschussloch auf der Stirn schien nicht älter als Mitte zwanzig zu sein.

»Wissen wir schon, wer die beiden sind?«, fragte García, ohne aufzuschauen.

»Nein«, antwortete Simón. »Kein Mobiltelefon, keine Papiere. Auch nichts im Wagen. Ich weiß nur, dass sie nicht das sind, wonach sie ausschauen.«

»Handwerker?«

»Handwerker waren die beiden ganz sicher nicht«, entgegnete Simón.

»Ist das so?« García hatte sich noch nie begeistern können, wenn die Guardia Civil bei seinen Ermittlungen mitmischte. Aber nun waren sie schon mal hier.

»Ja. Es sei denn, Sie glauben, dass Gipser heutzutage bewaffnet auf Baustellen fahren. Unsere Kriminaltechniker haben zwei Pistolen sichergestellt. Aus einer wurde geschossen, drei Patronen fehlen.«

»Drei?« García runzelte die Stirn. »Wenn ich davon ausgehe, dass sich keiner der beiden selbst getötet hat, fehlen zwei Geschosse.«

»Die könnten in dem Hund stecken.«

»Welchem Hund?«

»Draußen liegt noch ein toter Hund. Zwei Einschüsse.«

»Wir haben also hier zwei tote Männer, jeweils von einem Geschoss getötet, sowie draußen einen toten Hund mit zwei Löchern im Fell. Dazu eine Waffe, aus der drei Schüsse abgefeuert wurden.«

»Das ist der aktuelle Stand.«

»In dem Fall haben wir es noch mit mindestens einer weiteren Person zu tun.«

»So sehe ich das auch.«

»Und wem gehörte die Waffe, mit der geschossen wurde?«

»Die lag in seiner Hand.« Simón deutete zum Glatzkopf. Der Glanz seiner weit aufgerissenen Augen war erloschen, die Pupillen geweitet. Im blassen Grün der Iris wirkten sie durchlässig wie eine Fensterscheibe.

»Was für eine Waffe?« García ging neben dem Glatzkopf in die Hocke. Ein erster Verdacht regte sich in ihm.

Simón rief einem seiner Beamten etwas zu.

Kein Schmerz, sondern Entschlossenheit hatte sich in die Gesichtszüge des Toten gegraben. Die Augäpfel traten weit hervor. Grüne Glupschaugen. García zog sein Notizbuch aus dem Sakko und blätterte zu der Seite mit der Überschrift »Baske«. Pérez, der Sicherheitsmann aus Frachthalle drei, hatte ihn als »drahtigen Typ« beschrieben, »mittelgroß, vielleicht dreißig bis vierzig Jahre alt, mit grünen Glupschaugen«.

Der Beamte kam mit einem transparenten Beutel zurück. Darin eine Walther PP mit weiß glänzenden Griffschalen: Perlmutt. García brauchte nicht genauer hinzuschauen. Es gab keinen Zweifel. Vor ihm lag die Leiche des Basken – das Großmaul, der Schlägertyp.

García kam hoch. »Das ist einer der Täter des Überfalls auf das Iberia-Depot.«

»Und das wissen Sie woher?« Senkrecht über Simóns Nasenansatz standen zwei kritische Falten.

»Gute alte Polizeiarbeit.« García hielt sein rotes Notizbuch in die Höhe.

»Und der hier?«, fragte Simón, der noch immer nicht ganz überzeugt wirkte.

García betrachtete die andere Leiche, blätterte erneut in seinem Notizbuch. Vor ihm lag kein »Kurzer mit einem muskulösen Oberkörper und Turnerfigur«, sondern eher »ein schlaksiger Typ, ziemlich groß«. Auch das Alter könnte zu jenem Täter passen, dem er die Seite mit der Überschrift »Canario« gewidmet hatte.

»Ich bin mir nicht hundertprozentig sicher«, sagte García schließlich. »Aber der da könnte ebenfalls dabei gewesen sein.«

»Dann haben wir hier zwei tote Räuber.« Simón rieb sich ein paarmal über seinen Dreitagebart. »Und wenn wir davon ausgehen, dass der verkohlte Tote aus dem Iberia-Transporter ebenfalls zu den Räubern gehört hat ...«

»... haben wir mit dem vierten Mann einen dringend Tatverdächtigen für alle drei Morde.« García blätterte in seinem Notizbuch zu der Seite, die er mit »Chef« überschrieben hatte. Pérez hatte ihn mit »normale Statur« und »durchschnittliche Größe« beschrieben. »Vermutlich ein völlig unauffälliger Mann mittleren Alters«, so seine Worte.

García steckte das Notizbuch wieder zurück. »Wer hat die Leichen eigentlich gefunden?«

»Ein Schäfer aus der Gegend. Sein Hund ist ihm gestern entlaufen. Als der heute Morgen noch nicht zurück war, hat er sich auf die Suche gemacht.«

»Der tote Hund draußen.«

Simón nickte.

»Warum erschießt jemand einen Hund?«

Simón stieß einen Laut der Resignation aus. »Keine Ahnung. Aber vielleicht ist – oder besser war – unser Glatzkopf hier nicht ganz richtig im Kopf.«

»Vale.« García sah zur baufälligen Haustür. »Wie sieht's eigentlich da drinnen mit Spuren aus?«

Auf Simóns Gesicht lag ein breites Grinsen. »Ein Fest für alle Kriminaltechniker. Die Typen müssen einige Stunden im Haus verbracht haben. Hier ist alles voller frischer Fingerabdrücke und DNA. Es dürfte nur eine Frage der Zeit sein, bis wir die Identität der beiden hier festgestellt haben. Und alle anderen Spuren müssten uns zwangsläufig zum vierten Mann führen.«

»Sie lassen mir die Ergebnisse und die Fotos zukommen, dann werden wir sehen.« García wollte noch nicht so recht daran glauben, dass sie den Überfall auf das Iberia-Depot bereits innerhalb von vierundzwanzig Stunden aufgeklärt hatten.

»Sobald wir hier fertig sind.« Und da lag er wieder auf Simóns Gesicht, dieser überlegene Ausdruck, der andeutete, dass er es war, der die Fäden in der Hand hielt.

»Ich schau mich noch im Haus um.« García wandte sich der Eingangstür zu.

»Aber nichts anfassen.«

»Capitán Simón«, gab er zurück. »Ich bin auch bei der Polizei.«

García trat durch die Haustür und fand sich in einem größeren Raum wieder, in dessen Mitte sich ein riesiger Blutfleck abzeichnete. Wenn die beiden Männer draußen erschossen worden waren, konnte das Blut hier drinnen nur vom Hund stammen.

An einer Wand machten sich drei Männer in weißen Einwegoveralls an Plastiktüten und Wasserflaschen zu schaffen, um Spuren zu sichern. Ansonsten lag nur Bauschutt wie Backsteine und aufgerissene Zementsäcke herum. Vor einer der Fensteröffnungen flatterte eine losgerissene Plastikplane im Wind. García schaute sich in den anderen Zimmern um, stieg die Treppe hinauf ins nächste Stockwerk. Aber auch dort konnte er außer Bauschutt nichts entdecken. Er trat hinaus auf eine Betonplattform, die offenbar einmal ein Balkon werden sollte. Weiterer Bauschutt türmte sich auf der Erde unter ihm. Er wandte sich um und machte sich wieder auf den Rückweg.

»Und, was Interessantes entdeckt?«, fragte Simón, als er wieder den Carport erreichte. Er stand noch immer hinter dem Fiat Ducato und leuchtete mit einer Taschenlampe den Laderaum aus.

»Drinnen nicht«, gab García zurück. »Aber draußen auf der Zufahrt gibt es Reifenspuren, die von mehr als einem Fahrzeug stammen müssen.«

»Die haben wir bereits fotografiert. Leider sind sie zu schwach für einen Gipsabdruck.«

García trat neben Simón, um einen Blick auf die Ladefläche werfen zu können. Darauf befanden sich allerlei Werkzeuge wie Eimer, Kellen, dazu Leitern, zwei Holzböcke und Abdeckmaterial. Den meisten Platz nahm jedoch eine Handvoll blauer Plastiktonnen ein.

»Yesos Canarias SA«, las García.

»Eine Gipsfabrik in Agüimes«, sagte Simón. »Gehört wohl zur Tarnung.«

»Sind die leer?«

»Kann ich noch nicht sagen. Hier drinnen müssen erst noch Spuren gesichert werden.«

García nickte. »Was ich noch vergessen habe zu fragen: Wo ist eigentlich der Teil der Beute, von dem Sie am Telefon gesprochen haben?«

Statt einer Antwort richtete Simón den Lichtkegel seiner Taschenlampe auf ein paar Rollen Abdeckmaterial, die halb über einer grauen Plastikbox mit Dutzenden beigefarbenen und weißen Umschlägen lagen. Weiße Druckbuchstaben prangten am linken Rand. Er legte den Kopf schief, um die Beschriftung zu entziffern: »Iberia Agencia Gran Canaria«.

»Das ist noch nicht alles«, sagte Simón und hob die Taschenlampe leicht an.

Im Licht blitzte etwas auf.

García kniff die Augen zusammen und erkannte jetzt, was dort auf den Briefumschlägen lag und das Licht reflektierte: vier Goldmünzen und ein goldenes Collier mit zwei blauen Edelsteinen. Die graue Plastikbox enthielt die gestohlenen Wertbriefe aus dem Iberia-Depot.

***

Die letzte Nacht war kälter gewesen, als Januar erwartet hätte. Am frühen Morgen hatte er sogar gefroren. Ein Zustand, den er eigentlich nicht kannte. Die Kälte und die schützende Dunkelheit waren die Gründe gewesen, warum er die ganze Nacht über Stock und Stein immer weiter in Richtung Ozean gelaufen war. Und natürlich Sitos Killer, von denen er nicht wusste, ob sie sich noch in der Bauruine aufhielten oder ihn verfolgten.

Später in der Nacht hatte er am San Cristóbal Campus den Atlantik erreicht und war der Küste weiter nach Norden gefolgt. Seit dem Morgengrauen versuchte er, sich im Hafen von Las Palmas möglichst unauffällig zu verhalten. Und das, obwohl er diesen Ort eigentlich für die nächsten Tage hatte meiden wollen.

Aber was blieb ihm anderes übrig, als die Insel zu verlassen? Er besaß nur das, was er auf dem Leib trug: Handwerkerkleidung und die Luger von Juni. Kein Geld, keine Papiere, und im Moment sah er auch keine Möglichkeit, sich etwas davon zu beschaffen. Sitos Killer könnten im Hotel auf ihn warten und, wenn er sich nicht beeilte, die Polizei am Hafen und am Flughafen.

Um so schnell und so unauffällig wie möglich die Insel zu verlassen, blieb ihm im Grunde nur eine Möglichkeit: Er musste sich auf ein Schiff zum Festland schmuggeln. Und dafür hatte er sich die Fred.-Olsen-Fähre nach Huelva ausgesucht, die um acht Uhr, also in etwas mehr als einer Stunde, auslaufen würde.

Januar eilte den Muelle de León y Castillo in Richtung Dock entlang und versuchte, den Anschein eines Handwerkers unter Zeitdruck zu erwecken. In seinem Kopf nahm bereits ein Plan Gestalt an, wie er auf die Fähre gelangen wollte. Und dabei würde ihm das Einzige helfen, was ihm neben Junis Luger noch geblieben war: seine Handwerkerkluft. Allerdings musste er seinem Auftritt mit weiteren Utensilien noch den letzten Schliff geben.

Vor der Lagerhalle einer Fährgesellschaft stand ein verlassener Gabelstapler herum. Neben dem Sitz steckte eine grellgelbe Warnweste, wie sie alle Hafenarbeiter trugen. Kurzerhand nahm er die Weste an sich und legte sie um. Im Hof einer Werkstatt, die sich auf die Reparatur kleiner Schiffe und Boote spezialisiert hatte, entdeckte er neben einigen Farbeimern eine Bockleiter. Mit der Leiter in der einen Hand und einem Farbeimer in der anderen machte er sich auf den Weg zur Anlegestelle.

Dort überquerte Januar den Sammelplatz für die Fahrzeuge zur Einschiffung. Die Verladung hatte bereits begonnen. In schwarzen Dieselqualm gehüllt, wummerten Busse und Lastwagen in einer Schlange vor dem geöffneten Heckvisier. Er näherte sich der Laderampe und machte zwei Kontrolleure aus. Einer stoppte die Fahrzeuge, um die Tickets zu überprüfen, ein zweiter wies sie ein.

Der richtige Augenblick kam schneller, als Januar erwartet hatte. Und zwar in Form eines orangefarbenen Reisebusses, der wegen seiner niedrigen Straßenlage auf der Rampe aufsetzte. Die Einschiffung kam völlig zum Erliegen. Der Busfahrer fluchte und gestikulierte durch die Scheibe hindurch. Einer der Kontrolleure eilte davon, während der andere versuchte, den Busfahrer zu beruhigen. Nach einiger Zeit hatte der seinem Ärger offenbar genügend Luft gemacht und stellte den Motor ab. Er stieg aus, und gemeinsam begutachteten sie die Situation unter dem Bus.

Irgendwann kam der erste Kontrolleur mit zwei sichtlich schweren, etwa einen Meter langen Holzdielen zurück. Zu zweit knieten sie sich neben die Vorderreifen des Busses, um dort unter der Anweisung des Fahrers jeweils eine Diele zu positionieren. Der stieg ein, startete den Motor und zirkelte sein Gefährt langsam auf die Dielen zu.

Das war das Zeichen für Januars Einsatz. Er kam neben dem Lastwagen hervor, marschierte mit Leiter und Farbeimer am Bus vorbei und die Rampe hinauf. Niemand sprach ihn an, niemand beachtete ihn. Nie hätte er erwartet, so einfach auf die Fähre zu kommen. Mit raschen Schritten schlängelte er sich zwischen den Lastwagen auf dem Fahrzeugdeck hindurch. In einer Nische ließ er Bockleiter, Farbeimer und Warnweste verschwinden und wandte sich der Stahltreppe zu, die nach oben in den Passagierbereich führte. Jetzt benötigte er nur noch ein unauffälliges Plätzchen für die nächsten dreißig Stunden – und etwas zu essen. Bis nach Betanzos würde er noch eine Weile auf der Flucht sein und seine ganze Kraft brauchen.

Alles hatte perfekt geklappt. Allerdings nur, bis eine laute Stimme hinter ihm ertönte: »Sie da. Bleiben Sie bitte stehen.« Januar tat so, als ob die Aufforderung nicht ihm galt. Er sah weiter nach oben und nahm ohne Eile die nächsten Stufen.

»Sie da auf der Treppe, bleiben Sie stehen!«

Januar blieb stehen, drehte sich langsam um.

Unterhalb der Treppe fuchtelte ein jüngerer Mann mit rotblondem Haar. In seiner Uniform war er eindeutig als Fred.-Olsen-Mitarbeiter zu erkennen.

»Gut, dass ich Sie antreffe.« Januar versuchte sich an einem erfreuten Gesicht. »Sie können mir sicher sagen, wie ich von hier in den Passagierbereich komme.«

»Kann ich Ihr Ticket sehen?«

Januar ließ sich Zeit mit einer Antwort. »Das habe ich in der Tasche auf meinem Sitzplatz.«

»Der Bereich mit den Sitzplätzen ist überhaupt noch nicht geöffnet. Also, wo ist Ihr Ticket?«

Verdammt, daran hatte er nicht gedacht. »Ich war aber vorhin bereits dort.« Januar spürte, dass seine Stimme unsicher klang.

»Das kann nicht sein.«

»Natürlich kann das sein.«

Die Augen des Rotblonden verengten sich. »Kommen Sie da runter, sonst muss ich den Sicherheitsdienst rufen.« Schon hielt er ein Funkgerät in der Hand.

Januar hob abwehrend die Hände und stieg in Zeitlupe Stufe für Stufe nach unten. Nur kurz überlegte er, ob ihm Junis Waffe helfen könnte. Doch sofort verwarf er den Gedanken wieder. Die Fähre würde nicht auslaufen, bevor die Polizei ihn aufgespürt und von Bord geholt hatte.

Als Januar unten angekommen war, trat der Rotblonde vor ihn und machte ein ernstes Gesicht. »Ihr Ticket bitte.«

Januar ließ den Kopf sinken. »Ich fürchte, ich habe keines.«

»Warum haben Sie einen Eimer dort hinten versteckt?«

Januar wusste keine Antwort auf die Frage und hob stumm die Achseln.

»Was ist in dem Eimer?« Die Stimme des Rotblonden hatte einen scharfen Tonfall angenommen.

»Ich weiß nicht. Farbe?«

Der Rotblonde drückte auf die Senden-Taste seines Funkgeräts. »Sicherheitsdienst – unautorisierter Aufenthalt auf Fahrzeugdeck eins, Verdacht auf das Mitführen gefährlicher Substanzen.«

21

Mit einem Diktiergerät in der Hand stand García vor dem Einwegspiegel und musterte den bärtigen Handwerker, der im Vernehmungsraum dahinter an dem kleinen quadratischen Tisch saß. Der Mann im mittleren Alter machte auf ihn einen eher gutmütigen Eindruck, schien die Unschuld in Person zu sein. Wäre da nicht die Luger, mit der er am Morgen als blinder Passagier auf der Fred. Olsen nach Huelva aufgegriffen worden war. Und seine Handwerkerklamotten, die denen eines Gipsers glichen, wie bei den beiden erschossenen Räubern in der Bauruine an der GC-324. Die erkennungsdienstliche Behandlung hatte keinen Treffer ergeben. Der Bärtige war für die spanische Polizei ein völlig unbeschriebenes Blatt. Und da er bisher jede Aussage verweigerte und auch keine Angaben zur Person machte, wusste García nicht, mit wem er es zu tun hatte. Klar war allerdings, dass es eine Verbindung zu den beiden toten Räubern gab – und somit auch zum Überfall auf das Iberia-Depot. Womöglich handelte es sich bei ihm sogar um den gesuchten vierten Mann. García blieb nichts anderes übrig, als ihn mit diesem Vorwurf zu konfrontieren, um ihn aus der Reserve zu locken.

Er betrat den Vernehmungsraum und schloss die Tür hinter sich. Der Bärtige schaute auf und lächelte, als würde er einen alten Freund wiedersehen. Seine Stirn glänzte schweißnass, und das Shirt wies am Bauch und unter den Achseln Schweißflecken auf.

García mühte sich um ein ausdrucksloses Gesicht, setzte sich dem Mann gegenüber und sah ihn an. »Sie schwitzen.«

»Ich leide seit meiner Jugend an einer leichten Form von Hyperhidrose.«

»Hyperhidrose?«

»Genau. Ich schwitze schnell.«

»Muss unangenehm sein.«

»Man gewöhnt sich an alles.«

García legte das Diktiergerät auf den Tisch und startete die Aufnahme. Er nannte seinen Dienstgrad, seinen Namen sowie Datum und Uhrzeit. »Wie soll ich Sie nennen?«

Keine Reaktion.

»Warum lächeln Sie?«

Der Bärtige legte den Kopf schief. »Es ist ein schöner Tag, und ich freue mich, hier auf der Insel zu sein.«

»Und warum wollten Sie dann die Insel verlassen?«

»Ich wollte wieder zurück.«

»Zurück wohin?«

Der Bärtige zögerte kurz. »Nach Hause.«

»Und wo ist das?«

»Auf dem Festland.«

García verzog das Gesicht. »Sie haben keine Papiere bei sich. Wie lautet Ihr Name, und wie ist Ihre Adresse?«

Erneut ließ der Bärtige einige Sekunden verstreichen, bevor er antwortete: »Das brauchen Sie nicht zu wissen.«

»Aber vielleicht Ihr Anwalt.«

»Wie gesagt, Sie brauchen meinen Namen nicht zu wissen, und ich brauche auch keinen Anwalt.«

García stieß geräuschvoll einen Schwall Luft durch die Nase.

»Sie können Ihre Spielchen so lange treiben, wie Sie wollen. Aber Sie kommen hier nicht raus, bis Ihre Identität geklärt ist. Haben Sie das verstanden?«

Der Bärtige nickte, und ein wenig kam es García so vor, als wäre sein Lächeln dünner geworden.

»Ich brauche eine hörbare Antwort. Das Ding hier«, García deutete mit dem Kinn auf das Diktiergerät, »nimmt nur Sprache auf.«

Statt etwas zu sagen, presste der Bärtige die Lippen aufeinander. Das Lächeln war inzwischen ganz aus seinem Gesicht verschwunden.

García seufzte. »Dann eben auf die harte Tour. Aber offenbar wollen Sie es nicht anders.«

»Die harte Tour? Ist das Ihr Ernst?« Der Bärtige rieb seine

Hände an der Hose ab und legte sie parallel vor sich auf den Tisch. »Nur weil ich ohne Ticket auf eine Fähre gestiegen bin?« »Dass Sie sich diese Beförderung erschleichen wollten, interessiert mich nicht. Das müssen Sie mit der Fred. Olsen klären. Was mich aber interessiert, ist die geladene Waffe, die Sie bei sich hatten.«

»Die hab ich gefunden.«

»Gefunden? Ist das so?«

»Glauben Sie, ich lüge Sie an?«

Natürlich glaubte García das. »Soll ich Ihnen sagen, was ich glaube?«

Mit verschränkten Armen lehnte der Bärtige sich zurück. Dort, wo seine Hände auf der Tischplatte gelegen hatten, glänzte jetzt unübersehbar ein Schweißfilm. »Ändert es was, wenn ich Nein sage?«

»Wir haben heute Morgen in einer Bauruine an der GC-324 die Leichen von zwei Männern gefunden. Die beiden waren gekleidet wie Sie, und – sie wurden erschossen.«

Für einen winzigen Augenblick zuckten die Mundwinkel des Bärtigen. Doch sofort hatte er sich wieder unter Kontrolle und lächelte.

»Dieser Doppelmord wiederum«, fuhr García unbeirrt fort, »steht in unmittelbarem Zusammenhang mit dem Überfall auf das Iberia-Depot am Flughafen in der Nacht von Freitag auf Samstag. Haben Sie davon gehört?«

Keine Reaktion.

»Die Täter haben sich nach dem Überfall einige Stunden in dieser Bauruine aufgehalten. Können Sie mir etwas dazu sagen?«

Der Bärtige schüttelte den Kopf. Zu schnell, zu heftig. »Sie lügen.«

»Sie können diese Frage gerne noch einmal wiederholen: Aber ich kenne dieses Gebäude nicht.«

»Sie bleiben also bei Ihrer Aussage?«

Der Bärtige runzelte die Stirn, schien nachzudenken. Trotzdem fiel seine Antwort knapp aus. »Ja.«

García musste ihm die Konsequenzen seines Leugnens vor

Augen führen. Auch wenn eine endgültige Bestätigung noch ausstand. »Die Kriminaltechniker der Guardia Civil haben in der Bauruine die Fingerabdrücke mehrerer Personen sichergestellt. Und ich denke, Ihre sind auch darunter.« Im Kopf des Bärtigen arbeitete es, das konnte García an der gerunzelten Stirn und dem Mahlen seiner Zähne ablesen. Lange sagte er nichts, doch schließlich beugte er sich wieder vor und legte die Hände auf den Tisch. »Und ich denke, Sie irren sich.« Zum ersten Mal während der Vernehmung hatte sein Gesicht einen harten, fast gefährlichen Ausdruck angenommen.

»Schon möglich. Sicher ist aber, dass wir gegen Sie ein Strafverfahren wegen unerlaubten Waffenbesitzes einleiten. Die Anzeige liegt bereits beim Staatsanwalt. Oder waren Sie das etwa auch nicht, der heute Vormittag mit einer geladenen Luger auf der Fähre nach Huelva festgenommen wurde?«

Als wäre es das Selbstverständlichste der Welt, mit einer geladenen Waffe durch die Gegend zu spazieren, lehnte der Bärtige sich wieder zurück. Erneut blieben zwei große Schweißflecken auf der Tischplatte zurück. Mit gelangweilter Miene ließ er seinen Blick durch den Raum wandern.

Allmählich hatte García die Faxen dicke. »Wenn Sie nicht reden wollen, kann ich Sie auch vorläufig festnehmen. Und zwar wegen des dringenden Tatverdachts, an der Ermordung dieser beiden Männer beteiligt gewesen zu sein.«

Der Bärtige kratzte sich an der Schläfe. Er wirkte unbeeindruckt.

García konnte sich keinen Reim darauf machen, was der mit seinem unkooperativen Verhalten im Schilde führte. Schließlich würden ihn die Fingerabdrücke aus der Bauruine schnell als Mittäter, zumindest aber als Mitwisser überführen. Oder etwa doch nicht?

An der Tür zum Vernehmungsraum klopfte es. Sánchez, der nach seinem Inspector-Lehrgang bereits am Sonntagvormittag wieder zum Dienst erschienen war, streckte seinen Kopf herein. »Jefe?«

»Was ist denn?«

»Kommen Sie mal kurz?« Sánchez winkte ihn zu sich. Es konnte sich nur um etwas Wichtiges handeln.

»Ich lasse Sie einen Moment allein«, wandte García sich an den Bärtigen. »Sie können die Zeit ja nutzen und darüber nachdenken, was Sie mir nachher erzählen. Aber überlegen Sie sich Ihre Geschichte gut.« Er kam von seinem Stuhl hoch, nahm das Diktiergerät vom Tisch und verließ mit Sánchez den Vernehmungsraum.

»Was gibt es denn?«, fragte er, nachdem die Tür hinter ihnen im Schloss lag.

»Die Guardia Civil hat uns den vorläufigen Bericht der Kriminaltechnik zukommen lassen«, entgegnete Sánchez und setzte sich in Bewegung.

Bereits auf halbem Weg zu seinem Schreibtisch platzte es aus ihm heraus. »Ein Satz Fingerabdrücke, die in der Bauruine und auf der Ladefläche des Fiat Ducato sichergestellt wurden, stimmen mit seinen überein.« Sánchez deutete mit dem Daumen Richtung Vernehmungsraum. »Er war also zweifelsfrei am Tatort.«

»Und immer noch keine Identität?«

Sánchez schüttelte den Kopf. »Allerdings sind die zwei Toten in dem Haus inzwischen identifiziert. Der eine ist ein mehrfach vorbestrafter Franzose, der andere ein Canario aus Las Palmas.«

Sánchez zog einen dünnen Stapel Papier von seinem Schreibtisch. »Hier, der Franzose. Sein Name ist Peio Çubiry, geboren am 30. Dezember 1987 in Espelette. Das ist ein kleines Kaff im französischen Baskenland. Allerdings verbrachte er in den letzten zehn Jahren viel Zeit hinter Gittern in Soto del Real. Dort saß er in kurzen Abständen drei Haftstrafen wegen schwerer Körperverletzung und zweier Raubüberfälle ab.«

»Dann passt er ja ausgezeichnet in das Quartett für den Überfall auf das Iberia-Depot. Und was ist mit dem anderen, dem Canario?«

Sánchez blätterte eine Seite weiter. »Pepe Noriega, geboren am 7. April 1993. Er ist bisher nur wegen einiger Verkehrsdelikte bekannt. Bei einem davon handelt es sich allerdings um Unfallflucht. Das ist auch der Grund, warum wir Fingerabdrücke von ihm haben. Er kommt aus Las Palmas. Es gibt sogar eine Meldeadresse.«

García nickte. »Sonst noch was?« Jedes weitere Detail könnte endgültig bestätigen, dass er mit dem Bärtigen den gesuchten vierten Mann gefunden hatte.

Sánchez verzog das Gesicht. »Das sind bestimmt zehn Seiten. Ich hatte noch keine Zeit, alles zu lesen. Aber soweit ich das überblicken kann, gibt es außer den dreien keinen weiteren Satz mit Fingerabdrücken.«

»*Vale*. Dann gehen Sie jetzt zum Staatsanwalt und besorgen sich einen Haftbefehl für unseren bärtigen Handwerker da drinnen.«

»Und welchen Namen soll ich angeben?«

»Keine Ahnung.« García schürzte die Lippen. »Lassen Sie sich was einfallen.« Damit wandte er sich um und ließ Sánchez stehen.

Zurück im Vernehmungsraum setzte García sich nicht hin, sondern lehnte sich hinter dem Bärtigen an die Wand.

Der wandte ihm umständlich den Kopf zu. »Haben Sie zu viele Krimis gesehen, oder ist das Ihr Ernst?«

»Was?«

»Sich hinter mich zu stellen. Ich verrenke mir fast den Hals.« Der Bärtige sah wieder nach vorne.

»Ein verrenkter Hals dürfte im Moment Ihr geringstes Problem sein.«

»Wenn Sie das sagen.«

García löste sich von der Wand und stellte sich direkt hinter ihn. »Sie haben mich angelogen.«

»Haben Sie das ganz allein herausgefunden?«

»Nein. Wir haben inzwischen den Tatortbericht von der Guardia Civil vorliegen.«

»Schön für Sie.« Er klang längst nicht mehr so selbstsicher wie anfangs.

»Aber nicht für Sie. Ihre Fingerabdrücke und die der beiden Toten wurden im Haus und auf der Ladefläche des Fiat Ducato sichergestellt.«

Es war, als würde ein Blitz durch den Körper des Bärtigen

fahren. Sein Rücken streckte sich, sein Kopf reckte sich in die Höhe, und in dieser Haltung erstarrte er.

»Was ist mit Ihnen?«, fragte García, obwohl er sich keine Antwort von ihm erhoffte. Der Bärtige hatte schlicht zu hoch gepokert.

García ging betont langsam um den Tisch herum bis zu seinem Stuhl und stützte sich auf die Lehne. »Subinspector Sánchez ist gerade dabei, einen Haftbefehl wegen zweifachen Mordes gegen Sie zu erwirken. Und da Sie bisher keinen Wohnsitz in Spanien vorweisen können, bleiben Sie garantiert bis zum Abschluss der Ermittlungen in Untersuchungshaft.«

Der Bärtige ließ seinen Kopf sinken und starrte auf die Tischplatte.

»Bei einer Verurteilung wegen Mordes droht Ihnen eine lebenslängliche Haftstrafe.« García hielt kurz inne. »Wie alt sind Sie? Vierzig, fünfundvierzig? Mit siebzig, fünfundsiebzig sind Sie dann frühestens wieder draußen. Sind Sie verheiratet?«

Keine Reaktion.

»Wollen Sie wirklich diesen Weg gehen?« García schlug mit der flachen Hand auf den Tisch.

Wie unter einem Stromschlag zuckte der Bärtige zusammen.

García verschränkte die Arme vor der Brust. Er hatte den ganzen Sonntagnachmittag Zeit.

Irgendwann machte der Bärtige einen tiefen Atemzug, als müsse er für das Folgende extra Kraft sammeln. »Ich denke, Sie sollten das aufnehmen.«

García zog das Diktiergerät aus seiner Tasche, legte es auf den Tisch und startete die Aufnahme.

»Mein Name ist Ferreira, Auguste Ferreira.« Er sah auf. »Ich bin aus Betanzos. Ich habe niemanden getötet, das müssen Sie mir glauben.«

García rückte seinen Stuhl zurecht und ließ sich darauf nieder. »Das ist ein Anfang, Señor Ferreira. Aber das reicht mir nicht. Und das wissen Sie auch.«

Ferreira schloss die Augen und schien zu überlegen, wie er fortfahren sollte. »Ich habe zusammen mit drei anderen Männern in der Nacht von Freitag auf Samstag das Iberia-Depot am Flughafen ausgeraubt.«

García musterte sein Gegenüber. Ferreira hatte nichts mehr mit jenem Mann zu tun, der vor etwas mehr als einer Stunde von einem Streifenwagen aufs Comisaría gebracht worden war. Hängende Schultern, aschfahles Gesicht, das Lächeln völlig erloschen. »Das bräuchte ich schon etwas genauer.«

»Wir haben bei dem Überfall fünf Iberia-Mitarbeiter und einen Wachmann als Geiseln genommen und insgesamt vierzig Kartons mit Geldscheinen in verschiedenen Währungen erbeutet. Was wollen Sie sonst noch wissen?«

»Wer ist ›wir‹?«

Ferreira zuckte mit den Schultern. »Ich kenne die Namen der anderen nicht.«

»Und das soll ich Ihnen glauben?«

»Unsere Regel lautete: Keine Namen, keine privaten Fragen. Wir wollten da rein- und wieder rausgehen. Danach sollten wir uns nie wiedersehen.«

»Gehörte der Tote im ausgebrannten Iberia-Transporter ebenfalls zu Ihren Komplizen?«

»Juni, ja.« Ferreira senkte den Blick. »Er war noch so jung, hatte noch sein ganzes Leben vor sich.« Ein trauriger Zug lag jetzt um seinen Mund. »November hat ihn erschossen.«

»Juni? November?«

»Wir haben uns nur mit dem Monat unseres Geburtsdatums angesprochen. November werden Sie schnell identifizieren. Er hat einen kahl rasierten Schädel und grüne, hervorstehende Riesenaugen.«

Ganz offensichtlich der tote Räuber, der als »Baske« in Garcías Notizbuch stand. »Was ist letzte Nacht in der Bauruine an der GC-324 passiert?«

»Der Überfall war ein Auftragsjob. Und als wir die Beute übergeben wollten«, Ferreira stockte, »lief alles schief.«

»Was lief schief?«

Ferreira stützte beide Ellbogen auf den Tisch und verschränkte die Finger ineinander. »Sitos Männer –«

García unterbrach ihn. »Wer ist Sito?«

»Der Auftraggeber.«

»Sito? Und wie weiter?«

»Nur Sito. Auch seinen richtigen Namen kenne ich nicht.«

»Und warum haben Sie sich mit der Beute nicht einfach aus dem Staub gemacht?«

»In meiner Welt überlebt man so was nicht.«

»Also weiter, was ist geschehen?«

Ferreira presste seine Finger derart fest aneinander, dass das Weiß der Knöchel hervortrat. »Als Sitos Männer die Beute abholen wollten, ist November durchgedreht und hat auf Junis Anteil bestanden. April –«

»April? Der andere tote Komplize aus der Bauruine?«

»Genau. April wollte ihn zur Vernunft bringen.« Er sprach jetzt langsamer, schien sich jedes Wort genau zu überlegen, bevor er es aussprach. »Da hat November ihn einfach erschossen. Einer von Sitos Männern, so ein großer Typ mit Zopf und Habichtnase, hat daraufhin November erschossen. Das passierte alles gleichzeitig.«

»Er hatte einen Zopf?« In García regte sich ein Verdacht. Sprach Ferreira etwa von Markus Patzold, diesem unangenehmen Deutschen, der vor ein paar Tagen in seinem ruinierten Anzug auf demselben Stuhl vor ihm gesessen hatte? Damit würde sich der Kreis zu Rocco schließen. Und er könnte ihn endlich festnageln.

Ferreira nickte.

»Wer sind die Hintermänner? Jemand muss den Überfall geplant haben.«

»Das sagte ich bereits: Sito.«

»Sonst niemand?«

Ferreiras Zögern verriet, dass er etwas zurückhielt. »Da muss es noch jemanden geben, einen Insider. Wir wussten alles über die Räumlichkeiten, die Mitarbeiter und die Wachen in dieser Frachthalle. Der gesamte Überfall war fast ein Spaziergang.«

»Haben Sie einen Namen?« García war sich längst sicher, dass es einen Insider geben musste. Aber er brauchte den Namen.

»Ist es Sito selbst?«

Ferreira hob die Achseln. »Ich glaube nicht. Aber das ist nur eine Vermutung.«

»Sagt Ihnen der Name Raúl López etwas?« García ging immer noch davon aus, dass Ferreira nicht alles über seinen Auftraggeber gesagt hatte.

»Raúl López?« Ferreira runzelte die Stirn. »Den Namen hab ich noch nie gehört.«

»Sie haben vorhin von Sitos Männern gesprochen, die die Beute abholen wollten. Wie viele waren es?«

»Zwei. Der mit dem Zopf und ein jüngerer.«

»Können Sie den anderen beschreiben?«

»Wie gesagt, er war jünger, muskulös, hatte einen Dreitagebart und so eine dicke Narbe auf der Wange.« Ferreira deutete mit der Hand die Position der Narbe unterhalb seines linken Auges an.

Scarface, fuhr es García durch den Kopf. Diesen Namen hatte Sofia einem der Männer gegeben, die im Wald bei Teror eine Grube ausgehoben hatten. Beides Handlanger von Rocco, die auch die Drecksarbeit für ihn erledigten. »Könnten Sie Sito und diesen Mann mit Zopf identifizieren, wenn ich Ihnen ein paar Fotos zeige?«

»Ich denke schon.«

García sprang auf. »Ich bin gleich wieder zurück.«

Einige Minuten später saß García mit drei Ausdrucken wieder Ferreira gegenüber. Er schob ihm das Foto von López' DNI über den Tisch, das er während der Durchsuchung mit dem Telefon aufgenommen hatte.

Ferreira betrachte es nur kurz. »Den kenne ich nicht. Wer soll das sein?«

»Raúl López. Ein Mitarbeiter der Iberia. Er ist seit fast einer Woche spurlos verschwunden.«

»Ist er der Insider?«

»Davon müssen wir im Moment ausgehen.« García nahm das

Foto von López wieder an sich und legte eine vergrößerte Kopie des Personalausweises von Markus Patzold auf den Tisch. Diesmal sah Ferreira länger hin. Schließlich wiegte er den Kopf hin und her. »Der ist schwer zu erkennen. Haben Sie kein besseres Foto?«

»Nur dieses. Es ist ein altes Foto, vermutlich so um die zehn Jahre alt.«

»Das könnte der ältere Typ mit der Habichtnase sein, der November erschossen hat. Aber ganz sicher bin ich mir nicht.« Ferreira sah auf. »Tut mir leid.« Er schob den Ausdruck wieder zurück.

Die ersten beiden Fotos hatten ihn nicht wirklich weitergebracht. Viel wichtiger jedoch war das nächste Foto. Darauf galt es, diesen Sito zu identifizieren. Dann wäre García einen großen Schritt weiter, stünde womöglich kurz vor der Lösung des größten Kriminalfalls, den es je auf Gran Canaria gegeben hatte. Und er könnte gleichzeitig drei Morde sowie einen Vermisstenfall aufklären.

Er nahm den Ausdruck von Patzolds Personalausweis an sich und schob ein aktuelles Foto von Paolo »Rocco« Rodríguez über den Tisch. Es stammte aus einem Online-Zeitungsartikel über das Royal Flush in Maspalomas. Darin hatten Anwohner sich über die ununterbrochenen nächtlichen Ruhestörungen beschwert.

Ferreira betrachtete auch dieses Foto nur kurz und schüttelte dann den Kopf. »Nein.«

García spürte die Enttäuschung in sich aufsteigen. Falls Ferreira die Wahrheit sagte, würde es schwierig werden, Rocco eine Verwicklung in den Überfall und die Morde nachzuweisen. Oder wollte er nur, dass Rocco hinter allem steckte, um ihn endlich zur Strecke zu bringen? »Schauen Sie genau hin. Ist das Sito?«

Ferreira schüttelte immer noch den Kopf. »Nein, das ist er nicht. Sito ist viel jünger.«

22

Javier stand mit seinem zwölfjährigen Sohn Lucas am Ufer des Presa de Pinto, eines Stausees oberhalb von Arucas. Sie hatten sich unter den ausladenden Ästen zweier Bäume einen Platz gesucht, was gleich zwei Vorteile mit sich brachte. Zum einen befanden sie sich im Schatten, und zum anderen konnte sie dort niemand sehen. Denn im Presa de Pinto war das Fischen verboten. Was Javier jedoch nicht davon abhielt, seinen Sohn an dem ruhigen See in die Kunst des Angelns einzuführen. Sobald er das beherrschte, würden sie sich an die größeren Fische im Meer wagen.

Javier zeigte Lucas, wie man den Blinker an der Angelschnur befestigte und die Rute richtig hielt. Er warf die Angel aus, vergewisserte sich, dass die Entfernung stimmte, und hielt sie seinem Sohn hin. »Jetzt bist du dran.«

Lucas grinste, als stünde er vor einem Berg von Geschenken, die nur darauf warteten, von ihm ausgepackt zu werden. »Was muss ich tun?«

»Einfach warten. Irgendwann beißt einer an.« Javier lächelte und kramte in der Kühltasche nach einem Schinkensandwich und einer Dose Bier.

»Und wenn einer anbeißt?«

»Dann hältst du die Angel hoch und drehst an der Kurbel, um die Schnur aufzuwickeln.« Javier öffnete die Bierdose. Es zischte. Er stellte sie neben die Kühltasche und wickelte das Sandwichpapier ein Stück zurück.

»Und dann?«

»Nehme ich den Kescher, und du steckst den Fisch hinein.« Javier setzte sich auf die Kühlbox. Er nahm einen ersten Bissen von seinem Sandwich und spülte mit Bier nach.

»Puh. Ganz schön anstrengend«, sagte Lucas und wischte sich mit der freien Hand den imaginären Schweiß von der Stirn.

Ein weiteres Schinkensandwich und ein halbes Bier später

bewegte sich die Angelschur tatsächlich. Und dort, wo der Schwimmer auf dem Wasser lag, breiteten sich feine, kreisförmige Wellen aus.

»Da hat einer angebissen«, rief Lucas.

»Hab ich doch gesagt.« Javier grinste beim Anblick seines aufgeregten Sohnes.

»Was soll ich jetzt machen?«, fragte der.

»Zieh ihn ganz langsam zu dir her. Mit ruhigen Bewegungen, und dabei wickelst du die Schnur auf.«

Lucas zog an der Schnur, drehte an der Kurbel.

»So ist es gut. Immer weiter, bis du ihn aus dem Wasser gezogen hast.«

Sekunden später zappelte ein kleiner Schwarzbarsch an der Angelschnur.

»Und jetzt?«, rief Lucas noch lauter.

Javier hielt den Kescher übers Wasser. »Bring ihn hierher.«

Als hätte er es schon zigmal gemacht, schwenkte Lucas die Angel mit dem zappelnden Fisch genau über den Kescher, sodass Javier ihn nur noch einzusammeln brauchte. Gemeinsam brachten sie den Fang ans Ufer.

Javier löste den Fisch vom Haken, nahm den Holzknüppel und schlug zu. Blut spritzte auf. Der Schwarzbarsch zuckte kurz und blieb dann regungslos liegen.

Während Javier den Fisch in der Kühltasche verstaute, führte Lucas einen Freudentanz auf.

»Willst du sie mal selbst auswerfen?«, fragte Javier.

»Klar.« Lucas griff nach der Angel, packte den Haken und warf ihn ins Wasser. Keinen Meter von seinen Füßen entfernt tauchte der Schwimmer wieder auf.

»Das ist zu nah. Du musst mehr von der Schnur abwickeln und dann höher werfen.«

Lucas tat wie ihm geheißen, und kurz danach hing die Angel bereits wieder im Wasser. Wie zur Salzsäule erstarrt, stierte er auf den Schwimmer, wollte keine noch so kleine Bewegung im Wasser verpassen.

Eine halbe Stunde später bestand ihre Ausbeute immer noch nur aus diesem einen Schwarzbarsch. Offenbar hatten sich die anderen Fische in die Mitte des Sees zurückgezogen. Was entweder an Lucas' Freudenschreien oder am niedrigen Wasserstand lag. Wie so oft war der dringend benötigte Regen seit Wochen ausgeblieben, während zugleich der Wasserdurst im Süden der Insel nicht nachließ. Und da der Presa de Pinto zu den wenigen Wasserreservoirs in der Umgebung gehörte, musste sein Wasserstand zwangsläufig weiter sinken.

Lucas' Durchhaltevermögen ging zur Neige. »Mir ist langweilig.«

»Du musst warten können. Geduld ist eine Tugend.«

»Ich hab aber keine Lust auf eine Tugend.« Er scharrte mit einem Fuß im Sand.

Javier seufzte. »Dann gib schon her.«

Lucas drückte seinem Vater die Angel in die Hand. »Ich schau mich ein bisschen um.«

»Aber bleib vom Wasser weg.«

»Klar doch«, gab Lucas schnell zurück. Einige Sekunden später verstummten seine hastigen Kinderschritte, und es herrschte absolute Stille.

Javier nahm eine weitere Bierdose aus der Kühltasche, zog mit einer Hand die Lasche ab und setzte sich. Er trank ein paar Schlucke, schaute dem Schwimmer zu, der im Wasser auf und ab schaukelte, und genoss die Ruhe an diesem Sonntagmorgen.

Allerdings hielt diese Ruhe nur wenige Minuten an, bis ihn Lucas' Schrei alarmierte. Vor Schreck ließ Javier die Angel fallen und sprang von der Kühltasche auf. Hinter ihm stand Lucas. Und der machte ein Gesicht, als hätte er ein Gespenst gesehen.

»Da ist ein Auto«, stammelte er.

»Ein Auto?« Hatte sie jemand entdeckt, womöglich sogar die Polizei gerufen, weil sie hier fischten? Javier sah sich um. Die Äste der Bäume über ihm verdeckten die Sicht in alle Richtungen. »Wo?«

»Dort drüben im Wasser.« Lucas deutete auf eine Stelle, die hinter dem nächsten Ufervorsprung lag.

»Im Wasser? Bist du sicher?«

Lucas nickte heftig.

»Zeig mir, wo.«

Lucas stürmte den Hügel hinauf, Javier folgte ihm. Kaum hatte er zu ihm aufgeschlossen, rannte Lucas auf der anderen Seite wieder hinunter zum Ufer. Und schon nach wenigen Schritten sah auch Javier, was seinen Sohn so sehr in Aufregung versetzt hatte. Aus dem dunklen Wasser ragten das Dach und ein Teil der Frontscheibe eines schwarzen Wagens. Hinter dem Lenkrad saß jemand, seltsam verrenkt. Javier musste nicht zweimal hinschauen, um zu erkennen, dass diese Person schon seit Tagen nicht mehr lebte.

**

García wusste nicht so recht, wie er Ferreiras Vernehmung bewerten sollte. Natürlich hatte er sich mehr erhofft. Vor allem, was die Rolle von Paolo Rodríguez betraf. Rocco war für ihn weiterhin eine wichtige Figur in diesem Spiel, womöglich sogar der Drahtzieher im Hintergrund. Doch immerhin hatte er mit Markus Patzold einen Verdächtigen für den ersten Mord in der Bauruine. Auch wenn Ferreira ihn auf dem vergrößerten Passfoto nicht eindeutig erkannt hatte. Um Patzold den Mord an Peio »November« Çubiry nachzuweisen, sollte eine Gegenüberstellung ausreichen.

Er ließ Ferreira in eine Arrestzelle bringen und Markus Patzold zur Fahndung ausschreiben. Mit Sánchez machte er sich auf den Weg nach Maspalomas. Das Royal Flush schien García eine vielversprechende Anlaufstelle zu sein, um Patzold an einem Sonntag anzutreffen. Natürlich ohne ihn oder seinen Chef vorzuwarnen. Mit viel Glück trafen sie dabei auch noch auf einen jüngeren, muskulösen Mann mit Narbe auf der linken Wange. Neben Sito war Scarface der einzige Verdächtige, dessen wahre Identität sie noch nicht kannten.

Am späten Nachmittag, zur heißesten Zeit des Tages, stellte Sánchez ihren Seat direkt vor dem Royal Flush ab. Wie zuletzt hatte der bullige Wachmann seine Position vor dem Haupteingang eingenommen. Statt bedrohlich auf sie zuzugehen, beließ er es diesmal bei dem bereits bekannten bitterbösen Blick. Offenbar erinnerte er sich noch gut an García und den Dienstwagen des Comisaría. Und so hielt er sich nur die Faust vor den Mund und sprach in sein unsichtbares Mikrofon, zweifellos um sie anzukündigen.

Sie stiegen aus, und García hielt Ausschau nach der schwarzen Mercedes-Limousine, mit der Patzold vor einigen Tagen vorgefahren war. Doch auf dem voll besetzten Parkplatz und am Straßenrand rund um das Royal Flush stand nicht ein einziger schwarzer Wagen.

Ganz so einfach sollte es ihnen der Wachmann dann doch nicht machen. Als García und Sánchez ihn passieren wollten, stellte der sich ihnen in den Weg.

»Sie lassen mich jetzt durch«, sagte García, noch um Freundlichkeit bemüht.

Wie ein Grenadier Guard vor dem Buckingham-Palast starrte der Wachmann mit steinerner Miene geradeaus.

Sánchez drängte sich vor und baute sich vor ihm auf. Er verschränkte die Arme vor der Brust und sah ihn von unten herauf an. »Haben Sie meinen Chef nicht gehört? Sie sollen ihn durchlassen.«

»Er hat Hausverbot.« Der Wachmann versuchte, einen noch grimmigeren Gesichtsausdruck aufzusetzen.

»Ist das so?« García grinste ihn an.

»Ja.«

»Dann muss ich Sie leider davon in Kenntnis setzen, dass niemand einem Polizisten bei seiner rechtmäßig ausgeübten Diensttätigkeit Hausverbot erteilen kann.«

Auf der Stirn des Wachmanns erschienen zwei senkrechte Falten. »Rechtmäßig ausgeübte Diensttätigkeit? Was soll das heißen?«

García legte den Kopf schief. »Du scheinst jetzt nicht besonders helle zu sein. Im Klartext bedeutet das: Wir dürfen da rein.« Er deutete auf den Eingang und wollte sich an dem Wachmann vorbeidrängen.

Der stellte sich ihm erneut in den Weg und streckte ihm die Handfläche entgegen, als unmissverständliches Zeichen, stehen zu bleiben. »Das kann ich nicht zulassen.«

»Willst du, dass ich schlechte Laune kriege?«

Keine Reaktion.

»Sag deinem Boss, wenn er mich nicht sofort reinlässt, stehe ich in einer Stunde wieder hier. Dann aber mit dem halben Comisaría und noch ein paar Leuten von der Gewerbeaufsicht.«

Der Wachmann musterte ihn kurz. Offenbar von Garcías Entschlossenheit überrascht, hielt er sich die Faust vor den Mund und sprach ein weiteres Mal in das unsichtbare Mikrofon: »Der Bulle sagt, er kommt wieder, wenn wir ihn nicht reinlassen. Mit dem halben Comisaría und der Gewerbeaufsicht.«

Bereits wenige Sekunden später und zweifellos nach einer Anweisung im Ohrhörer machte der Wachmann einen Schritt zur Seite.

García und Sánchez drängten sich an ihm vorbei, durchquerten das Spielcasino. Im Gegensatz zu seinem letzten Besuch waren fast alle Automaten und Plätze an den Spieltischen besetzt. García verlangsamte seine Schritte, suchte unter den Angestellten nach einem muskulösen Mann mit einer Narbe auf der linken Wange. Doch niemand passte auf Sofias und Ferreiras Beschreibung. Er ging voran in Richtung des Durchgangs. Auch der Wachmann dort ließ sie wortlos passieren. Sie durchquerten den gut besuchten Nachtclub mit Dutzenden grölenden Zuschauern vor einer dunkelhäutigen Tabledancerin. Auch hier hatte niemand vom Personal Ähnlichkeit mit Scarface.

García stieß die Pendeltür mit dem Bullauge auf, trat hindurch und stockte.

Gebeugt wie ein alter Mann stand Roccos Sohn Julio vor ihm. Auch diesmal trug er denselben weißen, viel zu großen Adidas-Trainingsanzug. Unter der verkehrt herum aufgesetzten Schildmütze lugten schwarze, fettige Haarsträhnen hervor. Auf seinen eingefallenen Wangen sprossen vereinzelte Barthaare, die sich über seiner Oberlippe zu einem kaum wahrnehmbaren Flaum verbanden.

»¡*Hola!*«, entfuhr es García. Gleichwohl konnte er sich des Eindrucks nicht erwehren, dass Julio genau dort auf sie gewartet hatte.

Der reagierte nicht, sah ihn nur mit einem seltsam starren Blick an. Der eigenartige Gesichtsausdruck, halb abwesend, halb angespannt, löste bei García ein ungutes Gefühl aus.

»Alles in Ordnung, Julio?«

»Sie sind der Inspector vom Comisaría.« Julio sprach leise und in abgehackten Worten. Mit der rechten Hand umklammerte er auf Bauchhöhe das andere Handgelenk, als müsse er den linken Arm festhalten.

»Bin ich, ja.« García deutete neben sich. »Und das ist Subinspector Sánchez.«

»Wo ist Ihre Kollegin?«

»Kollegin?« Erst nach seiner Rückfrage kam García in den Sinn, dass er nur Sofia gemeint haben konnte. »Sie ist heute nicht dabei.« Es gab keine Notwendigkeit, ihm von ihrer tatsächlichen Verbindung zum Comisaría zu erzählen.

»Ah.« Trotz der knappen Antwort war Julios Enttäuschung nicht zu überhören. Er senkte den Kopf.

»Was wollten Sie von ihr?«

»Nicht wichtig.«

García hätte nicht sagen können, warum er es trotz Julios Reaktion für wichtig hielt, zu erfahren, was er von Sofia wollte. »Sie können auch mit mir sprechen, wenn Sie uns etwas mitteilen wollen. Ich kann es an meine Kollegin weiterleiten.«

Ein dankbares Lächeln huschte über Julios Gesicht. »Vielleicht ein anderes Mal.«

»Welche Kollegin meinen Sie, Jefe?«, fragte da Sánchez.

García warf ihm einen mahnenden Blick zu, sah dann wieder zu Julio. Er wollte sich die Gelegenheit nicht entgehen lassen, jemanden zu befragen, der Rocco so nahestand. Aus seinem Sakko kramte er Patzolds Fahndungsfoto, faltete es auseinander und hielt es Julio hin. »Kennen Sie diesen Mann? Das Foto ist etwas älter.«

Julio löste den Griff um sein Handgelenk, sein linker Arm

sackte kraftlos nach unten. Mit der anderen Hand nahm er den Ausdruck entgegen, betrachtete ihn kurz und deutete dann ein Nicken an. »Ich glaube, den hab ich hier schon mal gesehen.« Er gab den Ausdruck zurück.

»Wissen Sie, ob er für Ihren Vater arbeitet?«

Julio schüttelte den Kopf, was ihm aus irgendeinem Grund schwerzufallen schien.

»Wir suchen noch einen zweiten Mann. Einen jüngeren mit einer Narbe auf der linken Wange.«

»Ich glaube, den hab ich hier schon mal gesehen«, wiederholte Julio seine Antwort in identischem Wortlaut.

»Kennen Sie seinen Namen?« García war sich nicht sicher, ob Julio überhaupt von Scarface sprach und nicht weiterhin von Patzold.

»Ich kann mir schlecht was merken.« Er verzog das Gesicht, umklammerte wieder sein Handgelenk und drückte sich den linken Arm an den Körper.

»Was ist eigentlich mit Ihrem Arm?«

Julio schien zu überlegen, was er antworten sollte. »Er ist schuld.« Seine Stimme flatterte.

»Ich verstehe nicht«, gab García zurück. Wen meinte er damit? Scarface, Patzold oder seinen Vater? »Wer ist ›er‹?«

»Julio!« Roccos Schrei hallte wie Donner durch den Flur. García riss den Kopf herum.

Wütend und mit hochrotem Gesicht stand Rocco vor der Tür zu seinem Büro. »Was hab ich dir gesagt? Du sollst nicht mit der Polizei sprechen.«

Julio drehte sich um, ging auf Rocco zu, was ihm wegen seines nach innen gebogenen linken Vorderfußes Schwierigkeiten zu bereiten schien. Er erreichte seinen Vater, humpelte mit gesenktem Kopf an ihm vorbei, weiter den Flur entlang, bis er durch eine der hinteren Türen verschwand.

»Und Sie verpissen sich jetzt. Ich meine es ernst. Hauen Sie ab!«, rief Rocco in Richtung García. Er verschwand in seinem Büro und knallte die Tür zu.

»Bestimmt nicht«, murmelte García und folgte ihm.

»Wir können da nicht einfach rein«, sagte Sánchez. »Das gibt sonst nur wieder eine Beschwerde.«

»Der kann mich mal.« García ignorierte Sánchez' Einwand, öffnete die Bürotür und trat ein. Rocco saß bereits wieder hinter seinem Schreibtisch und blickte von der Computertastatur auf. »Señor García«, sagte er, als ärgere er sich über einen Kaugummi an seiner Schuhsohle, »ich kann Sie zwar nicht davon abhalten, mein Etablissement zu betreten, aber das heißt noch lange nicht, dass Sie auch mein Büro betreten dürfen. Und wie Sie sehen, habe ich keine Zeit für Sie.«

»Señor Rodríguez.« García ahmte Roccos abfällige Betonung nach und sah sich um. Niemand sonst befand sich im Büro. Nur die hässliche rosafarbene Nacktkatze, die auf einem Hocker vor der riesigen Sitzgruppe lag. Sie hatte ihre großen blauen Augen und ihre noch größeren Ohren auf ihn gerichtet. »Es wird Zeit, dass Sie mit diesem unwürdigen Versteckspiel aufhören.«

Rocco erhob sich von seinem Stuhl. Er musterte zuerst García, dann Sánchez, und schließlich schwenkte sein Blick wieder zurück. »Ich habe mich wohl eben nicht deutlich genug ausgedrückt. Sie haben in meinem Büro absolut nichts zu suchen.« Seine Stimme klang gefährlich kalt.

García trat näher und knallte Patzolds Fahndungsfoto auf Roccos Schreibtisch.

Der sah nur kurz hin. »Sollten Sie Ihr Gehör überprüfen lassen? Oder haben Sie einfach keinen Anstand?«

»Bei Ihnen? Nein.«

Wie fleischfarbene Trichter richteten sich die Ohren der Sphynx-Katze bei jedem seiner Worte neu aus. Rastlos huschten ihre Augen hin und her.

»Ich rufe meinen Sicherheitsdienst.« Rocco griff nach dem Telefonhörer.

Sánchez baute sich vor dem Schreibtisch auf und stopfte die Hände in die Gesäßtaschen seiner Jeans. Seine offene Lederjacke gab einen Blick auf die Dienstwaffe im Holster unter der Schulter frei. »Das würde ich lassen.«

Rocco ließ den Hörer wieder sinken. »Ich werde mich über Sie beschweren. Ich empfinde Ihr Auftreten als Bedrohung.«

»Es ist mir vollkommen egal, wie Sie das empfinden.« Im Gegensatz zu Rocco fand García Sánchez' machohaftes Auftreten diesmal ganz nützlich.

Rocco blähte die Nasenflügel, seine Lippen wurden schmal. »Was zum Teufel wollen Sie von mir?«

»Wo finde ich diesen Mann?«

»Den hier?« Rocco tat so, als betrachtete er den Ausdruck. Gewiss wusste er längst, wer auf dem Foto abgebildet war.

»Stellen Sie sich nicht dümmer, als Sie sind. Sein Name lautet Markus Patzold, ein Deutscher.«

»Woher soll ich wissen, wo Sie diesen Markus finden?« Rocco lachte freudlos auf. »Vielleicht vögelt er sich ja gerade durch ein paar Hotelbetten in Playa del Inglés. Manche Touristen kommen nur deswegen hierher.«

»Ihre dämlichen Sprüche können Sie für sich behalten. Ich weiß, dass er für Sie arbeitet. Also, hören Sie auf damit, mir was vorzumachen.«

»Dann wissen Sie ja mehr als ich.« Rocco gab sich belustigt und fuhr lächelnd fort: »Ich kenne alle meine Angestellten. Und ein Deutscher arbeitet nicht für mich.«

García nahm den Ausdruck wieder vom Schreibtisch. »Auch kein jüngerer Mann mit einer Narbe auf der linken Wange?«

»Narbe, Wange?« Rocco schüttelte den Kopf. »Nein.«

»Uns liegt eine Zeugenaussage vor, dass dieser Mann ebenfalls für Sie arbeitet.« Es war schlichtweg gelogen. Aber kein spanisches Gesetz schrieb vor, dass Polizisten immer die Wahrheit sagen mussten.

»Eine Zeugenaussage?« Roccos Augen weiteten sich. »Von wem denn?«

»Das darf ich Ihnen nicht sagen«, antwortete García. Noch musste Rocco nicht wissen, dass er nur bluffte.

»Ihr Zeuge muss sich irren. Auch ein Mann mit einer Narbe auf der Wange arbeitet nicht für mich.« Er holte tief Luft. »Was zum Teufel soll das alles?«

García war mit seiner Geduld am Ende. Rocco musste spüren, dass die Zeit der Ausflüchte vorbei war. Eine offizielle Vernehmung im Comisaría sollte ihm den Ernst seiner Lage vor Augen führen. Und da er sie sicher nicht freiwillig dorthin begleiten würde, freute García sich auf das, was jetzt kam. »Señor Rodríguez, ich nehme Sie hiermit vorläufig fest. Sie stehen im Verdacht der Beihilfe zum Mord an Peio Çubiry und an Raúl López sowie an der Beteiligung am Raubüberfall auf das Iberia-Depot am Flughafen.«

»Peio Çubiry, Raúl López, Raubüberfall?«, stammelte Rocco und zog ein Gesicht, als hätte sich die hässliche Nacktkatze auf seine feinen Lederschuhe übergeben.

»Sánchez!«

»Ja, Jefe?«

»Handschellen.«

23

Am späten Abend dieses jetzt schon viel zu langen Sonntags saß García neben Sánchez im Vernehmungsraum des Comisaría. Ihnen gegenüber im feinen Zwirn hatten Paolo »Rocco« Rodríguez und sein Anwalt Xavier Mendoza Platz genommen. Letzterer gehörte trotz seines unauffälligen Äußeren mit Allerweltsgesicht, Seitenscheitel und klassischer Panto-Brille zweifellos zu jenen Anwälten, die für Geld auch ihre Großmutter verkaufen würden. Dies äußerte sich schon durch die Missbilligung, die in jedem seiner Sätze mitschwang. Und natürlich am gelangweilten Gesichtsausdruck, mit dem er sein Gegenüber bedachte.

»Ich erspare uns gleich die Zeit«, begann García und sah zwischen den beiden hin und her. »Sie kennen inzwischen die Vorwürfe und –«

»So geht das nicht«, unterbrach Mendoza. »Sie und Ihr Hilfssheriff«, er warf Sánchez einen geringschätzigen Blick zu, »haben meinen Mandanten, den angesehenen Geschäftsmann Paolo Rodríguez, in Handschellen aus seinem zu diesem Zeitpunkt gut besuchten Etablissement Royal Flush in Maspalomas abgeführt.«

»Sie brauchen nicht extra hervorzuheben, dass Ihr Mandant ein Heiliger ist. Das wissen wir bereits.«

Mendoza ging nicht auf die Ironie ein. »Diese Aktion war eine bewusste Demütigung. Wir werden uns bei Ihrem Vorgesetzten beschweren.«

Mit einem Seitenblick zu Sánchez vergewisserte García sich, dass der die Provokation ignorierte. »Das mit der Beschwerde hab ich heute schon mal irgendwo gehört. Soll ich Ihnen die richtige Stelle dafür nennen, oder kennen Sie die bereits?«

Sichtlich verblüfft von Garcías Antwort, zog Mendoza scharf die Luft ein.

»Können wir jetzt endlich anfangen, oder wollen Sie weiter herumpoltern?«

Mendoza öffnete den Mund, wollte offenbar etwas sagen, entschied sich dann aber dagegen.

»Wir werden Ihre Aussage aufnehmen«, fuhr García fort. »Sind Sie damit einverstanden?«

»Nur wenn ich sie auch aufnehmen darf«, entgegnete Mendoza und kniff gefährlich die Augen zusammen. »Ich traue schon lange niemandem mehr im Comisaría.«

»Schauen Sie, so geht's mir mit Anwälten«, gab García zurück. Längst hatte Mendoza bei ihm alle Sympathien verspielt.

»Sie sind offenbar auf Konfrontation aus.«

»Ganz und gar nicht. Aber ich habe einen langen Tag hinter mir und keine Lust, mir Ihre Drohungen anzuhören. Also, tun Sie, was Sie nicht lassen können.«

Mendoza hievte seinen Aktenkoffer vom Boden auf den Tisch. Er klappte den Deckel auf und kramte darin. Sekunden später hielt er ein Diktiergerät in der Hand und stellte seinen Aktenkoffer wieder neben dem Stuhl ab. Er drückte auf die Start-Taste, doch die sprang sofort wieder heraus. Auch der zweite, dritte und vierte Versuch brachten keinen Erfolg. Funktionslos landete das Gerät auf der Tischplatte neben dem von García.

Der konnte sich ein Schmunzeln nicht verkneifen. »Ist ja keine Schande, wenn man nur ein Fachgebiet hat.«

Statt etwas darauf zu erwidern, presste Mendoza die Lippen aufeinander.

García schaltete sein Diktiergerät ein, nannte die Namen aller Anwesenden und sah auf. »Wir sind bei den Vorwürfen gegen Ihren Mandanten stehen geblieben.«

»Dann lassen Sie mal hören.«

»Gerne noch einmal fürs Protokoll«, entgegnete García. »Ihr Mandant, Señor Paolo Rodríguez, steht in dringendem Tatverdacht der Anstiftung zum Mord an Raúl López und einer weiteren Person. Die Identität dieser Person wird derzeit von den Kollegen der Guardia Civil geklärt. Des Weiteren werfen wir Ihrem Mandanten vor, einen Raubüberfall auf das Iberia-Depot am Flughafen geplant zu haben oder in anderer Weise daran beteiligt gewesen zu sein.«

Mendozas Lachen klang falsch und angestrengt. »Sie müssen entschuldigen, aber das amüsiert mich. Haben Sie Beweise dafür, oder bleibt es bei diesen grotesken Behauptungen?«

»Haben wir«, sagte Sánchez schnell. »Und es sieht sehr schlecht aus für Ihren Mandanten. Es gibt einige Zeugenaussagen.«

García wechselte einen Blick mit Sánchez und spielte mit. »Wir haben Zeugen, die bestätigen, dass mindestens einer der Täter bei Ihrem Mandanten beschäftigt ist.«

»Ich bin gespannt. Wer soll das sein?« Mendozas Frage klang wie eine Drohung. Längst hatte er wieder auf Angriff umgeschaltet.

»Sobald wir die Aussagen aufgenommen haben, bekommen Sie alles schriftlich, auch die Namen. Vorerst müssen Sie sich mit meinen Angaben begnügen.«

»Nur weil jemand bei meinem Mandanten angestellt ist, was er übrigens längst abgestritten hat«, Mendoza sah zu Rocco, der zustimmend nickte, »können Sie ihn doch nicht für dessen Straftaten verantwortlich machen.«

»Wenn er ihn dazu angestiftet hat, sehr wohl.«

»Für einen Haftbefehl brauchen Sie etwas Besseres. Ich höre aus Ihrem Mund immer nur Behauptungen, nicht einen Beweis.« Mendozas Blick streifte Rocco, der sich erstaunlich zurückhaltend verhielt.

»Ein weiterer Zeuge hat beobachtet, wie zwei seiner Mitarbeiter versucht haben, in einem Waldstück bei Teror eine Leiche zu vergraben.«

Mendoza stieß einen Schwall Luft zwischen den Zähnen hervor. »Auch dafür können Sie meinen Mandanten nicht verantwortlich machen.«

»Wir sollen also glauben, dass die Mitarbeiter Ihres Mandanten auf eigene Faust gehandelt haben?« García schüttelte den Kopf. »Ihr Mandant ist zumindest Mitwisser, wir gehen sogar von Mittäterschaft aus.«

»Mitarbeiter, Mitwisser, Mittäter. Das sind Behauptungen ohne jeden Beweis.« Mendoza runzelte die Stirn, als würde er ihn nicht ernst nehmen. »Nochmals zum Mitschreiben, Señor

García: Wir sprechen hier vom Tatvorwurf der Anstiftung zu zweifachem Mord sowie schwerem Raub. Da sollte von Ihrer Seite schon etwas mehr kommen.«

Doch García hatte nicht mehr. Außer dem Wunsch, dass der Tag endlich zu Ende ging und Paolo Rodríguez hinter Gittern saß. Viel zu lange schon tanzte Rocco der Polizei von Gran Canaria auf der Nase herum. Aber möglicherweise war García nur das Opfer seiner eigenen Erwartungshaltung.

Rocco räusperte sich, um etwas zu sagen.

Sofort warf Mendoza ihm einen Blick zu, der verriet, dass er es besser lassen sollte.

»Señor García, vielleicht sollten wir die Sache mit unseren Vätern einfach vergessen.«

García sprang auf. »Ich habe Ihnen schon mal gesagt, dass Sie meinen Vater da raushalten sollen.«

Mit einer Geste versuchte Rocco ihn zu beschwichtigen. »Wir haben ein paar schwierige Tage hinter uns, und ich denke, es ist Zeit für einen Neuanfang.« Sein versöhnlicher Tonfall wollte nicht so recht zu ihm passen. »Ich bin nicht mehr der, der ich früher einmal war.«

»Das ist ja toll, herzlichen Glückwunsch.« Mehr als diese zynische Reaktion brachte García nicht über seine Lippen. Ein lähmendes Gefühl überkam ihn. Es war, als ob er auf einer Bühne stand und den Text vergessen hatte. Er ließ sich auf seinen Stuhl fallen.

»Ich habe Ihnen schon in meinem Büro gesagt«, fuhr Rocco ungerührt fort, »dass ich weder diesen Deutschen noch diesen Mann mit der Narbe kenne. Das ist die Wahrheit, und wenn Sie wollen, können das auch meine Angestellten bestätigen. Ich stelle Ihnen gerne eine Liste zusammen.«

Damit war Garcías Bluff endgültig aufgeflogen. Sowohl die Aussage von Sofia als auch die von Roccos Sohn war vollkommen wertlos. Und bei Julio kam offenbar noch hinzu, dass er neben seiner körperlichen Behinderung auch geistig zurückgeblieben war. Allerdings reichte García Roccos bloße Zusicherung nicht. »Ich habe mit eigenen Augen gesehen, wie dieser

Deutsche, Markus Patzold, vor einigen Tagen Ihr Spielcasino betreten wollte.«

»Schauen Sie, Señor García.« Rocco beugte sich vor. »In meinem Etablissement verkehren eine Menge Leute. Mehrere hundert am Tag, Tausende jeden Monat. Deswegen muss ich diese Leute noch lange nicht kennen.«

García konnte ein Nicken nicht unterdrücken.

»Wen ich aber kenne, ist Raúl López«, fuhr Rocco fort.

»Bei meinem ersten Besuch haben Sie noch behauptet, dass Sie ihn nicht kennen.«

»Dann hab ich wohl gelogen«, sagte Rocco, ohne mit der Wimper zu zucken.

Immerhin ein kleiner Erfolg, dachte García. »Und in welcher Beziehung standen Sie zu ihm?«

»López war Gast im Royal Flush. Nicht wie jeder andere, das muss ich zugeben.«

»Was meinen Sie damit?«

»Nun ja«, druckste Rocco herum. »Er hatte eine Menge Schulden bei mir angehäuft. Weit über hunderttausend Euro. Deswegen auch die Schuldscheine.«

»Und damit haben Sie ein Motiv.«

»Eben nicht. López hat schon vor Monaten alles zurückgezahlt. Ich hab das überprüft.« Rocco sah ihm direkt in die Augen, schüttelte langsam den Kopf. »Also, sagen Sie mir, Señor García, warum sollte ich meinen besten Kunden umbringen lassen?«

García zwang sich, dem Blick standzuhalten. Entweder war Rocco ein verdammt guter Schauspieler, oder er meinte es tatsächlich ehrlich. Ohne Zweifel hatte sich etwas in ihm verändert. Nicht nur sein Tonfall, auch die Körperhaltung, der Gesichtsausdruck, der fast sanfte Blick aus seinen Augen. García glaubte ihm. Und damit entfiel nicht nur das Motiv. Sein gesamtes Hypothesengebäude stürzte wie ein Kartenhaus in sich zusammen. Die Ermittlungen standen wieder am Anfang.

***

Auch am gestrigen Sonntag hatte Sofia García telefonisch nicht erreichen können. Entweder ignorierte er ihre Anrufe in der Zwischenzeit völlig, oder er hatte viel um die Ohren gehabt. Gerne hätte sie ihm von Roccos Baracke am Hafen erzählt und sich gleichzeitig nach dem Stand der Ermittlungen zum Raubüberfall auf das Iberia-Depot erkundigt. Allerdings glaubte sie nicht, dass die offensichtlich gefälschte Markenware, die dort kistenweise lagerte, etwas mit dem Überfall zu tun hatte. Vermutlich handelte es sich lediglich um einen weiteren Geschäftszweig von Roccos kriminellem Netzwerk auf der Insel.

So blieb ihr wieder einmal nichts anders übrig, als sich auf der Website der Diario de Avisos über die Neuigkeiten auf der Insel zu informieren. Sie scrollte durch die Meldungen: ein Bericht über die Auswirkungen des jüngsten Calima, dann über ein aufgetauchtes Fahrzeug im Presa de Pinto, darunter eine Reportage über die hohen Umweltstandards an Gran Canarias Stränden. Auch die weiteren Meldungen enthielten keine Neuigkeiten zum Überfall auf das Iberia-Depot.

Als sie die Website schließen wollte, fiel ihr Blick auf das Foto zum Bericht über das Fahrzeug im Presa de Pinto. Es zeigte ein schwarzes, größeres Fahrzeug, das verschmiert mit Schlamm und Algen am Ausleger eines gelben Krans hing. Sie betrachtete den Wagen genauer. Es handelte sich um einen Geländewagen. Sie zoomte das Foto heran und – zog scharf die Luft ein. Unter dem Schlamm an der Heckklappe schimmerte roter Lack hindurch. Sie klickte auf den Artikel. Neben dem Foto erschien ein eher kurzer Text, den sie sofort zu lesen begann:

Im Presa de Pinto bei Arucas tauchte am gestrigen Sonntag durch den niedrigen Wasserstand ein Fahrzeug auf, das noch im Laufe des Tages mit einem Spezialkran geborgen wurde. Auf dem Fahrersitz wurde eine Leiche gefunden. Die Guardia Civil geht bislang von einer natürlichen Todesursache ohne Fremdverschulden aus. Offenbar handelt es sich um einen tragischen Unglücksfall. Zur Feststellung der Identität der toten Person wird im Zuge der weiteren

Ermittlungen das Kennzeichen des Fahrzeugs ausgewertet. Für den Nachmittag ist eine Obduktion angeordnet, die weiteren Aufschluss über die Todesursache geben soll.

Sofia musste nicht lange überlegen. Fahrzeug und Identität des Toten kannte sie längst. Dort am Haken hing zweifelsfrei jener Range Rover, mit dem Patzold und Scarface vor einer Woche unterwegs gewesen waren. Der Name der Leiche auf dem Fahrersitz lautete Raúl López. Und noch etwas anderes wusste sie: Bei dessen Tod handelte es sich definitiv nicht um einen tragischen Unglücksfall.

Sie schloss die Website und ließ die Wahlwiederholung Garcías Rufnummer wählen. Es wurde Zeit, dass er sie über den aktuellen Stand der Ermittlungen informierte.

»Sofia«, kam es unerwartet schnell und wie erwartet mürrisch aus dem Hörer zurück.

»Schlechte Laune?«

»Nein«, brummte García. »Ich hatte gestern nur einen verdammt langen Tag. Was gibt's denn?«

»Ihr habt den Wagen also gefunden«, gab Sofia nun ebenfalls grußlos zurück. Auch ihr war im Moment nicht nach Small Talk zumute.

»Welchen Wagen?«

»Den Range Rover aus dem Presa de Pinto. Wann wolltest du mir davon erzählen?«

»Range Rover? Presa de Pinto?«, wiederholte García. »Du sprichst in Rätseln.«

»Willst du mich auf den Arm nehmen? Gestern haben sie im Presa de Pinto einen schwarzen Range Rover mit einer Leiche auf dem Fahrersitz gefunden.«

Aus dem Hörer drang zuerst nur das leise Rauschen von Garcías Atem. »Davon weiß ich nichts«, kam es schließlich kleinlaut zurück.

»Tatsächlich?« Sofias Ärger ließ etwas nach. Konnte es sein, dass er nichts von dem Range Rover wusste? »Ich hab das Foto auf der Website der Diario de Avisos gesehen. Es ist eindeutig der Wagen, mit dem Patzold und Scarface letzte Woche durch die Gegend gefahren sind. Und wer die Leiche darin ist, liegt wohl auf der Hand.«

»Warte mal«, sagte García, und das Klappern einer Computertastatur erklang. »¡*Mierda!* Das ist das Kennzeichen, das du mir gemeldet hast.«

»Ich weiß.«

»Im Bericht steht, dass die Guardia Civil die Ermittlungen übernommen hat. Wenn die keinen Zusammenhang mit einem aktuellen Fall des Comisaría sehen, kriegen wir so was nicht sofort mit.«

»Und das war hier wohl der Fall«, sagte Sofia mehr zu sich selbst.

García erwiderte nichts.

»Bist du noch da?«, fragte sie nach einer Weile in die Stille hinein.

»Ja.« Abermals klapperte die Tastatur im Hintergrund. »Ich lese noch den Bericht der Diario de Avisos.«

»Und?«

»Hier steht, dass die Leiche auf dem Fahrersitz gefunden wurde. Hattest du letzte Woche nicht gesagt, dass sie López' Leiche vergraben wollten?«

»Da haben die beiden ihn hingesetzt, als er bereits tot war. So konnten sie wenigstens eine Zeit lang die wahren Todesumstände verschleiern. Du wirst sehen, die Obduktion wird keine natürliche Todesursache ergeben.«

Erneut schwiegen sie sich an. Offenbar wägte García die Wahrscheinlichkeit von Sofias Vermutung ab.

»Warum bist du so still?«

García seufzte. »Das wäre dann meine zweite Obduktion innerhalb von zwei Tagen.«

»Die Leiche im Iberia-Transporter?«

»Ja. Der Tote gehört zu den Räubern. Zwei weitere wurden inzwischen ebenfalls erschossen aufgefunden. In einer Bauruine an der GC-324. Auguste Ferreira, der vierte Täter, sitzt bei uns in Untersuchungshaft und ist geständig.«

»Dann ist der Fall gelöst?«

»Nein, eben nicht. Es war ein Auftragsmord. Zwei der Räuber wurden im Streit um die Beute von ihrem Komplizen, einem vorbestraften Franzosen namens Peio Çubiry, erschossen. Çubiry wiederum wurde von Markus Patzold erschossen, der wohl zusammen mit dem Typen, den du Scarface nennst, zu Sitos Handlangern gehört. Und Sito scheint der eigentliche Auftraggeber des Überfalls zu sein.«

»Es gibt also immer noch keinen Namen zu Scarface?«

»Leider nein.«

»Und dieser Sito, könnte das unser alter Bekannter Paolo ›Rocco‹ Rodríguez sein?«

»Hatte ich selbst gehofft. Leider aber eher nicht. Wir stehen wieder ganz am Anfang der Ermittlungen.« García klang so enttäuscht, wie sie sich mit einem Mal fühlte. »Ferreira hat weder Rocco noch Raúl López identifizieren können. Dieser Sito soll deutlich jünger sein.«

»Und du glaubst diesem Ferreira?« Sofia wusste aus Erfahrung, dass Mittäter aus Angst, das nächste Opfer zu werden, nur das Nötigste zugaben.

»Ich denke schon, dass er nahe an der Wahrheit geblieben ist. Seine Waffe wurde nicht benutzt. Außerdem weiß er, dass wir ihn für die Morde in der Bauruine an der GC-324 anklagen könnten. Im zweiten Fluchtwagen und am Tatort haben wir seine Fingerabdrücke gefunden.«

»Zweiter Fluchtwagen?«

»Ein alter Fiat Ducato. Der Wagen war als Baustellenlieferwagen getarnt, passend zu ihrer Handwerkerkluft.«

Ganz weit hinten in Sofias Kopf regte sich ein Verdacht, noch zu vage, als dass sie ihn fassen konnte. »Baustelle, Handwerker?«

»Wie gesagt, es war nur ihre Tarnung. An dem Fahrzeug war nichts echt. Diesen Handwerksbetrieb gibt es nicht, und die Nummernschilder wurden vor ein paar Tagen auf einer Baustelle in Las Palmas gestohlen.«

»Was für eine Art Handwerker?« Sofias Verdacht schien sich zu erhärten. »Waren das Gipser oder Stuckateure?«

»Aber woher –«

Sofia ließ ihn nicht ausreden. »Gibt es Hinweise auf den Verbleib der Beute?«

»Nein«, antwortete García. »Bis auf eine Plastikbox mit Wertbriefen ist alles verschwunden. Den Rest haben offenbar Patzold und dieser Scarface mitgenommen. So jedenfalls die Aussage des vierten Täters.«

Sofia dachte an die blauen Plastiktonnen im Kastenwagen, der in Roccos Baracke am Hafen stand. Und daran, dass sich diese Tonnen wahrscheinlich erst dann auf der Ladefläche befunden hatten, als Patzold und Scarface zurückgekehrt waren. »Sagt dir Yesos Canarias SA etwas?«

»Yesos Canarias SA? Die Gipsfabrik in Agüimes?« García zögerte kurz und fuhr dann fort: »So lautet der Schriftzug auf den Plastiktonnen, die wir in diesem Lieferwagen gefunden haben.«

Ein weiterer Hinweis, dass es sich bei Sito und Rocco um ein und dieselbe Person handelte. »Dann können wir Paolo Rodríguez jetzt die Verstrickung in den Raubüberfall auf das Iberia-Depot und mit etwas Glück auch in den Mord an Raúl López nachweisen.«

»Wir?«, schallte es aus dem Hörer zurück. Garcías Frage klang wie ein Vorwurf.

»Du natürlich«, sagte Sofia schnell. Ein weiteres Mal hatte sie vergessen, dass sie in diesem Fall lediglich Zeugin war.

»Es gibt keine Beweise für seine Mittäterschaft. Nicht einmal mehr ein Motiv für den Mord.«

»Und was ist mit den Spielschulden, die López bei ihm hatte?«

»Dazu haben wir ihn gestern vernommen. Er hat ausgesagt, dass Raúl López schon vor Monaten seine Spielschulden beglichen hat.«

»Dann hat er wohl gelogen. Paolo Rodríguez ist unser Mann.«

»Und wie kommst du darauf?«

»Ich denke, ich weiß, wo die Beute abgeblieben ist. Und mit viel Glück treffen wir dort auch Roccos Handlanger Markus Patzold und Scarface an.« Sofia räusperte sich. »Ich meinte, *du* triffst sie vielleicht an.« Was natürlich gelogen war.

24

Die Luft flirrte über dem heißen Asphalt. Kreischend zogen einige Möwen ihre Bahnen am Himmel. Ansonsten war es ruhig, fast zu ruhig für das Hafenviertel von Las Palmas. Was auch an der inzwischen abgesperrten Straße lag. Sofia kniff die Augen zusammen, um dem Geschehen besser folgen zu können. Wider Erwarten hatte García ihr zugestanden, den Zugriff mitzuverfolgen. Mit beiden Ellbogen auf das Dach seines Dienstwagens gestützt, das Fernglas in der Hand, beobachtete er die unansehnliche Baracke. Trotz der Entfernung von rund hundert Metern wirkte der Außenanstrich bei Tageslicht noch verwitterter, als sie es von ihrem letzten Besuch in Erinnerung hatte. Die hellblaue Farbe blätterte ab, und stellenweise kam das modrige Holz darunter zum Vorschein. In der Einfahrt stand Patzolds schwarzer Mercedes. Wenigstens ihn sollten sie antreffen.

Seit Sofias Hinweis auf Roccos bisher unbekannte zweite Lagerhalle war noch keine Stunde vergangen. Währenddessen waren im Hafenviertel einige Fahrzeuge aufgetaucht, die dort normalerweise nicht verkehrten. Dazu gehörten zwei schwarze Transporter mit verdunkelten Scheiben. Sie gehörten zur UEI, der Unidad Especial de Intervención, einer Spezialeinheit der Guardia Civil, die in Gefährdungslagen bei Verhaftungen und Durchsuchungen eingesetzt wurde. Innerhalb weniger Minuten hatten acht schwarz gekleidete, behelmte und mit automatischen Waffen ausgerüstete Männer der UEI hinter parkenden Autos und Lastwagen Stellung bezogen. Zwei Männer waren mit ihren Waffen im Gewirr der Container, Anlagen und Gebäude verschwunden.

Neben den beiden Transportern der UEI parkten drei weitere Fahrzeuge. In einem warteten Kriminaltechniker auf ihren Einsatz, in einem anderen zwei Spürhunde. Beim dritten handelte es sich um den Dienstwagen des Comisaría mit García und Sánchez. Und Letztgenannter sollte beim bevorstehenden

Zugriff eine besondere Rolle spielen. Bekleidet mit einer grell-gelben Warnweste mit dem Aufdruck der Hafenbehörde sollte Sánchez gleich seinen wohl wichtigsten Auftritt haben. Um möglichst gewaltfrei in die Baracke vorzudringen, war er für das Ablenkungsmanöver zuständig. Was ihm offenbar nicht jeder zutraute.

García nahm sein Fernglas herunter und das Funkgerät zur Hand. Er drückte die Senden-Taste, sah kurz zu Sánchez. Es knackte. Er ließ die Taste wieder los. Als es ein weiteres Mal knackte, tippte er mit zwei Fingern auf seine Augen. »Brille runter.«

»Warum?«, gab Sánchez in beleidigtem Tonfall zurück. »Die Mitarbeiter der Hafenbehörde tragen auch Sonnenbrillen.«

García verdrehte die Augen. »Aber nicht solche wie Sie, ver-dammt. Brille runter!«

Mit einem missmutigen Grunzen verstaute Sánchez seine verspiegelte Brille irgendwo unter der Warnweste.

»Sie wissen noch, was zu tun ist?«

»Ja, Jefe.« Sánchez nickte wie der gelangweilte Experte in einer Laienrunde. »Ich gebe mich als Mitarbeiter der Hafenbe-hörde aus und will den Brandschutz in der Halle überprüfen.«

»Und wie weiter?«

»Sobald die Stahltür geöffnet wird, werden die Männer der UEI in die Halle eindringen und sie sichern.«

»*Vale.* Jetzt noch das Klemmbrett.« García wartete, bis Sán-chez das Klemmbrett vom Fahrzeugdach genommen hatte, und hielt dann das Funkgerät an den Mund. »Phase eins. Positionen einnehmen.«

Sofia schirmte ihre Augen gegen die Sonne ab.

Auf beiden Seiten der Baracke tauchten die beiden ver-schwundenen Männer der UEI auf. Mit dem Rücken an der Außenwand schoben sie sich langsam auf die Stahltür zu und blieben links und rechts davon stehen.

Erneut betätigte García die Senden-Taste. »Phase zwei. Posi-tion einnehmen.«

»Roger, Jefe.« Sánchez machte ein bedeutsames Gesicht,

drehte sich um und schlenderte breitbeinig den Gehweg entlang Richtung Baracke.

García schüttelte stumm den Kopf, und Sofia ahnte auch schon, warum. Falls Patzold oder Scarface Sánchez beobachteten, würden sie sich wahrscheinlich fragen, ob die Hafenbehörde ihre Mitarbeiter unter Rodeo-Reitern anwarb.

Vor der Stahltür der Baracke sah Sánchez kurz auf sein Klemmbrett und drückte erst dann die Klingel. Als ob er gerufen worden wäre, tauchte erneut der Möwenschwarm auf. Kreischend zog er über den Eingangsbereich hinweg und verschwand hinter einer angrenzenden Halle.

Niemand öffnete. Sánchez wandte sich um und blickte in Richtung der Fahrzeuge des Comisaría. Spätestens jetzt musste auch dem Letzten auffallen, dass er lediglich Theater spielte.

»Noch einmal und länger klingeln«, sagte García ins Funkgerät.

Erneut drückte Sánchez auf die Klingel, ließ den Finger für einige Sekunden auf dem Knopf. Es schien zu helfen. Die Stahltür öffnete sich einen Spalt.

Im Nachhinein hätte Sofia nicht sagen können, wie lange Sánchez auf die Person hinter der Tür einredete. Dann jedoch schien alles gleichzeitig zu geschehen. Er wich einen Schritt zurück, die beiden Männer rechts und links von ihm warfen sich nach vorne und stießen die Tür ganz auf. Mit einem Mal wimmelte es vor dem Eingangsbereich nur so von Schwarzgekleideten. In Sekundenschnelle drängten die sich durch die Stahltür. Das Überraschungsmoment lag auf ihrer Seite. Kein Knall, kein Schuss war zu hören.

Wenige Minuten später drang die erlösende Nachricht aus Garcías Funkgerät: »Gebäude gesichert. Zwei männliche Personen festgenommen.«

Autotüren klapperten, Hundegebell ertönte. Zwei Beamte in Zivil hatten Mühe, ihre Spürhunde zu bändigen. Die beiden schossen los, als wäre zur Hasenjagd geblasen worden. Eine Handvoll Kriminaltechniker, zwei mit paketgroßen Koffern aus Metall, folgte. Garcías Ablenkungsmanöver hatte geklappt, die

Erleichterung war ihm anzusehen. Er setzte sich in Richtung der Baracke in Bewegung. Sofia folgte ihm.

Kaum war sie durch die Stahltür getreten, entdeckte sie schon Patzold und Scarface. Jeweils zwei Männer der UEI hielten sie an den Oberarmen fest, ihre Handgelenke waren mit Kabelbindern vor dem Bauch fixiert.

Zwei grimmige Augenpaare folgten ihr, als sie an ihnen vorbei in den hinteren Bereich der Baracke marschierte. Dorthin, wo die beiden in der Nacht zu Sonntag den weißen Kastenwagen abgestellt hatten. Und genau dort stand er noch immer, mit offenen Hecktüren und sechs blauen Plastiktonnen auf der Ladefläche. Offensichtlich hatten sie Patzold und Scarface beim Umladen der Beute gestört.

García zog bereits Gummihandschuhe über. Er trat vor eine der Plastiktonnen, nahm den Deckel ab und beugte sich darüber. Als er sich wieder umwandte, brauchte es keine Worte. Sein Gesichtsausdruck verriet, dass sie die Beute gefunden hatten. Und mit Patzold und Scarface hatten sie zudem noch zwei der Beteiligten auf frischer Tat ertappt. Doch genau das störte Sofia. Wenn etwas zu glatt lief, zu perfekt aussah, meldete sich ihr Misstrauen.

* * *

Die Gegenüberstellung von Patzold und Scarface dauerte keine Minute. Auguste Ferreira konnte beide eindeutig als Sitos Handlanger identifizieren, die Samstagnacht in der Bauruine an der GC-324 die Beute für ihren Auftraggeber in Empfang nehmen sollten. Und damit gab es einen Augenzeugen für den Mord an Peio »November« Çubiry.

García rechnete nicht damit, dass Patzold zu den Vorwürfen Stellung nahm. Was nicht weiter interessierte. Einen Haftbefehl würde er auch ohne seine Aussage bekommen. Und so hatte er sich dafür entschieden, zuerst Scarface zu vernehmen.

Der schien trotz seiner muskulösen Statur mit schenkeldicken Oberarmen nicht ganz so abgebrüht zu sein wie sein

Komplize. Kaum hatten García und Sánchez ihm gegenüber im Vernehmungsraum Platz genommen, rutschte er schon nervös auf seinem Stuhl herum, als säße er auf heißen Kohlen.

García schaltete das Diktiergerät ein, nannte Datum, Namen sowie Dienstgrad der anwesenden Beamten und blickte auf. »Wie lautet Ihr vollständiger Name?«

»Kann ich etwas zu trinken haben?«, fragte der Mann, statt zu antworten. Er sprach mit slawischem Akzent.

»Sobald Sie mir Ihren Namen genannt haben. Den brauchen wir fürs Protokoll.«

»Filipović, Branko Filipović.« Er rieb sich seinen Dreitagebart. Ein dichterer Bart würde die Narbe auf der linken Wange nahezu verdecken. Aber womöglich betrachtete er sie als eine Art Auszeichnung.

García wandte sich an Sánchez. »Besorgen Sie ihm eine Flasche Wasser.«

Der stand auf und verließ den Vernehmungsraum.

»*Vale*, Señor Filipović«, fuhr García fort. »Sie wohnen auf Gran Canaria?«

Filipović nickte.

»Sie müssen schon etwas sagen.« Warum zum Teufel dachten alle, dass Diktiergeräte auch Gesten aufzeichneten?

»Ja.«

»Und wo?«

»Über der Halle ist ein Appartement.«

»Wohnt dort auch Markus Patzold?«

Wieder nickte Filipović, schien sein Versehen aber sogleich zu bemerken und schob ein »Ja« hinterher.

Die Tür ging auf. Sánchez betrat den Raum mit einem Becher und einer Plastikflasche Wasser. Er stellte beides vor Filipović auf den Tisch.

Der griff nach der Flasche, schraubte den Deckel ab und nahm gierig ein paar Schlucke.

»Ihnen ist bekannt, was wir alles in der Halle gefunden haben?«, fuhr García fort, als die Flasche halb leer wieder auf dem Tisch stand.

Filipović zuckte mit den Schultern. Sein Gesicht glänzte. Offenbar trieb ihm das viele Wasser den Schweiß aus den Poren. Er wischte sich mit dem Handrücken über die Stirn.

»Ich helfe mal nach. Zum einen war da die Beute aus dem Raubüberfall auf das Iberia-Depot am Flughafen. Versteckt in insgesamt sechs blauen Plastiktonnen auf der Ladefläche eines Kastenwagens.«

»Der Wagen gehört mir nicht.«

»Das habe ich auch nicht behauptet.« Wie beinahe jede Vernehmung begann auch diese mit den Ausflüchten des Verdächtigen. »Aber Sie wurden von Zeugen gesehen, wie Sie den Wagen Samstagnacht durch das Hafenviertel gefahren haben.«

Filipović hatte Mühe, ruhig zu bleiben. Er verschränkte die Arme vor der Brust, um das leichte Zittern seiner Hände zu verbergen. »Ich habe mit dem Wagen nichts zu tun.«

»Dann frage ich Sie, warum Sie so nervös sind.«

Keine Reaktion.

»Hat's Ihnen die Sprache verschlagen?«

Noch immer antwortete Filipović nicht.

»Jetzt pass mal auf, du Witzbold.« Sánchez beugte sich vor. »Neben der Beute aus dem Überfall haben die Spürhunde auch eine beträchtliche Menge Kokain in abgepackten Portionen gefunden. Ihr zwei scheint auch im Drogenhandel groß im Geschäft zu sein.«

»¡Mierda!«, gab Filipović im gleichen aggressiven Tonfall zurück. »Wir bedienen doch nur die Nachfrage der Touristen. Und von denen lebt ihr Inselaffen seit Jahren doch ganz gut.«

Als Sánchez sich weiter über den Tisch beugen wollte, hielt García ihn mit der Hand zurück. »Wir beruhigen uns jetzt alle wieder.« Er wandte sich abermals an Filipović. »Ihre Drogengeschäfte interessieren uns im Moment nicht. Kommen wir noch einmal auf die Beute im Kastenwagen zurück. Wir wissen längst, dass der Überfall ein Auftragsjob war. Wer ist der Auftraggeber?«

Filipović senkte den Blick. »Ich brauche Zeit, über meine Optionen nachzudenken.«

García schüttelte den Kopf. Er musste den Druck weiter aufrechterhalten. »Das können Sie gleich vergessen. Sie haben keine Zeit und auch keine Optionen.«

»Dann will ich einen Anwalt.« Filipović sah wieder auf. »Ich habe das Recht auf einen Anwalt.«

»Haben Sie. Trotzdem gehen Sie ins Gefängnis.«

Filipović faltete die Hände, legte sie auf den Tisch und schaute trotzig drein.

»Wenn Sie jetzt auspacken, helfen Sie sich selbst. Ganz ohne Anwalt.« García musste Filipović glauben lassen, dass sie mehr wussten, als der annahm. »Wir wissen, dass Sie nicht am Überfall auf das Iberia-Depot beteiligt waren. Mit Patzold zusammen sollten Sie im Auftrag von Sito nur die Beute in der Bauruine an der GC-324 abholen. Und dabei ist einiges schiefgelaufen.«

Ohne García aus den Augen zu lassen, griff Filipović nach der Wasserflasche und leerte sie ganz.

»Außerdem wissen wir, dass nicht Sie Peio Çubiry erschossen haben, sondern Markus Patzold. Dafür gibt es einen Augenzeugen.«

Filipović drehte die Flasche in seinen Händen und starrte ihn mit ausdrucksloser Miene an.

»Auch bin ich mir sicher, dass nicht Sie Raúl López getötet haben, sondern Patzold oder Sito.«

Filipović stellte die leere Wasserflasche vor sich ab.

»Verdammt!« García schlug mit der flachen Hand auf den Tisch. Die Plastikflasche fiel um, rollte über die Tischplatte und landete auf dem Boden. »Wer hat Raúl López getötet? Wer ist Sito? Ich will einen Namen.«

»Sie können mich mal«, stieß Filipović unerwartet laut hervor. »Ich sage nichts mehr. Oder glauben Sie, ich will so enden wie López, dieser Trottel?«

＊＊＊

Auch Stunden nach der Verhaftung von Patzold und Scarface sowie dem Fund der Beute wollte sich bei Sofia keine Zufriedenheit einstellen. Es gab zu viele offene Fragen, die ihr wie ein Stachel im Fleisch saßen und ihr keine Ruhe ließen. Warum konnte Auguste Ferreira Paolo »Rocco« Rodríguez nicht als den Auftraggeber des Überfalls identifizieren? Stattdessen sprach er von einem ominösen Sito, der viel jünger gewesen sein sollte. Warum glaubte García seinen und vor allem Roccos Aussagen? Und warum hatte Raúl López überhaupt sterben müssen? Schließlich musste der die Insiderinformationen lange vor seinem Tod weitergegeben haben.

Der Weg zu den Antworten könnte über den Range Rover im Stausee führen, in dem López' Leiche gefunden worden war. Sofia kam das eigenartige Verhalten ihres Jugendfreundes Pedro in den Sinn, als sie ihn vor ein paar Tagen zum ersten Mal nach dem Wagen gefragt hatte. Vielleicht würde er gesprächiger werden, sobald er erfuhr, dass der Wagen in einen Mordfall verwickelt war.

Sie nahm ihr Mobiltelefon zur Hand und wählte Pedros Rufnummer.

»*Hola*, Sofia!«, meldete der sich prompt und unerwartet gut gelaunt. »Wie geht's? Hast du bei Roccos Lagerhalle was Interessantes entdeckt?«

»Hab ich«, antwortete Sofia und erzählte von Roccos anderer Lagerhalle, die nur einen Steinwurf entfernt liege. Und dass durch ihre Beobachtung dort zwei Verdächtige hätten festgenommen werden können, als sie dabei gewesen seien, die Beute aus dem Überfall auf das Iberia-Depot umzupacken.

»Haben sie dir im Comisaría gleich einen Job angeboten? Oder bist du nach deiner ersten Woche auf Gran Canaria bereits offizieller Informant?«

»Nein.« Sofia lachte auf. »Deswegen rufe ich ja dich an.«

Auch Pedro lachte jetzt. »Ich kann dir keinen Job im Comisaría vermitteln.«

»Du könntest mir aber mit ein paar Informationen behilflich sein.«

Pedro seufzte.

»Erinnerst du dich noch an den schwarzen Range Rover mit

der roten Heckklappe, von dem ich dir erzählt habe? Der Fahrer hat mich überholt und dabei fast von der Straße gedrängt.«

»Vage, ja.«

»Das war gelogen. Der Wagen hat mich nicht von der Straße gedrängt. Er wurde damals von den heute verhafteten Männern gefahren. Die beiden haben an dem Tag versucht, eine Leiche verschwinden zu lassen.«

Pedro sagte eine Weile nichts. Schließlich holte er tief Luft. »Und jetzt haben sie den Wagen samt Leiche im Presa de Pinto gefunden.«

»Du weißt davon?«

»Es war ja gestern in allen Nachrichten.«

Sofia wusste nicht so recht, was sie darauf erwidern sollte. »Ich denke, du hast damals auch gelogen.«

»Wie kommst du darauf?«

»Weil du den Wagen kennst.«

Erneut blieb es für einen Moment still im Hörer. »Woher weißt du das?«

»Ich hab's geraten.«

Pedro stieß einen Laut der Belustigung aus. »Und jetzt hast du die Bestätigung.«

»Also, wem gehört der Wagen?«

»Das weiß ich nicht.« Pedro schnaufte laut. »Wirklich nicht. Aber ich weiß, wofür er benutzt wird.«

»Was meinst du mit ›wofür er benutzt wird‹?«

»Kannst du mit dem Begriff Kokstaxi was anfangen?«

Natürlich konnte sie das. Schließlich war sie dreißig Jahre Polizistin gewesen. Ein Fall aus Berlin war ihr besonders in Erinnerung geblieben. Eine Rockerbande hatte einen Kokstaxiservice aufgebaut, dessen Struktur an einen Pizzalieferdienst erinnerte. Inklusive Bestellhotline, Rabattaktionen und Urlaubsvertretung.

»Du rufst eine Nummer an, bestellst ein paar Portionen Kokain und lässt sie dir bis an die Haustür liefern.«

»Genau. Und dieser Range Rover war das Lieferfahrzeug für die Touristenhochburgen unten im Süden: Playa del Inglés, Meloneras, San Fernando und so weiter.«

»Klingt plausibel«, erwiderte Sofia. Das Geschäftsmodell passte perfekt zu Patzolds krimineller Vergangenheit als Kokaindealer in Deutschland. Und offenbar hatte er es einfach auf Gran Canaria übertragen.

»Ich muss dich das jetzt fragen, Pedro.« Sofia schaffte es, einen sachlichen Unterton in ihre Stimme zu legen. »Hast du etwas damit zu tun?«

»Nein.« Seine Antwort kam schnell und bestimmt. »Ich will mit Drogen nichts zu tun haben.«

Sofia glaubte ihm. »Weißt du, wer dieses Kokstaxiunternehmen betreibt? Das ist nicht bloß ein Bauchladen. Man braucht Lieferanten, Transportrouten, sichere Orte zum Strecken, Lagern und Umpacken der Drogen sowie eine Menge Bargeld und natürlich einen funktionierenden Vertrieb. Ich kann mir beim besten Willen nicht vorstellen, dass die zwei Versager, die das Comisaría heute verhaftet hat, das ganz allein durchgezogen haben.«

»Nun ja.« Kratzgeräusche drangen aus dem Lautsprecher. Pedro rieb sich den Bart. »Man hört Gerüchte.«

»Was für Gerüchte? Ist es Rocco?«

»Nein.« Erneut machte er eine kurze Pause. Sofia konnte sein Grübeln förmlich durch den Hörer spüren. »Es gibt noch jemanden im Royal Flush, der dafür in Frage kommt.«

Mit einem Mal erkannte auch Sofia, dass sie sich die ganze Zeit über in Paolo »Rocco« Rodríguez getäuscht hatte. Und damit blieb eine Person übrig.

Jetzt galt es nur noch, mit einem Foto den Beweis für Sitos wahre Identität anzutreten. Und dafür gab es einen einfachen und schnellen Weg: die sozialen Medien. Oft erwiesen sich die als wahre Fundgrube für Ermittlungen. Nicht wenige Kriminelle waren ausgeprägte Narzissten. Natürlich ging Sofia nicht davon aus, dass Sito freiwillig Fotos von sich ins Netz gestellt hatte. Aber womöglich jemand aus seinem Umfeld.

Sie klickte sich durch Patzolds vernachlässigte Facebook-Seite. Auf den ersten Blick keine gute Anlaufstelle, bis sie in seiner Freundesliste einen gewissen Branko-Boy entdeckte. Und dessen Narbe auf der linken Wange ließ keinen Zweifel mehr aufkommen. Es handelte sich um Scarface.

Branko-Boy gehörte zu jenen Dauerpostern, auf die Sofia gehofft hatte. Nicht auf seinem Facebook-Account, sondern auf seiner Instagram-Seite gab es Dutzende Fotos, die meisten aus einem Fitnessstudio in Las Palmas. Neben den geradezu zwanghaften Posing-Selfies mit seinen Muskeln befand sich auch ein Gruppenfoto. Es war vor ein paar Wochen in der Baracke im Hafenviertel aufgenommen worden. Sie schickte das Foto per WhatsApp an García, mit der Bitte, es Ferreira, dem vierten Täter, zu zeigen.

Es sollte gerade mal eine Viertelstunde dauern, bis er darauf reagierte.

Sitos Identität geklärt. Gracias. Ich schulde dir was.

Mit Garcías knapper Antwort stellte sich endlich dieses besondere Gefühl der Zufriedenheit ein. Ein Gefühl, das jenem Moment vorbehalten war, in dem ein Fall endgültig geklärt werden konnte. Sie betrachtete abermals das Gruppenfoto mit Markus Patzold, Branko-Boy und Julio Rodríguez. Wie Roccos Sohn es trotz seiner Behinderung so weit gebracht hatte, könnte durchaus als bemerkenswert bezeichnet werden. Wäre da nicht sein Betätigungsfeld gewesen. Er war dabei, ein kleines kriminelles Imperium aufzubauen – neben seinem Vater und womöglich sogar ohne dessen Wissen. Welches Motiv Julio dazu antrieb, musste García in den anstehenden Vernehmungen klären.

Roccos Worte kamen ihr in den Sinn, als der sich bei ihrem Besuch im Royal Flush für seinen Sohn entschuldigt hatte: »Früher dachte ich noch, aus ihm wird mal ein tüchtiger Nachfolger für meine Unternehmen. Aber er kommt mehr nach seiner Mutter von der Intelligenz her. Leider.« Vielleicht wollte Julio seinem Vater nur zeigen, dass mehr in ihm steckte, als es den Anschein hatte.

Als sie das Mobiltelefon wegstecken wollte, fiel ihr Blick auf die darunterstehende WhatsApp. Sie trug als Absender jene unbekannte litauische Rufnummer und bestand lediglich aus einer Audiodatei. »We'll meet again, some sunny day« von Johnny Cash.

Abermals spürte Sofia diesen Stich in der rechten Schulter. Gerade noch konnte sie sich davon abhalten, nach der Narbe zu tasten. Nur ein winziger Moment, der jedoch in einen festen Entschluss mündete. Sie durfte nicht zulassen, dass der Kapuzenmörder sie in sein perfides Spiel hineinzog und sie wie eine Schachfigur nach Belieben herumschob. Sofia musste ihn endlich aus ihrem Leben verbannen. Und der erste Schritt dazu war, ihn einfach zu ignorieren. Mit einem Fingerwisch löschte sie die Nachricht.

Epilog

Trotz der erdrückenden Beweise und Zeugenaussagen sollte es noch einige Tage dauern, bis Julio Rodríguez immerhin ein Teilgeständnis ablegte. Er gab zu, den Überfall auf das Iberia-Depot bei Auguste Ferreira in Auftrag gegeben zu haben. Schnell stellte sich daraufhin sein Motiv heraus. Das Kokstaxiunternehmen, das er seit einiger Zeit zusammen mit Markus Patzold und Branko Filipović ohne Wissen seines Vaters Paolo betrieb, war ihm zu mühsam und zu wenig einträglich geworden.

Stattdessen wollte er mit einem ultimativen Coup endlich aus dem Schatten seines Vaters treten. Eines Vaters, den er hasste und der – seiner Aussage nach – für seine körperliche Behinderung verantwortlich war. Wie genau, blieb allerdings unklar. Einmal, so erzählte Julio, habe er ihn misshandelt, ein anderes Mal vom Balkon geworfen, und beim dritten Mal sei ein absichtlich herbeigeführter Autounfall die Ursache gewesen. Nach einer medizinischen Untersuchung jedoch schien nur eines klar: Die körperliche Beeinträchtigung war weit weniger schlimm, als er seinem Umfeld jahrelang vorgespielt hatte. Auch Auguste Ferreira sowie Julios Komplizen Markus Patzold und Branko Filipović kannten ihn weit weniger gebrechlich.

Sein Geständnis beinhaltete auch, wie er Raúl López kennengelernt hatte. Julio war nicht entgangen, dass der immer wieder hohe Geldsummen im Royal Flush verlor und dass er längst auf Pump weiterspielte. Als sein Vater Paolo keine weiteren Schuldscheine mehr ausstellen wollte, prahlte López im Alkoholnebel mit seinem Job als Depotleiter der Iberia. Er könne jederzeit genügend Geld auftreiben und plane noch ein großes Ding vor seiner Rente. In dieser Gemengelage kam Julio die Idee zu seinem lange gehegten Wunsch nach dem ultimativen Coup: Es sollte ein Überfall auf das Iberia-Depot am Flughafen werden.

Er bot López an, ihm das Geld für die Rückzahlung der

Schulden unter der Bedingung zur Verfügung zu stellen, dass er seinem Vater die Herkunft verschwieg. Als Gegenleistung verlangte er von López Insiderinformationen über das Iberia-Depot. So erfuhr Julio von der enormen Geldmenge, die dort in ausländischen Banknoten lagerte und in wöchentlichen Portionen aufs spanische Festland geflogen wurde.

Ehemalige Kontakte seines Vaters hatten ihn schließlich zu Auguste Ferreira geführt. Der wiederum wollte mit diesem finalen Raub seinen Lebensabend finanzieren. Julio hatte mit ihm ein Team von Spezialisten zusammengestellt. Von López waren ihnen aus erster Hand geheime Informationen über Wachen, Lagerplätze und Zugangskontrollen für die Planung des Überfalls zugespielt worden.

Bis zuletzt stritt Julio jedoch ab, etwas mit dem Mord an Raúl López zu tun zu haben. Damit blieb allerdings immer noch der Range Rover mit dessen Leiche. Und natürlich die Zeugenaussage von Sofia, die Patzold und Filipović mit dem Wagen beobachtet hatte, als sie im Wald bei Teror die Leiche von López vergraben wollten. Nachdem Patzold klar wurde, dass er deshalb nicht nur wegen des Totschlags an Peio »November« Çubiry angeklagt werden würde, sondern auch wegen des Mordes an Raúl López, war er bereit, gegen Julio auszusagen. Filipović schloss sich ihm an und bestätigte seine Aussage.

Demnach hatte López für sein Schweigen gegenüber Paolo Rodríguez einen Anteil an der Beute gefordert und war von Julio in einem Wutanfall in der Baracke am Hafen erschossen worden. Der Tathergang konnte durch die Blutspuren bestätigt werden. Seine beiden Handlanger Patzold und Filipović hatte Julio beauftragt, die Leiche verschwinden zu lassen, wobei Sofia sie bei ihrem ersten Versuch im Wald nahe Teror beobachtet hatte und deshalb niedergeschlagen worden war.

Noch bevor die letzten Verhörprotokolle abgetippt waren, pochte Sofia auf die von García versprochene Gegenleistung für die Klärung von Sitos Identität: ein Abendessen in Las Palmas. Natürlich war ihm klar, dass sie sich davon auch eine Art privaten Abschlussbericht zu dem Fall versprach. Dennoch hätte García nicht sagen können, warum er sich keinen besseren »Preis« vorstellen konnte. Vielleicht war es die Leichtigkeit des Augenblicks oder das Gefühl, zu einem unausgesprochenen Einvernehmen gefunden zu haben. Was auch immer der Grund gewesen sein mochte, er würde diesen Abend mit ihr genießen.

Nachwort

Kenner von True-Crime-Storys haben vermutlich längst bemerkt, dass »Jagd unter Palmen« von einem wahren Kriminalfall inspiriert ist. Im Jahr 1978 überfiel eine bewaffnete Bande das Lufthansa-Depot im New Yorker John F. Kennedy International Airport. Die Beute bestand aus Dutzenden von Kartons mit US-Dollar-Noten, die amerikanische Soldaten in Europa eingetauscht hatten. Die Insiderinformationen für den bis dahin größten Raub in der Geschichte der USA stammten von einem spielsüchtigen Lufthansa-Angestellten.

Als die New York Times erstmals über den Überfall berichtete, wurden die geraubte Summe auf drei Millionen und die erbeuteten Juwelen auf zwei Millionen US-Dollar geschätzt. Tage später korrigierte die Lufthansa ihre Angaben. Demnach waren den Tätern knapp sechs Millionen US-Dollar Bargeld sowie Schmuck im Wert von fast einer Million US-Dollar in die Hände gefallen. Gemessen an der Kaufkraft würde die Summe heute einem Wert von zwanzig bis dreißig Millionen US-Dollar entsprechen. Die Freude über den Coup währte jedoch nur kurz. Fast alle Tatbeteiligten starben eines gewaltsamen Todes. Die wenigen Überlebenden endeten im Gefängnis oder im Zeugenschutzprogramm.

An dieser Stelle möchte ich auch all die Menschen erwähnen, ohne die dieses Buch nicht zustande gekommen wäre. Mein besonderer Dank gilt Lothar Strüh für das stets kompetente und angenehme Lektorat. Meiner Frau Sabine und meinen beiden Kindern Laura und Luca danke ich für ihre Geduld und ihre Anregungen. Den Mitarbeitern des Emons Verlages in Köln verdanke ich die professionelle Zusammenarbeit und Veröffentlichung – einschließlich des großartigen Buchcovers. Nicht unerwähnt lassen möchte ich jenen namenlosen Polizisten, der dafür sorgte, dass mein Mietwagen in Maspalomas abgeschleppt wurde. Ohne ihn wären die Abschleppszene in Tamaraceite und das Auslösen von Sofias Dacia beim Comisaría in Las Palmas wohl nicht entstanden. Unvergessen bleibt mir auch der Busfahrer, der bei der Einschiffung im Hafen von Los Cristianos auf Teneriffa sein Gefährt tatsächlich nur mit Hilfe von Holzdielen auf die Naviera-Armas-Fähre nach La Gomera brachte.

Thilo Scheurer
September 2024

Thilo Scheurer
NECKARSTURM
Broschur, 304 Seiten
ISBN 978-3-95451-965-1

Rottweil im Spätsommer: Auf der Baustelle des Aufzugstestturms wird ein zerschmetterter Körper gefunden. Hauptkommissar Wolfgang Treidler und seine Kollegin Carina Melchior rechnen mit einem schnellen Ermittlungserfolg, da Fremdeinwirkung ausgeschlossen scheint. Mit Hilfe eines italienischen Kollegen finden die beiden jedoch bald Hinweise auf eine schreckliche Tat …

www.emons-verlag.de

Thilo Scheurer
FEUERSEE
Broschur, 304 Seiten
ISBN 978-3-7408-0676-7

In einem Wald nahe Rottweil wird das Skelett einer jungen Frau gefunden, zusammen mit einer Prothese, die auf einen völlig anderen Fall verweist: Sie gehörte zu einem Münzhändler, der bei einem Raubüberfall vor über zehn Jahren ums Leben kam und dessen unvollständiger Leichnam im Stuttgarter Feuersee gefunden wurde. Sebastian Franck vom Stuttgarter LKA-Dezernat für ungeklärte Mordfälle kommt ein schockierender Verdacht – und er geht den längst vergangenen Ereignissen noch einmal auf den Grund.

www.emons-verlag.de